Über dieses Buch

Das dunkle Jahr 1942. Am nächtlichen Kai in Lissabon starrt ein Mann auf ein Schiff. Der Mann ist ein deutscher Emigrant. Sein Ziel ist Amerika. Aber er hat weder Visum noch Geld. Plötzlich bietet ihm ein Unbekannter zwei Schiffskarten an. Geschenkt; doch unter einer Bedingung: Er will in dieser Nacht nicht allein bleiben. Er will dem andern seine Geschichte erzählen, die Geschichte seiner Flucht, eine Geschichte, die in Osnabrück begann im Jahre 1933 und in dieser Nacht am Kai von Lissabon, der letzten Zuflucht aller europäischen Flüchtlinge, endet. Die Geschichte anzuhören ist der einzige Preis für die beiden Schiffskarten, der Preis für die Freiheit des einen, die dem andern, der das letzte Schiff verschenken will, nichts mehr bedeutet. Die Frau, um derentwillen ihm die Freiheit kostbar war, hat er verloren. Das Schiff, das da draußen in der Mündung des Tejo lag, hätte das Schiff seiner Rettung werden sollen. Der, dem er die Geschichte erzählen wird, hat wie er selber die unbeschreiblichen Stationen, die Passion dieses elenden Jahrhunderts erlitten. Es gibt keinen Preis für Menschlichkeit, es gibt keinen Preis für Unmenschlichkeit, es gibt Geschichten, die Romanen gleichen, Geschichten von dem Jammer und dem Elend und der Größe, von der Leidensfähigkeit und der Fähigkeit zu lieben, fordernder als die Wirklichkeit selbst, die vielleicht, vielleicht bewirken, daß anderen erspart bleibt, was jenen, die sich um diesen Paß versammeln, geschehen ist.
Die Nacht von Lissabon ist das ergreifendste und wahrhaftigste Buch von Remarque, in dem er noch einmal das unausschöpfbare Thema unseres Verhängnisses aufnimmt, ein großer Roman, der in der Ungewöhnlichkeit der Umstände, die nicht der Schriftsteller geliefert hat, die Geschichte von zwei Menschen erzählt, von der Liebe zweier Menschen, von der Kraft ihrer Herzen.

Vollständige Taschenbuchausgabe
Droemersche Verlagsanstalt Th. Knaur Nachf.
München/Zürich
Lizenzausgabe mit freundlicher Genehmigung
des Verlages Kiepenheuer & Witsch, Köln und Berlin

Umschlaggestaltung Heinz Bauer
Gesamtherstellung Van Boekhoven-Bosch bv, Utrecht
Printed in the Netherlands
ISBN 3-426-00131-4

1.- 20. Tausend Januar 1967
21.- 30. Tausend Oktober 1967
31.- 40. Tausend Oktober 1968
41.- 50. Tausend Mai 1969
51.- 61. Tausend August 1970
62.- 73. Tausend März 1971
74.- 86. Tausend August 1971
87.-101. Tausend Februar 1972
102.-116. Tausend Juni 1972
117.-131. Tausend Januar 1973
132.-143. Tausend September 1973
144.-153. Tausend Februar 1974
154.-165. Tausend Mai 1974
166.-177. Tausend Januar 1975
178.-189. Tausend Juli 1975
190.-200. Tausend Februar 1976

Erich Maria Remarque:
Die Nacht von Lissabon

Roman

Droemer Knaur

I

Ich starrte auf das Schiff. Es lag ein Stück vom Quai entfernt, grell beleuchtet, im Tejo. Obschon ich seit einer Woche in Lissabon war, hatte ich mich noch immer nicht an das sorglose Licht dieser Stadt gewöhnt. In den Ländern, aus denen ich kam, lagen die Städte nachts schwarz da wie Kohlengruben, und eine Laterne in der Dunkelheit war gefährlicher als die Pest im Mittelalter. Ich kam aus dem Europa des zwanzigsten Jahrhunderts.
Das Schiff war ein Passagierdampfer, der beladen wurde. Ich wußte, daß es am nächsten Abend abgehen sollte. Im harten Schein der nackten elektrischen Birnen wurden Ladungen von Fleisch, Fisch, Konserven, Brot und Gemüse verstaut; Arbeiter schleppten Gepäck an Bord, und ein Kran schwang Kisten und Ballen so lautlos herauf, als wären sie ohne Gewicht. Das Schiff rüstete sich zur Fahrt, als wäre es eine Arche zur Zeit der Sintflut. Es *war* eine Arche. Jedes Schiff, das in diesen Monaten des Jahres 1942 Europa verließ, war eine Arche. Der Berg Ararat war Amerika, und die Flut stieg täglich. Sie hatte Deutschland und Österreich seit langem überschwemmt und stand tief in Polen und Prag; Amsterdam, Brüssel, Kopenhagen, Oslo und Paris waren bereits in ihr untergegangen, die Städte Italiens stanken nach ihr, und auch Spanien war nicht mehr sicher. Die Küste Portugals war die letzte Zuflucht geworden für die Flüchtlinge, denen Gerechtigkeit, Freiheit und Toleranz mehr bedeuteten als Heimat und Existenz. Wer von hier das Gelobte Land Amerika nicht erreichen konnte, war verloren. Er mußte verbluten im Gestrüpp der verweigerten Ein- und Ausreisevisen, der unerreichbaren Arbeits- und Aufenthaltsbewilligungen, der Internierungslager, der Bürokratie, der Einsamkeit, der Fremde und der entsetzlichen allgemeinen Gleichgültigkeit gegen das Schicksal des Einzelnen, die stets die Folge von Krieg, Angst und Not ist. Der Mensch war um diese Zeit nichts mehr; ein gültiger Paß alles.
Ich war nachmittags im Casino von Estoril gewesen, um zu spielen. Ich besaß noch einen guten Anzug, und man hatte mich hineingelassen. Es war ein letzter, verzweifelter Versuch gewesen, das Schicksal zu bestechen. Unsere portugiesische Aufenthaltserlaubnis lief in wenigen Tagen ab, und Ruth und ich hatten keine anderen Visa. Das Schiff, das im Tejo lag, war das letzte, mit dem wir in Frankreich gehofft hatten, New York zu erreichen; aber es war seit Monaten ausverkauft, und uns hätten, außer der amerikanischen Einreiseerlaubnis, auch noch über dreihundert Dollar Fahrgeld

gefehlt. Ich hatte versucht, wenigstens das Geld zu bekommen, in der einzigen Art, die hier noch möglich war – durch Spielen. Es war sinnlos gewesen, denn selbst wenn ich gewonnen hätte, hätte immer noch ein Wunder geschehen müssen, um auf das Schiff zu kommen. Doch auf der Flucht und in Verzweiflung und Gefahr lernt man, an Wunder zu glauben; sonst würde man nicht überleben.
Ich hatte von den zweiundsechzig Dollars, die wir noch besessen hatten, sechsundfünfzig verloren.

Der Quai war in der späten Nacht ziemlich leer. Nach einer Weile bemerkte ich jedoch einen Mann, der ziellos hin und her ging, dann stehenblieb und ebenso zu dem Schiff hinüberstarrte wie ich. Ich nahm an, er sei auch einer der vielen Gestrandeten, und beachtete ihn nicht weiter, bis ich spürte, daß er mich beobachtete. Die Furcht vor der Polizei verläßt den Flüchtling nie, nicht einmal im Schlaf, auch wenn er nichts zu fürchten hat – deshalb drehte ich mich sofort scheinbar gelangweilt um und verließ langsam den Quai wie jemand, der vor nichts Angst zu haben braucht.
Kurz darauf hörte ich Schritte hinter mir. Ich ging weiter, ohne schneller zu werden, während ich überlegte, wie ich Ruth benachrichtigen könne, wenn ich verhaftet würde. Die pastellfarbenen Häuser, die am Ende des Quais wie Schmetterlinge in der Nacht schliefen, waren noch zu weit entfernt, als daß ich, ohne Gefahr, angeschossen zu werden, zu ihnen hätte hinüberlaufen können, um in den Gassen zu verschwinden.
Der Mann war jetzt neben mir. Er war etwas kleiner als ich. »Sind Sie Deutscher?« fragte er auf deutsch.
Ich schüttelte den Kopf und ging weiter.
»Österreicher?«
Ich antwortete nicht. Ich sah auf die pastellfarbenen Häuser, die viel zu langsam näherkamen. Ich wußte, daß es portugiesische Polizisten gab, die sehr gut deutsch sprachen.
»Ich bin kein Polizist«, sagte der Mann.
Ich glaubte ihm nicht. Er war in Zivil, aber Gendarmen in Zivil hatten mich ein halbes dutzendmal in Europa festgenommen. Ich hatte zwar jetzt Ausweispapiere bei mir, die nicht schlecht gemacht waren, in Paris von einem Mathematikprofessor aus Prag, aber sie waren etwas gefälscht.
»Ich sah Sie, wie Sie das Schiff betrachteten«, sagte der Mann. »Deshalb dachte ich –«
Ich streifte ihn mit einem gleichgültigen Blick. Er sah nicht aus

wie ein Polizist; aber der letzte Gendarm, der mich in Bordeaux erwischt hatte, hatte so erbarmungswürdig ausgesehen wie Lazarus nach drei Tagen im Grabe, und er war der unbarmherzigste von allen gewesen. Er hatte mich verhaftet, obschon er wußte, daß die deutschen Truppen in einem Tage in Bordeaux sein sollten, und ich wäre verloren gewesen, hätte mich ein barmherziger Gefängnisdirektor nicht ein paar Stunden später freigelassen.

»Möchten Sie nach New York?« fragte der Mann.

Ich antwortete nicht. Ich brauchte nur noch zwanzig Meter, um ihn niederstoßen und entfliehen zu können, wenn es notwendig war.

»Hier sind zwei Fahrkarten für das Schiff, das drüben liegt«, sagte der Mann und griff in seine Tasche.

Ich sah die Scheine. Ich konnte sie im schwachen Licht nicht lesen. Aber wir waren jetzt weit genug gekommen. Ich konnte riskieren, stehenzubleiben.

»Was soll das alles?« fragte ich auf portugiesisch. Ich kannte ein paar Worte davon.

»Sie können sie haben«, sagte der Mann. »Ich brauche sie nicht.«

»Sie brauchen sie nicht? Was heißt das?«

»Ich brauche sie nicht mehr.«

Ich starrte den Mann an. Ich begriff ihn nicht. Er schien tatsächlich kein Polizist zu sein. Um mich festzunehmen, hätte er solche ausgefallenen Tricks nicht nötig gehabt. Aber wenn die Fahrscheine echt waren, weshalb konnte er sie dann nicht gebrauchen? Und wozu bot er sie mir an? Um sie zu verkaufen? Etwas in mir begann zu zittern.

»Ich kann sie nicht kaufen«, sagte ich schließlich auf deutsch. »Sie sind ein Vermögen wert. Es soll in Lissabon reiche Emigranten geben; die werden Ihnen dafür zahlen, was Sie verlangen. Sie sind an den Falschen gekommen. Ich habe kein Geld.«

»Ich will sie nicht verkaufen«, sagte der Mann.

Ich blickte wieder auf die Scheine. »Sind sie echt?«

Er reichte sie mir, ohne zu antworten. Sie knisterten in meinen Händen. Sie waren echt. Sie zu besitzen war der Unterschied zwischen Untergang und Rettung. Selbst wenn ich sie nicht benutzen konnte, weil wir keine amerikanischen Visa hatten, konnte ich morgen vormittag noch versuchen, daraufhin welche zu bekommen – oder ich konnte sie zumindest verkaufen. Das bedeutete sechs Monate mehr Leben. Ich verstand den Mann nicht.

»Ich verstehe Sie nicht«, sagte ich.

»Sie können sie haben«, erwiderte er. »Umsonst. Ich verlasse Lissabon morgen vormittag. Ich habe nur eine Bedingung.«

Ich ließ die Hände sinken. Ich hatte gewußt, daß es nicht wahr sein konnte. »Was?« fragte ich.
»Ich möchte diese Nacht nicht allein bleiben.«
»Sie wollen, daß wir zusammenbleiben?«
»Ja. Bis morgen früh.«
»Das ist alles?«
»Das ist alles.«
»Sonst nichts?«
»Sonst nichts.«
Ungläubig blickte ich den Mann an. Ich war zwar daran gewöhnt, daß Leute unserer Art manchmal zusammenbrachen; daß sie oft nicht alleinbleiben konnten; daß sie die Platzangst von Menschen bekamen, für die nirgendwo mehr Platz ist; und daß ein Genosse in einer Nacht, sei er auch noch so fremd, einen vor dem Selbstmord bewahren konnte; aber es war dann selbstverständlich, daß man sich half; man setzte keine Preise dafür aus. Und nicht solche. »Wo wohnen Sie?« fragte ich.
Er machte eine abwehrende Bewegung. »Dahin will ich nicht. Gibt es keine Kneipe, in der man noch sitzen kann?«
»Es gibt sicher noch welche.«
»Gibt es keine für Emigranten? So wie das Café de la Rose in Paris?«
Ich kannte das Café de la Rose. Ruth und ich hatten dort zwei Wochen geschlafen. Der Wirt erlaubte es einem, wenn man einen Kaffee bestellte. Man brachte ein paar Zeitungen mit und legte sich auf den Boden. Ich hatte nie auf den Tischen geschlafen; vom Fußboden konnte man nicht herunterfallen.
»Ich weiß keines«, erwiderte ich. Ich wußte eines; aber man führt einen Mann, der zwei Schiffskarten verschenken wollte, nicht dahin, wo Leute ein Auge hergegeben hätten, um sie zu bekommen.
»Ich kenne hier nur ein einziges Lokal«, sagte der Mann. »Aber wir können es versuchen. Vielleicht ist es noch offen.«
Er winkte ein einsames Taxi heran und sah mich an.
»Gut«, sagte ich.
Wir stiegen ein, und er nannte dem Chauffeur eine Adresse. Ich hätte gern Ruth noch benachrichtigt, daß ich die Nacht nicht zurückkäme; aber plötzlich, als ich in das schlecht riechende, dunkle Taxi einstieg, sprang mich eine so wilde, entsetzliche Hoffnung an, daß ich fast taumelte. Vielleicht war dies alles wirklich wahr; vielleicht war unser Leben noch nicht zu Ende und das Unmögliche wurde Tatsache: unsere Rettung. Ich getraute mich nicht mehr, den Fremden auch nur eine Sekunde allein zu lassen.

Wir umfuhren die theatralische Kulisse der Praça do Comercio und kamen nach einiger Zeit in ein Gewirr von Treppen und Gassen, die aufwärts führten. Ich kannte diesen Teil Lissabons nicht; ich kannte, wie immer, hauptsächlich die Kirchen und die Museen – nicht weil ich Gott oder die Kunst so liebte, sondern einfach, weil man in Kirchen und Museen nicht nach seinen Papieren gefragt wurde. Vor dem Gekreuzigten und den Meistern der Kunst war man noch Mensch – nicht ein Individuum mit zweifelhaften Ausweisen.
Wir verließen das Taxi und stiegen die Treppen und winkligen Gassen empor. Es roch nach Fischen, Knoblauch, Nachtblumen, toter Sonne und Schlaf. Das Kastell St. George wuchs im steigenden Mond zur Seite aus der Nacht, und das Licht stürzte wie ein Wasserfall in Kaskaden die vielen Stufen hinab. Ich wandte mich um und sah zum Hafen hinunter. Da unten war der Fluß, und der Fluß war die Freiheit, er war das Leben, er mündete in das Meer, und das Meer war Amerika.
Ich blieb stehen. »Ich hoffe, Sie machen keine Scherze mit mir«, sagte ich.
»Nein«, erwiderte der Mann.
»Keine Scherze mit den Schiffskarten, meine ich.« Er hatte sie auf dem Quai wieder in seine Tasche gesteckt.
»Nein«, sagte der Mann, »ich mache keine Scherze.« Er zeigte auf einen kleinen Platz, der von Bäumen eingefaßt war. »Da drüben ist das Lokal, das ich meine. Es ist noch offen. Wir fallen nicht auf. Es kommen fast nur Ausländer dahin. Man wird uns für Leute halten, die morgen reisen werden. So wie die andern, die dort ihre letzte Nacht in Portugal feiern und morgen aufs Schiff gehen.«

Das Lokal war eine Art von Bar mit einem kleinen Viereck zum Tanzen und einer Terrasse, ein Platz, zurechtgemacht für den Touristenverkehr. Man hörte eine Gitarre und sah im Hintergrund eine Fadosängerin. Auf der Terrasse waren einige Tische mit Fremden besetzt. Eine Frau in einem Abendkleid und ein Mann in einem weißen Smoking waren dabei. Wir fanden einen Platz am Ende der Terrasse. Man konnte auf Lissabon hinabsehen, auf die Kirchen im blassen Licht, die erleuchteten Straßen, den Hafen, die Docks und auf das Schiff, das eine Arche war.
»Glauben Sie an ein Weiterleben nach dem Tode?« fragte der Mann mit den Billetts.
Ich blickte auf. Ich hätte alles andere erwartet. Es war eine zu unvermutete Frage. »Ich weiß es nicht«, erwiderte ich schließlich.

»Ich war in den letzten Jahren zu sehr mit dem Weiterleben vor dem Tode beschäftigt. Wenn ich in Amerika bin, werde ich gern darüber nachdenken«, fügte ich hinzu, um ihn daran zu erinnnern, daß er mir die Billetts versprochen hatte.
»Ich glaube nicht daran«, sagte er.
Ich atmete auf. Ich war bereit, einem Unglücklichen zuzuhören, aber ich hätte nicht gern diskutiert. Ich hatte keine Ruhe dazu. Unten lag das Schiff.
Der Mann saß eine Zeitlang da, als schliefe er mit offenen Augen. Dann, als der Gitarrespieler auf die Terrasse kam, wachte er auf. »Ich heiße Schwarz«, sagte er. »Es ist nicht mein richtiger Name; er ist der, der auf meinem Paß steht. Aber ich habe mich an ihn gewöhnt, und er wird für heute nacht genügen. Waren Sie lange in Frankreich?«
»So lange es ging.«
»Interniert?«
»Als der Krieg ausbrach. Wie alle andern.«
Der Mann nickte. »Wir auch. Ich war glücklich«, sagte er dann plötzlich leise und rasch, den Kopf gesenkt, die Augen abgewandt. »Ich war sehr glücklich. Glücklicher als ich je geglaubt hätte, sein zu können.«
Ich drehte mich überrascht um. Er sah wahrhaftig nicht so aus. Er wirkte eher wie ein mittelmäßiger, etwas schüchterner Mann.
»Wann?« fragte ich. »Etwa im Lager?«
»Im letzten Sommer.«
»1939? In Frankreich?«
»Ja. Im Sommer vor dem Kriege. Ich begreife jetzt noch nicht, wie alles kam. Deshalb muß ich mit jemand darüber reden. Ich kenne niemand hier. Wenn ich mit jemand darüber rede, wird es noch einmal da sein. Es wird mir dann ganz klarwerden. Und es wird bleiben. Ich muß es nur noch einmal –« Er brach ab. »Verstehen Sie?« fragte er nach einer Weile.
»Ja«, erwiderte ich und fügte behutsam hinzu: »Es ist nicht schwer zu verstehen, Herr Schwarz.«
»Es ist überhaupt nicht zu verstehen!« erwiderte er, plötzlich heftig und leidenschaftlich. »Sie liegt da unten in einem Zimmer, in dem die Fenster geschlossen sind, in einem scheußlichen Holzsarg, tot, und sie ist es nicht mehr! Wer kann das verstehen? Niemand! Sie nicht und ich nicht, und niemand, und wer sagt, er verstehe es, der lügt!«
Ich schwieg und wartete. Ich hatte schon öfter so mit jemand gesessen. Verluste waren schwerer durchzustehen, wenn man ohne

eigenes Land war. Nichts stützte einen dann, und die Fremde wurde schrecklich fremd. Ich hatte es in der Schweiz erlebt, als ich die Nachricht erhielt, daß man meine Eltern in Deutschland im Konzentrationslager umgebracht und verbrannt hatte. Ich hatte immerfort an die Augen meiner Mutter im Feuer des Ofens denken müssen. Es verfolgte mich jetzt noch.

»Ich nehme an, Sie wissen, was der Emigranten-Koller ist«, sagte Schwarz ruhiger.

Ich nickte. Ein Kellner brachte eine Schüssel Garnelen. Ich fühlte plötzlich, daß ich sehr hungrig war und erinnerte mich daran, daß ich seit mittags nichts gegessen hatte. Unschlüssig sah ich zu Schwarz hinüber. »Essen Sie nur«, sagte er. »Ich werde warten.«

Er bestellte Wein und Zigaretten. Ich aß rasch. Die Garnelen waren frisch und würzig. »Es tut mir leid«, sagte ich, »aber ich bin sehr hungrig.«

Ich beobachtete Schwarz, während ich aß. Er saß ruhig da und sah auf die theatralische Stadt hinunter, weder ungeduldig noch verärgert. Ich spürte etwas wie Zuneigung. Er schien mit den Geboten falschen Anstandes aufgeräumt zu haben und zu wissen, daß man hungrig sein und essen konnte, während neben einem jemand litt, ohne daß man deshalb gefühllos zu sein brauchte. Wenn man nichts für den andern tun konnte, war es ebenso gut, sein Brot zu essen, wenn man hungrig war, bevor es einem weggenommen wurde. Man wußte nie, wann es einem weggenommen wurde.

Ich schob den Teller beiseite und nahm eine Zigarette. Ich hatte lange nicht geraucht. Ich hatte das Geld gespart, um heute etwas mehr zum Spielen zu haben.

»Ich bekam den Koller im Frühjahr 39«, sagte Schwarz. »Ich war über fünf Jahre in der Emigration gewesen. Wo waren Sie im Herbst 38?«

»In Paris.«

»Ich auch. Ich hatte damals aufgegeben. Es war die Zeit vor dem Münchner Pakt. Die Agonie der Angst. Ich versteckte und verteidigte mich zwar noch automatisch, aber ich hatte abgeschlossen. Es würde Krieg geben, und die Deutschen würden kommen und mich holen. Das war mein Schicksal. Ich hatte mich damit abgefunden.«

Ich nickte. »Es war die Zeit der Selbstmorde. Sonderbar, als die Deutschen eineinhalb Jahre später wirklich kamen, waren die Selbstmorde seltener.«

»Dann kam der Münchner Pakt«, sagte Schwarz. »Das Leben

wurde einem plötzlich neu geschenkt in diesem Herbst 38! Es war von einer solchen Leichtigkeit, daß man unvorsichtig wurde. Die Kastanien blühten sogar zum zweitenmal in Paris, erinnern Sie sich? Ich wurde so leichtsinnig, daß ich mich wie ein Mensch fühlte und mich leider auch so benahm. Die Polizei faßte mich und steckte mich wegen wiederholter unerlaubter Einreise für vier Wochen ein. Dann begann das alte Spiel: ich wurde bei Basel über die Grenze geschoben, von den Schweizern zurückgeschickt, von den Franzosen an einer anderen Stelle wieder hinübergebracht, eingesperrt – Sie kennen ja dieses Schachspiel mit Menschen –«

»Ich kenne es. Es war kein Spaß im Winter. Schweizer Gefängnisse waren die besten. Warm wie Hotels.«

Ich begann wieder zu essen. Unangenehme Erinnerungen hatten etwas Gutes: sie überzeugten einen, daß man glücklich war, wenn man eine Sekunde vorher noch geglaubt hat, es nicht zu sein. Glück ist eine Sache von Graden. Wer das beherrscht, ist selten ganz unglücklich. Ich war glücklich in Schweizer Gefängnissen gewesen, weil es keine deutschen waren. Aber vor mir saß ja ein Mann, der behauptete, das Glück gepachtet zu haben, obschon irgendwo in Lissabon ein Holzsarg in einem ungelüfteten Zimmer stand.

»Als man mich das letzte Mal freiließ, drohte man mir, daß man mich nach Deutschland abschieben müsse, wenn man mich noch einmal ohne Papiere erwische«, erklärte Schwarz. »Es war nur eine Drohung; aber sie erschreckte mich. Ich fing an nachzudenken, was ich tun müßte, wenn es wirklich geschähe. Dann begann ich nachts zu träumen, ich wäre drüben und die SS wäre hinter mir her. Ich träumte es so oft, daß ich mich schließlich fürchtete, einzuschlafen. Kennen Sie das auch?«

»Ich könnte eine Doktorarbeit darüber schreiben«, erwiderte ich. »Leider.«

»Eines Nachts träumte ich, daß ich in Osnabrück wäre, der Stadt, wo ich gelebt hatte und wo meine Frau noch wohnte. Ich stand in ihrem Zimmer und sah, daß sie krank war. Sie war sehr mager und weinte. Ich wachte verstört auf. Ich hatte sie über fünf Jahre nicht gesehen und nichts von ihr gehört. Ich hatte ihr auch nie geschrieben, weil ich nicht wußte, ob ihre Post überwacht würde. Vor der Flucht hatte sie mir versprochen, sich von mir scheiden zu lassen. Es sollte ihr Schwierigkeiten ersparen. Einige Jahre glaubte ich auch, sie hätte es getan.«

Schwarz schwieg eine Weile. Ich fragte ihn nicht, weshalb er Deutschland verlassen hatte. Es gab dafür genug Gründe. Keiner von ihnen war interessant, denn jeder war ungerecht. Ein Opfer zu

sein, ist nicht interessant. Er war entweder Jude, oder er hatte einer politischen Partei angehört, die dem bestehenden Regime feindlich war, oder er hatte Feinde, die plötzlich einflußreich geworden waren – es gab Dutzende von Gründen, um in Deutschland in ein Konzentrationslager gesteckt oder totgeschlagen zu werden.
»Es gelang mir, wieder nach Paris zu kommen«, sagte Schwarz. »Aber der Traum verließ mich nicht. Er kam wieder. Um dieselbe Zeit zerbrach auch die Illusion des Münchner Paktes. Im Frühjahr wußte man, daß es bestimmt Krieg geben würde. Man roch ihn, wie man einen Brand riecht, lange bevor man ihn sieht. Nur die Diplomatie der Welt hielt sich hilflos die Augen zu und träumte Wunschträume – von einem zweiten und dritten München, von allem, aber nur keinem Krieg. Nie hat es soviel Glauben an Wunder gegeben wie in unserer Zeit, wo es keine mehr gibt.«
»Es gibt noch welche«, erwiderte ich. »Sonst wären wir alle nicht mehr am Leben.«
Schwarz nickte. »Sie haben recht. Private Wunder. Ich habe selbst eines erlebt. Es begann in Paris. Ich erbte plötzlich einen gültigen Paß. Es ist der Paß, der auf den Namen Schwarz lautet. Er gehörte einem Österreicher, mit dem ich im Café de la Rose bekannt geworden war. Der Mann starb und hinterließ mir den Paß und sein Geld. Er war erst vor drei Monaten angekommen. Ich hatte ihn im Louvre kennengelernt – vor den Bildern der Impressionisten. Ich verbrachte damals viele Nachmittage dort, um mich zu beruhigen. Wenn man vor diesen sonnegetränkten, stillen Landschaften stand, glaubte man nicht, daß eine Tierrasse, die so etwas schaffen konnte, gleichzeitig einen mörderischen Krieg vorhaben könne – eine Illusion, die den Blutdruck für eine Stunde etwas senkte.
Der Mann mit dem Paß auf den Namen Schwarz saß oft vor den Seerosen- und Kathedralenbildern von Monet. Wir kamen ins Gespräch, und er erzählte mir, daß es ihm gelungen sei, nach der Machtergreifung in Österreich freizukommen und das Land zu verlassen, indem er auf sein Vermögen verzichtete. Es hatte aus einer Sammlung von Impressionisten bestanden, die an den Staat gefallen war. Er bedauerte es nicht. Solange in Museen Bilder ausgestellt wären, könne er sie wie seine eigenen betrachten, sagte er, ohne die Sorge um Feuer und Diebstahl zu haben. Außerdem wären in den Museen in Frankreich viel bessere Bilder als er je besessen hätte. Anstatt an seine eigene limitierte Sammlung gekettet zu sein wie ein Vater an seine Familie, mit der Verpflichtung, die Seinen zu bevorzugen und dadurch beeinflußt zu werden, gehörten ihm

nun alle Bilder in öffentlichen Sammlungen, ohne daß er dafür etwas tun müsse. Er war ein sonderbarer Mann, still, sanft und heiter trotz allem, was hinter ihm lag. Er hatte fast kein Geld mitnehmen dürfen; aber er hatte eine Anzahl alter Briefmarken gerettet. Briefmarken sind das Kleinste, um es zu verstecken, besser als Diamanten. Auf Diamanten kann man schlecht gehen, wenn man sie in den Schuhen versteckt hat und zum Verhör geführt wird. Sie sind auch nicht ohne große Verluste und viele Fragen zu verkaufen. Briefmarken sind für Sammler. Sammler fragen nicht viel.«

»Wie hat er sie herausbekommen?« fragte ich, mit dem professionellen Interesse jedes Emigranten.

»Er hat alte, belanglose, geöffnete Briefe mitgenommen und die Marken zwischen das Futter und den Umschlag gesteckt. Die Zollbeamten revidierten die Briefe; nicht die Umschläge.«

»Gut«, sagte ich.

»Er hatte außerdem noch zwei kleine Portraits von Ingres mitgenommen. Bleistiftzeichnungen. Er hatte sie in breite Passepartouts und geschmacklose Talmirahmen gesteckt und behauptet, es seien Portraits seiner Eltern. Hinter die Passepartouts hatte er zwei Degaszeichnungen so geklebt, daß sie nicht zu sehen waren.«

»Gut«, sagte ich wieder.

»Er bekam einen Herzanfall im April und gab mir seinen Paß, die Marken, die er noch hatte, und die Zeichnungen. Er gab mir auch die Adressen von Leuten, die die Marken kaufen würden. Als ich am nächsten Morgen nach ihm sah, lag er tot in seinem Bett, und ich erkannte ihn kaum, so verändert hatte die Stille ihn. Ich nahm das Geld, das er noch besaß, und einen Anzug und etwas Wäsche mit mir. Er hatte mir am Tage vorher gesagt, es zu tun; es sei besser, Schicksalsgenossen bekämen es, als der Wirt.«

»Sie haben den Paß geändert?« fragte ich.

»Nur das Photo und das Geburtsjahr. Schwarz war fünfundzwanzig Jahre älter als ich. Unsere Vornamen waren gleich.«

»Wer hat es gemacht? Brünner?«

»Jemand aus München.«

»Das war Brünner, der Paßdoktor. Er war sehr tüchtig.«

Brünner war bekannt gewesen für seine guten Korrekturen. Er hatte manchem geholfen, besaß aber selbst keinen Ausweis, als er gefaßt wurde, weil er abergläubisch war; er glaubte, er sei ehrlich und ein Wohltäter, und ihm würde nichts passieren, solange er seine Kunst nicht für sich selbst benützte. Vor der Emigration hatte er eine kleine Druckerei in München gehabt.

»Wo ist er jetzt?« fragte ich.

»Ist er nicht in Lissabon?«
Ich wußte es nicht. Aber es war möglich, wenn er noch lebte.

»Es war merkwürdig, als ich den Paß hatte«, sagte Schwarz II. »Ich getraute mich nicht, ihn zu benutzen. Es dauerte ohnehin ein paar Tage, ehe ich mich an den neuen Namen gewöhnte. Ich sagte ihn mir immerfort vor. Ich ging über die Champs-Elysées und murmelte meinen Namen und meine neuen Geburtsdaten. Ich saß im Museum vor den Renoirs und flüsterte, wenn ich allein war, einen imaginären Dialog; – mit scharfer Stimme: ›Schwarz!‹ – um sofort aufzuspringen und zu antworten: ›Das bin ich!‹ –, oder ich schnarrte: ›Name!‹, um sofort automatisch daher zu leiern: ›Josef Schwarz, geboren in Wiener Neustadt am 22. Juni 1898‹. Sogar abends vor dem Schlafengehen trainierte ich. Ich wollte nicht irgendwann von einem Polizisten nachts aufgeweckt werden und im Halbschlaf das Falsche sagen. Ich wollte meinen früheren Namen vergessen. Es war ein Unterschied, keinen Paß oder einen falschen zu haben. Der falsche war gefährlicher.
Ich verkaufte die beiden Ingreszeichnungen. Man gab mir weniger dafür, als ich erwartet hatte, aber ich besaß auf einmal Geld, mehr Geld, als ich lange Zeit gesehen hatte.
Dann kam mir eines Nachts der Gedanke, der mich danach nicht mehr losließ. Konnte ich nicht mit diesem Paß nach Deutschland reisen? Er war fast gültig, und warum sollte jemand Verdacht an der Grenze schöpfen? Ich konnte dann meine Frau wiedersehen. Ich konnte die Angst um sie zum Schweigen bringen. Ich konnte –«
Schwarz sah mich an. »Sie kennen das ja sicher! Den Emigranten-Koller in seiner reinsten Form. Den Krampf im Magen, in der Kehle und hinter den Augen. Das, was man fünf Jahre hindurch in die Erde gestampft, zu vergessen gesucht, gemieden hat wie einen Cholerakranken, steht wieder auf: die tödliche Erinnerung, der Krebs der Seele für den Emigranten!
Ich versuchte mich zu befreien. Ich ging wie früher zu den Bildern des Friedens und der Stille, zu den Sisleys und Pissaros und Renoirs, ich saß stundenlang im Museum – aber jetzt war die Wirkung umgekehrt. Die Bilder beruhigten mich nicht mehr – sie begannen zu rufen, zu fordern, zu erinnern – an ein Land, noch nicht verwüstet von dem braunen Aussatz, an Abende in Gassen, über deren Mauern Flieder hing, an die goldene Dämmerung der alten Stadt, an ihre schwalbenumflogenen, grünen Kirchtürme – und an meine Frau.
Ich bin ein mittelmäßiger Mensch und habe keine besonderen Eigenschaften. Ich hatte mit meiner Frau vier Jahre gelebt, wie man zu

leben pflegte: ohne Schwierigkeiten, angenehm, aber auch ohne große Passion. Nach den ersten Monaten war unser Verhältnis das geworden, was man eine gute Ehe nennt – eine Beziehung zwischen zwei Menschen, die akzeptieren, daß Rücksicht aufeinander die Grundlage für ein behagliches Zusammensein ist. Wir vermißten die Träume nicht. So wenigstens schien es mir. Wir waren vernünftige Menschen. Wir hatten uns herzlich gern.

Jetzt verschob sich alles. Ich begann mich anzuklagen, eine so mittelmäßige Ehe geführt zu haben. Ich hatte alles versäumt. Wozu hatte ich gelebt? Was tat ich jetzt? Ich verkroch mich und vegetierte. Wie lange würde es noch dauern? Und wie würde es enden? Der Krieg würde kommen, und Deutschland mußte siegen. Es war das einzige Land, das voll bewaffnet war. Was würde dann passieren? Wohin konnte ich kriechen, wenn ich noch Zeit und Atem hatte? In welchem Lager würde ich verhungern? An welcher Mauer durch einen Genickschuß umgelegt werden, wenn ich Glück hatte? Der Paß, der mir hätte Ruhe geben sollen, trieb mich zur Verzweiflung. Ich lief auf den Straßen umher, bis ich so müde war, daß ich fast umfiel; aber ich konnte nicht schlafen, und wenn ich schlief, weckten mich die Träume wieder auf. Ich sah meine Frau in einem Gestapokeller; ich hörte sie vom Hinterhof des Hotels um Hilfe rufen; und eines Tages, als ich ins Café de la Rose eintrat, glaubte ich, im Spiegel, der schräg gegenüber der Tür hängt, ihr Gesicht zu sehen, das sich mir flüchtig zuwandte – bleich, mit trostlosen Augen – und dann wegglitt. Es war so deutlich, daß ich annahm, sie sei da, und rasch in den hinteren Raum lief. Das Zimmer war, wie immer, voll von Menschen, aber sie war nicht darunter.

Einige Tage lang war das dann eine fixe Idee: daß sie herübergekommen sei und mich suche. Ich sah sie hundertmal um eine Ecke gehen, sie saß auf den Bänken des Luxembourg-Gartens, und wenn ich hinkam, hob sich ein erstauntes fremdes Gesicht mir entgegen; sie kreuzte die Place de la Concorde, gerade bevor der Strom der Automobile wieder einsetzte, und diesmal war sie es wirklich – es war ihr Gang, die Art, wie sie ihre Schultern hielt, ich glaubte sogar, ihr Kleid zu erkennen, aber wenn der Verkehrspolizist endlich die Autoschlange stoppte und ich ihr nacheilen konnte, war sie verschwunden, eingeschluckt in den schwarzen Schlund der Untergrundbahn – und wenn ich dort unten auf dem Bahnsteig ankam, sah ich gerade noch die höhnischen Schlußlichter des abfahrenden Zuges in der Dunkelheit.

Ich vertraute mich einem Bekannten an. Er hieß Löser, handelte mit Strümpfen und war früher Arzt in Breslau gewesen.

Er riet mir, weniger allein zu sein. ›Finden Sie eine Frau‹, sagte er. Es half nichts. Sie kennen die Verhältnisse aus Not, aus Einsamkeit, aus Angst, die Flucht zu etwas Wärme, zu einer Stimme, einem Körper – das Aufwachen in einem elenden Raum in einem fremden Land, wie herabgefallen von der Erde, und dann die trostlose Dankbarkeit, einen anderen Atem neben sich zu hören – aber was ist das gegen den Zwang der Phantasie, die das Blut trinkt und einen am Morgen aufwachen läßt mit dem schalen Geschmack, daß man sich mißbraucht hat?
Wenn ich es jetzt erzähle, ist alles unsinnig und widerspricht sich; damals war es nicht so. Aus all den Kämpfen blieb immer das eine übrig: ich mußte zurück. Ich mußte meine Frau noch einmal sehen. Es konnte sein, daß sie längst mit jemand anderem lebte. Das war gleich. Ich mußte sie sehen. Es schien mir vollkommen logisch.
Die Nachrichten über den bevorstehenden Krieg verstärkten sich. Jeder sah, daß Hitler, der sein Versprechen, nur Sudetendeutschland, nicht aber die ganze Tschechoslowakei zu besetzen, sofort gebrochen hatte, nun dasselbe mit Polen begann. Der Krieg mußte kommen. Die Bündnisse Frankreichs und Englands mit Polen ließen nichts anderes zu. Und es war nicht mehr eine Sache von Monaten; nur noch eine von Wochen. Auch für mich. Auch für mein Leben. Ich mußte mich entschließen. Ich tat es. Ich wollte hinüber. Was nachher kam, wußte ich nicht. Es war auch gleichgültig. Wenn der Krieg kam, war ich ohnehin verloren. Ich konnte geradesogut das Verrückte tun.

Eine merkwürdige Heiterkeit kam in den letzten Tagen über mich. Es war Mai, und die Beete am Rond Point waren bunt mit Tulpen. Die frühen Abende hatten bereits das silbrige Licht der Impressionisten, die blauen Schatten und den hohen, hellgrünen Himmel hinter dem kalten Gaslicht der ersten Straßenlampen und den ruhelosen, roten Bändern der Leuchtschrift an den Dächern der Zeitungsgebäude, die den Krieg verkündeten für jeden, der sie lesen konnte.
Ich fuhr zuerst in die Schweiz. Ich wollte meinen Paß auf einem ungefährlichen Gebiet erproben, bevor ich an ihn glaubte. Der französische Zollbeamte gab ihn mir gleichgültig zurück; das hatte ich erwartet. Eine Ausreise ist nur in Ländern mit einer Diktatur schwierig. Aber als der Schweizer Beamte kam, spürte ich, wie sich etwas in mir zusammenzog. Ich saß zwar so gelassen da, wie ich konnte, aber mir schien, als zitterten die Ränder meiner Lungen, so wie manchmal in der Windstille an einem Baum ein Blatt rasend schnell flattert.

Der Mann sah den Paß an. Es war ein mächtiger, breitschultriger Beamter, der nach Pfeifenrauch roch. Als er im Abteil stand, verdunkelte er das Fenster, und einen Augenblick hatte ich die Beklemmung, daß er den Himmel und die Freiheit abschlösse – als wäre das Abteil bereits eine Gefängniszelle. Dann gab er mir den Paß zurück. ›Sie haben vergessen, ihn zu stempeln‹, sagte ich in der Welle der Erleichterung, ohne es zu wollen, rasch. Der Beamte lächelte. ›Ich werde ihn schon noch stempeln. Ist Ihnen das so wichtig?‹
›Das nicht. Es macht ihn nur zu einer Art von Souvenir.‹
Der Mann stempelte den Paß und ging. Ich biß mir auf die Lippen. Wie nervös ich geworden war! Dann fiel mir ein, daß der Paß mit dem Stempel schon etwas echter aussah.

In der Schweiz überlegte ich einen Tag, ob ich auch mit dem Zuge nach Deutschland fahren sollte; aber ich hatte nicht den Mut. Ich wußte auch nicht, ob man Heimkehrer, selbst solche aus dem früheren Österreich, nicht besonders revidieren würde. Wahrscheinlich hätte man es nicht getan; ich beschloß trotzdem, schwarz über die Grenze zu gehen.
In Zürich begab ich mich deshalb, wie früher, zuerst zur Hauptpost. Am Schalter für postlagernde Sendungen traf man dort meistens Bekannte – Wanderer ohne Aufenthaltsbewilligung, wie man selbst, die einem Informationen geben konnten. Von dort ging ich ins Café Greif, – dem Gegenstück zum Café de la Rose. Ich traf verschiedene Grenzgänger, aber keinen, der die Übergänge nach Deutschland genau kannte. Das war verständlich. Wer, außer mir, wollte schon nach Deutschland? Ich merkte, wie man mich anschaute und dann, als man merkte, daß es mir ernst war, vor mir zurückwich. Wer zurückwollte, mußte ein Überläufer sein; denn wer wollte schon zurück, wenn er das Regime nicht auch akzeptierte? Und was würde jemand, der so weit war, sonst noch tun? Wen verraten? Was verraten?
Ich war plötzlich allein. Man mied mich, wie man jemand meidet, der gemordet hat. Ich konnte auch nichts erklären; mir wurde selbst manchmal so heiß, daß ich vor Panik schwitzte, wenn ich daran dachte, was ich vorhatte; wie hätte ich es da anderen begreiflich machen können?
Am dritten Morgen kam die Polizei um sechs Uhr früh und holte mich aus dem Bett. Man fragte mich genau aus. Ich wußte sofort, daß einer meiner Bekannten mich angezeigt hatte. Mein Paß wurde mißtrauisch betrachtet, und ich wurde zum Verhör mitgenommen. Es war jetzt ein Glück, daß der Paß gestempelt worden war. Ich

konnte so nachweisen, daß ich legal eingereist und erst drei Tage im Lande war. Ich erinnere mich genau an den frühen Morgen, als ich mit dem Beamten durch die Straßen ging. Es war ein klarer Tag, und die Türme und Dächer der Stadt standen scharf, wie aus Metall geschnitten vor dem Himmel. Aus einer Bäckerei roch es nach warmem Brot, und aller Trost der Welt schien in diesem Geruch zu sein. Kennen Sie das?«
Ich nickte. »Die Welt erscheint einem nie schöner als in dem Augenblick, wenn man eingesperrt wird. Bevor man sie verlassen muß. Wenn man sie nur immer so fühlen könnte! Vielleicht hat man zu wenig Zeit dazu. Zu wenig Ruhe.«
Schwarz schüttelte den Kopf: »Es hat mit Ruhe nichts zu tun. Ich habe es so gefühlt.«
»Konnten Sie es halten?« fragte ich.
»Das weiß ich nicht«, erwiderte Schwarz langsam. »Das ist es ja, was ich herausfinden muß. Es ist mir aus den Händen geglitten – aber hatte ich es ganz, als ich es hielt? Kann ich es jetzt nicht vielleicht stärker wieder zurückgewinnen und es für immer halten? Jetzt, wo es sich nicht mehr verändert? Verliert man nicht immerfort, was man zu halten glaubt, weil es sich bewegt? Und steht es nicht still, erst wenn es nicht mehr da ist und sich nicht mehr ändern kann? Gehört es einem nicht erst dann?«
Seine Augen waren starr auf mich gerichtet. Es war das erste Mal, daß er mich voll anblickte. Die Pupillen waren groß. Ein Fanatiker oder ein Verrückter, dachte ich plötzlich.
»Ich habe es nie gekannt«, sagte ich. »Aber will das nicht jeder? Halten, was nicht zu halten ist? Und verlassen, was einen nicht verlassen will?«
Die Frau im Abendkleid am Nebentisch stand auf. Sie blickte über die Veranda auf die Stadt und den Hafen hinunter. »Darling, warum müssen wir zurück?« sagte sie zu dem Mann im weißen Smoking. »Wenn wir doch hierbleiben könnten! Ich habe gar keine Lust, wieder nach Amerika zu gehen.«

II

»Die Polizei in Zürich hielt mich nur einen Tag fest«, sagte Schwarz. »Aber es war ein schwerer Tag für mich. Ich hatte Furcht, daß man meinen Paß kontrollieren würde. Ein Telephongespräch mit Wien konnte schon genügen; ebenso eine Überprüfung der veränderten Daten durch einen Spezialisten.

Nachmittags wurde ich ruhig. Ich betrachtete das, was geschehen würde, als eine Art Gottesurteil. Die Entscheidung schien mir abgenommen worden zu sein. Steckte man mich ins Gefängnis, so würde ich nicht versuchen, nach Deutschland zu gehen. Aber abends ließ man mich frei und empfahl mir dringend, meine Reise aus der Schweiz hinaus so rasch wie möglich fortzusetzen.
Ich beschloß, es über Österreich zu tun. Die Grenze dort kannte ich etwas, und sie war sicher nicht so scharf bewacht wie die deutsche. Warum sollten beide überhaupt scharf bewacht sein? Wer wollte schon hinein? Aber viele wollten wahrscheinlich hinaus.
Ich fuhr nach Oberriet, um irgendwo von dort aus den Übergang zu versuchen. Am liebsten hätte ich auf einen regnerischen Tag gewartet; aber das Wetter blieb zwei Tage lang klar. In der dritten Nacht ging ich, um nicht durch zu langes Bleiben aufzufallen.
Es war eine Nacht mit allen Sternen. Sie war so still, daß ich glaubte, die leisen Geräusche des Wachsens hören zu können. Sie wissen, daß bei Gefahr eine andere Form des Sehens sich einstellt – nicht so sehr scharf, im Focus, durch die Augen, sondern mehr ausgebreitet über den Körper, als ob man mit der Haut sähe, besonders nachts. Es ist dann fast so, als ob man auch Geräusche sehen könnte, so sehr ist auch das Hören auf die Haut verlagert. Man öffnet den Mund und lauscht, und auch der Mund scheint zu sehen und zu hören.
Ich werde diese Nacht nie vergessen. Ich war meiner selbst voll bewußt, alle meine Sinne waren weit offen, ich war auf alles gefaßt, aber ganz ohne Angst. Mir war, als ginge ich über eine hohe Brücke, von einer Seite meines Lebens auf die andere, und ich wußte, daß diese Brücke sich hinter mir auflösen würde wie silberner Rauch und daß ich nie zurückkehren könne. Ich ging von der Vernunft in das Gefühl, von der Sicherheit in das Abenteuer, vom Rationalen in den Traum. Ich war vollkommen einsam, aber dieses Mal war die Einsamkeit ohne jede Qual; sie hatte fast etwas Mystisches.
Ich kam an den Rhein, der an dieser Stelle noch jung und nicht sehr breit ist. Ich zog mich aus und machte ein Bündel aus meinen Kleidern, um sie über den Kopf halten zu können. Es war ein sonderbares Gefühl, als ich nackt in das Wasser tauchte. Es war schwarz und sehr kühl und fremd, als tauchte ich in den Fluß Lethe, um Vergessenheit zu trinken. Auch daß ich nackt hindurch mußte, schien mir ein Symbol zu sein, als ließe ich alles hinter mir.
Ich trocknete mich ab und suchte weiter meinen Weg. Als ich an einem Dorf vorbeikam, hörte ich einen Hund anschlagen. Ich wußte nicht genau, wie die Grenze lief, und hielt mich deshalb am Rande

einer Straße, die an einem Gehölz entlangführte. Kein Mensch begegnete mir für lange Zeit. Ich ging, bis es Morgen wurde. Der Tau fiel plötzlich stark, und ein Reh stand am Rande einer Lichtung. Ich ging weiter, bis ich die ersten Bauern mit ihren Fuhrwerken kommen hörte. Dann suchte ich mir ein Versteck, nicht weit von der Straße. Ich wollte nicht verdächtig erscheinen, weil ich so früh auf war und aus der Richtung der Grenze kam. Später sah ich zwei Zollbeamte auf Fahrrädern die Landstraße entlangfahren. Ich erkannte ihre Uniformen. Ich war in Österreich. Österreich gehörte damals seit einem Jahr zu Deutschland.«

Die Frau im Abendkleid verließ mit ihrem Begleiter die Terrasse. Sie hatte sehr braune Schultern und war größer als der Mann, der bei ihr war. Auch ein paar andere Touristen schlenderten langsam die Treppen hinunter. Sie alle gingen wie Leute, die nie gejagt worden waren. Sie drehten sich nicht um.

»Ich hatte Butterbrote bei mir«, sagte Schwarz, »und ich fand einen Bach mit Wasser. Mittags wanderte ich weiter. Mein Ziel war der Ort Feldkirch, von dem ich wußte, daß er im Sommer von Ferienreisenden besucht wurde. Ich erwartete, da nicht so aufzufallen. Auch Züge hielten dort. Ich erreichte ihn. Mit dem nächsten Zug fuhr ich von der Grenze weg, um aus der gefährlichsten Zone herauszukommen. Als ich in das Abteil trat, saßen dort zwei SA-Männer in Uniform.

Ich glaube, daß mein Training mit der Polizei Europas mir in diesem Augenblick zu Hilfe kam, sonst wäre ich wohl zurückgesprungen. So stieg ich ein und setzte mich in eine Ecke neben einen Mann in Lodentracht, der ein Gewehr bei sich hatte.

Es war mein erster Zusammenstoß nach fünf Jahren mit allem, was für mich die Verkörperung des Abscheus war. Ich hatte es mir in den vergangenen Wochen oft vorgestellt, aber die Wirklichkeit war anders. Es war der Körper, nicht der Kopf, der reagierte; es war der Magen, der zu Stein, der Mund, der eine Raspel wurde.

Der Jäger und die SA-Leute führten ein Gespräch über eine Witwe Pfundner. Sie schien sehr munter zu sein, denn die drei zählten einige ihrer Liebschaften auf. Dann begannen sie zu essen. Sie hatten Schinkenbrote bei sich. ›Wo wollen denn Sie hin, Herr Nachbar?‹ fragte mich der Jäger.

›Zurück, nach Bregenz‹, sagte ich. – ›Sie sind fremd, hier, wie?‹ ›Ja. Ich bin auf Ferien.‹ – ›Und woher kommen Sie?‹ Ich zauderte eine Sekunde. Hätte ich Wien gesagt, wie es im Paß stand, wäre den dreien vielleicht aufgefallen, daß ich nicht den weichen Wiener

Dialekt sprach. ›Aus Hannover‹, sagte ich. ›Ich wohne da schon über dreißig Jahre.‹
›Hannover! Das ist aber weit weg.‹
›Das ist es. Aber in den Ferien will man ja nicht zu Hause bleiben.‹
Der Jäger lachte. ›Stimmt. Schönes Wetter haben Sie erwischt!‹
Ich fühlte, daß mein Hemd klebte. ›Schön, ja‹, sagte ich, ›aber heiß, als wäre es bereits Hochsommer.‹
Die drei begannen wieder, die Witwe Pfundner durchzuhecheln. Ein paar Stationen später stiegen sie aus und ich blieb allein im Abteil. Der Zug fuhr jetzt durch eine der schönsten Landschaften Europas, aber ich sah sehr wenig davon. Ich hatte plötzlich einen fast unerträglichen Anfall von Reue, Furcht und Verzweiflung. Ich verstand einfach nicht mehr, weshalb ich die Grenze überschritten hatte. Ohne mich zu rühren, saß ich in meiner Ecke und starrte aus dem Fenster. Ich war gefangen, und ich hatte selbst die Tür hinter mir ins Schloß geworfen. Ein dutzendmal wollte ich aussteigen, um zu versuchen, nachts in die Schweiz zurückzukehren.
Ich tat es nicht. Meine linke Hand hielt in meiner Tasche den Paß des toten Schwarz umklammert, als könne mir Kraft daraus zufließen. Ich sagte mir vor, daß es jetzt gleich sei, ob ich mich länger in der Nähe der Grenze aufhielte oder nicht, und daß ich sicherer sei, je weiter ich ins Land hineinführe. Ich beschloß auch, die Nacht durchzufahren. Im Zuge fragte man weniger nach Papieren als in einem Hotel.
Es ist typisch, daß man glaubt, wenn man sich der Panik überläßt, überall seien Scheinwerfer auf einen gerichtet und die Welt habe nichts anderes zu tun, als einen zu suchen. Man hat das Gefühl, alle Zellen des Körpers wollten sich selbständig machen, die Beine wollten ein zuckendes Bein-Reich errichten, die Arme nichts als Abwehr und Schlagen sein und sogar Lippen und Mund könnten nur noch zitternd den ungeformten Schrei zurückhalten.
Ich schloß die Augen. Die Versuchung, der Panik nachzugeben, war größer, weil ich allein im Abteil war. Aber ich wußte, daß jeder Zentimeter, den ich jetzt nachgab, ein Meter werden würde, wenn ich einmal wirklich in Gefahr wäre. Ich erklärte mir, daß niemand nach mir suche; daß ich dem Regime so uninteressant sei wie eine Schaufel Sand in der Wüste, und daß niemand mir etwas ansehen könne. Das war natürlich auch der Fall. Ich unterschied mich wenig von den Leuten um mich herum. Der blonde Arier ist eine deutsche Legende, keine Tatsache. Sehen Sie sich Hitler, Goebbels, Heß und den Rest der Regierung an – sie müßten sich alle eigentlich immerfort selbst als ihre eigene Illusion ausweisen.

Ich verließ den Schutz der Bahnhöfe zum erstenmal in München und zwang mich, eine Stunde spazieren zu gehen. Da ich die Stadt nicht kannte, war ich sicher, daß auch mich niemand kennen würde. Ich aß im Franziskanerbräu. Das Lokal war voll. Ich saß an einem Tisch allein und horchte. Nach ein paar Minuten setzte sich ein schwitzender, dicker Mann zu mir. Er bestellte ein Bier und ein Rindfleisch und las eine Zeitung. Ich war bisher noch nicht darauf gekommen, deutsche Zeitungen zu lesen, und kaufte mir zwei. Es war Jahre her, daß ich Deutsch gelesen hatte, und ich mußte mich immer noch daran gewöhnen, daß jeder um mich herum es sprach.
Die Leitartikel der Zeitungen waren entsetzlich. Sie waren verlogen, blutrünstig und arrogant. Die Welt außerhalb Deutschlands erschien in ihnen degeneriert, heimtückisch, dumm und zu nichts anderem nütze, als von Deutschland übernommen zu werden. Die beiden Zeitungen waren keine Lokalblätter, sie hatten früher einmal einen guten Namen gehabt. Nicht nur ihr Inhalt, auch ihr Stil war unglaublich.
Ich betrachtete den Zeitungsleser neben mir. Er aß, trank und las mit Genuß. Ich blickte mich um. Nirgendwo sah ich unter den Lesern Zeichen des Abscheus; sie waren an ihre tägliche geistige Kost gewöhnt wie an das Bier.
Ich las weiter, bis ich unter den kleinen Nachrichten eine über Osnabrück fand. Ein Haus an der Lotterstraße war abgebrannt. Ich sah die Straße vor mir. Man kam über die Wälle zum Hegertor und von da zur Lotterstraße, die hinaus aus der Stadt führte. Ich legte die Zeitung zusammen. Ich fühlte mich plötzlich einsamer als je zuvor außerhalb Deutschlands.

Langsam gewöhnte ich mich daran, daß Schock und fatalistische Apathie abwechselten. Ich gewöhnte mich auch daran, mich sicherer zu wähnen als bisher. Die Gefahr würde größer werden, wenn ich mich Osnabrück näherte, das wußte ich. Dort gab es Leute, die mich von früher kannten.
Ich kaufte mir einen billigen Koffer und etwas Wäsche und die Dinge, die für eine kurze Reise notwendig sind, um in Hotels nicht aufzufallen. Dann fuhr ich weiter. Ich wußte noch nicht, wie ich mich meiner Frau nähern sollte, und änderte meine Pläne jede Stunde. Ich mußte es auf den Zufall ankommen lassen; ich wußte ja nicht einmal, ob sie nicht ihrer Familie nachgegeben hatte – die stramm für das Regime war – und jemand anderen geheiratet hatte. Nachdem ich die Zeitungen gelesen hatte, war ich nicht mehr sicher, daß jemand lange brauchen würde, um das zu glauben, was er las, be-

sonders dann, wenn er keine Möglichkeit zum Vergleich hatte. Ausländische Blätter waren in Deutschland unter strenger Zensur.
In Münster ging ich in ein mittleres Hotel. Ich konnte nicht immer nachts aufbleiben und tagsüber irgendwo schlafen; ich mußte riskieren, von einem Hotel in Deutschland bei der Polizei angemeldet zu werden. Kennen Sie Münster?«
»Flüchtig«, erwiderte ich. »Ist es nicht eine alte Stadt mit vielen Kirchen, in der der Westfälische Friede geschlossen wurde?«
Schwarz nickte. »In Münster und Osnabrück, 1648. Nach dreißig Jahren Krieg. Wer weiß, wie lange dieser dauern wird!«
»Wenn er so weitergeht, nicht lange. Die Deutschen haben vier Wochen gebraucht, Frankreich zu erobern.«
Der Kellner kam und erklärte, das Lokal würde geschlossen. Wir wären die letzten Gäste. »Gibt es kein anderes, das noch offen ist?« fragte Schwarz.
Der Kellner erklärte, Lissabon sei keine Stadt für viel Nachtleben. Als Schwarz ihm ein Trinkgeld gab, wußte er ein Lokal, ein geheimes, sagte er, einen russischen Nachtklub. »Sehr elegant«, erklärte er.
»Wird man uns hineinlassen?« fragte ich.
»Natürlich, mein Herr. Ich wollte nur sagen, daß es elegante Frauen dort gibt. Alle Nationen. Deutsche auch.«
»Wie lange ist der Klub offen?«
»Solange Gäste da sind. Jetzt sind immer Gäste da. Viele Deutsche jetzt, mein Herr.«
»Was für Deutsche?«
»Deutsche.«
»Mit Geld?«
»Natürlich, mit Geld.« Der Kellner lachte. »Das Lokal ist nicht billig. Aber sehr unterhaltend. Könnten Sie sagen, daß Manuel von hier Sie geschickt hat? Sie brauchten dann weiter nichts anzugeben.«
»Muß man denn irgend etwas angeben?«
»Nichts. Der Portier schreibt einen Phantasienamen für Sie als Mitglied ein. Nur eine Formsache.«
»Gut.«
Schwarz zahlte die Rechnung. Wir gingen langsam die Straße mit den Treppen hinunter. Die blassen Häuser schliefen aneinandergelehnt. Aus den Fenstern hörte man das Seufzen, Schnarchen und Atmen von Leuten, die keine Paßsorgen hatten. Unsere Schritte klangen lauter als am Tage. »Das Licht«, sagte Schwarz. »Überrascht es Sie auch so?«
»Ja. Man ist noch an das verdunkelte Europa gewöhnt. Hier glaubt

man, jemand habe vergessen, es abzuschalten, und im nächsten Augenblick müsse ein Fliegerangriff kommen.«
Schwarz blieb stehen. »Wir haben es geschenkt bekommen, weil in uns etwas von Gott ist«, sagte er plötzlich pathetisch. »Und jetzt verbergen wir es, weil wir das bißchen Gott in uns morden.«
»Soviel ich in der Sage Bescheid weiß, bekamen wir das Feuer nicht geschenkt, sondern Prometheus hat es gestohlen«, erwiderte ich. »Dafür vermachten die Götter ihm dann eine chronische Leber-Zirrhose. Das scheint mir auch besser zu unserm Charakter zu passen.«
Schwarz sah mich an. »Ich habe das Spotten längst aufgegeben. Die Angst vor großen Worten auch. Solange man spottet und Angst hat, versucht man, die Dinge auf ein kleineres Maß zu bringen als das, was sie haben.«
»Vielleicht«, sagte ich. »Aber soll man immerfort auf das Unmögliche starren und sagen: es ist unmöglich? Ist es nicht besser, es zu verkleinern und damit einen Streifen von Hoffnung hereinzulassen?«
»Sie haben recht! Verzeihen Sie mir. Ich vergaß, daß Sie auf der Flucht sind. Wer hat da Zeit, an Proportionen zu denken?«
»Sind Sie nicht auch auf der Flucht?«
Schwarz schüttelte den Kopf. »Nicht mehr. Ich gehe zum zweiten Male zurück.«
»Wohin?« fragte ich erstaunt. Ich konnte nicht glauben, daß er noch einmal nach Deutschland wollte.
»Zurück«, erwiderte er. »Ich werde es Ihnen erklären.«

III

Der Nachtklub war eines der typischen Lokale, geleitet von weißrussischen Emigranten, wie es sie nach der Revolution 1917 überall in Europa gibt, von Berlin bis Lissabon. Sie haben alle dieselben Kellner, die ehemals Aristokraten gewesen sind, dieselben Sängerchöre aus früheren Gardeoffizieren, dieselben hohen Preise und dieselbe melancholische Stimmung.
Sie haben auch dieselbe matte Beleuchtung, auf die ich rechnete. Die Deutschen hier, von denen der Kellner gesprochen hatte, waren bestimmt keine Emigranten. Sie waren wahrscheinlich Spione, Mitglieder der Botschaft oder Angestellte deutscher Firmen.
»Die Russen haben sich besser etabliert als wir«, sagte Schwarz. »Sie waren uns in der Emigration allerdings auch um fünfzehn

Jahre voraus. Und fünfzehn Jahre Unglück sind lang und geben eine Menge Erfahrung.«

»Sie waren die erste Welle der Emigration«, erwiderte ich. »Man hatte noch Mitleid mit ihnen. Man gab ihnen Erlaubnis zu arbeiten und Papiere. Nansenpässe. Als wir kamen, war das Mitleid der Welt längst aufgebraucht. Wir waren lästig wie Termiten, und fast niemand war da, der für uns noch seine Stimme erhob. Wir dürfen nicht arbeiten, nicht existieren und haben immer noch keine Papiere.«

Ich war nervös, seit wir hier saßen. Es lag wahrscheinlich an dem geschlossenen Raum mit den vielen Vorhängen, dem Bewußtsein, daß Deutsche hier sein sollten, und der Tatsache, daß ich zu weit von der Tür weg saß, um entkommen zu können; – ich war daran gewöhnt, überall nahe beim Ausgang zu sitzen. Ich war auch nervös, weil ich das Schiff nicht mehr sah. Wer wußte, ob es nicht nachts noch die Anker lichtete, früher als angesagt war, wegen irgendeiner Warnung.

Schwarz schien es zu spüren. Er griff in die Tasche und legte die beiden Fahrscheinhefte vor mich hin. »Nehmen Sie sie. Ich bin kein Sklavenhändler. Nehmen Sie sie und gehen Sie, wenn Sie wollen.«

Ich sah ihn sehr beschämt an. »Sie verstehen mich falsch. Ich habe Zeit. Alle Zeit der Welt.«

Schwarz antwortete nicht. Er wartete. Ich nahm die beiden Hefte und steckte sie ein.

»Ich richtete es so ein, daß ich einen Zug fand, der am frühen Abend in Osnabrück ankam«, fuhr Schwarz fort, als wäre nichts passiert. »Mir war plötzlich, als überschritte ich jetzt erst die Grenze. Alles vorher war noch Fremde gewesen, selbst Deutschland; jetzt aber begann langsam jeder Baum zu sprechen. Ich kannte die Dörfer, durch die wir fuhren, ich hatte Schulausflüge dorthin gemacht; ich war mit Helen dagewesen in den ersten Wochen unserer Bekanntschaft, ich hatte die Landschaft geliebt, so wie ich die Stadt geliebt hatte mit ihren Häusern und Gärten.

Mein Abscheu war bis dahin ein konformer, abstrakter Block gewesen. Das, was geschehen war, hatte alles in mir paralysiert und versteinert. Ich hatte nie das Bedürfnis, ja eher sogar Angst davor gehabt, es zu analysieren oder zu detaillieren. Jetzt, plötzlich, begannen die Dinge zu sprechen, die dazugehörten, aber nichts damit zu tun hatten.

Die Landschaft hatte sich nicht geändert. Sie war dieselbe geblieben. Die Kirchtürme standen wie früher im gleichen sanften Grün ihrer Patina vor dem herabsinkenden Abend; der Fluß spiegelte den Himmel wie immer. Er erinnerte mich an die Zeit, als ich dort gefischt und von Abenteuern in fremden Ländern geträumt hatte – ich hatte sie später dann erlebt, aber anders, als ich sie mir damals vorgestellt hatte. Die Wiesen mit ihren Schmetterlingen und Libellen und die Hänge mit den Bäumen und den wilden Blumen hatten sich nicht verändert, sie lagen da wie zur Zeit meiner Jugend, und in ihnen lag meine Jugend – begraben, wenn ich so denken wollte, oder aufgehoben, wenn ich es anders zu nehmen vermochte.

Sie wurde auch durch nichts gestört. Ich sah wenige Menschen und keine Uniformen vom Zuge aus. Ich sah nur den Abend, der die Landschaft langsam erfüllte. Es gab schon Rosen und Dahlien und Lilien in den winzigen Gärten der Bahnwärterhäuschen, sie waren da wie immer, der Aussatz hatte sie nicht angefressen, sie hingen über die hölzernen Zäune, so wie sie in Frankreich hingen, und auf den Wiesen standen die Kühe, so wie sie in den Wiesen der Schweiz standen, braun und schwarz und weiß – ohne Hakenkreuze –, mit denselben geduldigen Augen wie stets. Ich sah auch einen Storch auf einem Bauernhause klappern, und die Schwalben flogen, wie sie immer und überall fliegen. Nur die Menschen waren anders geworden, das wußte ich, aber ich konnte es an diesem Abend nicht sehen und auch nicht begreifen.

Sie waren auch nicht so uniform anders, wie ich sie mir bisher gedankenlos vorgestellt hatte. Das Abteil füllte und leerte sich und füllte sich wieder. Es waren in dieser Stunde wenige Uniformen darunter, fast alles waren Leute des Alltags, mit ähnlichen Gesprächen, wie ich sie in Frankreich und in der Schweiz gehört hatte – über das Wetter, die Ernte, über Tagesereignisse und die Furcht vor dem Kriege. Sie hatten Angst davor, und so wie man außerhalb Deutschlands wußte, daß Deutschland ihn wollte, so hörte ich hier, daß das Ausland ihn Deutschland aufzwang. Fast jeder war für Frieden, wie immer kurz vor der Katastrophe.

Der Zug hielt. Ich schob mich im Knäuel der anderen durch die Sperre. Die Bahnhofshalle hatte sich nicht verändert, seit ich sie zuletzt gesehen hatte; sie schien nur kleiner und staubiger zu sein, als ich sie im Gedächtnis hatte.

Als ich auf den Bahnhofsplatz trat, fiel alles, was ich vorher gedacht hatte, von mir ab. Es war dämmerig und feucht wie nach einem Regen, ich sah keine Landschaft mehr, alles in mir bebte auf einmal, und ich wußte, daß ich von jetzt an in großer Gefahr war. Gleichzeitig hatte ich das Gefühl, mir könne nichts passieren. Es war, als stünde ich unter einer Glasglocke, die mich zwar schützte, aber jeden Augenblick zerspringen konnte.

Ich ging zum Schalter in der Halle zurück, um mir ein Retourbillett nach Münster zu kaufen; ich konnte nicht in Osnabrück wohnen. Es war zu gefährlich. ›Wann geht der letzte Zug?‹ fragte ich den Beamten, der mit spiegelnder Glatze im gelben Licht hinter seinem Schalter saß, wie ein Kleinstadtbuddha, sicher und gefeit.
›Einer um zweiundzwanzig Uhr zwanzig, einer um dreiundzwanzig Uhr zwölf.‹
Ich ging zu einem Automaten und zog eine Bahnsteigkarte. Ich wollte sie zur Hand haben, falls ich schnell verschwinden mußte, zu einer Zeit, wenn mein Billett noch nicht fällig gewesen wäre. Bahnsteige waren in der Regel schlechte Verstecke, aber man hat immer mehrere zur Auswahl – drei in Osnabrück – und konnte rasch in irgendeinen Zug steigen, der abfuhr, und dem Schaffner erklären, daß man sich geirrt habe, nachzahlen und am nächsten Ort aussteigen.
Ich hatte beschlossen, einen Freund aus früheren Jahren, von dem ich wußte, daß er kein Anhänger des Regimes gewesen war, anzurufen. Am Telephon würde ich herausfinden, ob es mir helfen könne. Meine Frau direkt anzurufen, wagte ich nicht, weil ich nicht wußte, ob sie allein wohnte.
Ich stand in der kleinen Glaskabine mit dem Telephonbuch und dem Apparat vor mir. Das Herz schlug mir so stark, als ich die Seiten mit den beschmutzten und geknickten Ecken umblätterte, daß ich glaubte es zu hören; ich glaubte sogar, daß andere es hören könnten und beugte mein Gesicht tiefer, damit man mich nicht erkennen könne. Ohne nachzudenken hatte ich die Seite aufgeschlagen mit dem Buchstaben, mit dem mein früherer Name begann. Ich fand den Namen meiner Frau, die Telephonnummer war dieselbe, aber die Adresse war verändert. Statt Rißmüller-Platz hieß sie jetzt Hitler-Platz.
Im Augenblick, als ich die Adresse sah, schien es mir, als würde die trübe Birne in der Kabine hundertfach verstärkt. Ich blickte auf, so sehr hatte ich das Gefühl, ich stünde in tiefer Nacht in einem grell erleuchteten Glaskasten – oder aber ein Scheinwerfer sei von außen auf mich gerichtet. Der ganze Irrsinn meines Unternehmens kam mir wieder voll zum Bewußtsein.
Ich verließ die Kabine und ging durch die halbdunkle Halle. Die Schilder für ›Kraft durch Freude‹ und die Reklamen für deutsche Kurorte drohten mit ihren blauen Himmeln und fröhlichen Menschen auf mich herab. Ein paar Züge mußten angekommen sein; ein Schwarm von Reisenden kam die Treppen herauf. Aus einer Gruppe löste sich ein SS-Mann. Er kam auf mich zu.

Ich lief nicht weg. Es konnte sein, daß er mich nicht meinte. Aber er blieb vor mir stehen und sah mich an.
›Verzeihen Sie, haben Sie Feuer?‹ fragte er.
›Feuer?‹ wiederholte ich, und dann rasch: ›Gewiß! Ein Streichholz!‹
Ich griff in die Tasche und suchte.
›Wozu ein Streichholz?‹ sagte der SS-Mann erstaunt. ›Ihre Zigarette brennt ja!‹
Ich hatte gar nicht gewußt, daß ich geraucht hatte. Jetzt hielt ich ihm meine Zigarette hin. Er hielt seine eigene an das glühende Ende und zog. ›Was ist denn das für eine Zigarette, die Sie da rauchen?‹ fragte er dann. ›Die riecht ja fast wie eine Zigarre!‹
Es war eine französische Gauloise. Ich hatte einige Päckchen davon mitgenommen, als ich die Grenze überschritt. ›Geschenk von einem Freunde‹, erwiderte ich. ›Französisches Kraut. Schwarzer Tabak. Er hat sie von der Reise mitgebracht. Mir sind sie auch zu stark.‹
Der SS-Mann lachte. ›Am besten, man ließe das Rauchen ganz bleiben, was? So wie der Führer. Aber wer kann das, besonders in diesen Zeiten?‹ Er grüßte und ging.«
Schwarz lächelte schwach. »Als ich noch ein Mensch war, der das Recht hatte, seine Füße irgendwohin zu stellen, habe ich oft gezweifelt, wenn ich las, wie die Schriftsteller Angst und Schreck beschrieben – daß dem Opfer das Herz stillstehe, daß er wie erstarrt dastände, daß es ihm eisig den Rücken herunter und durch die Adern liefe, daß ihm der Schweiß am ganzen Körper ausbreche –; ich hielt das für Klischees und schlechten Stil, und es mag sein, daß er das ist; aber eines ist es auch: es ist wahr. Ich habe das alles empfunden, genau so, obschon ich früher, als ich noch nichts davon wußte, darüber gelacht habe.«
Ein Kellner kam heran: »Wollen die Herren keine Gesellschaft?«
»Nein.«
Er beugte sich tiefer zu mir herunter. »Wollen Sie nicht, bevor Sie ganz ablehnen, die beiden Damen an der Bar ansehen?«
Ich sah sie an. Eine von ihnen schien sehr gut gewachsen zu sein. Beide trugen enge Abendkleider. Die Gesichter konnte ich nicht erkennen. »Nein«, sagte ich noch einmal.
»Es sind Damen«, erklärte der Kellner. »Die rechts ist eine deutsche Dame.«
»Hat sie Sie hergeschickt?«
»Nein, mein Herr«, erwiderte der Kellner mit einem hinreißend unschuldigen Lächeln. »Es war ein Gedanke von mir.«
»Gut. Beerdigen Sie ihn. Bringen Sie uns lieber etwas zu essen.«

»Was wollte er?« fragte Schwarz.
»Uns verkuppeln mit der Enkelin Mata Haris. Sie müssen ihm zuviel Trinkgeld gegeben haben.«
»Ich habe noch nicht bezahlt. Sie glauben, es seien Spioninnen?«
»Vielleicht. Aber für die einzige Internationale der Welt: Geld.«
»Deutsche?«
»Eine, sagt der Kellner.«
»Glauben Sie, daß sie hier ist, Deutsche zurückzulocken?«
»Kaum. Für Menschenraub sind eher die Russen jetzt Spezialisten.«
Der Kellner brachte einen Teller mit belegten Broten. Ich hatte sie bestellt, weil ich den Wein fühlte. Ich wollte klar bleiben. »Essen Sie nicht?« fragte ich Schwarz.
Er schüttelte abwesend den Kopf. »Ich hatte nicht daran gedacht, daß die Zigaretten mich hätten verraten können«, sagte er. »Jetzt kontrollierte ich noch einmal alles, was ich bei mir hatte. Die Streichhölzer, die noch aus Frankreich waren, warf ich mit dem Rest der Zigaretten weg und kaufte mir deutsche. Dann fiel mir ein, daß mein Paß einen französischen Einreisestempel und ein Visum hatte; daß die französischen Zigaretten also gerechtfertigt gewesen wären, hätte man mich revidiert. Ich ging, naß von Schweiß und ärgerlich auf mich und meine Angst, zur Telephonkabine zurück.
Ich mußte warten. Eine Frau mit einem großen Parteiabzeichen rief zwei Nummern nacheinander an und bellte Befehle. Die dritte Nummer antwortete nicht, und die Frau kam wütend und herrisch heraus.
Ich rief die Nummer meines Freundes an. Eine Frauenstimme antwortete. ›Bitte, kann ich mit Doktor Martens sprechen?‹ fragte ich und merkte, daß ich heiser war. ›Wer ist am Apparat?‹ fragte die Frau.
›Ein Freund von Doktor Martens.‹ Ich konnte meinen Namen nicht verraten. Ich wußte nicht, ob es seine Frau oder ein Dienstmädchen war, aber beiden konnte ich mich nicht preisgeben.
›Ihren Namen bitte!‹ sagte die Frau.
›Ich bin ein Freund von Doktor Martens‹, erwiderte ich. ›Bitte, melden Sie ihm das. In einer dringenden Angelegenheit.‹
›Bedaure‹, erwiderte die Frauenstimme. ›Wenn Sie Ihren Namen nicht angeben, kann ich Sie nicht anmelden.‹
›Sie müssen eine Ausnahme machen –‹, sagte ich. ›Doktor Martens erwartet meinen Anruf.‹
›Wenn das so ist, können Sie mir ja auch Ihren Namen sagen –‹
Ich dachte verzweifelt nach. Dann hörte ich, wie der Hörer aufgehängt wurde.

Ich stand auf dem grauen, windigen Bahnhof. Mein erster Versuch, einer, der mir sehr einfach erschienen war, war mißlungen, und ich wußte schon nicht mehr weiter. Vielleicht war es doch nötig, Helen direkt anzurufen und zu riskieren, daß jemand aus ihrer Familie mich an der Stimme erkannte. Ich konnte auch einen anderen Namen angeben, aber welchen? Doktor Martens – ein anderer fiel mir im Augenblick nicht ein. Ich zauderte noch, als mir die Idee kam, auf die ich als zehnjähriger Junge sofort gekommen wäre. Warum rief ich nicht bei Martens unter dem Namen des Bruders meiner Frau an? Er kannte ihn, und vor zehn Jahren hatte er ihn bereits nicht ausstehen können.

Ich tat es sofort. Dieselbe Frauenstimme war wieder am Apparat. ›Hier ist Georg Jürgens‹, erklärte ich scharf. ›Doktor Martens bitte.‹

›Sind Sie der Herr, der vorhin angerufen hat?‹

›Hier ist Sturmbannführer Jürgens. Ich möchte Doktor Martens sprechen. Sofort!‹

›Ja‹, sagte die Frau. ›Einen Augenblick! Gleich!‹ «

Schwarz sah mich an. »Kennen Sie das entsetzliche leise Rauschen im Hörer, wenn man am Telephon auf sein Leben wartet?«

Ich nickte. »Es braucht nicht einmal das Leben zu sein, auf das man wartet. Es kann auch das Nichts sein, das man zu beschwören sucht.«

»Hier ist Doktor Martens, hörte ich endlich«, sagte Schwarz. »Ich spürte wieder einen der Zustände, über die ich früher gelacht hätte. Meine Kehle war trocken.

›Rudolf‹, flüsterte ich schließlich.

›Wie bitte?‹

›Rudolf‹, sagte ich. ›Hier is ein Verwandter von Helen Jürgens.‹

›Ich verstehe nicht. Ist dort nicht Sturmbannführer Jürgens?‹

›Ich rufe für ihn an, Rudolf. Für Helen Jürgens. Verstehst du jetzt?‹

›Ich verstehe durchaus nicht‹, sagte der Mann am anderen Ende irritiert. ›Ich bin in der Sprechstunde –‹

›Kann ich zu dir in die Sprechstunde kommen, Rudolf? Bist du sehr besetzt?‹

›Ich muß Sie doch bitten! Ich kenne Sie nicht und Sie –‹

›Old Shatterhand‹, sagte ich.

Mir war endlich eingefallen, wie wir uns als Jungen genannt hatten, wenn wir Indianer gespielt hatten. Es waren Namen aus den Romanen Karl Mays. Wir hatten die Bücher als Zwölfjährige verschlungen. Ich hörte einen Augenblick nichts. Dann sagte Martens leise: ›Was?‹

›Winnetou‹, erwiderte ich. ›Hast du die alten Namen vergessen? Es sind doch die Lieblingsbücher des Führers.‹

›Richtig‹, sagte er. Es war bekannt, daß der Mann, der den Zweiten Weltkrieg begonnen hat, als Lektüre in seinem Schlafzimmer die dreißig oder mehr Bände eines Schriftstellers über Indianer, Trapper und Jäger stehen hatte, die man als Junge von fünfzehn Jahren bereits als leicht lächerlich zu empfinden begonnen hatte.
›Winnetou?‹ wiederholte Martens mit ungläubiger Stimme.
›Ja. Ich muß dich sehen.‹
›Ich verstehe das nicht. Wo sind Sie?‹
›Hier. In Osnabrück. Wo können wir uns sehen?‹
›Ich bin in der Sprechstunde‹, erklärte Martens mechanisch.
›Ich bin krank. Ich kann in die Sprechstunde kommen.‹
›Ich verstehe das alles nicht‹, sagte Martens mit einer Stimme, die einen Entschluß anzeigte. ›Wenn Sie krank sind, kommen Sie doch in die Sprechstunde. Wozu extra telephonieren?‹
›Wann?‹
›Am besten um sieben Uhr dreißig. Um sieben Uhr dreißig‹, wiederholte er. ›Nicht früher!‹
›Gut, um sieben Uhr dreißig.‹
Ich legte den Hörer hin. Ich war wieder naß von Schweiß. Langsam ging ich zum Ausgang. Draußen war ein blasser halber Mond zwischen den Wolken für Augenblicke sichtbar. In knapp einer Woche wird Neumond sein, dachte ich. Eine gute Zeit, die Grenze zu kreuzen. Ich sah auf die Uhr. Es war noch dreiviertel Stunde Zeit. Ich mußte vom Bahnhof weg. Es war immer verdächtig, wenn man dort zu lange herumlungerte. Ich ging die Straße hinunter, die am dunkelsten und am wenigsten belebt war. Sie führte zu den alten Wällen der Stadt. Ein Teil war planiert und mit hohen Bäumen bewachsen; ein anderer Teil war so wie früher geblieben und führte am Fluß entlang. Ich folgte ihm, über einen Platz, an der Herz-Jesu-Kirche vorbei.
Vom oberen Wall konnte man über den Fluß hinweg die Dächer und Türme der Stadt sehen. Die barocke Kuppel des Domes schimmerte im unruhigen Licht. Ich kannte diesen Blick; er war auf tausend Postkarten reproduziert. Ich kannte auch den Geruch des Wassers und den Geruch der Lindenallee, die sich den Wall entlang zog.
Ich sah, daß Liebespaare auf den Bänken saßen, die zwischen den Bäumen so aufgestellt waren, daß man den Blick auf den Fluß und die Stadt hatte, und setzte mich auf eine leere Bank, um die halbe Stunde abzuwarten, bevor ich zu Martens gehen konnte.
Die Glocken des Domes begannen zu läuten. Ich war so erregt, daß ich die Schwingungen körperlich spürte, als wären sie die Folge eines unsichtbaren Tennisspiels zwischen zwei Spielern, die sich die

Schwingungen zuwarfen. Ein Spieler war das alte Ich, das ich kannte und das erschauerte und Furcht hatte und nicht nachzudenken wagte über seine Situation – und das andere, das neue, das nicht nachdenken wollte und kühn war und sich selbst riskierte, als könne es gar nichts anderes geben – eine merkwürdige Schizophrenie, bei der noch ein Dritter als Zuschauer dabei war, unparteiisch wie ein Schiedsrichter, passiv, aber mit dem Wunsch, daß das neue Ich gewinnen möge.

Ich erinnere mich genau an diese halbe Stunde. Ich erinnere mich sogar daran, daß ich erstaunt war, mich selbst so klinisch zu spüren. Es war, als stünde ich in einem Raum, in dem Spiegel sich gegenüber an den Wänden hingen; sie warfen sich mein Bild bis in eine leere Unendlichkeit zu, und hinter jedem Spiegelbild konnte ich ein anderes entdecken, das dem ersten über die Schulter sah. Mir schien als wären es alte, dunkel gewordene Spiegel, und ich konnte nicht sehen, ob der Ausdruck fragend, traurig oder voll Hoffnung war. Sie verdämmerten alle in silbrigem Dunkel.

Eine Frau setzte sich neben mich. Ich wußte nicht, was sie wollte, und es war mir unbekannt, ob das Regime der Barbaren nicht längst auch diese Dinge schon zu militärischen Übungen degradiert hatte. Ich erhob mich deshalb und ging. Ich hörte die Frau hinter mir lachen und habe es nie vergessen – das leise, etwas verächtliche und mitleidige Lachen dieser unbekannten Frau am Herrenteichswall in Osnabrück.«

IV

»Das Wartezimmer war leer. Pflanzen mit langen, ledrigen Blättern standen auf einer Etagere am Fenster. Auf dem Tisch lagen Magazine, deren Titelblätter Bonzen des Regimes, Soldaten und eine Abteilung Hitlerjugend beim Marsch zeigten. Dann hörte ich rasche Schritte. Martens stand in der Tür. Er starrte mich an, nahm die Brille ab und blinzelte. Das Licht im Wartezimmer was schwach. Er erkannte mich nicht sofort, wahrscheinlich wegen des Schnurrbartes.

›Ich bin es, Rudolf‹, sagte ich. ›Josef.‹

Er hob die Hand, ich solle schweigen. ›Wo kommst du her?‹ flüsterte er.

Ich hob die Schultern. Wozu war das wichtig? ›Ich bin hier‹, sagte ich. ›Du mußt mir helfen.‹

Er blickte mich an. Seine kurzsichtigen Augen in dem schwachen

Licht wirkten wie die eines Fisches hinter einem dicken Aquariumglas. ›Hast du Erlaubnis, hier zu sein?‹
›Nur von mir selbst.‹
›Wie bist du über die Grenze gekommen?‹
›Das ist doch gleichgültig. Ich bin hierhergekommen, um Helen zu sehen.‹
Er starrte mich an. ›Dazu bist du gekommen?‹
›Ja‹, sagte ich.
Ich fühlte mich plötzlich ruhig. Ich war es nicht gewesen, solange ich allein war. Jetzt war auf einmal alle Erregung geschwunden, weil ich überlegte, wie ich den überraschten Menschen vor mir beruhigen konnte.
›Dazu?‹ fragte er noch einmal.
›Ja, dazu. Und du mußt mir helfen.‹
›Mein Gott!‹ sagte er.
›Ist sie tot?‹ fragte ich.
›Nein, sie ist nicht tot.‹
›Ist sie hier?‹
›Ja. Sie war hier. Wenigstens noch vor einer Woche.‹
›Können wir hier sprechen?‹ fragte ich.
Martens nickte. ›Ich habe die Empfangsschwester weggeschickt. Wenn Patienten kommen, kann ich sie auch wegschicken. Ich kann dich nicht in meine Wohnung nehmen. Ich habe geheiratet. Vor zwei Jahren. Du verstehst –‹
Ich verstand. Man konnte seit langem im Tausendjährigen Reich auch seinen Verwandten nicht mehr trauen. Denunziationen wurden täglich von den Rettern Deutschlands als nationale Tugend herausgeschrien. Ich kannte das selbst. Der Bruder meiner Frau hatte mich denunziert.
›Meine Frau gehört nicht zur Partei‹, sagte Martens hastig. ›Aber wir haben nie über einen Fall –‹ er blickte mich verwirrt an – ›gesprochen, wie diesen jetzt hier. Ich weiß nicht genau, wie sie darüber denken würde. Komm hier herein.‹
Er öffnete die Tür zu seinem Sprechzimmer und verschloß sie hinter uns. ›Laß sie offen‹, sagte ich. ›Ein verschlossenes Sprechzimmer ist verdächtiger, als wenn man uns sehen würde.‹
Er drehte den Schlüssel zurück und sah mich an. ›Josef, um Gottes willen, was machst du hier? Bist du heimlich gekommen?‹
›Ja. Und du brauchst mich nicht zu verbergen. Ich wohne in einem Hotel außerhalb der Stadt. Ich bin nur zu dir gekommen, weil ich niemand andern wußte, um Helen zu benachrichtigen, daß ich hier bin. Ich habe seit fünf Jahren nichts von ihr gehört. Ich weiß nicht,

was mit ihr geschehen ist. Ich weiß nicht, ob sie wieder verheiratet ist. Wenn sie wieder verheiratet ist –‹
›Und deshalb kommst du hierher?‹
›Ja‹, erwiderte ich erstaunt. ›Warum sonst?‹
›Wir müssen dich verstecken‹, sagte er. ›Du kannst die Nacht über hier im Sprechzimmer auf dem Sofa schlafen. Ich werde dich vor sieben wecken. Um sieben kommt das Mädchen, um sauber zu machen. Nach acht kannst du wieder herein. Vor elf kommen keine Patienten.‹
›Ist sie verheiratet?‹ fragte ich.
›Helen?‹ Er schüttelte den Kopf. ›Ich glaube nicht einmal, daß sie von dir geschieden ist.‹
›Wo wohnt sie? In der alten Wohnung?‹
›Ich glaube schon.‹
›Wohnt jemand bei ihr?‹
›Wer?‹
›Ihre Mutter. Ihre Schwester. Ihr Bruder. Oder irgendein anderer Verwandter.‹
›Das weiß ich nicht genau.‹
›Du mußt es herausfinden‹, sagte ich. ›Und du mußt ihr sagen, daß ich da bin.‹
›Warum sagst du es nicht selbst?‹ fragte Martens. ›Da ist das Telephon.‹
›Und wenn jemand bei ihr ist? Dieser Bruder, der mich schon einmal angezeigt hat?‹
›Du hast recht. Sie würde wahrscheinlich ebenso fassungslos sein wie ich. Das könnte sie verraten.‹
›Ich weiß nicht einmal, wie sie zu mir steht, Rudolf. Es ist fünf Jahre her, und vorher waren wir nur vier Jahre verheiratet. Fünf Jahre sind mehr als vier – und Abwesenheit ist zehnmal länger als Zusammensein.‹
Er nickte. ›Ich begreife dich nicht‹, sagte er.
›Das mag sein. Ich mich auch nicht. Wir führen verschiedene Leben.‹
›Warum hast du ihr nicht geschrieben?‹
›Das kann ich dir jetzt nicht erklären, Rudolf. Geh zu Helen. Sprich mit ihr. Finde heraus, was sie denkt. Wenn du es für richtig hältst, sage ihr, ich sei hier, und frage sie, wie ich sie treffen kann.‹
›Wann soll ich gehen?‹
›Sofort‹, sagte ich erstaunt. ›Wann sonst?‹
Er sah sich um. ›Wo bleibst du in der Zwischenzeit? Hier ist es unsicher. Das Dienstmädchen kann heruntergeschickt werden, wenn meine Frau nichts von mir hört. Sie ist gewöhnt, daß ich nach der

Sprechstunde heraufkomme. Oder ich müßte dich einschließen, aber das würde auch auffallen.‹

›Ich will nicht eingeschlossen werden‹, erklärte ich.

›Kannst du deiner Frau nicht sagen, du müßtest einen Patienten besuchen?‹

›Ich werde ihr das nachher sagen. Das ist einfacher.‹

Ich sah einen Schein in seinen Augen und mir war, als kniffe er das linke für eine Sekunde etwas zu. Es erinnerte mich an unsere Knabenzeit. ›Ich werde solange in den Dom gehen‹, sagte ich. ›Kirchen sind heute fast noch so sicher wie im Mittelalter. Wann soll ich dich anrufen?‹

›In einer Stunde. Ruf an als Otto Sturm. Wie kann ich dich finden? Willst du nicht lieber irgendwohin gehen, wo ein Telephon ist?‹

›Wo ein Telephon ist, ist Gefahr.‹

›Ja, vielleicht.‹ Er stand einen Augenblick unentschlossen. ›Ja, vielleicht hast du recht. Wenn ich noch nicht zurück bin, rufe wieder an – oder hinterlasse, wo du bist.‹

›Gut.‹

Ich nahm meinen Hut. ›Josef‹, sagte er.

Ich wandte mich um.

›Wie ist es draußen?‹ fragte er. ›So – ohne alles –‹

›Ohne alles?‹ erwiderte ich. ›Ungefähr so: ohne alles. Nicht ganz. Und wie ist es hier? Mit allem und ohne das eine?‹

›Nicht gut‹, sagte er. ›Nicht gut, Josef. Aber es sieht glänzend aus.‹

Ich ging durch die am wenigsten belebten Straßen zum Dom. Es war nicht weit. In der Krahnstraße kam eine Kompanie marschierender Soldaten an mir vorbei. Sie sangen ein Lied, das ich nicht kannte. Auf dem Domplatz sah ich wieder Soldaten. Etwas weiter fort, vor den drei Kreuzen der Kleinen Kirche standen etwa zwei- oder dreihundert Personen dicht beieinander. Fast alle waren in Parteiuniform. Ich hörte eine Stimme und suchte nach dem Redner, aber ich fand keinen. Nach einer Weile entdeckte ich auf einem Podium einen schwarzen Lautsprecher. Er stand dort, beleuchtet, kahl und allein, ein Automat, und schrie über das Recht der Wiedereroberung allen deutschen Bodens, das größere Deutschland, Rache und die Tatsache, daß der Frieden der Welt gesichert sei, wenn die Welt das täte, was Deutschland wolle, und das sei das Recht.

Es war wieder windig geworden, und die schwankenden Zweige warfen ihre unruhigen Schatten über die Gesichter, die schreiende Maschine und die stillen Steinskulpturen auf der Kirchenwand dahinter: Christus und die beiden Schächer am Kreuze. Die Gesichter der Zuhörer waren gesammelt und verklärt. Sie glaubten, was der Automat ihnen zuschrie, und es war bezeichnend für die sonderbare Hypnose, die hier vorging, daß sie ihm, der sie nicht hören oder sehen konnte, zuklatschten, als sei er ein Mensch. Es schien mir auch bezeichnend zu sein für die leere, finstere Besessenheit unserer Zeit, die voll Furcht und Hysterie Schlagworten folgt, ganz gleich, ob jemand von rechts oder von links sie schreit, wenn er der Masse nur das lästige Denken und die Verantwortung abnimmt, für das einstehen zu müssen, was sie fürchtet und dem sie nicht ausweicht.

Ich hatte nicht erwartet, so viele Leute im Dom zu finden. Dann fiel mir ein, daß es die letzten Tage im Mai waren und daß in diesem Monat jeden Abend eine Andacht abgehalten wird. Einen Augenblick überlegte ich, ob ich nicht lieber in eine der protestantischen Kirchen gehen sollte; aber ich wußte nicht, ob sie abends offen waren. Ich drückte mich nahe am Eingang in eine leere Bank. Am Altar schimmerten die Kerzen; der Rest der Kirche war nur wenig erleuchtet, und ich war nicht leicht zu erkennen.
Der Priester wanderte am Altar in einer Wolke von Weihrauch, Brokat und Licht langsam hin und her, um ihn herum die Meßdiener in roten Röcken mit weißen Überwürfen und dem dampfenden Weihrauchfaß. Ich hörte die Orgel und den Chorgesang, und plötzlich war mir, als sähe ich dieselben hingerissenen Gesichter wie draußen, Augen, die sich ebenso in einem entrückten, offenen Schlaf zu befinden schienen, voll von Glauben ohne Frage und Wunsch nach Sicherheit und Unverantwortlichkeit. Alles war sanft hier und milder als draußen; aber diese Religion der Liebe zu Gott und dem Nächsten war nicht immer so milde gewesen: auch sie hatte durch die finsteren Jahrhunderte viel Blut gekostet. Im Augenblick, wo sie selbst nicht mehr verfolgt wurde, hatte auch sie zu verfolgen begonnen mit Scheiterhaufen, Schwert und Folter. Helens Bruder hatte mir das hohnlachend im Lager erklärt: ›Wir haben die Methoden eurer Kirche übernommen. Eure Inquisition mit ihren Folterkammern im Namen Gottes hat uns gelehrt, wie man Feinde des Glaubens behandeln muß. Wir sind sogar noch weniger scharf – wir verbrennen nur in seltenen Fällen lebendig.‹ Ich hing damals an einem Kreuz, während er mir das erklärte – es war eine der harmloseren Arten, Namen von Häftlingen zu erpressen.
Der Priester am Altar hob die goldene Monstranz und segnete die Menge. Ich saß sehr still, aber mir war, als schwämme ich in einem

lauen Bade von Rauch, Trost und Licht. Dann begann das letzte Lied: ›In dieser Nacht sei du mein Schirm und Wacht‹ –. Ich hatte es als Kind gesungen, und damals war das Dunkel der Nacht mir als Gefahr erschienen – jetzt war es das Licht.
Die Menge begann den Dom zu verlassen. Ich hatte noch fünfzehn Minuten zu warten und rutschte in eine Ecke, neben einen der großen Pfeiler, die das Gewölbe stützten.
Im gleichen Augenblick sah ich Helen. Ich sah sie zuerst als eine Art von Wirbel in den herausströmenden Menschen. Jemand erkämpfte dort einen Weg gegen die Richtung, schob Leute beiseite und glitt zwischen ihnen vorwärts. Ich sah für Sekunden ein helles, zorniges und entschlossenes Gesicht und glaubte einen Augenblick, es sei eine Frau, die etwas vergessen hatte. Ich erkannte sie nicht gleich, weil ich sie hier nicht erwartet hatte. Erst als sie ein Stück an mir vorbei war, wo die Menge sich lichtete, sah ich an einer Bewegung ihrer Schulter, mit der sie sich schräg vorwärts arbeitete, daß sie es war. Sie schien nirgendwo anzustoßen; sie glitt zwischen den Menschen hindurch, und gleich darauf stand sie fast frei in der breiten Mittelreihe vor den Kerzen und der blauen und roten Dunkelheit der hohen, romanischen Fenster, schmal und klein plötzlich und schon fast allein und verloren.
Ich war aufgestanden, um ihren Blick zu fangen. Zu winken wagte ich nicht. Es waren noch zuviele Leute da; in der Kirche hätte so etwas Aufsehen erregt. Sie lebt, war mein erster Gedanke. Sie ist nicht tot und nicht krank! Sonderbar, daß man das immer zuerst denkt in unserer Situation! Man ist so überrascht, daß etwas noch so ist wie früher – daß jemand noch da ist.
Sie ging weiter, rasch, zum Chor hinauf. Ich drängte mich aus meiner Bank und folgte ihr. Vor der Kommunionbank blieb sie stehen und drehte sich um. Sie musterte aufmerksam die Leute, die noch in den Bänken knieten, und kam langsam den Gang wieder zurück. Ich blieb stehen. Sie war so überzeugt, mich irgendwo in den Bänken zu finden, daß sie dicht an mir vorüberging und mich fast streifte. Ich folgte ihr. ›Helen‹, sagte ich, als sie aufs neue stehenblieb, dicht hinter ihr: ›Dreh dich nicht um! Geh hinaus! Ich werde dir folgen. Man darf uns hier nicht sehen.‹
Sie zuckte, als hätte ich sie geschlagen, und ging dann weiter. Weshalb war sie nur hierher gekommen? Wir waren in großer Gefahr, erkannt zu werden. Aber ich selbst hatte ja auch nicht gewußt, daß so viele Menschen hier sein würden.
Ich sah sie vor mir hergehen; aber ich spürte nichts als Sorge, so rasch wie möglich aus der Kirche zu entkommen. Sie trug ein

schwarzes Kostüm und einen sehr kleinen Hut und hielt ihren Kopf sehr aufrecht und etwas schräg, als lausche sie auf meine Fußtritte. Ich blieb einige Schritte zurück, so weit, daß ich sie gerade noch sehen konnte; ich hatte öfter erfahren, daß man nur deshalb erkannt wurde, weil man zu nahe bei jemand anderem stand.
Sie ging an den steinernen Weihwasserbecken vorbei durch das große Eingangsportal und bog sofort nach links. Am Dom entlang führte ein breiter, mit Steinplatten gepflasterter Weg, der durch eiserne Ketten zwischen Sandsteinpfählen vom großen Domplatz abgetrennt war. Sie sprang über die Ketten, ging einige Schritte in das Dunkel, blieb stehen und drehte sich um. Ich kann nicht erklären, was ich in diesem Augenblick empfand. Wenn ich sage, daß mir so war, als ginge mein ganzes Leben dort vor mir her, scheinbar weg von mir, und drehe sich plötzlich um und sähe mich an – so ist das wieder ein Klischee, und es ist wahr und nicht wahr, aber trotzdem fühlte ich es, doch das war nicht alles was ich fühlte. Ich ging auf Helen zu, auf ihre schmale, dunkle Gestalt, auf ihr bleiches Gesicht und auf ihre Augen und ihren Mund, und ich ließ alles hinter mir, was gewesen war. Die Zeit, in der wir nicht zusammengewesen waren, versank nicht; sie blieb, aber wie etwas, das ich gelesen hatte, nicht erlebt.
›Wo kommst du her?‹ fragte Helen, fast feindselig, bevor ich sie erreicht hatte.
›Aus Frankreich.‹
›Haben sie dich hereingelassen?‹
›Nein. Ich bin schwarz über die Grenze gekommen.‹
Es waren fast dieselben Fragen, die Martens gestellt hatte. ›Warum?‹ fragte sie.
›Um dich zu sehen.‹
›Du hättest nicht kommen sollen!‹
›Ich weiß. Ich habe mir das jeden Tag gesagt.‹
›Und warum bist du gekommen?‹
›Wenn ich das wüßte, wäre ich nicht hier.‹
Ich wagte nicht, sie zu küssen. Sie stand dicht vor mir, aber so starr, als könne sie zerbrechen, wenn man sie berührte. Ich wußte nicht, was sie dachte, aber ich hatte sie wiedergesehen, sie lebte, und nun konnte ich gehen oder dem entgegensehen, was käme.
›Du weißt es nicht?‹ fragte sie.
›Ich werde es morgen wissen. Oder in einer Woche. Oder später.‹
Ich sah sie an. Was war zu wissen? Wissen war ein bißchen Schaum, der über eine Woge tanzt. Jeder Wind konnte ihn wegblasen; aber die Woge blieb.

›Du bist gekommen‹, sagte sie, und ihr Gesicht verlor die Starre, es wurde sanft, und sie trat einen Schritt näher. Ich hielt sie bei den Armen, und ihre Hände waren gegen meine Brust gepreßt, als wolle sie mich noch abwehren. Ich hatte das Gefühl, als ständen wir lange Zeit so einander gegenüber auf dem schwarzen, windigen Domplatz, allein, während der Straßenlärm uns nur, wie durch eine dämpfende Glaswand entfernt, matt erreichte. Links, etwa hundert Schritte entfernt, lag, der Querseite des Platzes gegenüber, das hellerleuchtete Stadttheater mit seinen weißen Stufen, und ich weiß noch, daß ich mich einen Augenblick vage darüber wunderte, daß man dort noch spielte und nicht schon eine Kaserne oder ein Gefängnis daraus gemacht hatte.
Eine Gruppe von Leuten kam an uns vorbei. Jemand lachte, und einige sahen sich nach uns um. ›Komm‹, flüsterte Helen. ›Wir können nicht hier bleiben.‹
›Wohin sollen wir gehen?‹
›In deine Wohnung.‹
Ich glaubte nicht recht gehört zu haben. ›Wohin?‹ fragte ich noch einmal.
›In deine Wohnung. Wohin sonst?‹
›Man kann mich auf der Treppe erkennen! Wohnen nicht dieselben Leute wie früher noch in dem Haus?‹
›Man wird dich nicht sehen.‹
›Und das Mädchen?‹
›Ich werde es für den Abend wegschicken.‹
›Und morgen früh?‹
Helen sah mich an. ›Bist du von so weit gekommen, um mich alles das zu fragen?‹
›Ich bin nicht gekommen, um gefaßt zu werden und dich in ein Lager zu bringen, Helen.‹
Sie lächelte plötzlich. ›Josef‹, sagte sie. ›Du hast dich nicht verändert. Wie bist du nur hierher gekommen?‹
›Das weiß ich auch nicht,‹, erwiderte ich und muße selbst lächeln. Die Erinnerung daran, daß sie das früher manchmal, halb zornig, halb verzweifelt über meine Umständlichkeit, gesagt hatte, wischte die Gefahr auf einmal weg. ›Aber ich bin da‹, sagte ich.
Sie schüttelte den Kopf und ich sah, daß ihre Augen voll Tränen waren. ›Noch nicht‹, erwiderte sie. ›Noch nicht! Und nun komm, oder man wird uns tatsächlich verhaften, weil es aussieht, als mache ich dir eine Szene.‹
Wir gingen über den Platz. ›Ich kann doch nicht sofort mit dir kommen‹, sagte ich. ›Du mußt dein Mädchen doch vorher weg-

schicken! Ich habe ein Zimmer in einem Hotel in Münster genommen. Man kennt mich da nicht. Ich wollte dort wohnen.‹
Sie blieb stehen. ›Wie lange?‹
›Das weiß ich nicht‹, erwiderte ich. ›Ich habe nie weiter denken können, als daß ich dich sehen wollte und daß ich danach irgendwie zurückmüßte.‹
›Über die Grenze?‹
›Wohin sonst, Helen?‹
Sie senkte den Kopf und ging weiter. Ich dachte daran, daß ich nun sehr glücklich sein sollte, aber ich fühlte es nicht so. Wirklich fühlt man es wohl immer erst später. Jetzt – jetzt weiß ich, daß ich es war.

›Ich muß mit Martens telephonieren‹, sagte ich.
›Du kannst das von deiner Wohnung aus tun‹, erwiderte Helen. Es traf mich jedesmal, wenn sie ›deine Wohnung‹ sagte. Sie tat es absichtlich. Ich wußte nicht, weshalb.
›Ich habe Martens versprochen, ihn in einer Stunde anzurufen‹, sagte ich. ›Das ist jetzt. Wenn ich es nicht tue, glaubt er, es sei etwas passiert. Vielleicht tut er dann etwas Unvorsichtiges.‹
›Er weiß, daß ich dich abhole.‹
Ich blickte auf die Uhr. Es war schon eine Viertelstunde später, als ich anrufen wollte. ›Ich kann es von der nächsten Kneipe aus tun‹, sagte ich. ›Es dauert nur eine Minute.‹
›Mein Gott, Josef!‹ sagte Helen zornig. ›Du hast dich wirklich nicht geändert. Du bist noch pedantischer geworden.‹
›Dies ist keine Pedanterie. Es ist Erfahrung. Ich habe zu oft gesehen, wieviel Unheil passieren kann, wenn man Kleinigkeiten vernachlässigt. Und ich weiß zu genau, was Warten heißt, unter Gefahr.‹ Ich nahm ihren Arm. ›Ohne Pedanterie dieser Art wäre ich nicht mehr am Leben, Helen.‹
Sie drückte heftig meinem Arm. ›Ich weiß‹, murmelte sie. ›Siehst du denn nicht, daß ich fürchte, es würde etwas passieren, wenn ich dich jetzt nur noch eine Minute allein lasse?‹
Ich spürte alle Wärme der Welt. ›Nichts wird passieren, Helen. Auch daran kann man glauben. Mit aller Pedanterie.‹
Sie lächelte und hob ihr blasses Gesicht. ›Geh und telephoniere! Aber nicht in einer Kneipe. Drüben ist ein Telephonstand. Man hat ihn hingebaut, während du fort warst. Er ist sicherer als eine Kneipe.‹
Ich ging in die Glaskabine. Helen blieb draußen. Ich rief Martens an. Die Nummer war besetzt. Ich wartete einige Zeit und rief wieder

an. Das Nickelstück fiel scheppernd zurück; die Nummer war immer noch besetzt. Ich wurde unruhig. Durch das Glas sah ich Helen draußen aufmerksam hin und her gehen. Ich machte ihr ein Zeichen, aber sie sah mich nicht. Sie beobachtete die Straße, den Hals gereckt, spähend, ohne es zu sehr zeigen zu wollen, Wärter und Schutzengel zugleich, in einem sehr gutsitzenden Kostüm, wie ich jetzt bemerkte. Ich sah auch, während ich wartete, daß ihr Mund mit Lippenstift nachgezogen war. Im gelben Licht wirkte er fast schwarz. Mir fiel ein, daß Schminke und Lippenstift im neuen Deutschland unerwünscht waren.
Beim dritten Anruf erreichte ich Martens. ›Meine Frau hat telephoniert‹, sagte er. ›Fast eine halbe Stunde. Ich konnte sie nicht unterbrechen. Über Kleider, Krieg und Kinder.‹ – ›Wo ist sie jetzt?‹
›In der Küche. Ich mußte sie reden lassen. Du verstehst?‹
›Ja. Alles ist in Ordnung. Ich danke dir, Rudolf. Vergiß alles.‹
›Wo bist du?‹
›Auf der Straße. Ich danke dir, Rudolf. Ich brauche weiter nichts mehr. Ich habe alles gefunden. Wir sind zusammen.‹
Ich sah durch die Scheibe auf Helen und wollte den Hörer niederlegen. ›Weißt du, wo du unterkommen wirst?‹ fragte Martens.
›Ich glaube ja. Sorge dich nicht. Vergiß den Abend, als hättest du geträumt.‹
›Wenn ich noch etwas tun kann‹, sagte er zögernd, ›laß es mich wissen. Ich war zuerst zu überrascht. Du verstehst –‹
›Ja, Rudolf, ich verstehe. Und wenn ich etwas brauche, werde ich es dich wissen lassen.‹
›Wenn du hier übernachten willst – wir könnten dann noch miteinander reden –‹
Ich lächelte. ›Wir werden sehen. Ich muß jetzt aufhören –‹
›Ja, natürlich‹, sagte er eilig. ›Verzeih. Alles Glück, Josef. Wirklich!‹
›Danke, Rudolf.‹
Ich trat aus der stickigen Kabine. Ein Windstoß faßte mich und riß mir fast den Hut vom Kopf. Helen kam rasch heran. ›Komm nach Hause! Du hast mich mit deiner Vorsicht angesteckt. Es ist plötzlich, als ob hier hundert Augen aus der Dunkelheit starrten.‹
›Hast du noch dasselbe Mädchen?‹
›Lena? Nein, sie spionierte für meinen Bruder. Er wollte wissen, ob du mir schriebest. Oder ich dir.‹
›Und das jetzige?‹
›Sie ist dumm und gleichgültig. Ich kann sie wegschicken, und sie wird sich freuen und nicht nachdenken.‹

›Du hast sie noch nicht weggeschickt?‹
Sie lächelte und war plötzlich sehr schön. ›Ich mußte doch erst sehen, ob du wirklich hier wärest.‹
›Du mußt sie wegschicken, ehe ich komme‹, sagte ich. ›Sie darf uns nicht sehen. Können wir nicht anderswohin gehen?‹
›Wohin?‹
Ja, wohin? – Helen lachte plötzlich. ›Da stehen wir wie Halbwüchsige, die sich heimlich treffen müssen, weil ihre Eltern sie noch für zu jung halten! Wohin können wir gehen? In den Schloßpark? Er wird um acht Uhr geschlossen. Auf eine Bank in den städtischen Anlagen? In eine Konditorei? Schon zu gefährlich!‹
Sie hatte recht. Es waren die kleinen Tatsachen, die ich nicht vorausgesehen hatte – man sieht sie nie voraus. ›Ja‹, sagte ich. ›Wir stehen da wie Halbwüchsige. Als wären wir in unsere Jugend zurückgeworfen.‹
Ich blickte sie an. Sie war neunundzwanzig Jahre alt; aber sie wirkte so, wie ich sie früher gekannt hatte. Die fünf Jahre dazwischen schienen abgeglitten zu sein wie Wasser von einem jungen Seehund. ›Ich bin auch gekommen wie ein Halbwüchsiger‹, sagte ich. ›Alle Überlegungen waren dagegen, aber wie ein Halbwüchsiger habe ich nicht weitergedacht. Ich wußte nicht einmal, ob du längst mit jemand anderem lebtest.‹
Sie antwortete nicht. Ihr braunes Haar glänzte im Licht der Laterne. ›Ich werde vorausgehen und das Mädchen wegschicken‹, sagte sie. ›Aber ich hasse es, dich allein auf der Straße zu lassen. Du könntest wieder verschwinden – so wie du aufgetaucht bist. Wo willst du solange bleiben?‹
›Da, wo du mich gefunden hast. In einer Kirche. Ich kann zum Dom zurückgehen. Kirchen sind sicher, Helen. Ich bin ein großer Kenner französischer, Schweizer und italienischer Kirchen und Museen geworden.‹
›Komm in einer halben Stunde‹, flüsterte sie. ›Erinnerst du dich noch an die Fenster unserer Wohnung?‹
›Ja‹, sagte ich.
›Wenn das Eckfenster offen ist, ist alles in Ordnung und du kannst heraufkommen. Wenn es geschlossen ist, warte, bis ich es öffne.‹
Ich mußte an Martens und meine Jugend denken, wenn wir Indianer spielten. Damals war es ein Licht im Fenster gewesen: das Zeichen für Lederstrumpf oder Winnetou, der unten wartete. Wiederholte es sich? Gab es das, daß sich etwas wiederholte?
›Gut‹, sagte ich und wollte gehen.
›Wohin gehst du?‹

›Ich will sehen, ob die Marienkirche noch offen ist. Soweit ich mich erinnere, ist sie ein schönes Beispiel gotischer Baukunst. Ich habe inzwischen gelernt, das zu schätzen.‹
›Laß das!‹ sagte sie. ›Es ist schlimm genug, daß ich dich alleinlassen muß.‹
›Helen‹, erwiderte ich. ›Ich habe gelernt, auf mich aufzupassen.‹
Sie schüttelte den Kopf. Ihr Gesicht verlor plötzlich jeden Versuch zur Tapferkeit. ›Nicht genug‹, sagte sie. ›Nicht genug. Was tue ich, wenn du nicht kommst?‹
›Du kannst nichts tun. Ist deine Telephonnummer noch dieselbe?‹
›Ja.‹
Ich berührte ihre Schulter. ›Helen‹, sagte ich. ›Alles wird gut gehen.‹
Sie nickte. ›Ich bringe dich zur Marienkirche. Ich will wissen, daß du sicher hinkommst.‹
Wir gingen schweigend hin. Es war nicht weit. Helen verließ mich, ohne ein Wort zu sagen. Ich sah ihr nach, während sie über den alten Marktplatz ging. Sie ging rasch und blickte sich nicht um.

Ich blieb im Schatten des Portals stehen. Rechts lag das Rathaus im Schatten; nur auf den steinernen Gesichtern der alten Skulpturen schimmerte ein Streifen Mondlicht. Auf der Freitreppe davor war das Ende des Dreißigjährigen Krieges im Jahre 1648 verkündet worden; ebenso der Beginn des Tausendjährigen Reiches im Jahre 1933. Ich überlegte, ob ich erleben würde, daß auch sein Ende hier gemeldet werden würde. Ich hatte wenig Hoffnung.
Ich versuchte nicht, in die Kirche zu gehen. Es war mir auf einmal zuwider, mich zu verstecken. Ich wollte zwar nicht unvorsichtig werden; aber seit ich Helen gesehen hatte, wollte ich nicht mehr ohne Not ein gehetztes Tier sein.
Ich ging weiter, um nicht aufzufallen. Die Stadt, die vorher gefährlich, bekannt und entfremdet gewesen war, fing jetzt an zu leben. Ich spürte, daß es so war, weil ich selbst begonnen hatte zu leben. Das anonyme Dasein der letzten Jahre, das nur ein Überleben gewesen war, ein Wachsen ohne Frucht von einem Tag zum anderen, schien mir auf einmal nicht mehr so unnütz gewesen zu sein. Es hatte mich geformt, und wie eine schwankende Blüte, heimlich aufgebrochen, war plötzlich ein Lebensgefühl da, das ich früher nicht gekannt hatte. Es hatte nichts mit Romantik zu tun; aber es war so neu und erregend, als wäre es eine große, leuchtende, tropische Blüte, hingezaubert auf einen durchschnittlichen Strauch, von dem man höchstens ein paar bescheidene, durchschnittliche,

kleine Knospen erwartet hätte. Ich kam an den Fluß und blieb auf der Brücke stehen und blickte über das Geländer auf das Wasser. Links von mir stand ein Wachtturm aus dem Mittelalter, in dem jetzt eine Wäscherei eingerichtet war. Die Fenster waren erleuchtet, und die Mädchen arbeiteten noch. Das Licht wehte in breiten Reflexen über den Fluß darunter. Der schwarze Wall mit den Linden stand vor dem hohen Himmel, und rechts lagen die Gärten mit der Silhouette des Domes darüber.

Ich stand sehr still und war völlig entspannt. Nichts war zu hören als das Plätschern des Wassers und die gedämpften Stimmen der Wäscherinnen hinter den Fenstern. Ich konnte nicht verstehen, was sie sagten. Was ich hörte, schienen nur menschliche Laute zu sein, die noch nicht zu Worten geworden waren. Sie waren nur Zeichen, daß Menschen nahe waren – aber noch nicht Zeichen der Lüge, des Betrugs, der Dummheit und der höllischen Einsamkeit, die sie als fertige Worte wie häßliche Obertöne einer rein geplanten Melodie gehabt hätten.

Ich atmete und mir war, als atme ich im selben Rhythmus wie das Wasser. Für einen Augenblick, der ohne Zeit war, war mir sogar, als wäre ich ein Teil der Brücke, und das Wasser flösse wie mein Atem und mit ihm durch mich hindurch. Es schien mir selbstverständlich, und ich wunderte mich nicht. Ich dachte nicht; auch meine Gedanken waren so unbewußt geworden wie mein Atem und das Wasser.

Ein abgeschirmtes Licht wanderte rasch durch die schwarze Allee der Linden zu meiner Linken. Meine Augen folgten ihm, und dann hörte ich die Stimmen der Wäscherinnen wieder. Es kam mir zum Bewußtsein, daß ich sie eine Zeitlang nicht gehört hatte. Auch den Geruch der Linden spürte ich jetzt wieder. Ein schwacher Wind trieb ihn über das Wasser.

Das wandernde Licht erlosch, und gleichzeitig wurden die Fenster hinter mir dunkel. Das Wasser lag eine Minute schwarz und teerig da, dann tauchten die schmalen Reflexe des Mondes auf, die vorher durch das stärkere Licht der Wäscherei verdeckt gewesen waren. Sie begannen jetzt, da nur sie allein noch da waren, zarter und vielfältiger zu spielen als das grobe, gelbe Licht vorher. Ich dachte an mein Leben, in dem auch vor Jahren ein Licht ausgelöscht worden war, und ich wunderte mich, ob viele sanfte Lichter, die ich vorher nie gesehen hatte, nicht auch in ihm wieder auftauchen könnten, so wie jetzt der Widerschein des Mondes im Fluß. Bisher war mir immer nur der Verlust fühlbar gewesen – nicht, ob ich nicht auch etwas dadurch gewonnen hätte.

Ich verließ die Brücke und ging in der dunklen Allee der Bäume auf dem Wall auf und ab, bis die halbe Stunde vorbei war, die ich warten mußte. Der Geruch der Linden wurde stärker in der wachsenden Nacht, und der Mond überschüttete die Dächer und die Türme mit Silber. Es war, als wolle die Stadt alles tun, um mir zu zeigen, daß ich mir eine Lüge aufgebaut habe; – daß nirgendwo eine Gefahr auf mich lauere; – daß ich heimkehren könne, getrost, nach einem langen Irrweg, um wieder ich selbst zu sein.

Es war nicht nötig, mich dagegen zu wehren. Etwas in mir wachte automatisch und sicherte nach allen Seiten. Ich war zu oft gerade so in Paris, in Rom und in anderen Städten verhaftet worden – hingegeben an die Schönheit und in Sicherheit gewiegt durch ihre betrügerische Illusion der Liebe, des Verstehens und des Vergessens. Polizisten vergaßen nicht. Und Denunzianten wurden nicht durch Mondlicht und Lindenduft zu Heiligen.

Ich ging zum Hitler-Platz, vorsichtig, meine Sinne ausgespannt wie Fledermausflügel. Das Haus stand an einer Ecke, wo eine Straße in den Platz mündete. Die Straße hatte noch den alten Namen.

Das Fenster war offen. Mir fiel die Geschichte von Hero und Leander ein und das Märchen von den Königskindern, wo eine Nonne das Licht auslöschte und der Königssohn ertrank; – ich war kein Königssohn, dachte ich, und die Deutschen hatten viele sehr schöne Märchen und trotzdem, oder deshalb vielleicht, auch die grausamsten Konzentrationslager der Welt. Ruhig überschritt ich die Straße, und es war nicht der Hellespont und nicht die nordische See.

Im Hausflur kam mir jemand entgegen. Ich konnte nicht mehr zurück und ging weiter auf die Treppe zu, als wüßte ich, wohin ich wollte. Es war eine ältere Frau, die ich nicht von früher kannte. Das Herz krampfte sich mir zusammen –« Schwarz lächelte – »da ist wieder so ein Klischee, an das man erst glaubt, wenn man es erfahren hat. Ich sah mich nicht um, ich hörte die Haustür zuklinken und lief rasch die Treppen hinauf.

Die Tür war einen Zentimeter offen. Ich stieß sie auf und stand Helen gegenüber. ›Hat dich jemand gesehen?‹ fragte sie.

›Ja. Eine ältere Frau.‹

›Ohne Hut?‹

›Ja, ohne Hut.‹

›Es muß das Mädchen gewesen sein. Sie hat ihr Zimmer unter dem Dach. Ich habe ihr gesagt, sie könne bis Montag nachmittag frei haben; da muß sie herumgetrödelt haben. Diese Mädchen glauben, jeder Mensch habe nichts weiter im Kopf, als ihre Kleider zu kritisieren, wenn sie auf der Straße sind.‹

›Zum Teufel mit dem Mädchen‹, sagte ich. ›Sie hat mich nicht erkannt, ob sie es war oder nicht. Ich weiß, wenn jemand mich erkennt.‹
Helen nahm mir den Regenmantel und den Hut aus den Händen und wollte beides weghängen. ›Nicht hierher‹, sagte ich. ›In einen Schrank. Wenn jemand käme, könnte er sie sehen.‹
›Niemand kommt‹, sagte Helen und ging mir voran.
Ich wandte mich um und drehte den Schlüssel in der Tür um. Dann folgte ich ihr.

Ich hatte in den ersten Jahren meines Exils oft an meine Wohnung gedacht; dann hatte ich sie zu vergessen gesucht. Jetzt, als ich in ihr war, fühlte ich wenig. Sie war da wie ein Bild, das ich einmal besessen hatte und das mich an eine bestimmte Zeit meines Lebens erinnerte. Ich stand in der Tür und blickte mich um. Fast nichts war geändert worden. Das Sofa und die Sessel waren neu bezogen.
›Waren sie nicht früher grün?‹ fragte ich.
›Blau‹, sagte Helen.«
Schwarz wendete sich mir zu. »Dinge haben ihr eigenes Leben, und es wird entsetzlich, wenn man sie mit dem eigenen vergleicht.«
»Wozu vergleichen?« fragte ich.
»Tun Sie das nicht?«
»Ja, aber nicht auf verschiedenen Ebenen. Ich beschränke mich auf mich selbst. Wenn ich hungrig am Hafen stehe, vergleiche ich mich mit einem imaginären Ich, das außerdem noch an Krebs leidet. Das macht mich dann für eine Minute glücklich, weil ich keinen Krebs habe und nur hungrig bin.«
»Krebs«, sagte Schwarz und starrte mich an. »Wie kommen Sie darauf?«
»Ich könnte auch Syphilis sagen. Oder Tuberkulose. Krebs ist das Nächste.«
»Das Nächste?« Schwarz starrte mich immer noch an. »Ich sage Ihnen, es ist das Fernste! Das Fernste!« wiederholte er.
»Gut«, erwiderte ich nachgiebig. »Das Fernste. Ich habe es nur so als Beispiel gebraucht.«
»Es ist so fern, daß es unbegreiflich ist.«
»Das ist jede tödliche Krankheit, Herr Schwarz. Immer.«
Er nickte und schwieg. »Haben Sie noch Hunger?« fragte er dann.
»Nein. Warum?«
»Sie sagten etwas davon.«
»Das war auch nur ein Beispiel. Ich habe heute bei Ihnen schon zweimal zu Abend gegessen.«
Er blickte auf. »Wie das klingt! Zu Abend essen! Wie tröstlich!

Wie unerreichbar, wenn alles vorbei ist!«
Ich schwieg. Nach einer Weile sagte er ruhiger: »Die gelben Sessel. Sie waren neu bezogen worden, das war alles, in den fünf Jahren, in denen mein Dasein ein Dutzend Saltos der Ironie geschlagen hatte. Es scheint manchmal nicht zusammen zu passen, das war es, was ich meinte.«
»Ja. Der Mensch stirbt, aber das Bett bleibt. Das Haus bleibt. Die Dinge bleiben. Man möchte sie auch zerstören.«
»Nicht, wenn sie einem gleichgültig sind.«
»Man soll sie nicht zerstören«, sagte ich. »Man ist nicht so wichtig.«
»Nein?« erwiderte Schwarz und hob mir ein plötzlich verstörtes Gesicht entgegen. »Nicht wichtig? Natürlich nicht! Aber sagen Sie mir – was sonst ist wichtig, wenn ein Leben nicht wichtig ist?«
»Nichts«, erwiderte ich und wußte, daß es wahr war und doch nicht wahr. »Nur wir machen es wichtig.«
Schwarz trank hastig von dem dunklen Wein. »Und warum nicht?« fragte er laut. »Wollen Sie mir sagen, warum wir es nicht wichtig machen sollen?«
»Das kann ich Ihnen nicht sagen. Es war auch nur eine dumme Redensart. Ich nehme es selbst wichtig genug.«
Ich sah auf die Uhr. Es war kurz nach zwei. Das Orchester spielte Tanzmusik; einen Tango, in dem kurze, gedämpfte Hornstöße mich an die fernen Sirenen eines abfahrenden Schiffes erinnerten. Nur noch ein paar Stunden, dachte ich, bis zur Dämmerung, dann kann ich gehen. Ich fühlte nach den Fahrscheinen in meiner Tasche. Sie waren da. Fast hätte ich es nicht mehr geglaubt; die ungewohnte Musik, der Wein, die verhängten Räume und die Stimme von Schwarz hatten etwas Einschläferndes und Unwirkliches.
»Ich stand noch immer in der Tür zum Wohnzimmer«, fuhr Schwarz fort. »Helen sah mich an und fragte: ›Ist dir deine Wohnung so fremd geworden?‹
Ich schüttelte den Kopf und machte ein paar Schritte vorwärts. Eine merkwürdige Verlegenheit hatte mich erfaßt. Die Dinge schienen nach mir greifen zu wollen; aber ich gehörte nicht mehr zu ihnen. Ein Schreck durchzuckte mich: daß ich vielleicht auch nicht mehr zu Helen gehöre. ›Es ist alles, wie es war‹, sagte ich rasch und heiß und verzweifelt. ›Alles, wie es war, Helen.‹
›Nein‹, erwiderte sie. ›Nichts ist mehr so. Weshalb bist du zurückgekommen? Deshalb? Damit alles so sei, wie es war?‹
›Nein‹, sagte ich. ›Ich weiß, daß es das nicht gibt. Aber haben wir nicht hier gelebt? Wo ist das geblieben?‹

›Nicht hier. Es ist auch nicht in den alten Kleidern geblieben, die wir weggeworfen haben. Meinst du das?‹

›Nein. Ich frage nicht für mich. Aber du warst immer hier. Ich frage für dich.‹

Helen sah mich seltsam an. ›Warum hast du nie früher gefragt?‹ sagte sie dann.

›Früher?‹ erwiderte ich verständnislos. ›Warum früher? Ich konnte nicht kommen.‹

›Früher. Bevor du weggingst.‹

Ich begriff sie nicht. ›Was hätte ich fragen sollen, Helen?‹

Sie schwieg eine Weile. ›Warum hast du mich nicht gefragt mitzugehen?‹ sagte sie dann.

Ich starrte sie an. ›Mitzugehen? Weg von hier? Von deiner Familie? Von allem, was du liebtest?‹

›Ich hasse meine Familie.‹

Ich war völlig verwirrt. ›Du weißt nicht, was es heißt, draußen zu sein‹, murmelte ich schließlich.

›Du wußtest es damals auch nicht.‹

Das war wahr. ›Ich wollte dich hier nicht wegnehmen‹, sagte ich lahm.

›Ich hasse es‹, erwiderte sie. ›Alles hier! Weshalb bist du zurückgekommen?‹

›Du hast es damals nicht gehaßt.‹

›Weshalb bist du zurückgekommen?‹ wiederholte sie.

Sie stand auf der anderen Seite des Zimmers, getrennt von mir durch mehr als die gelben Sessel und durch mehr als fünf Jahre Zeit. Feindseligkeit und eine wache Enttäuschung schlugen mir plötzlich entgegen und ich fühlte dumpf, daß ich in meinem, mir selbstverständlich erscheinenden Wunsch, sie keinen Schwierigkeiten auszusetzen, sie vielleicht schwer gekränkt hatte, als ich flüchtete und sie zurückließ.

›Weshalb bist du zurückgekommen, Josef?‹ fragte Helen.

Ich hätte gern geantwortet, daß ich ihretwegen zurückgekommen sei; aber ich konnte es im Augenblick nicht. Es war nicht so einfach. Ich erkannte plötzlich – und ich erkannte es erst in diesem Augenblick –, daß es eine ruhige, klare Verzweiflung gewesen war, die mich zurückgetrieben hatte. Alle meine Reserven waren aufgebraucht, und der nackte Wille zu überleben nicht stark genug gewesen, dem Frost der Einsamkeit länger standhalten zu können. Ich war nicht fähig gewesen, mir ein neues Leben aufzubauen. Ich hatte es im Grunde auch wohl nie wirklich gewollt. Ich war mit meinem früheren Leben längst nicht fertig geworden; ich hatte es

weder verlassen noch überwinden können; Gangräne hatte eingesetzt, und ich hatte die Wahl gehabt, im Gestank der Gangräne zu krepieren oder zurückzugehen und zu versuchen, sie zu heilen. Ich hatte das alles nie genau überlegt, und es war mir auch jetzt nur in Umrissen klar; aber ich war wie erlöst, wenigstens das zu wissen. Die Schwere und Verlegenheit wich. Ich wußte jetzt, weshalb ich hier war. Ich hatte nichts aus den fünf Jahren Exil mitgebracht als meine geschärften Sinne, die Bereitschaft zu leben und die Vorsicht und Erfahrung eines flüchtigen Verbrechers. Das andere hatte Bankrott gemacht. Die vielen Nächte zwischen den Grenzen, die grauenhafte Langeweile des Daseins, das nur um etwas Essen und ein paar Stunden Schlaf kämpfen darf, die Maulwurfsexistenz unter Grund – sie versanken ohne Spur, während ich hier auf der Schwelle meiner Wohnung stand. Ich hatte zwar Bankrott gemacht, aber ich brauchte keine Schulden zu übernehmen. Ich war frei. Das Ich dieser Jahre hatte Selbstmord begangen, als ich die Grenze überschritt. Es war keine Rückkehr. Ich war tot, ein anderes Ich lebte, und es lebte von geschenkter Zeit. Keine Verantwortung war mehr da. Die Gewichte fielen ab.« Schwarz wandte sich mir zu. »Verstehen Sie, was ich meine? Ich wiederhole mich und rede in Gegensätzen.«

»Ich glaube schon, daß ich Sie verstehe«, erwiderte ich. »Die Möglichkeit zum Selbstmord ist eine Gnade, deren man sich nur selten bewußt wird. Sie gibt einem die Illusion des freien Willens. Und wahrscheinlich begehen wir mehr Selbstmorde, als wir jemals ahnen. Wir wissen es nur nicht.«

»Das ist es!« sagte Schwarz lebhaft. »Wenn wir sie nur als Selbstmorde erkennen würden! Dann hätten wir die Fähigkeit, auch wieder von den Toten aufzuerstehen. Wir könnten mehrere Leben leben, anstatt die Geschwüre der Erfahrung von einer Krise zu anderen weiterzuschleppen und schließlich daran einzugehen.«

»Ich konnte das Helen natürlich nicht erklären«, fuhr er fort. »Es war auch nicht notwendig. Ich hatte mit der Leichtigkeit, die ich plötzlich empfand, nicht einmal das Bedürfnis. Im Gegenteil: ich spürte, daß Erklärungen nur verwirren würden. Sie wollte wahrscheinlich, daß ich sagen sollte, ich wäre ihretwegen zurückgekommen; aber ich wußte, mit meiner neuen Hellsichtigkeit, daß das mein Verderben gewesen wäre. Die Vergangenheit wäre dann über uns hereingebrochen mit all den Argumenten von Schuld und Versäumnis und gekränkter Liebe, und wir hätten nie herausgefunden. Wenn die, jetzt fast heitere, Idee des geistigen Selbstmordes einen

Sinn hatte, dann mußte sie auch vollständig sein, und sie mußte nicht nur die Jahre des Exils, sondern auch die Jahre davor umfassen, sonst wäre die Gefahr einer zweiten Gangräne dagewesen, einer älteren sogar, und sie hätte sich sofort gezeigt. Helen stand da, ein Feind, bereit, zuzuschlagen mit Liebe und großer Kenntnis meiner verteidigungslosen Stellen, und ich wäre so sehr im Nachteil gewesen, daß ich keine Chance gehabt hätte. Hatte ich vorher das erlösende Gefühl eines Todes gehabt, so wäre es jetzt ein quälendes moralisches Krepieren geworden – nicht mehr Tod und Auferstehung, sondern gründliche Vernichtung. Man soll Frauen nichts erklären; man soll handeln.

Ich ging auf Helen zu. Als ich ihre Schulter berührte, fühlte ich, wie sie bebte. ›Warum bist du gekommen?‹ fragte sie noch einmal.

›Ich habe es vergessen‹, erwiderte ich. ›Ich bin hungrig, Helen. Ich habe den ganzen Tag nichts gegessen.‹

Neben ihr auf einem kleinen, gemalten italienischen Tisch stand in einem silbernen Rahmen die Photographie eines Mannes, den ich nicht kannte. ›Brauchen wir das noch?‹ fragte ich.

›Nein‹, sagte sie überrascht. Sie nahm die Photographie und schob sie in die Schublade des Tisches.«

Schwarz sah mich an und lächelte. »Sie warf sie nicht fort«, sagte er. »Sie zerriß sie nicht. Sie legte sie in die Schublade. Sie konnte sie so wieder hervorholen und aufstellen, wann sie wollte. Ich weiß nicht warum, aber diese Geste von raison d'être entzückte mich. Fünf Jahre früher hätte ich sie nicht verstanden und eine Szene gemacht. Jetzt zerbrach sie eine Situation, die pompös zu werden drohte. Wir ertragen große Worte in der Politik, aber noch nicht im Gefühl. Leider noch nicht. Umgekehrt wäre es besser. Helens französische Geste zeigte nicht weniger Liebe; nur weibliche Vorsicht. Ich hatte sie einmal enttäuscht; wozu sollte sie mir sofort wieder trauen? Ich dagegen hatte nicht umsonst in Frankreich gelebt; ich fragte sie nichts. Was hatte ich auch zu fragen? Und woher hätte ich ein Recht dazu gehabt? Ich lachte. Sie stutzte. Dann begann sich ihr Gesicht zu erhellen und sie lachte auch. ›Hast du dich eigentlich von mir scheiden lassen?‹ fragte ich.

Sie schüttelte den Kopf. ›Nein. Aber nicht deinetwegen. Ich habe es nicht getan, um meine Familie zu ärgern.‹ «

V

»Ich schlief nur wenige Stunden in dieser Nacht«, sagte Schwarz. »Ich war sehr müde, aber ich wachte oft auf. Die Nacht drängte von außen gegen den kleinen Raum, in dem wir lagen. Ich glaubte Geräusche zu hören, und in sekundenlangen Halbträumen war ich auf der Flucht und schreckte hoch.
Helen wachte nur einmal auf. ›Kannst du nicht schlafen?‹ fragte sie durch das Dunkel.
›Nein. Ich habe es auch nicht erwartet.‹
Sie machte Licht. Die Schatten sprangen aus dem Fenster. ›Man kann nicht alles verlangen‹, sagte ich. ›Über meine Träume habe ich keine Kontrolle. Ist noch Wein da?‹
›Genug. Darin ist meine Familie zuverlässig. Seit wann trinkst du Wein?‹
›Seit ich in Frankreich bin.‹
›Gut‹, sagte sie. ›Verstehst du schon etwas davon?‹
›Nicht viel. Und hauptsächlich von Rotwein. Billigem.‹
Helen stand auf und ging in die Küche. Sie kam mit zwei Flaschen und einem Korkenzieher zurück. ›Unser glorreicher Führer hat das alte Weingesetz modifiziert‹, sagte sie. ›Früher durfte bei Naturweinen kein Zucker zugefügt werden. Jetzt darf sogar die Gärung unterbrochen werden.‹
Sie sah mein verständnisloses Gesicht. ›Das macht saure Weine in schlechten Jahrgängen süßer‹, erklärte sie und lachte. ›Ein Schwindel der Herrenrasse, um den Export zu erhöhen und Devisen hereinzubekommen.‹
Sie gab mir die Flaschen und den Korkenzieher. Ich öffnete eine Flasche Mosel. Helen brachte zwei dünne Gläser. ›Woher bist du so braun?‹ fragte ich.
›Ich war im März in den Bergen. Skilaufen.‹
›Nackt?‹
›Nein. Aber man kann nackt in der Sonne liegen.‹
›Seit wann läufst du Ski?‹
›Jemand hat es mir beigebracht‹, erwiderte sie und sah mich herausfordernd an.
›Gut. Es soll sehr gesund sein.‹
Ich füllte ein Glas und gab es ihr. Der Wein roch herbe und aromatischer als die burgundischen Weine. Ich hatte keinen mehr getrunken, seit ich Deutschland verlassen hatte.
›Willst du nicht auch wissen, wer es mir beigebracht hat?‹ fragte Helen.

›Nein.‹
Sie sah mich überrascht an. Früher hätte ich warscheinlich die ganze Nacht hindurch danach gefragt. Jetzt war nichts belangloser. Die schwerelose Unwirklichkeit des Abends war wieder da. ›Du hast dich geändert‹, sagte sie.
›Heute abend hast du mir zweimal gesagt, ich hätte mich nicht geändert‹, erwiderte ich. ›Das eine ist ebensowenig wichtig wie das andere.‹
Sie hielt ihr Glas, ohne zu trinken. ›Vielleicht möchte ich, daß du dich nicht geändert hättest.‹
Ich trank. ›Um mich leichter zu zerschlagen?‹
›Habe ich dich früher zerschlagen?‹
›Ich weiß es nicht. Ich glaube nicht. Es ist sehr lange her. Wenn ich daran zurückdenke, wie ich damals war, wüßte ich nicht, warum die Welt du es nicht versucht haben solltest.‹
›Man versucht es immer; weißt du das nicht?‹
›Nein‹, sagte ich. ›Aber ich bin jetzt gewarnt. Der Wein ist gut. Wahrscheinlich ist bei ihm die Fermentation nicht unterbrochen worden.‹
›Wie bei dir?‹
›Helen‹, sagte ich. ›Du bist nicht nur sehr aufregend – du bist auch komisch, und das ist eine außerordentlich seltene und reizvolle Kombination.‹
›Sei nicht so sicher‹, erwiderte sie ärgerlich und setzte sich auf das Bett, den Wein immer noch in der Hand.
›Ich bin nicht sicher. Aber äußerste Unsicherheit kann, wenn sie nicht zum Tode führt, zu einer Sicherheit führen, die nicht zu erschüttern ist‹, sagte ich lachend. ›Das sind große Worte, aber sie sind nur die einfache Erfahrung eines Kugel-Daseins.‹
›Was ist ein Kugel-Dasein?‹
›Meines. Eines, das nirgendwo bleiben kann; das sich nie ansiedeln darf; immer im Rollen bleiben muß. Das Dasein des Emigranten. Das Dasein des indischen Bettelmönches. Das Dasein des modernen Menschen. Es gibt übrigens mehr Emigranten, als man glaubt. Auch solche, die sich nie vom Fleck gerührt haben.‹
›Das klingt sehr gut‹, sagte Helen. ›Besser als bürgerliche Stagnation.‹
Ich nickte. ›Man kann es auch mit anderen Worten beschreiben; dann klingt es nicht so gut. Aber unsere Vorstellungskraft ist gottlob nicht sehr groß. Sonst würde es auch viel weniger Kriegsfreiwillige geben.‹
›Alles ist besser als Stagnation‹, sagte Helen und trank ihr Glas aus.

Ich betrachtete sie, während sie trank. Wie jung sie ist, dachte ich, wie jung, unerfahren, trotzig liebenswert, gefährlich und töricht. Sie weiß nichts. Nicht einmal, daß bürgerliche Stagnation ein moralischer Zustand ist; kein geographischer.
›Möchtest du in sie zurück?‹ fragte sie.
›Ich glaube nicht, daß ich es könnte. Mein Vaterland hat mich wider meinen Willen zum Weltbürger gemacht. Nun muß ich es bleiben. Zurück kann man nie.‹
›Auch nicht zu einem Menschen?‹
›Auch nicht zu einem Menschen‹, sagte ich. ›Selbst die Erde führt ein Kugel-Dasein. Sie ist ein Emigrant der Sonne. Man kann nie zurück. Oder man zerkracht.‹
›Gott sei Dank.‹ Helen hielt mir ihr Glas hin. ›Wolltest du nie zurück?‹
›Immer‹, erwiderte ich. ›Ich folge nie meinen Theorien. Das gibt ihnen doppelten Reiz.‹
Helen lachte. ›Das alles ist nicht wahr!‹
›Natürlich nicht. Es ist ein bißchen Spinngewebe, um anderes zu verdecken.‹
›Was?‹
›Etwas ohne Worte.‹
›Etwas, das es nur nachts gibt?‹
Ich antwortete nicht. Ich saß ruhig im Bett. Der Wind der Zeit hatte aufgehört zu wehen. Er sauste mir nicht mehr in den Ohren. Es war, als ob ich aus einem Flugzeug in einen Ballon gekommen wäre. Ich schwebte und flog noch; aber der Lärm der Motoren war verstummt.
›Wie heißt du jetzt?‹ fragte Helen.
›Josef Schwarz.‹
Sie grübelte einen Augenblick. ›Heiße ich dann jetzt auch Schwarz?‹
Ich mußte lächeln. ›Nein, Helen. Es ist nur irgendein Name. Der Mann, von dem ich ihn habe, hatte ihn auch schon geerbt. Ein ferner, toter Josef Schwarz lebt wie der ewige Jude in mir bereits in der dritten Generation weiter. Ein fremder, toter Geistesahne.‹
›Du kennst ihn nicht?‹
›Nein.‹
›Fühlst du dich anders, seit du einen anderen Namen hast?‹
›Ja‹, sagte ich. ›Weil ein Stück Papier dazugehört. Ein Paß.‹
›Auch wenn er falsch ist?‹
Ich lachte. Es war eine Frage aus einer anderen Welt. Wie falsch und wie echt ein Paß war, lag an dem Polizisten, der ihn kontrol-

lierte. ›Man könnte darüber eine philosophische Parabel erfinden‹, sagte ich. ›Sie müßte damit beginnen, zu untersuchen, was ein Name ist. Ein Zufall oder eine Identifikation.‹
›Eine Name ist ein Name‹, erwiderte Helen plötzlich störrisch. ›Ich habe meinen verteidigt. Es war deiner. Jetzt kommst du und hast irgendwo einen anderen gefunden.‹
›Er ist mir geschenkt worden‹, sagte ich. ›Es war das kostbarste Geschenk der Welt für mich. Ich trage ihn mit Freude. Er bedeutet Güte für mich. Menschlichkeit. Wenn ich verzweifeln sollte, irgendwann, wird er mich daran erinnern, daß Güte nicht tot ist. Woran erinnert dich deiner? An ein Geschlecht preußischer Krieger und Jäger mit dem Weltbild von Füchsen, Wölfen und Pfauen.‹
›Ich habe nicht vom Namen meiner Familie gesprochen‹, erwiderte Helen und ließ einen Pantoffel auf ihren Zehen balancieren. ›Ich trage auch noch deinen. Den früheren, Herr Schwarz.‹
Ich öffnete die zweite Flasche Wein. ›Man hat mir erzählt, daß es in Indonesien Sitte sei, ab und zu die Namen zu wechseln. Wenn jemand seiner Persönlichkeit müde wird, wechselt er sie, ergreift einen neuen Namen und beginnt ein neues Dasein. Eine gute Idee!‹
›Hast du ein neues Dasein angefangen?‹
›Heute‹, sagte ich.
Sie ließ den Pantoffel auf den Boden gleiten. ›Nimmt man nichts in ein neues Dasein mit?‹
›Ein Echo‹, sagte ich.
›Keine Erinnerung?‹
›Das ist ein Echo. Erinnerung, die nicht mehr schmerzt und beschämt.‹
›Als sähe man einen Film?‹ fragte Helen.
Ich blickte sie an. Sie sah aus, als würde sie mir im nächsten Augenblick ihr Glas an den Kopf werfen. Ich nahm es ihr aus der Hand und goß den Wein aus der zweiten Flasche ein. ›Was ist das für einer?‹ fragte ich.
›Schloß Reinhartshausener. Ein großer Rheinwein. Voll ausgereift. Nicht unterbrochen in der Gärung. Gleichgeblieben in seinem Charakter. Nicht zu einem Pfälzer umgedeutet.‹
›Kein Emigrant also?‹ sagte ich.
›Kein Chamäleon, das seine Farbe wechselt. Nicht jemand, der sich seiner Verantwortung entzieht.‹
›Mein Gott, Helen!‹ sagte ich. ›Höre ich die Flügel bürgerlicher Wohlanständigkeit rauschen? Wolltest du nicht ihrer Stagnation entgehen?‹
›Du machst mich Dinge sagen, die ich nicht meine‹, erwiderte sie

zornig. ›Wovon reden wir hier? Und wozu? In der ersten Nacht! Warum küssen wir uns nicht oder hassen uns?‹
›Wir küssen und hassen uns.‹
›Das sind Worte! Woher hast du all die vielen Worte? Ist es richtig, daß wir hier so sitzen und so reden?‹
›Ich weiß nicht, was richtig ist.‹
›Woher hast du dann all die Worte? Hast du drüben so viel geredet und so viel Gesellschaft gehabt?‹
›Nein‹, sagte ich. ›So wenig. Deshalb kommen die Worte jetzt herausgestürzt wie Äpfel aus einem Korb. Ich bin ebenso überrascht wie du.‹
›Ist das wahr?‹
›Ja, Helen‹, sagte ich. ›Es ist wahr. Siehst du denn nicht, was es heißt?‹
›Kannst du es nicht einfacher sagen?‹
Ich schüttelte den Kopf.
›Warum nicht?‹
›Weil ich Angst vor Feststellungen habe. Und Angst vor Worten, die etwas feststellen. Du magst es nicht glauben, aber es ist so. Dazu kommt noch die Angst vor der anonymen Angst, die irgendwo draußen durch die Straßen schleicht, an die ich nicht denken und von der ich nicht reden will, weil ein dummer Aberglaube in mir annimmt, daß die Gefahr nicht existiere, solange ich sie nicht zur Kenntnis nehme. Deshalb haben wir dieses abwegige Gespräch. Die Zeit scheint dadurch aufgehoben zu sein, so wie in einem Film, der gerissen ist. Plötzlich steht alles still, so daß nichts passieren kann.‹
›Das ist mir zu kompliziert.‹
›Mir auch. Ist es nicht genug, daß ich hier bin, bei dir, daß du noch lebst und daß ich noch nicht wieder gefangen bin?‹
›Bist du deshalb gekommen?‹
Ich antwortete nicht. Sie saß da wie eine zierliche Amazone, nackt, mit einem Glas Wein in der Hand, fordernd, nicht ausweichend, listig und kühn, und ich erkannte, daß ich früher nichts von ihr gewußt hatte. Ich begriff nicht, wie sie es mit mir ausgehalten hatte, und ich kam mir vor wie jemand, der geglaubt hat, ein hübsches Lamm zu besitzen und für es zu sorgen, wie man für ein hübsches Lamm sorgt, und der auf einmal entdeckt, daß er einen jungen Puma unter den Händen hat, der keinen Sinn für blaue Halsbänder und weiche Bürsten hat, sondern durchaus fähig ist, die streichelnde Hand zu zerbeißen.
Ich befand mich auf gefährlichem Grund. Wie Sie sich denken kön-

nen, war geschehen, was vorauszusehen war in der ersten Nacht; ich hatte versagt in der primitivsten Weise. Ich hatte es vorausgeahnt, und vielleicht war es auch so gekommen, weil ich es erwartet hatte. Tatsache war, daß ich unfähig gewesen war, aber, weil ich es erwartete, zum Glück nicht die verzweifelten Versuche angestellt hatte, die sonst in solchen Fällen gemacht werden. Man kann noch so überlegen sein wollen und erklären, daß nur Stallburschen dagegen immun seien, und Frauen mögen vorgeben, daß sie es verstehen und den Verzweifelten mit fataler Mütterlichkeit trösten – es bleibt trotzdem eine verdammte Sache, bei der jedes Pathos schauderhaft lächerlich wird.
Da ich keine der üblichen Erklärungen abgegeben hatte, war Helen gestört und griff mich an. Sie konnte nicht begreifen, weshalb ich sie nicht genommen hatte, und fühlte sich beleidigt. Ich hätte ihr einfach die Wahrheit sagen können, aber ich war nicht ruhig genug dazu. Es gibt da auch zwei Wahrheiten – eine, bei der man sich preisgibt, und eine zweite strategische, bei der man nichts preisgibt. Ich hatte in fünf Jahren gelernt, daß, wenn man sich preisgibt, man sich nicht wundern soll, daß auf einen geschossen wird.
›Menschen in meiner Lage sind abergläubisch geworden‹, sagte ich zu Helen. ›Sie glauben, wenn sie etwas direkt sagen oder tun, würde das Gegenteil geschehen. Deshalb sind sie vorsichtig. Auch mit Worten.‹
›Was für ein Unsinn!‹
Ich lachte. ›Den Glauben an den Sinn habe ich längst aufgegeben. Ich wäre sonst bitter wie eine wilde Zitrone geworden.‹
›Ich hoffe, dein Aberglaube geht nicht zu weit.‹
›Nur so weit, Helen‹, sagte ich sehr ruhig, ›daß ich glaube, wenn ich dir sagte, daß ich dich über alle Maßen liebe, ich erwarten würde, die Gestapo eine Minute später gegen die Tür schlagen zu hören.‹
Sie hielt eine Sekunde still wie ein Tier, das ein ungewohntes Geräusch gehört hat. Dann wendete sie mir langsam ihr Gesicht zu. Es war erstaunlich, wie es sich verändert hatte. ›Ist das wirklich der Grund?‹ fragte sie leise.
›Es ist nur einer‹, erwiderte ich. ›Wie kannst du erwarten, daß ich Ordnung in meinen Gedanken habe, wenn ich gerade aus einer trostlosen Hölle in ein gefährliches Paradies gespült worden bin?‹
›Ich habe manchmal darüber nachgedacht, wie es sein würde, wenn du zurückkämest‹, sagte sie nach einer Weile. ›Es war ganz anders.‹
Ich hütete mich zu fragen, wie es anders gewesen wäre. Man fragt in der Liebe immer zuviel, und wenn man anfängt, die Antworten wirklich wissen zu wollen, ist sie bald vorbei. ›Es ist immer anders‹, sagte ich, ›Gott sei Dank!‹

Sie lächelte. ›Es ist nie anders, Josef. Es sieht nur anders aus. Ist noch Wein da?‹
Sie ging um das Bett herum wie eine Tänzerin, stellte ihr Glas auf den Boden neben sich und streckte sich aus. Sie war braun von einer fremden Sonne und sorglos in ihrer Nacktheit wie eine Frau, die nicht nur weiß, daß sie begehrt wird, sondern der es auch oft gesagt worden ist.
›Wann muß ich gehen?‹ fragte ich.
›Das Mädchen kommt morgen nicht zurück.‹
›Übermorgen?‹
Helen nickte. ›Es war einfach. Heute ist Sonnabend. Ich habe ihr Urlaub über das Wochenende gegeben. Sie kommt Montag mittag zurück. Sie hat einen Geliebten. Einen Polizisten mit einer Frau und zwei Kindern.‹
Sie sah mich aus halbgeschlossenen Augen an. ›Sie war glücklich.‹
Von draußen kamen Marschtritte und Gesang. ›Was ist das?‹ fragte ich.
›Soldaten oder Hitlerjugend. Irgendeine Gruppe marschiert immer irgendwo in Deutschland.‹
Ich stand auf und blickte durch einen Spalt in den Vorhängen. Es war eine Abteilung Hitlerjugend. ›Merkwürdig, daß du in deiner Familie so aus der Art geschlagen bist‹, sagte ich.
›Es muß die französische Großmutter sein‹, erklärte Helen. ›Wir haben eine. Sie wird verheimlicht, als wäre sie jüdisch.‹
Sie gähnte und streckte sich. Sie war plötzlich ganz gelassen, als hätten wir bereits seit Wochen wieder miteinander gelebt und als bestände auch von draußen keine Gefahr mehr. Wir hatten beide bis jetzt möglichst vermieden, darüber zu sprechen. Helen hatte mich bisher auch mit keinem Wort nach meinem Leben im Exil gefragt. Ich wußte nicht, daß sie mich durchschaut und inzwischen bereits einen Entschluß gefaßt hatte.
›Willst du nicht noch schlafen?‹ fragte sie.
Es war ein Uhr nachts. Ich legte mich nieder. ›Können wir ein Licht brennen lassen?‹ fragte ich. ›Ich schlafe so besser. Ich bin an die deutsche Dunkelheit noch nicht gewöhnt.‹
Sie sah mich rasch an. ›Laß sie alle brennen, wenn du willst, Liebster.‹
Wir lagen dicht beieinander. Ich konnte mich kaum noch daran erinnern, daß wir früher einmal jede Nacht im selben Bett miteinander geschlafen hatten. Es war wie ein blasser Schatten, eine Erinnerung ohne Farbe. Helen war da, aber völlig anders, in einer sonderbar fremden Vertrautheit; ich erkannte nur noch das Anonyme an ihr wieder, ihren Atem, den Geruch des Haares, am meisten

aber den ihrer Haut, verloren gewesen für so lange Zeit und noch nicht voll wieder da, aber doch schon da und bereits klüger als das Hirn. Der Trost der Haut eines geliebten Menschen! Wieviel klüger ist sie und wieviel ausdrucksvoller als der Mund mit seinen Lügen! Ich lag lange wach in dieser Nacht und hielt Helen in meinen Armen und sah das Licht und den halbhellen Raum, den ich kannte und nicht kannte, und ich fragte mich schließlich nichts mehr. Helen wachte noch einmal auf. ›Hast du viele Frauen gehabt in Frankreich?‹ murmelte sie, ohne die Augen zu öffnen.
›Nicht mehr als notwendig waren‹, erwiderte ich. ›Und keine so wie dich.‹
Sie seufzte und wollte sich umdrehen, aber der Schlaf überwältigte sie wieder, bevor sie es tun konnte. Sie sank zurück. Langsam kam der Schlaf auch über mich, die Träume blieben aus, die Stille und der Atem Helens füllten mich, und gegen Morgen erwachte ich, nichts war mehr zwischen uns, was uns trennte, ich nahm sie und sie kam willig, und wir fielen zurück in den Schlaf wie in eine Wolke, in der es schimmerte und nicht mehr dunkel war.«

VI

»Ich telephonierte am Morgen dem Hotel in Münster, in dem ich meinen Koffer gelassen hatte, und erklärte, ich hätte mich in Osnabrück verspätet und würde nachts zurückkommen; man möge das Zimmer für mich halten. Es war Vorsicht; ich wollte nicht wegen Zechprellerei angezeigt und von der Polizei erwartet werden. Eine gleichgültige Stimme antwortete, es sei recht so. Ich fragte, ob Post für mich da sei. Nein, Post sei nicht gekommen.
Ich hing ab. Helen stand hinter mir. ›Post?‹ sagte sie. ›Von wem erwartest du Post?‹
›Von niemandem. Ich habe es nur gesagt, um unverdächtiger zu erscheinen. Von Leuten, die Post erwarten, nimmt man merkwürdigerweise nicht sofort an, daß sie Schwindler sind.‹
›Bist du einer?‹
›Leider. Gegen meinen Willen. Aber nicht ohne Vergnügen daran.‹
Sie lachte. ›Du willst heute abend nach Münster?‹
›Ich kann doch nicht länger hierbleiben. Dein Mädchen kommt morgen zurück. Und hier in der Stadt kann ich es nicht riskieren, unterzukommen. Der Schnurrbart macht mich nicht unkenntlich genug.‹
›Kannst du nicht bei Martens bleiben?‹

›Er hat mir angeboten, im Sprechzimmer zu schlafen; aber tagsüber kann er mich nicht unterbringen. Es ist besser, nach Münster zu fahren, Helen. Dort werde ich nicht so leicht auf der Straße erkannt wie hier. Es ist nur eine Stunde weit weg.‹

›Wie lange willst du in Münster bleiben?‹

›Ich kann das erst herausfinden, wenn ich da bin. Man entwickelt im Lauf der Zeit eine Art sechsten Sinn für Gefahr.‹

›Spürst du hier Gefahr?‹

›Ja‹, sagte ich. ›Seit heute morgen. Gestern nicht.‹

Sie sah mich mit zusammengezogenen Brauen an. ›Du darfst natürlich nicht ausgehen‹, sagte sie.

›Nicht bevor es dunkel ist. Und dann auch nur, um zum Bahnhof zu kommen.‹

Helen antwortete nicht. ›Es wird schon klappen‹, sagte ich. ›Denke nicht darüber nach. Ich habe gelernt, von einer Stunde zur andern zu leben, ohne zu vergessen, über den nächsten Tag nachzudenken.‹

›Hast du?‹ sagte Helen. ›Sehr praktisch!‹ Sie hatte wieder den Ton leichter Gereiztheit wie am Abend vorher.

›Nicht nur praktisch – notwendig‹, erwiderte ich. ›Aber ich vergesse trotzdem manchmal etwas. Ich hätte einen Rasierapparat aus Münster mitbringen sollen. Heute abend werde ich wie ein Strolch aussehen. Das Vademecum für Emigranten schreibt vor, das auf jeden Fall zu vermeiden.‹

›Es ist ein Rasierapparat im Badezimmer‹, sagte Helen. ›Der, den du hiergelassen hast vor fünf Jahren, als duweggingst. Es ist auch Wäsche da, und deine alten Anzüge hängen links im Schrank.‹

Sie sagte das, als wäre ich ein Mann, der sie vor fünf Jahren mit einer anderen Frau verlassen hätte und nun allein zurückgekommen wäre, um seine Sachen zu holen und wieder zu gehen. Ich versuchte nicht, es zu berichtigen; es hätte zu nichts geführt. Sie hätte mich nur erstaunt angesehen und erklärt, sie habe nicht daran gedacht, wenn ich aber so denke – und ich wäre in eine sinnlose Verteidigung verheddert worden. Es ist sonderbar, wie krumme Wege wir oft wählen, um nicht zu zeigen, was wir fühlen!

Ich ging in das Badezimmer. Der Anblick meiner alten Anzüge hatte keine andere Wirkung, als daß ich sah, um wieviel dünner ich geworden war. Ich war froh, Wäsche zu finden und beschloß, genügend davon mitzunehmen. Irgendeine sentimentale Regung spürte ich nicht. Der Entschluß, den ich vor drei Jahren gefaßt hatte, das Exil nicht als ein Unglück, sondern als eine Art von Kaltem Krieg zu nehmen, der nötig wäre zu meiner Entwicklung, trug so wenigstens hier und da Früchte.

Der Tag verging in einem Zwielicht der Gefühle. Die Notwendigkeit abzureisen verstörte uns beide; aber Helen war es nicht so gewöhnt wie ich. Sie nahm es fast als eine persönliche Beleidigung. Ich war vorbereitet gewesen durch meine Erfahrung und durch die Zeit, seit ich Frankreich verlassen hatte; für Helen war die Ankunft noch nicht überstanden, als die Abreise schon auftauchte. Ihr Stolz hatte noch nicht Zeit gehabt zur Versöhnung, als dieselbe Situation sich bereits wiederholte. Dazu kam die Reaktion auf den Abend vorher; die Welle des Gefühls flutete zurück, und alte, untergegangene Trümmer wurden plötzlich wieder sichtbar und schienen größer zu sein, als sie waren. Wir waren vorsichtig miteinander; wir waren einander nicht mehr gewöhnt. Ich wäre gern eine Stunde allein gewesen, um Abstand zu gewinnen; – wenn ich dann aber daran dachte, daß es nicht eine Stunde, sondern der zwölfte Teil der Zeit war, die ich noch mit Helen zusammensein konnte, schien es mir undenkbar. Früher, in ruhigen Jahren, hatte ich mich manchmal mit der Frage unterhalten, was ich wohl tun würde, wenn ich wüßte, daß ich nur noch einen Monat zu leben hätte. Ich war nie zu einem klaren Ergebnis gekommen. Alles, was ich glaubte, tun zu sollen, war in einer merkwürdigen Polarität zugleich auch das gewesen, was ich auf keinen Fall hätte tun sollen, und so erging es mir jetzt. Anstatt den Tag zu umarmen, mich ihm völlig zu öffnen und Helen in mich aufzunehmen mit allen meinen Sinnen, ging ich umher mit dem brennenden Wunsche, es zu tun und doch mit solcher Vorsicht, als wäre ich aus Glas, und mit Helen schien es nicht anders zu sein. Wir litten und waren voller Ecken und Spitzen, und erst die Dämmerung brachte die Furcht, uns zu verlieren, so nahe, daß wir uns plötzlich wieder erkannten.
Um sieben Uhr klingelte es an der Wohnungstür. Ich schreckte auf. Klingeln bedeutete für mich Polizei. ›Wer kann das sein?‹ flüsterte ich.
›Laß uns still sein und warten‹, sagte Helen. ›Es wird irgendein Bekannter sein. Wenn ich nicht antworte, geht er weg.‹
Das Klingeln wiederholte sich. Dann klopfte jemand energisch an die Tür. ›Geh ins Schlafzimmer‹, flüsterte Helen.
›Wer ist es?‹
›Ich weiß es nicht. Geh ins Schlafzimmer. Ich werde ihn loswerden. Es ist besser, als wenn die Nachbarn aufmerksam werden.‹
Sie schob mich fort. Ich blickte rasch umher, ob irgend etwas von mir herumläge. Dann ging ich ins Schlafzimmer. Ich hörte Helen fragen: ›Wer ist da?‹ und eine Männerstimme antworten. Dann sagte Helen: ›Du bist es? Was ist denn los?‹ Ich zog die Tür zu.

Die Wohnung hatte einen zweiten Ausgang durch die Küche, den ich aber nicht erreichen konnte; ich wäre gesehen worden. Ich hatte nur die Möglichkeit, mich in einem eingebauten großen Schrank zu verstecken, in dem Helens Kleider hingen. Es war eigentlich kein Schrank; es war eine große Mauernische, die durch eine Tür abgeschlossen wurde. Ich hatte genug Luft darin.
Ich hörte, daß der Mann mit Helen ins Wohnzimmer ging. Ich erkannte seine Stimme. Es war ihr Bruder Georg, der mich ins Konzentrationslager gebracht hatte.
Ich blickte auf Helens Frisiertisch. Das einzige, was ich als Waffe gebrauchen konnte, war ein Papiermesser mit einem Jadeknauf; ich sah nichts anderes. Ohne nachzudenken, steckte ich das Messer in meine Tasche und ging in den Schrank zurück. Es war selbstverständlich, daß ich mich wehren mußte, wenn er mich entdeckte, und es gab keinen anderen Weg, als ihn zu töten und dann zu versuchen zu fliehen.
›Das Telephon?‹ hörte ich Helen sagen. ›Ich habe nichts gehört. Ich habe geschlafen. Was ist denn los?‹
Es gibt einen Augenblick in großer Gefahr, wo alles in einem plötzlich so angespannt ist, als könne ein Funke es entzünden, und man würde aufflammen wie Zunder. Man ist dann fast hellsichtig, so rasch und so gleichzeitig denkt man. Ich spürte, bevor ich Georg antworten hörte, bereits, daß er nichts von mir wußte.
›Ich habe mehrere Male telephoniert‹, sagte er. ›Kein Mensch hat geantwortet. Auch das Mädchen nicht. Wir dachten, dir wäre was passiert. Weshalb hast du nicht aufgemacht?‹
›Ich habe geschlafen‹, sagte Helen ruhig. ›Deshalb hatte ich auch das Telephon abgestellt. Ich habe Kopfschmerzen, und sie sind noch nicht vorbei. Du hast mich aufgeweckt.‹
›Kopfschmerzen?‹
›Ja. Und sie sind jetzt schlimmer als vorher. Ich habe zwei Tabletten genommen. Ich muß sie ausschlafen.‹
›Schlaftabletten?‹
›Tabletten gegen Kopfschmerzen. Du mußt jetzt gehen, Georg. Ich muß sie ausschlafen.‹
›Tabletten sind Unsinn‹, erklärte Georg. ›Zieh dich an und geh mit mir spazieren. Es ist wunderbar draußen. Frische Luft ist besser als alle Tabletten.‹
›Ich habe sie bereits genommen und muß sie ausschlafen. Ich will nicht herumlaufen.‹
Sie redeten eine Weile weiter. Georg wollte Helen später abholen, aber sie weigerte sich. Er fragte, ob sie genug zu essen im Hause

habe. Ja, sie habe zu essen. Wo das Mädchen sei? Das Mädchen habe seinen freien Nachmittag, es komme zurück, das Abendessen zu machen.

›Es ist also alles in Ordnung?‹ fragte Georg.

›Was soll denn nicht in Ordnung sein?‹

›Nun, ich meine nur! Man macht sich oft unnütze Gedanken. Schließlich –‹

›Was schließlich?‹ fragte Helen scharf.

›Nun, damals –‹

›Was damals?‹

›Du hast recht‹, sagte Georg. ›Wozu darüber reden? Wenn alles in Ordnung ist, ist alles in Ordnung. Ich bin schließlich dein Bruder, da fragt man mal –‹

›Ja.‹

›Was?‹

›Du bist mein Bruder.‹

›Ich wollte, du verständest das besser. Ich meine es gut mit dir!‹

›Ja, ja‹, sagte Helen ungeduldig. ›Du hast mir das schon oft erklärt.‹

›Was hast du nur heute? Du bist doch sonst anders.‹

›Ja?‹

›Vernünftiger, meine ich. Wenn der alte Kram jetzt wieder losgeht –‹

›Nichts geht los. Ich habe Kopfschmerzen, das ist alles! Und ich hasse es, kontrolliert zu werden.‹

›Niemand kontrolliert dich! Ich bin nur besorgt um dich.‹

›Sorge dich nicht. Mir fehlt nichts.‹

›Das sagst du immer. Damals –‹

›Wir wollen nicht von damals sprechen‹, sagte Helen schroff.

›Natürlich nicht! Ich schon bestimmt nicht. Bist du beim Arzt gewesen?‹

›Ja‹, erwiderte Helen nach einem Augenblick.

›Was sagt er?‹

›Nichts.‹

›Er muß doch etwas sagen.‹

›Er sagt, ich solle mich ausruhen‹, sagte Helen ärgerlich. ›Ich solle schlafen, wenn ich müde sei und Kopfschmerzen habe, und mich nicht streiten und auch nicht um Erlaubnis fragen, ob es mit meinen Pflichten als Volksgenossin und Bürgerin des glorreichen Tausendjährigen Reiches vereinbar wäre.‹

›Hat er das gesagt?‹

›Nein, er hat das nicht gesagt‹, erwiderte Helen laut und schnell.

›Ich habe das hinzugefügt! Er hat mir nur gesagt, mich nicht unnötig aufzuregen! Er hat also kein Verbrechen begangen und braucht in kein Konzentrationslager gebracht zu werden. Er ist ein aufrechter Anhänger der Regierung. Ist das genug?‹
Georg murmelte etwas. Ich nahm an, daß er sich zum Gehen anschickte, und da ich gelernt hatte, daß das ein riskanter Augenblick ist, weil Unvorhergesehenes passieren kann, zog ich die Schranktür bis auf einen kleinen Spalt hinter mir zu. Gleich darauf hörte ich ihn in das Schlafzimmer kommen. Ich sah seinen Schatten durch den schmalen Spalt Licht gleiten und hörte, wie er ins Badezimmer ging. Mir schien, als käme Helen auch herein, aber ich sah sie nicht. Ich schloß die Schranktür ganz und stand nun im Dunkeln, das Papiermesser fest an mich gedrückt, zwischen den Kleidern Helens.
Ich wußte, daß Georg mich nicht entdeckt hatte, und ich wußte, daß er wahrscheinlich aus dem Badezimmer ins Wohnzimmer zurückgehen und sich verabschieden würde; trotzdem spürte ich die Enge im Halse, während zur selben Zeit der Schweiß von den Achselhöhlen am Körper heruntersickerte. Es ist anders mit der Angst vor dem Unbekannten als mit der vor etwas, was man kennt. Wenn es unbekannt ist, mag es gefährlich erscheinen, aber es ist unbestimmt, und man kann die Angst mit Disziplin oder sogar mit Tricks kontrollieren. Wenn man aber weiß, was einem bevorsteht, ist nicht viel mit Disziplin oder psychologischen Saltomortales anzufangen. Die erste Angst hatte ich gekannt, bevor ich ins Konzentrationslager gebracht worden war; die zweite spürte ich jetzt, nachdem ich wußte, was mich im Lager erwartete, wenn ich wieder eingeliefert würde.
Es war sonderbar, daß ich mir all die Zeit, seit ich die Grenze überschritten hatte, nie Rechenschaft darüber gegeben hatte und auch nicht hatte geben wollen. Es hätte mich aufgehalten, und etwas in mir wollte nicht aufgehalten werden. Dazu kam, daß unser Gedächtnis fälscht, um uns überleben zu lassen. Es versucht, das Unerträgliche zu mildern durch die Patina des Vergessens. Sie kennen das?«
»Ja, ich kenne es«, erwiderte ich. »Aber es ist kein Vergessen; es ist eine Art Halbschlaf. Ein Stoß genügt, und alles ist wieder hellwach.«
Schwarz nickte. »Ich stand in der dunklen, parfümierten Enge des Mauerverlieses, zwischen Kleidern, eingeengt von ihnen wie von den weichen Flügeln riesiger Fledermäuse, regungslos, und atmete flach und oberflächlich, um zu vermeiden, daß die Seide raschelte oder daß ich husten oder niesen müßte. Ich begriff zum ersten Male voll, was ich getan hatte. Die Angst stieg aus dem Boden wie ein

schwarzes Gas, und ich hatte Furcht, zu ersticken. Mir selber war im Lager nicht das Schlimmste passiert; ich war in der üblichen Weise schlecht behandelt worden, aber man hatte mich wieder entlassen, und vielleicht hatte das dazu beigetragen, meine Erinnerung zu trüben. Jetzt aber stand plötzlich das wieder vor mir, was ich gesehen hatte, das, was anderen passiert war und wovon ich gehört und Zeichen gesehen hatte – und ich begriff den Irrsinn und die Verwirrtheit nicht, die mich dazu gebracht hatten, so gesegnete Länder zu verlassen, in denen ich für die Tatsache meiner Existenz nur mit Gefängnis und Ausweisung bestraft wurde. Sie schienen mir jetzt Häfen der Humanität zu sein.

Ich hörte Georg nebenan im Badezimmer. Die Wand war dünn, und Georg, als echter Herrenmensch, war nicht leise. Er warf den Deckel der Toilette mit einem Knall zurück und verrichtete sein Bedürfnis. Daß ich seinem Urinieren zuhören mußte, erschien mir später als der Gipfel der Beschämung, obschon es mir zeigte, daß er sorglos war und keinen Verdacht hatte. Es erinnerte mich an Fälle von Diebstahl und Raub, wenn die Verbrecher, bevor sie fliehen, noch die Wohnungen beschmutzen, teils aus Hohn und teils aus Scham, weil der Drang dazu vorher ein Zeichen ihrer eigenen Angst gewesen ist.

Ich hörte die Wasserspülung rauschen, und ich hörte Georg flott und stramm das Badezimmer verlassen und durch das Schlafzimmer marschieren. Dann kam das gedämpfte Klappen der Korridortür, die Schranktür wurde aufgerissen und Licht und die dunkle Silhouette Helens vor dem Licht waren da. ›Er ist fort‹, flüsterte sie.

Ich trat hinaus, als wäre ich, in einem fernen Vergleich, ein Achill, erwischt in Frauenkleidern. Der Wechsel von Angst zu Lächerlichkeit und Verlegenheit war so rasch, daß alle drei ineinander übergingen und zu gleicher Zeit da waren. Ich war gewohnt, daß sie rasch kamen und gingen; aber es ist ein Unterschied, ob der jähe Griff nach der Kehle eine Ausweisung oder den Tod bedeutet.

›Du mußt fort‹, flüsterte Helen.

Ich blickte sie an. Ich weiß nicht, warum ich etwas wie Verachtung auf ihrem Gesicht erwartet hatte; es mußte damit zusammenhängen, daß ich mich selbst, eine Minute nachdem die Gefahr vorbei war, als Mann beschämt fand, etwas, was mir mit jemand anderem als Helen nie passiert wäre.

Ihr Gesicht zeigte nichts als nackte Angst. ›Du mußt fort‹, wiederholte sie. ›Es war Irrsinn, daß du hergekommen bist!‹

Obschon ich das vor einem Augenblick selbst gedacht hatte, schüttelte ich den Kopf. ›Jetzt nicht‹, sagte ich. ›In einer Stunde. Es kann sein, daß er sich noch auf der Straße herumtreibt. Kann er wiederkommen?‹

›Ich glaube nicht. Er vermutet nichts.‹

Helen ging ins Wohnzimmer, drehte die Lampe ab, öffnete die Vorhänge und spähte hinaus. Das Licht vom Schlafzimmer fiel in einem goldenen Rhomboid durch die offene Tür auf den Boden. Sie stand dahinter, vorgebeugt und angespannt, als beobachte sie ein Wild. ›Du darfst nicht zum Bahnhof gehen‹, flüsterte sie. ›Man könnte dich erkennen. Aber du mußt fort! Ich werde mir Ellas Wagen leihen und dich nach Münster bringen. Was für Narren wir gewesen sind! Du darfst nicht hier bleiben!‹

Ich sah sie am Fenster stehen, nur durch eine Zimmerbreite entfernt, aber doch schon entfernt, und spürte einen scharfen Schmerz. Sie selbst schien jetzt zum ersten Male zu realisieren, daß wir uns wieder trennen mußten. Alle Vorbehalte, die während des Tages herumgespukt hatten, waren auf einmal verschwunden. Sie hatte die Gefahr gesehen, mit Augen gesehen, und das hatte alles andere beiseite gewischt. Sie war plötzlich nichts mehr als Angst und Liebe und im selben Augenblick auch bereits Abschied und Verlust. Ich erkannte es ebenso wie sie, scharf und erbarmungslos, ohne Schleier endlich und ohne Vorsicht, und die unerträgliche Erkenntnis schlug sonderbarerweise sofort um in ein ebenso unerträgliches Begehren. Ich wollte sie halten, ich mußte sie halten, ich griff nach ihr, ich wollte sie haben, noch einmal, ganz, resigniert bereits, sie verlieren zu müssen, während sie noch Pläne machte, Hoffnung hatte, noch nicht aufgab, sich wehrte und flüsterte: ›Nicht jetzt! Ich muß Ella anrufen! Nicht jetzt! Wir müssen doch –‹

Wir mußten nichts, dachte ich. Ich hatte noch eine Stunde, und dann stürzte die Welt ab. Warum hatte ich das vorher nicht stärker gespürt? Ich hatte es gespürt, aber wozu hatte ich die Glaswand zwischen mir und meinem Gefühl nicht eingeschlagen? Wenn meine Rückkehr sinnlos war, dann war dies noch sinnloser gewesen! Ich mußte etwas von Helen mitnehmen in die graue Leere, in die ich zurückkehren würde, wenn ich Glück hatte, mehr als nur die Erinnerung an Vorsicht und Sich-Umkreisen und die letzte Vereinigung zwischen Schlaf und Schlaf; ich mußte Helen haben, klar, mit allen Sinnen, ihrem Gehirn, ihren Augen, ihren Gedanken, ganz, nicht nur wie ein Tier zwischen Nacht und Frühe.

Sie wehrte sich. Sie flüsterte, Georg könne zurückkommen, und ich weiß nicht, ob sie es wirklich glaubte. Ich selbst war zu oft in Gefahr gewesen, um sie nicht sofort vergessen zu können, wenn sie vorbei war – ich wollte jetzt nur eines, in diesem Zimmer mit dem

Geruch nach Helens Parfüm und Kleidern und dem Bett und der Dämmerung: sie besitzen mit allem, was ich hatte und allem, dessen ich fähig war, und das einzige, was ich schmerzhaft empfand und was die flache, dumpfe Qual des Verlustes durchstieß, war die Unfähigkeit, sie mehr und tiefer zu besitzen, als die Natur an Möglichkeiten zugab. Ich hätte mich ausbreiten mögen über sie wie eine Decke, ich hätte tausend Hände und Münder haben wollen, eine perfekte konkave Form von ihr sein mögen, um sie überall zu fühlen, ohne einen Zwischenraum irgendwo, Haut an Haut gepreßt, und trotzdem noch mit dem Ur-Schmerz, daß es nur Haut an Haut sein konnte und nicht Blut in Blut, nicht Vereinigung anstatt Beieinandersein.«

VII

Ich hatte Schwarz zugehört, ohne ihn zu unterbrechen. Er sprach zwar zu mir, aber ich wußte, daß ich für ihn nur eine Wand war, von der manchmal ein Echo kam. Ich betrachtete mich auch so; anders hätte ich ihm nicht ohne Verlegenheit zuhören können, und ich war überzeugt, daß auch er nicht ohne das hätte erzählen können, was er noch einmal aufstehen lassen wollte, bevor er es im lautlos rieselnden Sand der Erinnerung begraben mußte. Ich war ein fremder Mensch, der für eine Nacht seinen Weg kreuzte und vor dem er keine Hemmungen zu haben brauchte. Eingehüllt in den anonymen Mantel eines fernen, toten Namens – Schwarz – begegnete er mir, und wenn er den Mantel abwarf, warf er damit auch seine Persönlichkeit ab und verschwand wieder in der anonymen Menge, die dem schwarzen Tor an der letzten Grenze zuwandert, wo man keine Papiere braucht und von wo man niemals ausgewiesen und zurückgeschickt wird.
Der Kellner teilte uns mit, daß außer englischen Diplomaten auch ein deutscher angekommen sei. Er zeigte ihn uns. Der Abgesandte Hitlers saß fünf Tische von uns entfernt mit drei anderen Leuten, darunter zwei Frauen, die kräftig und gesund aussahen und Kleider in zwei Farben von Blau und Seide trugen, die nicht zueinander paßten. Der Mann, der uns bezeichnet wurde, drehte uns den Rücken, und ich fand das passend und beruhigend.
»Ich dachte, es würde die Herren interessieren«, sagte der Kellner, »da Sie doch auch deutsch sprechen.«
Schwarz und ich wechselten unwillkürlich den Emigrantenblick – ein kurzes Heben der Lider und ein ausdrucksloses Abwenden

nachher. Nichts schien uns weniger zu interessieren. Der Emigrantenblick ist anders als der deutsche Blick unter Hitler – das vorsichtige Umsehen nach allen Seiten, um dann flüsternd etwas mitzuteilen –, aber beide gehören zur Kultur unseres Jahrhunderts, ebenso wie die erzwungene Völkerwanderung, von den unzähligen einzelnen Herren Schwarz in Deutschland bis zur Verschiebung ganzer Provinzen in Rußland. In hundert Jahren, wenn die Elendsschreie verhallt sind, wird ein findiger Historiker das alles als kulturfördernde, kulturdüngende und kulturverbreitende Tatsache feiern.

Schwarz sah den Kellner teilnahmslos an. »Wir wissen, wer er ist«, sagte er. »Bringen Sie uns noch etwas Wein. Helen ging«, fuhr er dann ebenso ruhig fort, »den Wagen ihrer Freundin zu holen. Ich blieb allein, um in der Wohnung auf sie zu warten. Es war Abend, und die Fenster standen offen. Ich hatte alle Lichter abgedreht, damit niemand sehen könne, daß ich in der Wohnung sei. Sollte jemand klingeln, so würde ich nicht antworten. Sollte Georg zurückkommen, so konnte ich zur Not über den Küchenausgang entfliehen.

Ich saß die halbe Stunde in der Nähe des Fensters und horchte auf die Geräusche der Straße. Nach einer Weile begann sich lautlos ein ungeheures Gefühl des Verlustes in mir auszubreiten. Es war nicht schmerzhaft; es war eher wie eine Dämmerung, die weiter und weiter kriecht und alles überschattet und leert, bis sie selbst den Horizont verhüllt. Eine Schattenwaage balancierte eine leere Vergangenheit gegen eine leere Zukunft, und in der Mitte stand Helen, den Schattenbalken der Waage auf ihren Schultern, und auch sie schon verloren. Es war mir, als sei ich in der Mitte meines Lebens; der nächste Schritt würde die Waage verschieben, sie würde langsam sinken, der Zukunft zu, sich mehr und mehr mit Grau füllen und nie wieder im Gleichgewicht sein.

Das Summen des heranfahrenden Wagens weckte mich. Ich sah Helen im Licht der Straßenlampe aussteigen und in der Haustür verschwinden. Ich ging durch die dunkle, tote Wohnung und hörte den Schlüssel in der Wohnungstür. Sie kam rasch herein. ›Wir können fahren‹, sagte sie. ›Mußt du zurück nach Münster?‹

›Ich habe einen Koffer dagelassen. Und ich bin unter dem Namen Schwarz registriert. Wohin sollte ich sonst gehen?‹

›Bezahle das Hotel und geh in ein anderes.‹

›Wo?‹

›Ja, wo?‹ Helen dachte nach. ›In Münster‹, sagte sie schließlich. ›Du hast recht. Wo sonst? Es ist am nächsten.‹

Ich hatte ein paar Sachen, die ich brauchen konnte, in einen Koffer gepackt. Wir beschlossen, daß ich nicht vor dem Hause in den Wa-

gen steigen sollte, sondern ein Stück weiter, auf dem Hitler-Platz. Helen würde den Koffer mitbringen.
Ich gelangte ungesehen auf die Straße. Ein warmer Wind wehte mir entgegen. Das Laub der Bäume rauschte in der Dunkelheit. Helen holte mich auf dem Platz ein. ›Steig ein‹, flüsterte sie. ›Rasch!‹
Der Wagen war ein geschlossenes Kabriolet. Helens Gesicht war vom Widerschein des Instrumentenbrettes angestrahlt. Ihre Augen glänzten. ›Ich muß vorsichtig fahren‹, sagte sie. ›Ein Unfall und Polizei – das wäre alles, was noch fehlte!‹
Ich antwortete nicht. Man redete draußen nicht von solchen Dingen; es zog sie herbei. Helen lachte und fuhr die Wälle entlang. Sie war von einer fast fiebrigen Energie, als wäre das ganze ein Abenteuer; sie sprach mit sich selbst und dem Wagen, wenn sie anderen Gefährten auswich oder sie überholte. Wenn sie in der Nähe eines Verkehrspolizisten anhalten mußte, murmelte sie Beschwörungen; und wenn ein rotes Licht sie stoppte, trieb sie es zur Eile an: ›Los! Dreh dich! Werde grün!‹
Ich wußte nicht, was ich davon halten sollte. Für mich war es unsere letzte Stunde. Ich ahnte nicht, wozu sie sich bereits entschlossen hatte.
Als wir die Stadt hinter uns hatten, wurde sie ruhiger.
›Wann willst du von Münster weiterfahren?‹ fragte sie.
Ich wußte es nicht, weil es kein Ziel gab. Ich wußte nur, daß ich nicht lange mehr bleiben konnte. Das Schicksal gibt einem nur eine gewisse Narrenfreiheit; dann warnt es und schlägt zu. Man spürt manchmal, wenn die Zeit da ist. Ich spürte, daß sie da war. ›Morgen‹, sagte ich.
Sie erwiderte eine Weile nichts. ›Und wie willst du es machen?‹ fragte sie dann.
Ich hatte darüber nachgedacht, während ich allein im dunklen Wohnzimmer saß. Zu versuchen, den Zug zu nehmen und einfach an der Grenze meinen Paß vorzuweisen, schien mir ein viel zu großes Risiko zu sein. Man konnte mich nach anderen Papieren fragen, nach einer Auswanderungserlaubnis, einer Reichsfluchtsteuer-Bestätigung, nach einem Vermerk im Paß – alles das besaß ich nicht. ›Denselben Weg, den ich gekommen bin‹, sagte ich. ›Durch Österreich. Über den Rhein in die Schweiz. Nachts.‹ Ich wandte mich Helen zu. ›Laß uns nicht darüber reden‹, sagte ich. ›Oder so wenig wie möglich.‹
Sie nickte. ›Ich habe Geld mitgebracht. Du wirst es brauchen. Wenn du heimlich über die Grenze gehst, kannst du es mitnehmen. Kann man es in der Schweiz wechseln?‹

›Ja. Aber brauchst du es nicht selbst?‹
›Ich kann es nicht mitnehmen. Ich werde an der Grenze kontrolliert. Man darf nur ein paar Mark bei sich haben.‹
Ich starrte sie an. Was redete sie da? Sie mußte sich versprochen haben. ›Wieviel ist es?‹, fragte ich.
Helen blickte mich rasch an. ›Nicht so wenig, wie du denkst. Ich habe es schon seit langer Zeit beiseite gelegt. Es ist in der Tasche dort.‹
Sie zeigte auf eine kleine Ledertasche. ›Es sind meistens Hundertmarkscheine. Ein Päckchen Zwanziger ist auch dabei, für Deutschland, damit du keinen großen Schein wechseln mußt. Zähle es nicht. Nimm es. Es ist ohnehin dein Geld.‹
›Hat die Partei mein Konto nicht beschlagnahmt?‹
›Ja, aber nicht früh genug. Ich konnte dieses hier vorher abheben. Jemand bei der Bank hat mir geholfen. Ich wollte es für dich haben und es dir einmal schicken; aber ich wußte nie, wo du warst.‹
›Ich habe dir nicht geschrieben, weil ich dachte, du würdest beobachtet. Ich wollte nicht, daß man dich auch in ein Lager sperrte.‹
›Nicht allein deshalb‹, sagte Helen ruhig.
›Nein, vielleicht nicht allein deshalb.‹
Wir fuhren durch ein Dorf mit weißen westfälischen Häusern und Strohdächern und schwarzem Gebälk. Junge Leute in Uniform stolzierten umher. Aus einer Kneipe dröhnte das Horst-Wessel-Lied.
›Es gibt Krieg‹, sagte Helen plötzlich. ›Bist du deshalb zurückgekommen?‹
›Woher weißt du, daß es Krieg gibt?‹
›Von Georg. Bist du deshalb gekommen?‹
Ich wußte nicht, weshalb sie das noch wissen wollte. War ich nicht schon wieder auf der Flucht?
›Ja‹, erwiderte ich. ›Ich bin auch deshalb gekommen, Helen.‹
›Du wolltest mich holen?‹
Ich starrte sie an. ›Mein Gott, Helen‹, sagte ich schließlich. ›Sprich nicht so darüber. Du hast keine Ahnung, wie es drüben ist. Es ist kein Abenteuer, und es wird undenkbar, wenn es Krieg gibt. Man wird alle Deutschen einsperren.‹
Wir mußten an einer Bahnüberführung halten. Vor dem Bahnwärterhäuschen blühte ein kleiner Garten mit Dahlien und Rosen. Der Wind klirrte an dem Gestänge der Schranken, als wären sie Harfen. Neben uns kamen andere Wagen heran – zuerst ein kleiner Opel mit vier dicken, ernsten Männern; ihm folgte ein offener grüner Zweisitzer mit einer alten Frau; dann schob sich, lautlos, eine schwarze Mercedes-Limousine wie ein Leichenwagen dicht

neben uns. Ein Chauffeur in schwarzer SS-Uniform war am Steuer, und im Fond saßen zwei SS-Offiziere mit sehr bleichen Gesichtern. Der Wagen stand so dicht neben uns, daß ich hätte hinüberreichen können. Es dauerte ziemlich lange, bis der Zug kam. Helen saß schweigend neben mir. Der Mercedes mit dem vielen Chrom schob sich noch etwas weiter vor, so daß der Kühler fast die Schranken berührte. Er wirkte tatsächlich wie ein Trauerwagen, in dem zwei Tote transportiert wurden. Wir hatten soeben vom Krieg gesprochen, und hier, neben uns, schien sein Symbol sich herangeschoben zu haben: die schwarzen Uniformen, die Leichengesichter, die silbernen Totenköpfe, der schwarze Wagen und die Stille, die nicht mehr nach Rosen zu riechen schien, sondern schon nach bitterem Immergrün und Verwesung.

Der Zug lärmte heran wie das Leben selbst. Es war ein Schnellzug mit Schlafabteilen und einem hellerleuchteten Speisewagen mit weißgedeckten Tischen. Als die Schranken hochgingen, schoß der Mercedes den anderen Wagen voran in die Dunkelheit, wie ein dunkleres Torpedo, das gespenstisch die Landschaft entfärbte, als wären die Bäume bereits schwarze Skelette.

›Ich gehe mit dir‹, flüsterte Helen.

›Was? Was sagst du da?‹

›Warum nicht?‹

Sie hielt den Wagen an. Die Stille überfiel uns wie ein lautloser Schlag, und dann hörten wir die Geräusche der Nacht. ›Warum nicht?‹ fragte Helen plötzlich sehr erregt. ›Willst du mich wieder zurücklassen?‹

Ihr Gesicht war so blaß im blauen Schein des Instrumentenbrettes wie das der Offiziere – als wäre auch sie bereits vom Tode, der in der Juninacht umherschlich, gezeichnet worden. Ich begriff in diesem Augenblick, daß das meine tiefste Angst gewesen war: daß der Krieg zwischen uns kommen würde, und daß wir uns nie wiederfinden würden, nachdem er ausgetobt hätte, weil man nicht, selbst mit größter Vermessenheit, auf soviel persönliches Glück hoffen konnte, nach einem Erdbeben, das alles zerstören würde.

›Wenn du nicht gekommen bist, um mich zu holen, dann ist es ein Verbrechen, daß du überhaupt gekommen bist! Verstehst du das nicht?‹ sagte Helen, geschüttelt vor Zorn.

›Ja‹, erwiderte ich.

›Weshalb weichst du dann aus?‹

›Ich weiche nicht aus. Aber du weißt nicht, was es bedeutet.‹

›Weißt du es so genau? Weshalb bist du dann gekommen? Lüge nicht! Um noch einmal Abschied zu nehmen?‹

›Nein.‹

›Weshalb dann? Um hierzubleiben und Selbstmord zu begehen?‹

Ich schüttelte den Kopf. Ich erkannte, daß es nur eine Antwort gab, die sie verstehen würde und nur eine, die ich jetzt geben durfte, selbst wenn es nie geschähe. Ich mußte sie geben. ›Um dich zu holen‹, sagte ich. ›Weißt du das denn immer noch nicht?‹

Ihr Gesicht veränderte sich. Der Zorn verschwand. Es wurde sehr schön. ›Ja‹, murmelte sie. ›Aber du mußt es mir doch sagen. Weißt du das denn noch immer nicht?‹

Ich nahm meinen Mut zusammen. ›Ich will es dir hundertmal sagen, Helen, und ich möchte es dir jede Minute sagen – am meisten aber sage ich es dir, wenn ich dir erklären muß, daß es unmöglich ist.‹

›Es ist nicht unmöglich. Ich habe einen Paß.‹

Ich schwieg einen Augenblick. Das Wort schlug ein, als wäre es ein Blitz in den konfusen Wolken meiner Überlegungen. ›Du hast einen Paß?‹ wiederholte ich. ›Einen Auslandspaß?‹

Helen öffnete ihre Handtasche und nahm ihren Paß heraus. Sie hatte ihn nicht nur, sie hatte ihn auch bei sich. Ich betrachtete ihn, wie man den heiligen Gral ansehen würde. Ein gültiger Paß war nichts anderes; er war Erklärung und Recht zugleich. ›Seit wann?‹ fragte ich.

›Seit zwei Jahren‹, sagte sie. ›Er ist noch drei Jahre gültig. Ich habe ihn dreimal gebraucht, einmal um nach Österreich zu fahren, als es noch unabhängig war, und zweimal für die Schweiz.‹

Ich blätterte ihn durch. Ich mußte mich fassen. Die Wirklichkeit stand plötzlich vor mir. Ein Paß knisterte in meiner Hand. Es war nicht mehr ausgeschlossen, daß Helen Deutschland verlassen konnte. Ich hatte geglaubt, es wäre nur möglich, wenn sie fliehen und heimlich die Grenze überschreiten würde, wie ich. ›Einfach, nicht wahr?‹ sagte Helen, die mich beobachtet hatte.

Ich nickte, als wäre ich ein Idiot. ›Du kannst also einen Zug nehmen und einfach abfahren‹, erwiderte ich und sah noch einmal den Paß an. Daran hatte ich nie gedacht. ›Aber du hast kein Visum nach Frankreich?‹

›Ich kann nach Zürich fahren und mir dort eins geben lassen. Für die Schweiz brauche ich keins.‹

›Das ist wahr.‹ Ich starrte sie an. ›Und deine Familie?‹ fragte ich. ›Lassen sie dich gehen?‹

›Ich werde sie nicht fragen. Und ihnen nichts sagen. Ich werde ihnen erklären, ich müsse nach Zürich, um zu einem Arzt zu gehen. Ich habe das schon vorher getan.‹

›Bist du denn krank?‹

›Natürlich nicht‹, sagte Helen. ›Ich habe es getan, um einen Paß zu bekommen. Um hier herauszukommen. Ich war am Ersticken.‹

Ich erinnerte mich, daß Georg sie gefragt hatte, ob sie beim Arzt gewesen sei. ›Du bist nicht krank?‹ fragte ich noch einmal.

›Unsinn. Meine Familie glaubt es aber. Ich habe es ihr eingeredet, damit ich Ruhe habe. Und damit ich heraus konnte. Martens hat mir dabei geholfen. Es braucht Zeit, einen echten Deutschen davon zu überzeugen, daß es vielleicht in der Schweiz Spezialisten geben könne, die noch mehr wissen, als die Autoritäten in Berlin.‹

Helen lachte plötzlich. ›Sei nicht so dramatisch! Es geht nicht um Leben und Tod, und es ist keine Flucht bei Nacht und Nebel. Ich fahre einfach morgen für einige Tage nach Zürich, um mich untersuchen zu lassen, so wie ich es schon vorher getan habe. Vielleicht sehe ich dich dann dort, wenn du auch da bist. Klingt das besser?‹

‹Ja‹, sagte ich. ›Aber laß uns weiterfahren. Ich bin noch wie jemand, dessen Kopf abwechselnd rasch in kochendes und eiskaltes Wasser getaucht wird und der den Unterschied nicht fühlt. Warum habe ich nie daran gedacht? Es ist alles plötzlich so einfach, daß ich fürchte, eine Brigade SS müsse gleich aus dem Wald brechen.‹

›Alles ist scheinbar einfach, wenn man verzweifelt ist, Liebster‹, sagte Helen sehr sanft. ›Eine sonderbare Kompensation! Ist das immer so?‹

›Ich hoffe, wir brauchen nie darüber nachzudenken.‹

Der Wagen glitt aus dem Staub des Sommerweges auf die Fahrbahn.

›Ich bin sogar vorbereitet, immer so zu leben‹, sagte Helen, ohne irgendein Anzeichen der Verzweiflung.

Sie ging mit mir ins Hotel. Es war überraschend, wie schnell sie sich in meiner Situation zurechtfand. ›Ich gehe mit dir in die Halle‹, erklärte sie. ›Männer allein sind verdächtiger als ein Mann mit einer Frau.‹

›Du lernst rasch.‹

Sie schüttelte den Kopf. ›Das habe ich gelernt, bevor du kamst. In den Jahren der Denunziation. Nationale Erhebungen sind wie Steine, die man vom Boden hebt – das Ungeziefer kriecht darunter hervor. Es hat für seine Vulgarität endlich große Worte, die es decken.‹

Der Hotelassistent gab mir meinen Schlüssel, und ich ging auf mein Zimmer. Helen blieb unten, um auf mich zu warten.

Mein Koffer stand neben der Tür auf einem Kofferstand. Ich blickte

mich in dem belanglosen Zimmer um. Es war wie viele, in denen ich gehaust hatte. Ich versuchte mich zu erinnern, wie ich angekommen war, aber die Erinnerung daran verschwamm bereits. Ich erkannte, daß ich nicht mehr am Ufer stand oder mich versteckte und auf den Strom blickte – ich schwamm schon auf einer Planke mit.
Ich stellte den Koffer, den ich mitgebracht hatte, neben den, den ich früher gekauft hatte. Dann ging ich wieder hinunter zu Helen.
›Wie lange hast du Zeit?‹ fragte ich.
›Ich muß den Wagen heute nacht zurückbringen.‹
Ich sah sie an. Ich begehrte sie so, daß ich einen Augenblick nicht sprechen konnte. Ich starrte auf die braunen und grünen Sessel der Halle und auf die Portiersloge und den scharfbeleuchteten Tisch mit den vielen Brieffächern im Hintergrund und wußte, daß es hier unmöglich war, Helen auf mein Zimmer zu bringen. ›Wir können noch zusammen essen‹, sagte ich. ›Laß uns so tun, als ob wir uns morgen wiedersähen.‹
›Nicht morgen‹, erwiderte Helen. ›Übermorgen.‹
Übermorgen mochte etwas für sie bedeuten; für mich war es noch so wie niemals oder eine unsichere Chance in einer Lotterie mit wenigen Gewinnen und zahllosen Nieten. Ich hatte zuviele Übermorgen erlebt, und sie waren alle anders gewesen, als ich gehofft hatte.
›Übermorgen‹, sagte ich. ›Übermorgen oder einen Tag später. Es richtet sich nach dem Wetter. Wir wollen heute nicht daran denken.‹
›Ich denke an nichts anderes‹, erwiderte Helen.
Wir gingen in den Domkeller, ein altdeutsch eingerichtetes Restaurant, und fanden einen Tisch, an dem wir nicht belauscht werden konnten. Ich bestellte eine Flasche Wein und wir besprachen, was zu besprechen war. Helen wollte morgen nach Zürich fahren. Dort würde sie auf mich warten. Ich wollte den Weg über Österreich und den Rhein nehmen, den ich kannte, und sie anrufen, wenn ich Zürich erreicht hätte.
›Und wenn du nicht kommst?‹ fragte sie.
›Man darf aus Schweizer Gefängnissen schreiben. Warte eine Woche. Wenn du dann nichts von mir gehört hast, fahre zurück.‹
Helen sah mich lange an. Sie wußte, was ich meinte. Aus deutschen Gefängnissen gab es keine Gelegenheit mehr, zu schreiben. ›Ist die Grenze scharf bewacht?‹ flüsterte sie.
›Nein‹, sagte ich. ›Und denk nicht darüber nach. Ich bin hereingekommen – warum sollte ich nicht hinauskommen?‹
Wir versuchten, den Abschied zu ignorieren; aber wir konnten es

nicht ganz. Wie eine mächtige schwarze Säule stand er zwischen uns, und alles, was wir tun konnten, war, um ihn herum gelegentlich einen Blick auf unsere verstörten Gesichter zu erhaschen. ›Es ist wie vor fünf Jahren‹, sagte ich. ›Nur dieses Mal gehen wir beide.‹
Helen schüttelte den Kopf. ›Sei vorsichtig!‹ sagte sie. ›Sei um Gottes willen vorsichtig! Ich werde warten. Länger als eine Woche! So lange du willst. Riskiere nichts!‹
›Ich werde vorsichtig sein. Laß uns nicht darüber sprechen. Man kann Vorsicht zerreden. Sie ist dann nicht mehr gut.‹
Sie legte ihre Hand auf meine Hand. ›Ich begreife erst jetzt, daß du gekommen bist! Jetzt, wo du wieder gehst! So spät!‹
›Ich auch‹, erwiderte ich. ›Es ist gut, daß wir es jetzt wissen.‹
›So spät‹, murmelte sie. ›Erst jetzt, wo du gehst.‹
›Nicht erst jetzt. Wir haben es immer gewußt. Wäre ich sonst gekommen, und hättest du auf mich gewartet? Wir können es uns nur jetzt zum erstenmal sagen.‹
›Ich habe nicht immer gewartet‹, sagte sie.
Ich schwieg. Ich hatte auch nicht gewartet, aber ich wußte, daß ich es ihr nie sagen durfte. Am wenigsten jetzt. Wir waren beide ganz offen und ohne jede Verteidigung. Wenn wir je zusammenleben würden, dann war es dieser Augenblick in einem lärmenden Restaurant in Münster, zu dem wir immer wieder und jeder für sich zurückkehren konnten, um Kraft und Bestätigung zu holen. Er würde ein Spiegel sein, in den wir blicken konnten, und er würde uns zwei Bilder zeigen: das, wie das Schicksal uns gewollt, und das, wozu es uns gemacht hatte – und das war viel; die Irrtümer kommen immer daher, daß man das erste Bild verloren hat.
›Du mußt jetzt gehen‹, sagte ich. ›Sei vorsichtig. Fahre nicht zu schnell.‹
Ihre Lippen zuckten. Ich merkte die Ironie erst, nachdem ich es gesagt hatte. Wir standen in der windigen Straße zwischen den alten Häusern. ›Sei du vorsichtig‹, flüsterte sie. ›Du brauchst es mehr.‹

Ich blieb eine Zeitlang in meinem Zimmer, dann hielt ich es nicht mehr aus. Ich ging zum Bahnhof, kaufte mir eine Fahrkarte nach München und schrieb mir die Züge auf. Es gab einen, der noch am selben Abend fuhr. Ich beschloß, ihn zu nehmen.
Die Stadt war still. Ich kam am Domplatz vorbei und blieb stehen. Im Dunkel konnte ich nur einen Teil der alten Gebäude erkennen. Ich dachte an Helen und an das, was geschehen würde, aber es wurde so mächtig und undeutlich, wie die hohen Fenster im Schatten der Kirche; ich wußte plötzlich nicht mehr, ob es richtig war,

sie zu holen, oder ob es zum Untergang führen würde und ob ich ein frivoles Verbrechen begangen oder eine unerhörte Gnade empfangen hatte, und vielleicht war es beides.
In der Nähe des Hotels hörte ich unterdrücktes Sprechen und Schritte. Zwei ss-Leute kamen aus einer Haustür und stießen einen Mann auf die Straße. Ich sah sein Gesicht im Schein einer Straßenlaterne. Es war schmal und wächsern, und von der rechten Seite des Mundes lief ein schwarzer Blutfaden über das Kinn. Der Kopf war kahl, aber über den Schläfen wuchs dunkles Haar. Die Augen waren weit aufgerissen und voll eines solchen Entsetzens, wie ich es lange nicht mehr gesehen hatte. Der Mann schwieg. Seine Begleiter stießen und zerrten ihn ungeduldig vorwärts. Sie waren nicht laut; die ganze Szene hatte etwas Unterdrücktes, Gespenstisches. Die ss-Leute blickten mich wütend und herausfordernd an, als sie an mir vorüberkamen, und der Gefangene starrte mit seinen paralysierten Augen auf mich und machte etwas wie eine Geste um Hilfe, und seine Lippen bewegten sich; aber kein Laut kam hervor. Es war die ewige Szene der Menschheit – die Knechte der Gewalt, das Opfer, und der ewige Dritte, der Zuschauer, der die Hände nicht hebt und das Opfer nicht verteidigt und nicht versucht, es zu befreien, weil er für seine eigene Sicherheit fürchtet und dessen eigene Sicherheit eben deshalb immer in Gefahr ist.
Ich wußte, daß ich nichts für den Verhafteten hätte tun können. Die bewaffneten ss-Leute hätten mich mühelos überwältigt – ich erinnerte mich auch, wie mir jemand von einer ähnlichen Szene erzählt hatte. Er hatte gesehen, wie ein ss-Mann einen Juden verhaftete und verprügelte, und war ihm zu Hilfe gekommen; er hatte den ss-Mann bewußtlos geschlagen und dem Opfer zugerufen, zu fliehen. Aber der Verhaftete hatte seinen Befreier verflucht; er sei jetzt erst verloren, weil er nun in eine Situation gebracht worden sei, wo ihm auch dies aufgerechnet werde, und er war schluchzend Wasser holen gegangen, um den ss-Mann wieder zu Bewußtsein zu bringen, damit er von ihm zum Tode geführt werden konnte. Ich erinnerte mich an diese Erzählung, aber ich blieb trotzdem so verstört und in solch einem Widerstreit von Hilflosigkeit, Selbstverachtung, Angst und einem Gefühl fast von Frivolität, nach eigenem Glück auszublicken, während andere ermordet wurden, daß ich zum Hotel ging, meine Sachen holte und zum Bahnhof fuhr, obschon es noch zu früh dafür war. Es schien mir angepaßter, im Wartesaal zu sitzen, als mich im Hotelzimmer zu verbergen. Das kleine Risiko, daß ich dadurch nahm, gab in einer kindischen Weise meinem Selbstgefühl wenigstens einen geringen Halt.«

VIII

»Ich fuhr die Nacht durch und den folgenden Tag und kam ohne Schwierigkeiten nach Österreich. Die Zeitungen waren voll von Forderungen, Beteuerungen und den üblichen Meldungen von Grenzzwischenfällen, die stets Kriegen vorangehen und bei denen es sonderbar ist, daß immer die schwachen Nationen von den starken der Aggressivität beschuldigt werden. Ich sah Züge mit Truppen; aber die meisten Leute, mit denen ich sprach, glaubten nicht an den Krieg. Sie erwarteten, daß ein neues München jedesmal dem vorjährigen folgen würde, und daß Europa viel zu schwach und dekadent sei, um einen Krieg mit Deutschland zu wagen. Es war ein scharfer Unterschied zu Frankreich, wo jeder wußte, daß der Krieg unausbleiblich war; aber der Bedrohte weiß ja immer mehr und weiß es früher als der Angreifer.
Ich kam nach Feldkirch und nahm ein Zimmer in einer kleinen Pension. Es war Sommer und die Zeit für Touristen; ich fiel nicht auf. Die beiden Koffer machten mich respektabel. Ich beschloß, sie im Stich zu lassen und nur so viel Gepäck mitzunehmen, wie mich nicht behinderte. Ich packte es in einen Rucksack, das war am unauffälligsten. Meine Zimmermiete zahlte ich auf eine Woche voraus.
Ich brach am nächsten Tage auf. Bis Mitternacht blieb ich in der Nähe der Grenze in einer Lichtung versteckt. Ich weiß noch, daß Mücken mich anfangs plagten und daß ich einen blauen Molch beobachtete, der im klaren Wasser eines Tümpels lebte. Er hatte einen Kamm und kam ab und zu hoch, um Luft zu schöpfen. Dann zeigte er einen gefleckten, gelbroten Bauch. Ich beobachtete ihn und dachte daran, daß für ihn die Welt in diesem Tümpel ihre Grenze hatte. Das kleine Wasserloch war die Schweiz, Deutschland, Frankreich, Afrika und Yokohama für ihn, alles in einem. Friedlich tauchte er auf und unter, völlig in Harmonie mit dem Abend.
Ich schlief ein paar Stunden und machte mich dann bereit. Ich war sehr zuversichtlich. Zehn Minuten später tauchte, wie aus der Erde gewachsen, ein Zollbeamter neben mir auf. ›Halt! Stehenbleiben! Was machen Sie hier?‹
Er mußte im Dunkeln seit langem gelauert haben. Meine Erklärung, daß ich ein harmloser Spaziergänger sei, beachtete er nicht. ›Sie können das alles auf der Zollstation vorbringen‹, sagte er und ließ mit entsicherter Waffe mich vor sich hergehen, zurück zum nächsten Ort.
Ich ging, niedergeschmettert, dumpf und nur in einer kleinen Ecke meines Gehirns sehr wach – wie ich entkommen könnte. Aber es

war nicht möglich; der Zollbeamte kannte seinen Dienst zu gut. Er war genau im richtigen Abstande hinter mir; ich konnte ihn nicht überraschend anfallen, und ich konnte keine fünf Schritte weit entkommen, ohne daß er nicht sofort gefeuert hätte.

In der Zollstation öffnete er ein kleines Zimmer. ›Gehen Sie hinein. Warten Sie hier.‹

›Wie lange?‹

›Bis Sie vernommen werden.‹

›Können Sie das nicht gleich tun? Ich habe nichts getan, um eingesperrt zu werden.‹

›Dann brauchen Sie ja keine Sorge zu haben.‹

›Ich habe keine Sorge‹, sagte ich und legte meinen Rucksack ab. ›Fangen wir also an.‹

›Wir fangen an, wann wir hier dazu bereit sind‹, sagte der Beamte und zeigte ein außerordentlich gutes, weißes Gebiß. Es sah aus wie ein Jäger und wirkte auch so. ›Morgen früh kommt der zuständige Beamte. Auf dem Sessel da können Sie schlafen. Es ist nur noch ein paar Stunden. Heil Hitler!‹

Ich sah mich in der Kammer um. Das Fenster war vergittert; die Tür kräftig und von außen verschlossen. Ich konnte nicht entfliehen. Außerdem hörte ich Leute nebenan. Ich saß und wartete. Es war trostlos. Endlich wurde der Himmel grau und dann langsam blau und hell. Ich hörte wieder Stimmen und roch Kaffee. Die Tür wurde aufgeschlossen. Ich tat, als ob ich erwache und gähnte. Ein Zollbeamter trat ein; er war rot und dick und sah gemütlicher aus als der Jäger. ›Endlich!‹ sagte ich. ›Es ist verdammt unbequem, hier zu schlafen.‹

›Was wollten Sie an der Grenze?‹ fragte er und begann meinen Rucksack zu öffnen. ›Ausreißen? Schmuggeln?‹

›Gebrauchte Hosen schmuggelt man nicht‹, erwiderte ich. ›Gebrauchte Hemden auch nicht.‹

›Schön. Was wollten Sie dann nachts da?‹ Er legte meinen Rucksack beiseite. Ich dachte plötzlich an das Geld, das ich bei mir hatte. Wenn er es fand, war ich verloren. Hoffentlich untersuchte er mich nicht weiter.

›Mir den Rhein bei Nacht ansehen‹, sagte ich lächelnd. ›Ich bin Tourist. Und Romantiker.‹

›Woher kommen Sie?‹

Ich nannte den Namen meiner Pension und den Ort, aus dem ich kam. ›Ich wollte heute morgen dorthin zurück‹, sagte ich. ›Meine Koffer sind noch da. Ich habe dort auch meine Miete für eine Woche vorausbezahlt. Das sieht nicht nach Schmuggel aus, wie?‹

›Soso‹, erwiderte er. ›Das werden wir ja alles feststellen. Ich hole Sie in einer Stunde ab. Wir gehen zusammen hin. Mal sehen, was Sie in den Koffern haben.‹

Es war ein langer Weg. Auch der Dicke war wachsam wie ein Schäferhund. Er schob sein Fahrrad neben sich her und rauchte. Endlich kamen wir an.
›Da ist er ja!‹ rief jemand aus dem Fenster der Pension. Gleich darauf stand die Wirtin vor mir. Sie war puterrot vor Aufregung. ›Mein Gott, wir dachten schon, es wäre Ihnen etwas zugestoßen! Wo waren Sie denn die Nacht über?‹
Die Frau hatte am Morgen mein unaufgedecktes Bett entdeckt und geglaubt, ich sei ermordet worden. Angeblich triebe sich jemand in der Gegend herum, der schon ein paar Raubüberfälle auf dem Gewissen hatte. Sie habe deshalb die Polizei geholt. Der Polizist kam hinter ihr aus dem Hause. Er glich dem Jäger. ›Ich habe mich verirrt‹, sagte ich, so ruhig ich konnte. ›Und dann war es eine so schöne Nacht! Ich habe zum erstenmal seit meiner Kindheit wieder im Freien geschlafen. Es war herrlich! Ich bedaure, Ihnen Sorge gemacht zu haben. Leider bin ich aus Versehen zu nahe an die Grenze gekommen. Bitte erklären Sie dem Zollbeamten doch, daß ich hier wohne.‹
Die Wirtin tat es. Der Zollbeamte erklärte sich bereits für befriedigt; aber der Polizist hatte aufgemerkt. ›Woher kommen Sie?‹ fragte er. ›Von der Grenze? Haben Sie Papiere? Wer sind Sie?‹
Mir fehlte einen Augenblick der Atem. Das Geld von Helen steckte in meiner Brusttasche; wenn er es entdeckte, geriet ich in Verdacht, daß ich es in die Schweiz schmuggeln wollte und wäre sofort festgenommen worden. Was dann noch kam, war nicht auszudenken.
Ich nannte meinen Namen, zeigte aber meinen Paß noch nicht vor; Deutsche und Österreicher brauchen in ihrem eigenen Lande keinen.
›Wer beweist uns, daß Sie nicht gerade der Verbrecher sind, den wir suchen?‹ erwiderte der Polizist, der dem Jäger glich.
Ich lachte. ›Da ist nichts zu lachen‹, erklärte er ärgerlich und begann, zusammen mit dem Zöllner, meine Koffer zu durchsuchen.
Ich tat, als wäre es ein Witz; aber ich wußte nicht genau, wie ich das Geld erklären sollte, wenn eine Körperuntersuchung folgen würde. Ich beschloß zu sagen, daß ich mit der Absicht spiele, mich in der Nähe anzukaufen.
Zu meiner Überraschung fand der Beamte in einem Seitenfach des zweiten Koffers einen Brief, den ich nicht kannte. Es war der Koffer, den ich von Osnabrück mitgenommen und den Helen mit meinen

früheren Sachen gepackt und heruntergebracht hatte. Der Polizist öffnete den Brief und begann zu lesen. Ich betrachtete ihn gespannt; ich wußte nicht, was es war, und hoffte nur, daß es irgendein altes, unbedeutendes Schreiben sei.
Der Beamte grunzte und sah auf. ›Ist Ihr Name Josef Schwarz?‹
Ich nickte. ›Warum haben Sie das nicht gleich gesagt?‹ fragte er. ›Ich habe es Ihnen ja vorhin gesagt‹, erwiderte ich und versuchte, von rückwärts den gedruckten Briefkopf zu lesen.
›Das ist wahr, das hat er gesagt‹, bestätigte der Zollbeamte.
›Der Brief betrifft also Sie?‹ fragte der Polizist.
Ich streckte die Hand aus. Er zögerte einen Moment, dann gab er ihn mir. Ich sah jetzt den gedruckten Kopf. Es war die Adresse der nationalsozialistischen Partei in Osnabrück. Langsam las ich, daß die Amtsstelle Osnabrück bat, dem Parteigenossen Josef Schwarz, der in Erfüllung einer wichtigen geheimen Aufgabe unterwegs sei, jede Unterstützung, die möglich sei, zu gewähren. Unterzeichnet war der Brief: Georg Jürgens, Obersturmbannführer, in Helens Handschrift.
Ich behielt den Brief in der Hand. ›Stimmt das?‹ fragte der Beamte mit bedeutend mehr Respekt als vorher.
Ich holte jetzt meinen Paß hervor, hielt ihn hin, zeigte auf den Namen und steckte ihn wieder ein. ›Geheime Staatssache‹, erwiderte ich.
›Deshalb?‹
›Deshalb‹, sagte ich ernst und steckte auch den Brief ein. ›Ich hoffe, das genügt Ihnen?‹
›Selbstverständlich.‹ Der Beamte kniff ein blaßblaues Auge zu. ›Verstehe. Beobachtung der Grenze.‹
Ich hob die Hand. ›Kein Wort darüber, bitte. Es ist geheim. Deshalb konnte ich auch nichts sagen. Sie haben es trotzdem herausgekriegt. Sind Sie Parteigenosse?‹
›Klar‹, erklärte der Polizist. Ich sah jetzt erst, daß er rothaarig war, und klopfte ihm auf die schwitzende Schulter. ›Tüchtig! Hier ist etwas für Sie beide auf ein Glas Wein nach all der Mühe.‹ «
Schwarz lächelte mir melancholisch zu. »Es ist manchmal erstaunlich, wie leicht man Leute, deren Beruf Mißtrauen sein sollte, hereinlegen kann. Kennen Sie das auch?«
»Nicht ohne Papiere«, sagte ich. »Aber mein Kompliment Ihrer Frau! Sie hatte vorausgesehen, daß Sie den Brief brauchen könnten.«
»Sie muß geglaubt haben, daß ich ihn nicht genommen hätte, wenn sie ihn mir angeboten hätte. Aus Gründen der Moral vielleicht oder auch, weil ich ihn für gefährlich gehalten hätte. Hauptsächlich wohl deshalb. Dabei hätte ich ihn genommen. Er rettete mich.«

Ich hatte Schwarz mit steigendem Interesse zugehört. Jetzt blickte ich mich um. Der englische und der deutsche Diplomat waren auf der Tanzfläche. Sie tanzten Foxtrott, und der Engländer war der bessere Tänzer. Der Deutsche brauchte mehr Raum; er tanzte mit einer verbissenen Aggressivität und schob seine Tänzerin vor sich her wie eine Kanone. Im Halbdunkel hatte ich einen Augenblick die Vorstellung, ein Schachbrett mit Figuren sei lebendig geworden. Die beiden Könige, der deutsche und der englische, kamen sich manchmal bedrohlich nahe; aber der Engländer wich jedesmal aus.
»Was taten Sie dann?« fragte ich Schwarz.
»Ich ging auf mein Zimmer«, erwiderte er. »Ich war erschöpft und wollte ruhig werden und überlegen. Helen hatte mich auf eine so unvorhergesehene Weise gerettet, daß es mir wie der Akt eines Deus ex machina erschien, – ein Theatertrick, der eine heillose Konfusion überraschend zu einem guten Ende bringt. Aber ich mußte fort, bevor der Polizist viel reden oder nachdenken konnte. Deshalb beschloß ich, meinem Glück zu trauen, solange es hielt. Ich erkundigte mich nach dem nächsten Schnellzug in die Schweiz. Er war in einer Stunde fällig. Der Wirtin erklärte ich, daß ich auf einen Tag nach Zürich müsse und nur einen Koffer mitnehmen wolle; ich werde in wenigen Tagen zurück sein, sie möge den andern aufheben. Dann ging ich zum Bahnhof. Kennen Sie das, dieses plötzliche Verzichten auf die jahrelange Vorsicht?«
»Ja«, sagte ich. »Aber man irrt sich oft dabei. Man glaubt, das Schicksal sei einem eine Revanche schuldig. Es ist einem keine schuldig.«
»Das ist selbstverständlich«, erwiderte Schwarz. »Aber manchmal traut man trotzdem einer gewohnten Technik nicht mehr und denkt, man müsse eine neue versuchen. Helen hatte gewollt, ich solle zusammen mit ihr über die Grenze fahren. Ich hatte es nicht getan und wäre verloren gewesen, hätte ihre Klugheit mich nicht gerettet – so glaubte ich jetzt, daß ich ihr diesmal folgen und tun müsse, was sie gewollt hatte.«
»Haben Sie es getan?«
Schwarz nickte. Ich löste ein Billet erster Klasse; Luxus flößt immer Vertrauen ein. Erst als der Zug fuhr, fiel mir das Geld ein, das ich bei mir trug. Ich konnte es nirgendwo im Abteil verstecken; ich war nicht allein. Außer mir saß noch ein Mann da, der sehr blaß und unruhig war. Ich versuchte die Toiletten; beide waren besetzt. Inzwischen erreichte der Zug die Grenzstation. Mein Instinkt trieb mich zum Speisewagen. Ich setzte mich dort hin, bestellte eine Flasche teuren Wein und das Menu.

›Hat der Herr Gepäck?‹ fragte der Kellner.
›Ja. Im nächsten Wagen erster Klasse.‹
›Will der Herr dann nicht vorher den Zoll erledigen? Ich kann den Platz hier freihalten.‹
›Das kann noch lange dauern. Bringen Sie mir schon das Essen. Ich bin hungrig. Und ich möchte vorausbezahlen, damit Sie nachher nicht glauben, ich liefe weg.‹
Meine Hoffnung, von den Grenzbeamten im Speisewagen übersehen zu werden, erfüllte sich nicht. Der Kellner stellte gerade den Wein und die Suppe auf den Tisch, als zwei Uniformierte durchkamen. Ich hatte das Geld, das ich bei mir trug, inzwischen flach unter die Filzunterlage des Tischtuches geschoben und den Brief Helens in meinen Paß gelegt.
›Paß‹, sagte der erste Beamte schroff. Ich gab ihm meinen Paß.
›Kein Gepäck?‹ fragte er, ehe er ihn öffnete.
›Nur einen Handkoffer‹, sagte ich. ›Im nächsten Wagen erster Klasse.‹
›Sie müssen ihn öffnen‹, sagte der zweite.
Ich stand auf. ›Halten Sie mir den Platz‹, sagte ich zu dem Kellner.
›Natürlich! Der Herr hat ja vorausbezahlt.‹
Der erste Zollbeamte sah mich an. ›Sie haben vorausbezahlt?‹
›Ja. Sonst hätte ich mir das Essen und den Wein nicht leisten können. Hinter der Grenze hätte es Devisen gekostet. Die habe ich nicht.‹
Der Beamte lachte plötzlich. ›Keine schlechte Idee!‹ sagte er. ›Komisch, daß so wenige darauf kommen. Gehen Sie voraus. Ich muß noch den Wagen revidieren.‹
›Und mein Paß?‹
›Wir finden Sie schon.‹
Ich ging zu meinem Wagen. Mein Mitfahrer saß dort, noch unruhiger als vorher. Er schwitzte und rieb sich Hände und Gesicht mit einem nassen Taschentuch. Ich starrte auf den Bahnhof und öffnete das Fenster. Es hatte keinen Zweck hinauszuspringen, wenn ich gefaßt wurde; man konnte nicht entkommen – aber das offene Fenster beruhigte etwas.
Der zweite Beamte stand in der Tür. ›Ihr Gepäck!‹
Ich holte meinen Koffer herunter und öffnete ihn. Er schaute hinein und durchsuchte dann die Koffer meines Mitreisenden. ›Gut‹, erklärte er und grüßte.
›Meinen Paß‹, sagte ich.
›Den hat mein Kollege.‹
Der Kollege kam in derselben Minute. Es war ein anderer als vorher

– ein Parteigenosse in Uniform, dünn, mit einer Brille und hohen Stiefeln.« Schwarz lächelte. »Wie die Deutschen Stiefel lieben!«
»Sie brauchen sie«, sagte ich. »Sie waten in so viel Dreck.«
Schwarz leerte sein Glas. Er hatte wenig getrunken während der Nacht. Ich sah auf die Uhr: es war halb vier. Schwarz sah es. »Es dauert nicht mehr lange«, sagte er. »Sie werden Zeit genug für das Boot und alles andere haben. Worüber ich jetzt zu berichten habe, ist eine Zeit des Glücks. Und über Glück kann man nicht viel erzählen.«
»Wie kamen Sie durch?« fragte ich.
»Der Parteigenosse hatte den Brief Helens gelesen. Er gab mir meinen Paß zurück und fragte, ob ich in der Schweiz Bekannte hätte. Ich nickte.
›Wen?‹
›Die Herren Ammer und Rotenberg.‹
Es waren die Namen von zwei Nazis, die in der Schweiz arbeiteten. Jeder Emigrant, der in der Schweiz gelebt hatte, kannte und haßte sie.
›Sonst noch jemand?‹
›Unsere Herren in Bern. Nicht nötig, sie alle zu nennen, nicht wahr?‹
Er salutierte. ›Viel Glück! Heil Hitler!‹
Mein Gefährte war nicht so glücklich. Er mußte alle Papiere vorzeigen und wurde einem Kreuzverhör unterzogen. Er schwitzte und stotterte. Ich konnte es nicht mit ansehen. ›Kann ich zum Speisewagen zurückgehen?‹ fragte ich.
›Selbstverständlich!‹ erwiderte der Parteigenosse. ›Guten Appetit!‹
Ich fand den Speisewagen besetzt. Eine Schar Amerikaner hatte meinen Tisch okkupiert. ›Wo ist mein Platz?‹ fragte ich den Kellner.
Er hob die Schultern. ›Ich konnte ihn nicht halten. Was kann man gegen diese Amerikaner machen? Sie verstehen kein Deutsch und setzen sich hin, wo sie wollen! Nehmen Sie den Platz drüben. Tisch ist ja Tisch, nicht wahr? Ich habe Ihren Wein schon rübergestellt.‹
Ich wußte nicht, was ich tun sollte. Eine Familie hatte die vier Plätze meines Tisches fröhlich beschlagnahmt. Da, wo mein Geld lag, saß jetzt ein sehr schönes, sechzehnjähriges Mädchen mit einer Kamera. Wenn ich darauf bestanden hätte, den Platz wiederzubekommen, hätte ich Aufmerksamkeit erregt. Wir waren noch auf deutschem Boden.
Während ich entschlußlos dastand, sagte der Kellner: ›Warum nimmt der Herr nicht einstweilen den Tisch drüben und nachher,

wenn er frei wird, wieder den andern? Amerikaner essen schnell – belegte Brote und Orangensaft. Ich kann dem Herrn dann sein richtiges Essen hinterher servieren.‹
›Gut.‹
Ich setzte mich so, daß ich mein Geld beobachten konnte. Es ist merkwürdig mit einem – eine Minute vorher hätte ich gern auf alles Geld verzichtet, um nur durchzukommen, – jetzt aber saß ich da und wußte nur, daß ich es wiederhaben wollte, in der Schweiz allerdings, selbst wenn ich die amerikanische Familie attackieren müßte. Dann sah ich, wie draußen der kleine, schwitzende Mann abgeführt wurde und hatte ein Gefühl tiefer, unbewußter Befriedigung, daß nicht ich es war, gekoppelt mit dem scheinheiligen Bedauern, das nichts als eine Bestechung des Schicksals durch billiges Mitleid ist.
Ich fand mich widerwärtig und konnte und wollte nichts dagegen tun. Ich wollte gerettet werden, und ich wollte mein Geld. Es war nicht das Geld als Geld – es war Sicherheit, es war Helen, es waren die Monate der Zukunft –, trotzdem war es das Geld, und es war meine eigene Haut und mein eigenes egoistisches Glück. Wir kommen nie davon los. Aber der in uns, den wir nicht kontrollieren können, sollte das Schauspielern lassen –«
»Herr Schwarz«, unterbrach ich ihn. »Wie kamen Sie zu Ihrem Geld?«
»Sie haben recht«, erwiderte er. »Auch diese törichte Tirade gehört dazu. Die Schweizer Zollbeamten kamen in den Speisewagen, und die amerikanische Familie hatte nicht nur Handgepäck, sondern auch Koffer im Gepäckwagen. Sie mußte hinaus. Die Kinder gingen mit. Sie waren mit dem Essen fertig. Der Tisch wurde abgeräumt. Ich ging hinüber, legte die Hand auf die Tischdecke und fühlte die schmale Erhöhung.
›Alles erledigt mit dem Zoll?‹ fragte der Kellner, als er meine Flasche herüberbrachte.
›Natürlich‹, erwiderte ich. ›Bringen Sie mir jetzt den Rostbraten. Sind wir schon in der Schweiz?‹
›Noch nicht‹, erklärte er. ›Erst wenn wir fahren.‹
Er ging, und ich wartete darauf, daß der Zug anziehen möge. Es war die rasende letzte Ungeduld, die Sie wahrscheinlich auch kennen. Ich starrte durch das Fenster auf die Leute am Bahnsteig; ein Zwerg im Smoking mit zu kurzen Hosen versuchte dort, mit aller Gewalt Gumpoldskirchener Wein und Schokolade von einem fahrbaren Nickelwagen zu verkaufen. Dann sah ich den schwitzenden Mann aus meinem Abteil zurückkommen. Er war allein und rannte

zu seinem Wagen. ›Sie haben aber einen guten Zug‹, sagte der Kellner neben mir.
›Was?‹
›Ich meine, der Herr trinken den Wein aber wie beim Feuerlöschen.‹
Ich sah auf die Flasche. Sie war beinahe leer. Ich hatte sie getrunken, ohne es zu wissen. In diesem Augenblick rumpelte der Speisewagen. Die Flasche schwankte und fiel. Ich fing sie in der Hand. Der Zug begann zu fahren. ›Bringen Sie mir noch eine‹, sagte ich. Der Kellner verschwand.
Ich zog das Geld unter dem Tischtuch hervor und steckte es ein. Gleich darauf kamen die Amerikaner zurück. Sie setzten sich an den Tisch, an dem ich vorher gesessen hatte, und bestellten Kaffee. Das Mädchen begann die Landschaft zu photographieren. Ich fand, daß sie recht hatte; es war die schönste Landschaft der Welt.
Der Kellner kam mit der Flasche. ›Jetzt sind wir in der Schweiz.‹
Ich bezahlte die Flasche und gab ihm ein gutes Trinkgeld. ›Behalten Sie den Wein‹, sagte ich. ›Ich brauche ihn nicht mehr. Ich wollte etwas feiern, aber jetzt merke ich, daß schon die erste Flasche zuviel für mich war.‹
›Sie haben fast auf leeren Magen getrunken, mein Herr‹, erklärte er mir.
›Das war es.‹ Ich stand auf.
›Haben der Herr vielleicht Geburtstag?‹ fragte der Kellner.
›Jubiläum‹, sagte ich. ›Goldenes Jubiläum!‹

Der kleine Mann in meinem Abteil saß schweigend für einige Minuten da; er schwitzte jetzt nicht mehr, aber man konnte sehen, daß sein Anzug und seine Wäsche feucht waren. Dann fragte er: ›Sind wir in der Schweiz?‹
›Ja‹, erwiderte ich.
Er schwieg wieder und sah aus dem Fenster. Eine Station mit Schweizer Namen kam vorbei. Ein Schweizer Bahnhofsvorsteher winkte, und zwei Schweizer Polizisten standen neben dem Gepäck, das verladen wurde, und plauderten. Man konnte Schweizer Schokolade und Schweizer Würste an einem Kiosk erstehen. Der Mann lehnte hinaus und kaufte eine Schweizer Zeitung. ›Ist dies hier die Schweiz?‹ fragte er den Jungen.
›Ja. Was sonst? Zehn Rappen.‹
›Was?‹
›Zehn Rappen! Zehn Centimes! Für die Zeitung!‹
Der Mann zahlte, als hätte er das große Los gewonnen. Das veränderte Geld mußte ihn endlich überzeugt haben. Mir hatte er nicht

geglaubt. Er entfaltete die Zeitung, blickte hinein und legte sie weg. Es dauerte eine Weile, ehe ich hörte, was er sagte. Ich war so benommen von meiner neuen Freiheit, daß die Räder des Zuges in meinem Kopf zu rattern schienen. Erst nachdem ich sah, daß er seine Lippen bewegte, hörte ich, daß er sprach.

›Endlich heraus‹, sagte er und starrte mich an, ›aus eurem verfluchten Land, Herr Parteigenosse! Aus dem Land, das ihr zu einer Kaserne und einem Konzentrationslager gemacht habt, ihr Schweine! In der Schweiz, in einem freien Land, in dem ihr nichts zu befehlen habt! Endlich kann man den Mund aufmachen, ohne von euch mit dem Stiefel in die Zähne getreten zu werden! Was habt ihr aus Deutschland gemacht, ihr Räuber und Mörder und Folterknechte!‹

Kleine Blasen bildeten sich in seinen Mundwinkeln. Er starrte mich an, wie eine hysterische Frau eine Kröte anstarren würde. Er hielt mich für einen Parteigenossen, und nach dem, was er gehört hatte, hatte er recht.

Ich hörte ihm zu mit der tiefen Ruhe, gerettet zu sein.

›Sie sind ein mutiger Mann‹, sagte ich dann. ›Ich bin mindestens zwanzig Pfund schwerer und fünfzehn Zentimeter größer als Sie. Aber sprechen Sie sich nur aus. Es erleichtert.‹

›Höhnen!‹ sagte er und wurde noch wütender. ›Verhöhnen wollen Sie mich auch noch, was? Aber das ist vorbei! Für immer vorbei! Was habt ihr mit meinen Eltern gemacht? Was hat mein alter Vater euch getan? Und jetzt! Jetzt wollt ihr die Welt in Brand stecken!‹

›Glauben Sie, daß es Krieg gibt?‹ fragte ich.

›Höhnen Sie nur weiter! Als ob Sie das nicht wüßten! Was sonst bleibt euch übrig mit eurem Tausendjährigen Reich und euren infamen Rüstungen? Ihr Berufsmörder und Verbrecher! Wenn ihr keinen Krieg macht, bricht euer Schwindel-Wohlstand zusammen und ihr mit ihm!‹

›Das glaube ich auch‹, sagte ich und fühlte die warme Sonne des späten Nachmittages auf meinem Gesicht wie eine Liebkosung. ›Aber wie wird es, wenn Deutschland gewinnt?‹

Der Mann mit dem feuchten Anzug starrte mich an und schluckte. ›Wenn ihr gewinnt, dann gibt es keinen Gott mehr‹, sagte er dann mit Mühe.

›Das glaube ich auch.‹ Ich stand auf.

›Rühren Sie mich nicht an!‹ zischte er. ›Sie werden verhaftet! Ich ziehe die Notbremse! Ich zeige Sie an! Sie sollten sowieso angezeigt werden, Sie Spion! Ich habe gehört, was Sie geredet haben!‹

Das fehlte noch, dachte ich. ›Die Schweiz ist ein freies Land‹, sagte

ich. ›Man verhaftet da nicht gleich auf Grund einer Denunziation. Sie scheinen drüben gut gelernt zu haben.‹
Ich nahm meinen Koffer und suchte mir ein anderes Abteil. Ich wollte den hysterischen Mann nicht aufklären; aber ich wollte ihm auch nicht gegenüber sitzen. Haß ist eine Säure, die die Seele auffrißt, ganz gleich, ob man selbst haßt oder gehaßt wird. Ich hatte das gelernt während meiner Wanderschaft.
So kam ich nach Zürich.«

IX

Die Musik setzte einen Augenblick aus. Man hörte aufgeregte Worte von der Tanzfläche. Gleich darauf setzte das Orchester stärker wieder ein, und eine Frau in einem kanariengelben Kleide und mit einer Kette falscher Diamanten im Haar begann zu singen. Das Unvermeidliche war geschehen: ein Mitglied der deutschen Partei war beim Tanzen mit einem der englischen zusammengeprallt. Jeder beschuldigte den anderen der Absicht. Der Manager und zwei Kellner spielten Völkerbund und begütigten, ohne gehört zu werden. Das Orchester war klüger: es wechselte den Rhythmus. Statt eines Foxtrotts spielte es einen Tango, und die Diplomaten mußten entweder stehen bleiben und lächerlich werden oder weitertanzen. Der deutsche Kontrahent aber schien keinen Tango zu kennen, während der englische den Rhythmus, auf der Stelle tanzend, andeutete. Da beide gleich darauf von den anderen Paaren angestoßen wurden, verlor sich ihr Argument. Mit wütenden Blicken gingen sie zu ihren Tischen.
»Duellieren«, sagte Schwarz verächtlich. »Warum duellieren sich die Helden nicht?«
»Sie kamen nach Zürich«, erwiderte ich.
Er lächelte schwach. »Wollen wir hier weggehen?«
»Wohin?«
»Es gibt sicher noch einfache Kneipen, die die ganze Nacht offen sind. Dies ist hier ein Grab, in dem getanzt und Krieg gespielt wird.«
Er zahlte und fragte den Kellner nach einem anderen Lokal. Der Mann schrieb eine Adresse auf ein Stück Papier, das er von seinem Block riß, und erklärte uns die Richtung, in der wir gehen müßten.
Wir traten vor der Tür in eine wunderbare Nacht. Die Sterne waren noch da, aber schon lagen Meer und Morgen am Horizont in einer ersten, blauen Umarmung; der Himmel war höher und

der Geruch nach Salz und Blüten stärker geworden als früher. Es würde ein klarer Tag werden. Lissabon hat am Tage etwas naiv Theatralisches, das bezaubert und gefangennimmt, aber nachts ist es das Märchen einer Stadt, die in Terrassen mit allen Lichtern zum Meere herabsteigt wie eine festlich geschmückte Frau, die sich niederbeugt zu ihrem dunklen Geliebten.

Wir standen einige Zeit und schwiegen. »So haben wir uns einmal das Leben gedacht, wie?« sagte Schwarz schließlich trübe. »Tausend Lichter und Straßen, die in die Unendlichkeit führen –«

Ich antwortete nicht. Für mich war das Leben das Schiff, das unten im Tejo lag, und es fuhr nicht in die Unendlichkeit – es fuhr nach Amerika. Ich hatte genug von Abenteuern; die Zeit hatte uns damit beworfen wie mit faulen Eiern. Das abenteuerlichste Abenteuer war ein gültiger Paß, ein Visum und eine Fahrkarte. Dem Wanderer wider Willen war das Alltägliche längst zur Phantasmagorie und das Abenteuer zur Plage geworden.

»Zürich erschien mir damals so wie Ihnen diese Stadt heute nacht«, sagte Schwarz. »Dort begann das, was ich glaubte verloren zu haben. Sie wissen, daß Zeit ein sehr dünner Aufguß des Todes ist, der uns langsam zugefügt wird wie ein harmloses Gift. Anfangs belebt es und läßt uns sogar glauben, wir seien fast unsterblich – aber wenn es Tropfen um Tropfen, Tag für Tag um einen Tropfen und einen Tag stärker wird, verändert es sich in eine Säure, die unser Blut trübe macht und zerstört. Selbst wenn wir versuchen wollten, mit den Jahren, die wir noch haben, die Jugend zurückzukaufen, so könnten wir es nicht, die Säure der Zeit hat uns verändert, und die chemische Verbindung ist nicht mehr dieselbe, es müßte denn ein Wunder geschehen. Dieses Wunder geschah.«

Er blieb stehen und starrte auf die schimmernde Stadt. »Ich möchte, daß diese Nacht in meiner Erinnerung die glücklichste meines Lebens wird«, flüsterte er. »Sie ist die schrecklichste. Glauben Sie nicht, daß die Erinnerung das vollbringen kann? Sie muß es doch können! Das Wunder, wenn man es erlebt, ist nie vollkommen, erst die Erinnerung macht es dazu – und wenn das Glück tot ist, kann es sich doch nicht mehr ändern und zur Enttäuschung werden. Es bleibt vollkommen. Wenn ich es jetzt noch einmal beschwören kann: muß es dann nicht so bleiben, wie ich es sehe? Muß es nicht da sein, solange auch ich da bin?«

Er wirkte fast wie ein Mondsüchtiger, während er auf der Treppe vor dem übermächtig andrängenden Morgen stand, eine armselige, vergessene Gestalt aus der Nacht; und er tat mir plötzlich entsetzlich leid. »Es ist wahr«, sagte ich behutsam. »Wie können wir

wirklich wissen, ob wir glücklich sind und in welchem Grade, solange wir nicht wissen, was bleibt und wie es bleibt?«
»Indem wir jeden Augenblick wissen, daß wir es nicht halten können und es auch nicht versuchen«, flüsterte Schwarz. »Wenn wir es nicht festhalten und packen wollen mit unseren Händen und unseren groben Griffen, bleibt es dann nicht ohne Erschrecken hinter unsern Augen? Und lebt es dort nicht weiter, solange die Augen leben?«
Er blickte immer noch auf die Stadt hinab, in der ein Tannensarg stand und ein Schiff vor Anker lag. Sein Gesicht schien einen Augenblick in seine Teile zu zerfallen, so sehr war es entstellt von einem Ausdruck toten Schmerzes; dann begann es wieder sich zu bewegen, der Mund war nicht mehr eine schwarze Höhle, und die Augen waren keine Kieselsteine mehr.
Wir gingen weiter zum Hafen hinunter. »Herr«, sagte er nach einiger Zeit. »Wer sind wir? Wer sind Sie, wer bin ich, wer sind die anderen und wer sind die, die nicht mehr da sind? Was ist wirklich, das Spiegelbild oder der, der davorsteht? Der Lebende oder die Erinnerung, das Bild ohne Schmerz? Sind wir verschmolzen jetzt, die Tote und ich, ist sie vielleicht jetzt erst ganz mein, in dieser trostlosen Alchemie, in der sie nun nur noch antwortet, wenn ich will und wie ich will, eingegangen und nur noch da in dem bißchen Phosphoreszieren hier unter meinem Schädel? Oder habe ich sie nicht nur verloren, sondern verliere sie jetzt noch einmal, durch die langsam erlöschende Erinnerung jede Sekunde ein wenig mehr? Ich muß sie halten, Herr, verstehen Sie das nicht?« Er schlug sich vor die Stirn.

Wir kamen zu einer Straße, die in langen Treppenstufen den Hügel herunterführte. Irgendeine Festlichkeit mußte hier am Tage vorher gefeiert worden sein. Girlanden, die schon welk wurden und nach Friedhof rochen, hingen über eisernen Stangen zwischen den Häusern, und Schnüre mit elektrischen Birnen waren gezogen, die von tulpenartigen, großen Lampen unterbrochen wurden. Hoch darüber, in Abständen von etwa zwanzig Metern, schwebten fünfeckige Sterne aus kleinen elektrischen Birnen. Wahrscheinlich war das alles für eine Prozession oder eines der vielen religiösen Feste errichtet worden. Jetzt stand es kahl und verbraucht im beginnenden Morgen, und nur an einer Stelle, unten, schien etwas mit den Anschlüssen nicht geklappt zu haben – dort brannte noch ein Stern in dem sonderbar scharfen, bleichen Licht, das Lampen am frühen Abend und am Morgen haben.

»Hier ist der Platz«, sagte Schwarz und öffnete die Tür zu einer Kneipe, in der noch Licht war. Ein kräftiger sonnengebräunter Mann kam uns entgegen. Er zeigte auf einen Tisch. In dem niedrigen Raum standen ein paar Fässer, und an einem der paar Tische saßen ein Mann und eine Frau. Der Besitzer hatte nichts als Wein und kalten gebratenen Fisch.
»Kennen Sie Zürich?« fragte Schwarz mich.
»Ja. Ich bin in der Schweiz viermal von der Polizei gefaßt worden. Die Gefängnisse sind gut da. Viel besser als in Frankreich. Besonders im Winter. Leider wird man nur für höchstens vierzehn Tage eingesperrt, wenn man Ruhe haben will. Dann wird man abgeschoben, und das Grenzballett geht wieder los.«
»Mein Entschluß, offen über die Grenze zu gehen, hatte etwas in mir befreit«, sagte Schwarz. »Ich fürchtete mich plötzlich nicht mehr. Ein Polizist auf der Straße ließ mein Herz nicht mehr stocken; er gab mir noch einen Schock, aber einen milden, gerade stark genug, daß mir im nächsten Moment meine Freiheit um so mehr bewußt wurde.«
Ich nickte. »Das erhöhte Lebensgefühl durch die Gegenwart der Gefahr. Ausgezeichnet, solange die Gefahr nur den Horizont belebt.«
»Meinen Sie?« Schwarz blickte mich sonderbar an. »Es geht viel weiter«, sagte er dann. »Es geht bis zu dem, was wir Tod nennen, und darüber hinaus. Wo ist denn der Verlust, wenn man das Gefühl halten kann? Ist eine Stadt nicht mehr da, wenn man sie verläßt? Wäre sie nicht mehr da in Ihnen, auch wenn sie zerstört würde? Wer weiß denn, was Sterben ist? Geht nicht nur ein Lichtstrahl langsam über unsere wechselnden Gesichter? Und müssen wir nicht ein Gesicht gehabt haben, bevor wir geboren wurden, das Gesicht vor allen anderen, das, das bleiben muß nach der Zerstörung der anderen, vorübergehenden?«
Eine Katze strich um die Stühle. Ich warf ihr ein Stück Fisch hin. Sie hob den Schwanz und wendete sich ab.
»Sie trafen Ihre Frau in Zürich?« sagte ich vorsichtig.
»Ich traf sie im Hotel. Der Zwang, das Abwarten, das ich in Osnabrück gespürt hatte, die Strategie des Schmerzes und der Beleidigung waren verschwunden und blieben verschwunden. Ich traf eine Frau, die ich nicht kannte und die ich liebte, mit der ich verbunden schien durch neun Jahre lautloser Vergangenheit, über die diese Vergangenheit aber keinerlei einschränkende und besitzende Gewalt mehr hatte. Das Gift der Zeit schien auch bei ihr verdampft zu sein, als Helen die Grenze überschritt. Die Vergangenheit ge-

hörte jetzt zu uns, aber wir nicht mehr zu ihr; statt des drückenden Bildes der Jahre, das sie sonst darstellt, hatte sie sich gedreht und war jetzt ein Spiegel, der nichts mehr spiegelte als uns, ohne Bindung an sie. Der Entschluß, uns herauszureißen, und die Tat selbst trennte uns so entscheidend von allem Früher, daß das Unmögliche Wirklichkeit wurde: ein neues Lebensgefühl, ohne die Runzeln des früheren.«
Schwarz sah mich an, und wieder huschte der merkwürdige Ausdruck über sein Gesicht. »Es blieb so. Es war Helen, die es hielt. Ich konnte es nicht, besonders nicht dem Ende zu. Aber daß sie es konnte, war doch genug, und darauf kam es an, glauben Sie nicht? Ich muß es nur jetzt auch können, deshalb spreche ich ja mit Ihnen! Ja, deshalb!«
»Blieben Sie in Zürich?« fragte ich.
»Wir blieben eine Woche«, sagte Schwarz in seinem früheren Ton. »Wir wohnten in dieser Stadt und in dem Lande, in dem als einzigem in Europa die Welt noch nicht zu schwanken schien. Wir hatten Geld für einige Monate, und Helen hatte Schmuck mitgebracht, den wir verkaufen konnten. Dann waren in Frankreich auch noch die Zeichnungen des toten Schwarz.
Dieser Sommer 1939! Es war, als hätte Gott der Welt noch einmal zeigen wollen, was Friede ist und was sie verlieren würde. Die Tage waren randvoll mit der Gelassenheit dieses Sommers, und sie wurden unwirklich, als wir später Zürich verließen, um in den Süden der Schweiz an den Lago Maggiore zu gehen.
Helen hatte Briefe und Anrufe ihrer Familie erhalten. Sie hatte nichts hinterlassen, als daß sie wieder nach Zürich zu ihrem Arzt fahren müsse. Es war leicht für die Familie, bei dem ausgezeichneten Meldesystem der Schweiz, ihre Adresse herauszufinden. Jetzt wurde sie mit Fragen und Vorwürfen überschüttet. Noch konnte sie zurückfahren. Wir mußten uns entscheiden.
Wir wohnten im selben Hotel; aber wir wohnten nicht zusammen. Wir waren verheiratet, aber unsere Pässe lauteten auf verschiedene Namen, und da das Papier siegt, konnten wir nicht wirklich zusammen leben. Es war eine sonderbare Situation, aber sie verstärkte das Gefühl, daß für uns die Zeit noch einmal zurückgedreht war. Wir waren nach dem einen Gesetz Mann und Frau – nach dem zweiten nicht. Die neue Umgebung, die lange Trennung, und vor allem Helen, die sich so sehr verändert hatte, seit sie hier war – das alles brachte einen Zustand schwebender Nichtwirklichkeit und gleichzeitig leuchtend-beziehungsloser Wirklichkeit hervor, über der gerade noch der letzte zerrinnende Nebel eines Traumes

schwebte, an den man sich schon nicht mehr erinnern konnte. Ich wußte damals noch nicht, woher das kam – ich nahm es als ein unvermutetes Geschenk, als wäre mir erlaubt worden, ein Stück schlechtgelebten Daseins zu wiederholen und es in volles Leben zu verwandeln. Aus einem Maulwurf, der sich ohne Paß unter den Grenzen durchwühlte, wurde ich zu einem Vogel, der keine Grenzen kannte.

Eines Morgens, als ich Helen abholen wollte, traf ich einen Herrn Krause bei ihr, den sie als jemand vom deutschen Konsulat vorstellte. Sie sprach mich, als ich eintrat, französisch an und nannte mich Monsieur Lenoir. Krause mißverstand sie und fragte mich in schlechtem Französisch, ob ich der Sohn des berühmten Malers sei.
Helen lachte. ›Herr Lenoir ist Genfer‹, erklärte sie. ›Aber er spricht auch Deutsch. Mit Renoir ist er nur durch große Bewunderung verwandt.‹
›Sie lieben impressionistische Bilder?‹ fragte Krause mich.
›Er hat selbst eine Sammlung‹, sagte Helen.
›Ich habe ein paar Zeichnungen‹, erwiderte ich. Die Erbschaft des toten Schwarz als Sammlung zu erwähnen, schien mir eine von Helens neuen Kapriolen. Da aber eine ihrer Kapriolen mich vor dem Konzentrationslager bewahrt hatte, spielte ich mit.
›Kennen Sie die Sammlung Oskar Reinharts in Winterthur?‹ fragte Krause mich liebenswürdig.
Ich nickte. ›Reinhart hat einen van Gogh, für den ich einen Monat meines Lebens hingeben würde.‹
›Welchen Monat?‹ fragte Helen.
›Welchen van Gogh?‹ fragte Krause.
›Den Garten im Irrenhaus.‹
Krause lächelte. ›Ein herrliches Bild!‹
Er begann von anderen Gemälden zu sprechen, und da er auf den Louvre kam, konnte ich, dank der Schulung durch den toten Schwarz, mitreden. Ich begriff jetzt auch Helens Taktik; sie wollte vermeiden, daß ich als ihr Mann oder als Emigrant erkannt würde. Die deutschen Konsulate waren nicht über Anzeigen bei der Fremdenpolizei erhaben. Ich spürte, daß Krause herauszufinden versuchte, in welchem Verhältnis ich zu Helen stände. Sie hatte das bereits gewußt, ehe er auch nur fragen konnte, und dichtete mir jetzt eine Frau – Lucienne – und zwei Kinder an, von denen die ältere Tochter hervorragend Klavier spielte.
Krauses Augen gingen flink zwischen uns hin und her. Er benützte

das Gespräch, um herzlich eine neue Zusammenkunft vorzuschlagen – vielleicht ein Lunch in einem der kleinen Fischrestaurants am See –, man treffe so selten Menschen, die wirklich etwas von Bildern verständen.
Ich stimmte ebenso herzlich zu – wenn ich wieder nach der Schweiz käme. Das wäre etwa in vier bis sechs Wochen. Er war überrascht; er hätte geglaubt, ich wohne in Genf. Ich erklärte ihm, daß ich Genfer sei, aber in Belfort lebe. Belfort liegt in Frankreich; er konnte da nicht so leicht nachforschen. Beim Abschied konnte er die letzte Frage dieses Verhörs nicht lassen: wo Helen und ich uns getroffen hätten; es wäre doch so selten, sympathische Menschen zu finden.
Helen sah mich an. ›Beim Arzt, Herr Krause. Kranke Menschen sind so oft sympathischer als‹ – sie lächelte ihn boshaft an – ›die Gesundheitsprotzen, denen selbst im Gehirn Muskeln wachsen statt Nerven.‹
Krause nahm diesen Schuß mit einem Augurenblick.
›Ich verstehe, gnädige Frau.‹
›Gehört Renoir bei Ihnen nicht schon zur entarteten Kunst?‹ fragte ich, um nicht hinter Helen zurückzubleiben. ›Van Gogh doch sicher.‹
›Nicht für uns Kenner‹, erwiderte Krause mit einem zweiten Augurenblick und glitt zur Tür hinaus.
›Was wollte er?‹ fragte ich Helen.
›Spionieren. Ich wollte dich warnen, nicht zu kommen; aber du warst schon auf dem Weg. Mein Bruder hat ihn geschickt. Wie ich das alles hasse!‹
Der schattenhafte Arm der Gestapo hatte über die Grenze gegriffen, um uns daran zu erinnern, daß wir noch nicht ganz entkommen waren. Krause hatte Helen gesagt, sie möge gelegentlich ins Konsulat kommen. Nichts Wichtiges, aber die Pässe müßten einen neuen Stempel haben. Eine Art Ausreiseerlaubnis. Das sei versäumt worden.
›Er sagt, es sei eine neue Verordnung‹, erklärte Helen.
›Er lügt‹, erwiderte ich. ›Ich wüßte es sonst. Emigranten wissen so etwas immer sofort. Wenn du hingehst, kann es sein, daß sie dir den Paß wegnehmen.‹
›Wäre ich dann ein Emigrant wie du?‹
›Ja. Wenn du nicht zurückgingest.‹
›Ich bleibe‹, sagte sie. ›Ich gehe nicht zum Konsulat, und ich gehe nicht zurück.‹
Wir hatten vorher nie darüber gesprochen. Dies war die Entscheidung. Ich antwortete nicht. Ich sah Helen nur an; ich sah hinter ihr den Himmel und die Bäume des Gartens und einen schmalen,

glitzernden Streifen See. Ihr Gesicht war dunkel vor dem vielen Licht. ›Du hast keine Verantwortung dafür‹, sagte sie ungeduldig. ›Du hast mich nicht überredet, und es hat nichts mit dir zu tun. Auch wenn du nicht da wärest, würde ich nie mehr zurückgehen. Ist das genug?‹

›Ja‹, sagte ich überrascht und etwas beschämt. ›Aber es ist nicht das, woran ich gedacht habe.‹

›Das weiß ich, Josef. Dann laß uns nicht mehr davon sprechen. Nie mehr.‹

›Krause wird wiederkommen‹, sagte ich. ›Oder jemand anderer.‹ Sie nickte. ›Sie könnten herausfinden, wer du bist und dir Schwierigkeiten machen. Laß uns nach dem Süden gehen.‹

›Wir können nicht nach Italien. Die Gestapo ist zu befreundet mit der Polizei Mussolinis.‹

›Gibt es keinen anderen Süden?‹

›Doch. Das Tessin der Schweiz. Locarno und Lugano.‹

Wir fuhren am Nachmittag ab. Fünf Stunden später saßen wir auf der Piazza von Ascona vor der Locanda Svizzera in einer Welt, die nicht fünf, sondern fünfzig Stunden von Zürich entfernt war. Die Landschaft war italienisch, der Ort war voll von Touristen, und niemand schien an etwas anderes zu denken, als zu schwimmen, in der Sonne zu liegen und rasch noch soviel vom Leben zu erraffen, als möglich war. Es war eine sonderbare Stimmung in Europa in diesen Monaten. Erinnern Sie sich?« fragte Schwarz.

»Ja«, erwiderte ich. »Man hoffte auf Wunder. Ein zweites München. Und ein drittes. Und so fort.«

»Es war das Zwielicht von Hoffnung und Verzweiflung. Die Zeit hielt den Atem an. Nichts anderes schien einen Schatten zu werfen unter dem transparenten und unwirklichen Schatten der großen Drohung. Es war, als stände ein riesiger, mittelalterlicher Komet zusammen mit der Sonne am strahlenden Himmel. Alles war lose. Und alles war möglich.«

»Wann gingen Sie nach Frankreich?« fragte ich.

Schwarz nickte. »Sie haben recht. Alles andere war nur vorübergehend. Frankreich ist die ruhelose Heimat der Heimatlosen. Alle Wege führen immer wieder dahin. Helen erhielt nach einer Woche einen Brief von Herrn Krause. Sie möge sofort zum Konsulat Zürich oder Lugano kommen. Es sei wichtig.

Wir mußten fort. Die Schweiz war zu klein und zu wohlorganisiert. Man würde uns immer wieder finden. Und ich konnte mit meinem falschen Paß jeden Tag kontrolliert und ausgewiesen werden.

Wir fuhren nach Lugano, aber nicht zum deutschen, sondern zum französischen Konsulat für ein Visum. Ich erwartete Schwierigkeiten, aber es ging glatt. Wir bekamen Touristenvisa für ein Jahr. Ich hatte höchstens auf drei Monate gerechnet.
›Wann wollen wir fahren?‹ fragte ich Helen.
›Morgen.‹
Wir aßen am letzten Abend im Garten des Albergos della Posta in Ronco, einem Dorf, das wie ein Schwalbennest hoch über dem See an den Bergen hängt. Zwischen den Bäumen schimmerten Windlichter, Katzen strichen über die Mauern, und von den Terrassen unterhalb des Gartens kam der Geruch von Rosen und wildem Jasmin. Der See mit den Inseln, auf denen in römischen Zeiten ein Venustempel gestanden haben soll, lag unbewegt, die Berge ringsum waren kobaltblau vor dem hellen Himmel, und wir aßen Spaghetti und Piccata und tranken dazu den Nostranowein der Gegend. Es war ein Abend von einer fast unerträglichen Süße und Schwermut.
›Schade, daß wir wegmüssen‹, sagte Helen. ›Ich würde gern einen Sommer hier bleiben.‹
›Du wirst das noch oft sagen.‹
›Was ist besser, als das zu sagen? Ich habe das Gegenteil oft genug gesagt.‹
›Was?‹
›Schade, daß ich hierbleiben muß.‹
Ich nahm ihre Hand. Ihre Haut war sehr braun, die Sonne brauchte dafür nicht mehr als zwei Tage, und ihre Augen schienen dadurch heller. ›Ich liebe dich sehr‹, sagte ich. ›Ich liebe dich und diesen Augenblick und den Sommer, der nicht bleiben wird, und diese Landschaft und den Abschied, und zum erstenmal in meinem Leben mich selbst, weil ich wie ein Spiegel bin und dich spiegele und dich so zweimal habe. Gesegnet sei dieser Abend und diese Stunde!‹
›Gesegnet sei alles! Laß uns darauf trinken. Und gesegnet seist du, weil du endlich einmal wagst, etwas zu sagen, worüber du sonst errötet wärest.‹
›Ich erröte noch‹, erwiderte ich. ›Aber innerlich und ohne Beschämung. Gib mir etwas Zeit. Ich muß mich noch gewöhnen. Selbst die Raupe muß das, wenn sie, nach einem Dasein im Dunkel ans Licht kommt und entdeckt, daß sie Flügel hat. Wie glücklich die Menschen hier sind! Und wie der wilde Jasmin riecht! Die Kellnerin sagt, es gäbe hier ganze Wälder voll davon.‹
Wir tranken unsern Wein aus und gingen zwischen den schmalen Gassen die alte Straße hoch am Berg entlang, die nach Ascona führt.

Der Friedhof von Ronco hing voll mit Blumen und Kreuzen über den Weg. Der Süden ist ein Verführer, er wischt die Gedanken weg und macht die Phantasie zur Königin. Sie braucht nur wenig Hilfe zwischen Palmen und Oleander; weniger als zwischen Kommiß-Stiefeln und Kasernen. Wie eine große, rauschende Fahne schwankte der Himmel über uns mit immer mehr Sternen, als wäre er die Flagge eines sich jede Minute erweiternden Amerikas des Universums. Die Piazza von Ascona glitzerte mit ihren Cafés weit in den See hinaus, und der Wind wehte kühl aus den Tälern.

Wir kamen zu dem Hause, das wir gemietet hatten. Es lag am See und hatte zwei Schlafzimmer; das schien der Moral hier zu genügen. ›Wie lange haben wir noch zu leben?‹ fragte Helen.

›Wenn wir vorsichtig sind, für ein Jahr und vielleicht noch für ein halbes Jahr länger.‹

›Und wenn wir unvorsichtig leben?‹

›Für diesen Sommer.‹

›Laß uns unvorsichtig leben‹, sagte sie.

›Ein Sommer ist kurz.‹

›Ja‹, sagte sie plötzlich heftig. ›Ein Sommer ist kurz, und ein Leben ist kurz, aber was macht es kurz? Daß wir wissen, daß es kurz ist. Wissen die Katzen draußen, daß das Leben kurz ist? Weiß es der Vogel? Der Schmetterling? Sie halten es für ewig. Niemand hat es ihnen gesagt! Warum hat man es uns gesagt?‹

›Darauf gibt es viele Antworten.‹

›Gib eine!‹

Wir standen im dunklen Zimmer. Die Türen und Fenster waren offen. ›Eine ist, daß das Leben unerträglich wäre, wenn es ewig wäre.‹

›Du meinst, es wäre langweilig? Wie das Gottes? Das ist nicht wahr. Gib eine andere!‹

›Daß es mehr Unglück als Glück gibt. Und daß es barmherzig ist, es nicht ewig dauern zu lassen.‹

Helen schwieg einen Augenblick. ›Alles das ist nicht wahr‹, sagte sie dann. ›Und wir sagen es nur, weil wir wissen, daß wir nicht bleiben und nichts halten können, und es gibt keine Barmherzigkeit dabei. Wir erfinden sie nur. Wir erfinden sie, um zu hoffen.‹

›Glauben wir nicht trotzdem daran?‹ fragte ich.

›Ich glaube nicht daran!‹

›An keine Hoffnung?‹

›An nichts. Jeder kommt dran.‹ Sie warf heftig ihre Kleider aufs Bett. ›Jeder. Auch der Häftling mit der Hoffnung, selbst wenn er einmal entwischt. Er kommt eben das nächstemal dran!‹

›Das ist es ja, worauf er hofft. Nur auf das.‹
›Ja. Das ist alles, was wir können! So wie die Welt mit dem Krieg. Sie hofft auf das nächstemal. Aber niemand kann ihn verhindern.‹
›Den Krieg schon‹, erwiderte ich. ›Den Tod nicht.‹
›Lach nicht!‹ rief sie.
Ich ging zu ihr. Sie wich zurück, durch die Tür ins Freie.
›Was ist mit dir, Helen‹, fragte ich überrascht. Es war heller draußen als im Zimmer, und ich sah, daß ihr Gesicht von Tränen überströmt war. Sie antwortete nicht, und ich fragte nicht weiter. ›Ich bin betrunken‹, sagte sie schließlich. ›Siehst du das nicht?‹
›Nein.‹
›Ich habe zuviel Wein getrunken.‹
›Zu wenig. Hier ist noch eine Flasche.‹
Ich stellte den Fiasco Nostrano auf einen Steintisch, der auf der Wiese hinter dem Haus stand, und ging in das Zimmer, um Gläser zu holen. Als ich zurückkam, sah ich Helen über die Wiese zum See hinuntergehen. Ich folgte ihr nicht sofort. Ich goß die Gläser voll; der Wein sah schwarz aus im bleichen Widerschein von Himmel und See. Dann ging ich langsam über die Wiese zu den Palmen und den Oleandern herunter, die am Ufer standen. Ich hatte auf einmal Sorge um Helen und atmete auf, als ich sie sah. Sie stand vor dem Wasser in einer merkwürdig passiven, gebeugten Haltung, als warte sie auf etwas, einen Ruf oder etwas, das vor ihr auftauchen würde. Ich blieb still; nicht um sie zu beobachten, sondern um sie nicht zu erschrecken. Nach einer Weile seufzte sie und richtete sich auf. Dann schritt sie ins Wasser.
Als ich sah, daß sie schwamm, ging ich zurück und holte ein Frottiertuch und ihren Bademantel. Dann hockte ich mich auf einen Granitblock und wartete. Ich sah ihren Kopf mit dem hochgebundenen Haar sehr klein in der Weite des Wassers und dachte daran, daß sie alles war, was ich hatte, und hätte gern gerufen, sie möge zurückkehren. Gleichzeitig aber hatte ich das Gefühl, daß sie etwas mir Unbekanntes mit sich auszukämpfen hatte und daß sie es in diesem Moment tat; – das Wasser war Schicksal und Frage und Antwort für sie, und sie mußte es allein bestehen, wie jeder es muß – das Wenige, was ein anderer dazu tun kann, ist, da zu sein, um vielleicht etwas Wärme geben zu können.
Helen schwamm in einem Bogen hinaus und wendete dann und kam in direkter Linie zurück, gerade auf mich zu. Es war beglückend, sie näherkommen zu sehen, den dunklen Kopf vor dem violetten See, bis sie sich schmal und hell aus dem Wasser hob und rasch auf mich zukam.

›Es ist kalt. Und unheimlich. Das Stubenmädchen erzählt, auf dem Grunde unter den Inseln lebe ein riesiger Krake.‹

›Die größten Fische in diesem See sind alte Hechte‹, sagte ich und hüllte sie in das Frottiertuch. ›Kraken gibt es hier nicht. Die gibt es nur in Deutschland, seit 1933. Aber jedes Wasser ist nachts unheimlich.‹

›Wenn wir denken können, daß es Kraken gibt, muß es auch welche geben‹, erklärte Helen. ›Wir können nichts denken, was es nicht gibt.‹

›Das wäre ein einfacher Gottesbeweis.‹

›Glaubst du es nicht?‹

›Ich glaube alles in dieser Nacht.‹

Sie lehnte sich an mich. Ich ließ das nasse Tuch fallen und gab ihr ihren Bademantel. ›Glaubst du, daß wir mehrere Male leben?‹ fragte sie.

›Ja‹, erwiderte ich ohne Zögern.

Sie seufzte. ›Gott sei Dank! Ich könnte jetzt nicht auch noch darüber streiten. Ich bin müde und kalt. Man vergißt, daß dies ein Gebirgssee ist.‹

Ich hatte außer dem Wein noch eine Flasche Grappa vom Albergo della Posta mitgenommen, einen klaren Schnaps aus Traubentrebern, ähnlich dem Marc in Frankreich. Er ist würzig und stark und gut für solche Augenblicke. Ich holte ihn und gab ihr ein großes Glas voll. Sie trank es langsam aus. ›Ich gehe nicht gern weg von hier‹, sagte sie.

›Du wirst es morgen vergessen haben‹, erwiderte ich. ›Wir fahren nach Paris. Du bist noch nie dagewesen. Es ist die schönste Stadt der Welt.‹

›Die schönste Stadt der Welt ist die, in der man glücklich ist. Ist das ein Gemeinplatz?‹

Ich lachte. ›Zum Teufel mit der Vorsicht im Stil!‹ sagte ich. ›Wir können gar nicht genug Gemeinplätze haben! Besonders nicht solche. Willst du noch einen Grappa?‹

Sie nickte, und ich holte auch mir ein Glas. Wir saßen an dem Steintisch auf der Wiese, bis Helen schläfrig wurde. Ich brachte sie zu Bett. Sie schlief neben mir ein. Ich sah durch die offene Tür auf die Wiese, die langsam blau und dann silbrig wurde. Helen erwachte nach einer Stunde und ging in die Küche, um Wasser zu holen. Sie kam mit einem Brief zurück, der angekommen war, während wir in Ronco waren. Er mußte in ihrem Zimmer gelegen haben. ›Von Martens‹, sagte sie.

Sie las ihn und legte ihn weg. ›Weiß er, daß du hier bist?‹ fragte ich.

Sie nickte. ›Er hat meiner Familie erklärt, daß ich auf seinen Rat wieder in die Schweiz zur Untersuchung gefahren sei und daß ich ein paar Wochen bleiben müsse.‹
›Warst du bei ihm in Behandlung?‹
›Ab und zu.‹
›Für was?‹
›Nichts Besonderes‹, sagte sie und legte den Brief in ihre Handtasche. Sie gab ihn mir nicht zu lesen.
›Woher hast du eigentlich die Narbe?‹ fragte ich.
Eine dünne, weiße Linie lief über ihren Magen. Ich hatte sie schon vorher bemerkt, aber sie war jetzt deutlicher auf der braunen Haut.
›Eine kleine Operation. Nichts Wichtiges.‹
›Was für eine Operation?‹
›Eine, über die man nicht spricht. Frauen haben manchmal so etwas.‹
Sie löschte das Licht. ›Es ist gut, daß du gekommen bist, mich zu holen‹, flüsterte sie. ›Ich konnte es nicht mehr aushalten. Liebe mich! Liebe mich und frage nicht. Nichts. Nie.‹«

X

»Glück«, sagte Schwarz. »Wie das zusammenläuft in der Erinnerung! Wie ein billiger Stoff in der Wäsche. Nur das Unglück kann zählen. Wir kamen nach Paris und fanden Zimmer in einem kleinen Hotel am linken Ufer der Seine am Quai des Grands-Augustins. Das Hotel hatte keinen Aufzug, die Treppen waren vom Alter verzogen und gebogen, und die Zimmer waren klein; aber sie hatten Aussicht auf die Seine, die Bücherläden am Quai, die Conciergerie und auf Notre-Dame. Wir hatten Pässe. Wir waren Menschen bis September 1939.
Wir waren Menschen bis September, und es war gleichgültig, ob unsere Pässe echt waren oder nicht. Es war nicht mehr gleichgültig, als der Kalte Krieg begann.
›Wovon hast du gelebt, während du hier warst?‹ fragte Helen mich ein paar Tage nach unserer Ankunft im Juli. ›Durftest du arbeiten?‹
›Natürlich nicht. Ich durfte ja nicht existieren. Wie sollte ich da eine Arbeitserlaubnis bekommen?‹
›Wovon hast du dann gelebt?‹
›Ich weiß es nicht mehr‹, erwiderte ich wahrheitsgetreu. ›Ich habe in vielen Berufen gearbeitet. Immer für kurze Zeit. In Frankreich wird nicht alles genau genommen; es gibt oft Gelegenheit, illegal

etwas zu tun, besonders, wenn man billig arbeitet. Ich habe Kisten aufgeladen und abgeladen in Les Halles; ich bin Kellner gewesen; ich habe mit Strümpfen, Krawatten und Hemden gehandelt; ich habe Unterricht in Deutsch gegeben; ich habe von dem Refugé-Comité manchmal etwas bekommen; ich habe verkauft, was ich noch besaß; ich bin Chauffeur gewesen; ich habe für Zeitungen in der Schweiz kleine Artikel geschrieben.‹

›Konntest du nicht wieder Redakteur werden?‹

›Nein. Dazu braucht man eine Aufenthalts- und Arbeitsbewilligung. Meine letzte Beschäftigung war Adressenschreiben. Dann kam Schwarz und mit ihm mein apokryphes Leben.‹

›Warum apokryph?‹

›Ein untergeschobenes, verborgenes, unter dem Schutz eines Toten und eines fremden Namens.‹

›Ich wollte, du würdest es anders nennen‹, sagte Helen.

›Wir können es nennen, wie wir wollen. Ein doppeltes Leben, ein geborgtes; oder ein zweites. Eher ein zweites. Ich fühle es so. Wir sind wie Schiffbrüchige, die ihre Erinnerung verloren haben. Sie haben nichts zu bedauern – denn Erinnerung ist immer auch Bedauern, daß man das Gute, was man gehabt hat, an die Zeit verlieren mußte und das Schlechte nicht besser gemacht hat.‹

Helen lachte. ›Was sind wir jetzt? Schwindler, Tote oder Geister?‹

›Legal sind wir Touristen. Wir dürfen hiersein; aber nicht arbeiten.‹

›Gut‹, sagte sie. ›Dann laß uns nicht arbeiten. Laß uns auf die Ile-St-Louis gehen und auf einer Bank in der Sonne sitzen und nachher zum Café de la France wandern und auf der Straße essen. Ist das ein gutes Programm?‹

›Es ist ein sehr gutes Programm‹, sagte ich, und dabei blieb es. Ich suchte keine Gelegenheitsarbeit mehr. Wir blieben zusammen vom frühen Morgen bis zum frühen Morgen und waren Wochen hindurch nicht getrennt.

Die Zeit rauschte draußen vorbei mit Extrablättern, Alarmnachrichten und Extrasitzungen, aber sie war nicht in uns. Wir lebten nicht in ihr. Sie war nicht da. Was war dann da? Ewigkeit! Wenn das Gefühl alles ausfüllt, ist kein Platz mehr da für Zeit. Man hat andere Ufer erreicht, jenseits von ihr. Oder glauben Sie nicht?«

Das Gesicht von Schwarz hatte wieder den intensiven, verzweifelten Ausdruck, den ich vorher schon gesehen hatte. »Oder glauben Sie nicht?« fragte er.

Ich war müde und gegen meinen Willen ungeduldig geworden. Von Glück zu hören ist uninteressant, und die Kaprice von Schwarz mit der Ewigkeit wurde es ebenso.

»Ich weiß es nicht«, erwiderte ich gedankenlos. »Vielleicht ist es Glück oder Ewigkeit, wenn man darin stirbt; dann kann die Zeit keinen Kalendermaßstab mehr anlegen und muß es gelten lassen. Wenn man aber weiterlebt, kann man nichts dagegen tun, daß es trotz allem wieder ein Stück Zeit und Vergänglichkeit wird.«
»Es soll nicht sterben!« sagte Schwarz plötzlich heftig. »Es soll stehenbleiben wie eine Skulptur aus Marmor! Nicht wie eine Sandburg, von der jeden Tag etwas wegweht! Was geschieht denn mit den Toten, die wir lieben? Was geschieht damit, Herr? Werden sie nicht immer noch einmal getötet? Wo anders sind sie denn, als noch in unserer Erinnerung? Und werden wir da nicht alle zu Mördern, ohne es zu wollen? Soll ich das Gesicht dem Hobel der Zeit überlassen, das Gesicht, das ich allein kenne? Ich weiß, daß es in mir verwittern muß und gefälscht wird, wenn ich es nicht herausbringe aus mir, es aufstelle, außer mir, so daß die Lügen meines weiterlebenden Gehirns es nicht umranken können wie Efeu und es zerstören, bis schließlich nur noch Efeu da ist und es zum Humus für den Schmarotzer Zeit wird! Ich weiß das! Deshalb muß ich es ja sogar vor mir selbst retten, vor dem fressenden Egoismus des Weiterlebenwollens, der es vergessen und zerstören will! Verstehen Sie das denn nicht?«
»Ich verstehe es, Herr Schwarz«, erwiderte ich behutsam. »Das ist es ja, weshalb Sie mit mir sprechen – um es vor sich selber zu retten –«
Ich ärgerte mich, daß ich ihm vorher so achtlos geantwortet hatte. Der Mann vor mir war in einer logischen und poetischen Weise verrückt, ein Don Quichote, der gegen die Windmühlen der Zeit kämpfen wollte – und ich hatte zu viel Achtung vor Schmerz, um feststellen zu wollen, warum und wieweit er damit kommen könnte.
»Wenn es mir gelingt –«, sagte Schwarz und stockte. »Wenn es mir gelingt, dann ist es vor mir sicher. Sie glauben das doch?«
»Ja, Herr Schwarz. Unsere Erinnerung ist kein elfenbeinerner Schrein in einem staubdichten Museum. Sie ist ein Tier, das lebt und frißt und verdaut. Sie frißt sich selbst wie der Phönix der Sage, damit wir weiterleben können und nicht durch sie zerstört werden. Sie wollen das verhindern.«
»So ist es!« Schwarz sah mich dankbar an. »Sie sagten, nur wenn man stürbe, versteinere die Erinnerung. Ich werde sterben.«
»Es war Unsinn, was ich gesagt habe«, erklärte ich müde. Ich haßte solche Gespräche. Ich hatte zuviele Neurotiker kennengelernt; das Exil brachte sie hervor wie eine Wiese Pilze nach dem Regen.
»Ich werde mir auch nicht das Leben nehmen«, sagte Schwarz und lächelte plötzlich, als wüßte er, was ich dachte. »Dazu sind Leben

im Augenblick zu brauchbar für andere Zwecke. Ich werde nur als Josef Schwarz sterben. Morgen früh, wenn wir Abschied nehmen, wird es ihn nicht mehr geben.«

Ein Gedanke durchzuckte mich und gleichzeitig eine wilde Hoffnung. »Was wollen Sie tun?« fragte ich.

»Verschwinden.«

»Als Josef Schwarz?«

»Ja.«

»Als Name?«

»Als alles, was Josef Schwarz in mir war. Und auch als das, was ich vorher war.«

»Und was wollen Sie mit Ihrem Paß machen?«

»Ich brauche ihn nicht mehr.«

»Haben Sie einen anderen?«

Schwarz schüttelte den Kopf. »Ich brauche keinen mehr.«

»Haben Sie ein amerikanisches Visum darin?«

»Ja.«

»Wollen Sie ihn mir verkaufen?« fragte ich, obschon ich kein Geld hatte.

Schwarz schüttelte den Kopf.

»Warum nicht?

»Ich kann ihn nicht verkaufen«, sagte Schwarz. »Ich habe ihn selbst geschenkt bekommen. Aber ich kann ihn Ihnen schenken. Morgen früh. Können Sie ihn brauchen?«

»Mein Gott;« sagte ich atemlos. »Brauchen! Er würde mich retten! Ich habe in meinem kein amerikanisches Visum und wüßte nicht, wie ich eins bis morgen nachmittag bekommen könnte.«

Schwarz lächelte schwermütig. »Wie sich alles wiederholt! Sie erinnern mich an die Zeit, als ich im Zimmer des sterbenden Schwarz saß und nur an den Paß dachte, der mich wieder zu einem Menschen machen sollte. Gut, ich werde Ihnen meinen geben. Sie brauchen nur die Photographie auszuwechseln. Das Alter wird ungefähr stimmen.«

»Fünfunddreißig«, sagte ich.

»Sie werden ein Jahr älter werden. Haben Sie jemand, der geschickt mit Pässen ist?«

»Ich weiß jemand hier«, erwiderte ich. »Eine Photographie ist leicht ausgewechselt.«

Schwarz nickte. »Leichter als eine Persönlichkeit.« Er starrte eine Weile vor sich hin. »Wäre es nicht sonderbar, wenn Sie jetzt auch beginnen würden, Bilder zu lieben? So wie der tote Schwarz – und dann ich?«

Ich konnte mir nicht helfen, aber ich fühlte einen leichten Schauder. »Ein Paß ist ein Stück Papier«, sagte ich. »Keine Magie.«
»Nein?« fragte Schwarz.
»Doch«, erwiderte ich. »Aber nicht so. Wie lange blieben Sie in Paris?«
Ich war so voll Aufruhr über das Versprechen von Schwarz, mir seinen Paß zu geben, daß ich nicht hörte, was er sagte. Ich dachte nur darüber nach, was ich tun könnte, um auch für Ruth ein Visum zu bekommen. Vielleicht konnte ich sie beim Konsulat als meine Schwester ausgeben. Es war unwahrscheinlich, daß es nützte, denn die amerikanischen Konsulate waren sehr strikt; aber ich mußte es versuchen, wenn nicht ein zweites Wunder passierte. Dann hörte ich plötzlich Schwarz sprechen.
»Er stand plötzlich in der Tür unseres Zimmers in Paris«, sagte Schwarz. »Es hatte ihm sechs Wochen genommen, aber er hatte uns gefunden. Dieses Mal hatte er keinen Beamten vom deutschen Konsulat mobilisiert; er war selbst gekommen und stand vor uns in dem kleinen Hotelzimmer mit den amourösen Drucken nach Zeichnungen des achtzehnten Jahrhunderts an der Wand, Georg Jürgens, Obersturmbannführer, der Bruder Helens, groß, breit, zweihundert Pfund schwer und dreimal so deutsch als in Osnabrück, obschon er in Zivil war. Er starrte uns an.
›Also alles Lügen‹, sagte er. ›Ich dachte mir doch, daß es irgendwo gewaltig stänke!‹
›Was wundert Sie daran?‹ erwiderte ich. ›Es stinkt überall, wohin Sie kommen. Gewaltig! Weil Sie kommen.‹
Helen lachte. ›Laß das Lachen!‹ brüllte Georg.
›Lassen Sie das Brüllen!‹ erwiderte ich. ›Oder ich lasse Sie hinauswerfen!‹
›Warum versuchen Sie das nicht selbst?‹
Ich schüttelte den Kopf. ›Spielen Sie noch immer den Helden, wenn es ungefährlich ist? Sie sind vierzig Pfund schwerer als ich. Kein Unparteiischer würde uns als Boxer paaren. Was wollen Sie hier?‹
›Das geht Sie Vaterlandsverräter einen Dreck an. Gehen Sie raus! Ich will mit meiner Schwester reden!‹
›Bleib hier!‹ sagte Helen zu mir. Sie funkelte vor Zorn. Langsam stand sie auf und nahm einen Aschenbecher aus Marmor in die Hand. ›Noch einen Satz dieser Art und das Ding hier fliegt dir ins Gesicht‹, sagte sie sehr ruhig zu Georg. ›Du bist nicht in Deutschland.‹
›Leider noch nicht! Aber wartet nur – dies wird bald Deutschland werden!‹
›Es wird nie Deutschland werden‹, sagte Helen. ›Es mag sein, daß

ihr Kommiß-Kaffern es vorübergehend erobert, aber es wird Frankreich bleiben. Bist du gekommen, um darüber zu diskutieren?‹

›Ich bin gekommen, um dich nach Hause zu holen. Weißt du nicht, was dir passieren wird, wenn du hier vom Krieg überrascht wirst?‹

›Nicht sehr viel.‹

›Man wird dich in ein Gefängnis stecken.‹

Ich sah, daß Helen einen Augenblick überrascht war.

›Man wird uns vielleicht in ein Lager stecken‹, sagte ich. ›Aber es wird ein Internierungslager sein – kein Konzentrationslager wie in Deutschland.‹

›Was wissen Sie schon davon!‹ schnauzte Georg.

›Genug‹, erwiderte ich. ›Ich war in einem der Ihren – durch Ihre Vermittlung.‹

›Sie Wurm waren in einem Erziehungslager‹, erklärte Georg verächtlich. ›Aber es hat nichts genützt. Sie sind desertiert, nachdem Sie freigelassen wurden.‹

›Ich beneide Sie um Ihre Ausdrücke‹, sagte ich. ›Wenn jemand Ihnen entwischt, so ist das Desertation.‹

›Was sonst? Sie hatten Befehl, Deutschland nicht zu verlassen!‹

Ich winkte ab. Ich hatte genug Gespräche ähnlicher Art mit Georg gehabt, bevor er die Macht hatte, mich dafür einsperren zu lassen.

›Georg war immer ein Idiot‹, sagte Helen. ›Ein muskulöser Schwächling. Er braucht eine gepanzerte Weltanschauung wie eine dicke Frau ein Korsett, weil er sonst zerfließen würde. Streite nicht mit ihm. Er tobt, weil er schwach ist.‹

›Laß das!‹ erwiderte Georg friedlicher, als ich erwartet hatte. ›Pack deine Sachen, Helen. Die Lage ist ernst. Wir fahren heute abend zurück.‹

›Wie ernst ist die Lage?‹

›Es gibt Krieg. Ich wäre sonst nicht hier.‹

›Du wärest sonst auch hier‹, sagte Helen. ›Genau so wie du vor zwei Jahren in der Schweiz warst, als ich nicht zurückkommen wollte. Es paßt dir nicht, daß die Schwester eines so treuen Parteimitgliedes nicht in Deutschland leben will. Damals hast du erreicht, daß ich zurückkehrte. Jetzt bleibe ich hier, und ich will nicht mehr darüber reden.‹

Georg starrte sie an. ›Wegen dieses erbärmlichen Schurken da? Hat er dich wieder bequatscht?‹

Helen lachte. ›Schurke – wie lange habe ich das nicht gehört. Ihr habt wirklich ein vorsintflutliches Vokabular! Nein, dieser Schurke da, mein Mann, hat mich nicht bequatscht. Er hat sogar alles getan, um mich zurückzuschicken. Mit besseren Gründen als du.‹

›Ich will mit dir allein reden‹, sagte Georg.
›Es wird dir nichts nützen.‹
›Wir sind Geschwister.‹
›Ich bin verheiratet.‹
›Das sind keine Blutsbande‹, erklärte Georg. ›Du hast mir nicht einmal einen Stuhl angeboten‹, fügte er, plötzlich kindisch beleidigt, hinzu. ›Man kommt von Osnabrück all den Weg und wird stehend abgefertigt.‹
Helen lachte. ›Dies ist nicht mein Zimmer. Mein Mann bezahlt die Miete.‹
›Setzen Sie sich, Obersturmbannführer und Hitlerknecht‹, sagte ich. ›Und gehen Sie bald wieder.‹
Georg sah mich ärgerlich an und setzte sich krachend auf das altersschwache Sofa. ›Ich möchte mit meiner Schwester allein reden, können Sie das nicht verstehen?‹ fragte er.
›Haben Sie mich mit ihr allein reden lassen, als Sie mich verhaften ließen?‹ fragte ich zurück.
›Das war etwas ganz anderes‹, schnaubte Georg.
›Bei Georg und seinen Parteigenossen ist es immer etwas anderes, wenn sie dasselbe tun wie andere Menschen‹, sagte Helen sarkastisch. ›Wenn sie Leute, die anderer Meinung sind als sie, einsperren oder totschlagen, verteidigen sie damit die Freiheit des Denkens; wenn sie dich ins Konzentrationslager schickten, verteidigten sie die besudelte, Ehre ihres Vaterlandes – ist das nicht so, Georg?‹
›Genauso!‹
›Außerdem hat er immer recht‹, sagte Helen. ›Er hat nie Zweifel und nie ein schlechtes Gewissen. Er steht auch immer auf der richtigen Seite, auf der Seite der Macht. Er ist wie sein Führer – der friedlichste Mensch der Welt, wenn die anderen nur tun, was er für richtig hält. Die Störenfriede sind immer die andern. Ist das nicht so, Georg?‹
›Was hat das mit uns hier zu tun?‹
›Nichts‹, sagte Helen. ›Und alles. Siehst du nicht, wie lächerlich du hier wirkst, du Säule der Rechthaberei in dieser toleranten Stadt? Selbst in Zivil hast du immer noch Stiefel an, um auf andern herumtrampeln zu können. Aber hier hast du keine Macht, noch nicht! Hier kannst du mich nicht in deine nach Schweiß stinkende, plattfüßige Partei-Frauenschaft einschreiben lassen! Hier kannst du mich auch nicht überwachen wie eine Gefangene! Hier kann ich atmen, und hier will ich atmen.‹
›Du hast einen deutschen Paß! Es gibt Krieg. Du wirst hier ins Gefängnis gesteckt werden.‹

›Noch nicht! Und dann immer noch lieber hier als bei euch! Denn ihr würdet mich auch einsperren müssen! Ich würde nicht mehr wie eine Stumme herumgeistern, nachdem ich einmal wieder die süße Luft der Freiheit geatmet habe und euch entronnen bin, euren Kasernen und Brutanstalten und eurer trostlosen Schreierei!‹
Ich stand auf. Ich wollte nicht, daß sie sich preisgab vor dem nationalistischen Klotz, der sie nie verstehen konnte. ›Der da ist schuld!‹ schnarrte Georg. ›Der verfluchte Kosmopolit! Er hat dich verdorben! Warte, Bursche, wir werden noch abrechnen!‹
Er stand auch auf. Es wäre ihm nicht schwergefallen, mich niederzuschlagen. Er war bedeutend stärker als ich, und mein rechter Arm war im Ellbogengelenk etwas steif geblieben nach einem Tag nationaler Erziehung im Konzentrationslager. ›Rühr ihn nicht an!‹ sagte Helen sehr leise.
›Mußt du den Feigling verteidigen?‹ fragte Georg. ›Kann er das nicht selbst?‹«
Schwarz wendete sich mir zu. »Es ist eine merkwürdige Sache mit der körperlichen Überlegenheit. Sie ist die primitivste, die es gibt, und hat nichts mit Mut und Männlichkeit zu tun. Ein Revolver in der Hand eines Krüppels kann sie zunichte machen. Sie ist eine Sache von Pfunden und Muskeln, weiter nichts – aber trotzdem fühlt man sich gedemütigt, wenn man ihrer Brutalität begegnet. Jeder weiß, daß wirklicher Mut anderswo beginnt, und daß das Muskelpaket, das herausfordert, da wahrscheinlich elend versagen würde – trotzdem suchen wir nach lahmen Erklärungen und überflüssigen Entschuldigungen und fühlen uns jämmerlich, wenn wir ablehnen, zum Krüppel geschlagen zu werden. Ist das nicht so?«
Ich nickte. »Sinnlos, aber deshalb besonders kränkend.«
»Ich hätte mich verteidigt«, sagte Schwarz. »Selbstverständlich hätte ich das!«
Ich hob die Hand. »Herr Schwarz, wozu? Mir brauchen Sie das nicht zu erklären.«
Er lächelte schwach. »Das ist wahr. Aber sehen Sie, wie tief es sitzt, daß ich es sogar jetzt noch erklären will? Wie ein Widerhaken im Fleisch. Wann hört das bißchen männliche Eitelkeit auf?«
»Was geschah?« fragte ich. »Kam es dazu?«
»Nein. Helen begann plötzlich zu lachen. ›Sieh dir diesen Dummkopf an!‹ sagte sie zu mir. ›Er glaubt, wenn er dich niederschlägt, würde ich so an deiner Männlichkeit verzweifeln, daß ich reuig in das Land des einseitigen Faustrechts zurückkehren würde.‹ Sie wendete sich zu Georg. ›Du mit deinem Geschwätz von Mut und Feigheit! Der da –‹ sie zeigte auf mich – ›hat mehr Mut gehabt,

als du dir jemals vorstellen kannst! Er hat mich geholt. Er ist meinetwegen zurückgekommen und hat mich geholt.‹
›Was?‹ Georg glotzte mich an. ›Nach Deutschland?‹
Helen besann sich. ›Das ist gleich. Ich bin hier, und ich komme nicht zurück.‹
›Geholt? Dich?‹ fragte Georg. ›Wer hat ihm geholfen?‹
›Niemand‹, sagte Helen. ›Du möchtest wohl rasch wieder ein paar Leute verhaften, wie?‹
Ich hatte sie nie so gesehen. Sie war so geladen mit Abwehr, Abscheu, Haß und funkelndem Triumph, entkommen zu sein, daß sie bebte. Mir ging es ähnlich; aber bei mir kam auf einmal, wie ein Blitz, der blendete, etwas anderes hinzu – der jähe Gedanke an Rache. Georg hatte hier keine Macht! Er konnte nicht seiner Gestapo pfeifen. Er war allein.
Der Gedanke verwirrte mich so, daß ich nicht wußte, was ich im Augenblick tun sollte. Ich konnte mich nicht prügeln und wollte es auch nicht; ich wollte das Wesen vor mir auslöschen. Es sollte nicht mehr existieren. So wie die Inkarnation des Bösen keines Urteils bedarf, um es zu vernichten, so schien es mir mit Georg. Ihn zu vernichten, bedeutete nicht nur Rache – es bedeutete auch, Dutzende unbekannter künftiger Opfer zu retten. Ich ging, ohne daran zu denken, was ich tat, zur Tür. Ich wunderte mich, daß ich nicht taumelte. Ich mußte allein sein. Ich mußte überlegen. Helen sah mich aufmerksam an. Sie sagte nichts. Georg beobachtete mich verächtlich und setzte sich dann wieder. ›Endlich!‹ knurrte er, als ich die Tür hinter mir schloß.
Ich ging die Treppe hinunter. Man roch das Mittagessen; es gab Fisch. Auf dem Treppenabsatz stand eine italienische Truhe. Ich war oft daran vorbeigegangen, aber ich hatte sie nie bemerkt. Jetzt sah ich die Schnitzerei so genau, als wollte ich sie kaufen. Ich ging wie ein Nachtwandler weiter. Im zweiten Stock stand eine Tür offen. Das Zimmer war hellgrün gestrichen, die Fenster standen offen, und das Zimmermädchen drehte die Matratze des Bettes um. Sonderbar, was man alles sieht, wenn man glaubt, vor Erregung nichts zu sehen!
Ich klopfte an die Tür eines Bekannten, der im ersten Stock wohnte. Er hieß Fischer und hatte mir einmal einen Revolver gezeigt, den er besaß, um das Leben erträglicher zu finden. Die Waffe gab ihm die Illusion, freiwillig das karge und trostlose Dasein eines Emigranten zu führen, weil er die Wahl hatte, es abzubrechen, wann er wollte.
Fischer war nicht da, aber sein Zimmer war nicht verschlossen. Er

hatte nichts zu verbergen. Ich ging hinein, um auf ihn zu warten. Ich wußte nicht genau, was ich wirklich wollte, obschon ich wußte, daß ich die Waffe von ihm leihen mußte. Es war sinnlos, Georg im Hotel zu töten, das war mir klar; es hätte Helen und mich und die anderen Emigranten, die hier lebten, gefährdet. Ich setzte mich auf einen Stuhl und versuchte, ruhig zu werden. Es gelang mir nicht. Ich saß da und starrte vor mich hin.

Ein Kanarienvogel fing plötzlich an zu singen. Er hing in einem Drahtbauer zwischen den Fenstern. Ich hatte ihn vorher nicht gesehen und schreckte auf, als hätte mich jemand gestoßen. Gleich darauf kam Helen herein.

›Was machst du hier?‹ fragte sie.

›Nichts. Wo ist Georg?‹

›Er ist fort.‹

Ich wußte nicht, wie lange ich in Fischers Zimmer gewesen war. Es schien mir sehr kurz. ›Kommt er wieder?‹ fragte ich.

›Ich weiß es nicht. Er ist hartnäckig. Weshalb bist du aus dem Zimmer gegangen? Um uns allein zu lassen?‹

›Nein‹, sagte ich. ›Nicht deshalb, Helen. Ich konnte ihn plötzlich nicht mehr ertragen.‹

Sie stand in der Tür und sah mich an. ›Haßt du mich?‹

›Ich dich hassen?‹ fragte ich tief erstaunt. ›Warum?‹

›Es fiel mir ein, als Georg weg war. Hättest du mich nicht geheiratet, wäre dir das alles nicht passiert.‹

›Es wäre mir dasselbe passiert. Oder noch Schlimmeres. Es kann sein, daß Georg in seiner Weise sogar noch Rücksicht deinetwegen genommen hat. Ich bin nicht in den elektrischen Stacheldraht getrieben und nicht an einem Fleischerhaken erhängt worden. – Ich dich hassen! Wie kannst du nur an so etwas denken!‹

Ich sah auf einmal hinter den Fenstern Fischers wieder den grünen Sommer. Das Zimmer lag nach hinten, und im Hof stand eine große Kastanie, durch deren Blätter die Sonne schien. Der Krampf in meinem Nacken löste sich wie ein Katzenjammer am späten Nachmittag. Ich fühlte mich selbst wieder. Ich wußte, welcher Tag es war und daß der Sommer draußen stand, daß ich in Paris war, und daß man nicht Menschen erschießt wie Hasen. ›Ich könnte mir eher denken, du würdest mich hassen‹, sagte ich. ›Oder verachten.‹

›Ich?‹

›Ja. Weil ich deinen Bruder nicht fernhalten kann. Weil ich –‹

Ich schwieg. Die gerade vergangenen Minuten waren plötzlich sehr weit weg. ›Was tun wir hier?‹ sagte ich. ›In diesem Zimmer?‹

Wir gingen die Treppe hinauf. ›Alles was Georg gesagt hat, ist

wahr‹, sagte ich. ›Du mußt das wissen! Wenn ein Krieg kommt, sind wir Angehörige eines feindlichen Landes, du noch mehr als ich.‹
Helen öffnete die Fenster und die Tür. ›Es riecht nach Soldatenstiefeln und Terror‹, sagte sie. ›Laß den August herein! Wir wollen die Fenster offenlassen und weggehen. Ist es Zeit zum Mittagessen?‹
›Ja. Und es ist Zeit, Paris zu verlassen.‹
›Warum?‹
›Georg wird versuchen, mich anzuzeigen.‹
›So weit denkt er nicht. Er weiß nicht, daß du hier unter einem anderen Namen lebst.‹
›Es wird ihm einfallen. Und er wird wiederkommen.‹
›Das mag sein. Ich werde ihn rauswerfen. Laß uns auf die Straße gehen.‹

Wir gingen zu einem kleinen Restaurant hinter dem Palais de Justice und aßen an einem Tisch auf dem Trottoir. Es gab paté maison, bœuf à la mode, Salat und Camembert. Dazu tranken wir einen offenen Vouvray und hinterher Kaffee. Ich erinnere mich an alles das genau, sogar an das goldkrustige Brot und die angestoßenen Kaffeetassen; ich war an diesem Mittag erschöpft von einer tiefen, anonymen Dankbarkeit. Mir schien, ich wäre aus einem dunklen, schmutzigen Kanal entkommen, in den ich nicht zurückzuschauen wagte, weil auch ich ein Teil dieses Schmutzes gewesen war, ohne es vorher gewußt zu haben. Ich war entkommen und saß nun an einem Tisch mit einem rot und weiß gewürfelten Tischtuch und fühlte mich gereinigt und gerettet, die Sonne warf gelbe Reflexe durch den Wein, Spatzen lärmten über einem Haufen Pferdemist, die Katze des Wirtes schaute ihnen satt und uninteressiert zu, ein leichter Wind wehte über den stillen Platz, und das Dasein war wieder so gut, wie es nur in unseren Wünschen ist.
Später gingen wir durch den honigfarbenen Sommernachmittag von Paris und blieben vor dem Fenster einer kleinen Couturière stehen. Wir hatten schon öfter davorgestanden. ›Du solltest ein neues Kleid haben‹, sagte ich.
›Jetzt noch?‹ fragte Helen. ›So kurz vor dem Kriege? Ist das nicht extravagant?‹
›Gerade jetzt noch. Und gerade, weil es extravagant ist.‹
Sie küßte mich. ›Gut!‹
Ich saß ruhig in einem Sessel neben der Tür zum Hinterzimmer, in dem probiert wurde. Die Couturière brachte die Kleider heran, und Helen war bald so interessiert, daß sie mich fast vergaß. Ich hörte

die Stimmen der Frauen hin- und hergehen und sah die Kleider im Türausschnitt vorüberwehen und ab und zu Helens nackten braunen Rücken, und eine sanfte Müdigkeit, die etwas von schmerzlosem Sterben ohne den Begriff des Sterbens hatte, hüllte mich ein.
Ich wußte, etwas beschämt, warum ich das Kleid hatte kaufen wollen. Es war eine Auflehnung gegen den Tag, gegen Georg, gegen meine Hilflosigkeit – ein kindischer ferner Versuch einer noch kindischeren Rechtfertigung.
Ich erwachte, als Helen plötzlich vor mir stand, in einem sehr weiten, bunten Rock mit einem schwarzen, kurzen und enganliegenden Sweater. ›Genau richtig!‹ erklärte ich. ›Das nehmen wir.‹
›Es ist sehr teuer‹, sagte Helen.
Die Couturière versicherte, es sei das Modell eines großen Hauses – eine charmante Lüge –, aber wir wurden einig und nahmen das Kleid gleich mit. Es war gut, etwas zu kaufen, was man sich nicht leisten konnte, dachte ich. Der damit verbundene Leichtsinn verscheuchte den letzten Schatten Georgs. Helen trug das Kleid am Abend, und auch in der Nacht, als wir noch einmal aufstanden und im Fenster lehnten, um auf die Stadt im Mondlicht zu schauen – unersättlich, immer wieder, geizend mit dem Schlaf, wissend, daß es nur noch für kurze Zeit war.«

XI

»Was bleibt?« sagte Schwarz. »Schon jetzt läuft es zusammen wie ein Hemd, aus dem die Stärke gewaschen worden ist. Die Perspektive der Zeit ist bereits nicht mehr da; was eine Landschaft war, ist nun ein flaches Bild geworden, auf das wechselnde Lichter fallen. Es ist nicht einmal mehr ein Bild – es ist fließende Erinnerung, aus der sich lose Bilder heben – das Fenster des Hotels, eine nackte Schulter, geflüsterte Worte, geisterhaft weiterlebend, das Licht über den grünen Dächern, der nächtliche Geruch des Wassers, der Mond auf dem grauen Stein der Kathedrale, das hingegebene Gesicht, und wieder ein anderes in der Provence und in den Pyrenäen, und dann das starre, letzte, das man nie gekannt hatte und das plötzlich die andern verdrängen will, als wäre alles vorher nur ein Irrtum gewesen.«
Er hob den Kopf. Sein Gesicht hatte wieder den Ausdruck der Qual, in die er vergeblich ein Lächeln hineinzuzwingen versuchte. »Es ist nur noch hier«, sagte er und zeigte auf seinen Kopf. »Und selbst hier ist es so gefährdet wie ein Kleid in einem Schrank voll Mot-

ten. Deshalb erzähle ich es Ihnen. Sie werden es weiter bewahren, und bei Ihnen ist keine Gefahr. Ihre Erinnerung versucht nicht, es zu vertilgen, um Sie zu retten, wie meine. Bei mir ist es schlecht aufgehoben, schon jetzt wuchert das letzte starre Gesicht wie ein Krebs über die anderen, früheren –« seine Stimme hob sich – »und die anderen waren es doch, sie waren wir, nicht das unbekannte, schreckliche, letzte –«

»Blieben Sie noch in Paris?« fragte ich.

»Georg kam noch einmal«, sagte Schwarz. »Er versuchte es mit Sentimentalität und Drohung. Ich war nicht da, als er kam. Ich sah ihn nur, als er das Hotel verließ. Er blieb vor mir stehen: ›Du Lump!‹ sagte er sehr leise. ›Du ruinierst meine Schwester! Aber warte nur! Wir werden dich bald erwischen! In ein paar Wochen haben wir euch beide! Und dann, mein Junge, werde ich mich selbst um dich kümmern! Du wirst noch auf den Knien vor mir liegen und mich anflehen, ein Ende mit dir zu machen – wenn du dann noch eine Stimme hast!‹

›Ich kann mir das gut vorstellen‹, erwiderte ich.

›Du kannst dir gar nichts vorstellen! Sonst hättest du dich so weit weggehalten, wie du kannst. Ich gebe dir noch eine Chance. Wenn meine Schwester in drei Tagen wieder zurück in Osnabrück ist, will ich einiges vergessen. In drei Tagen! Verstanden?‹

›Sie sind nicht schwer zu verstehen.‹

›Nein? Dann merk dir, daß meine Schwester zurück muß! Du weißt das doch auch, du verdammter Schuft! Oder willst du behaupten, du weißt nicht, daß sie krank ist? Komme mir nicht damit!‹

Ich starrte ihn an. Ich wußte nicht, ob er das jetzt erfand, ob es stimmte, oder ob es das war, was Helen ihm erzählt hatte, um in die Schweiz zu kommen. ›Nein‹, sagte ich. ›Das weiß ich nicht!‹

›Nein? Sieh einmal an! Unbequem, was? Sie muß zum Arzt, du Lügner! Sofort! Schreib an Martens und frage ihn. Der weiß es!‹

Ich sah zwei Leute dunkel durch den weißen Tag in die offene Haustür treten. ›In drei Tagen‹, flüsterte Georg. ›Oder du wirst deine verdammte Seele zentimeterweise auskotzen! Ich werde bald wieder hier sein! In Uniform!‹

Er schob sich zwischen den Männern, die jetzt im Vorraum standen, hindurch und marschierte hinaus. Die beiden Männer gingen um mich herum die Treppe hinauf. Ich folgte ihnen. Helen stand in ihrem Zimmer am Fenster. ›Hast du ihn noch getroffen?‹ fragte sie.

›Ja. Er sagte, du wärest krank und müßtest zurück!‹

Sie schüttelte den Kopf. ›Was dem auch alles einfällt!‹

›Bist du krank?‹ fragte ich.

›Unsinn!‹ sagte sie. ›Das war doch die Erfindung von mir, um wegzukommen.‹
›Er sagte, Martens wisse es auch.‹
Helen lachte. ›Natürlich weiß er es. Erinnerst du dich nicht? Er hat mir doch nach Ascona geschrieben. Ich habe das alles mit ihm abgemacht.‹
›Du bist also nicht krank, Helen?‹
›Sehe ich krank aus?‹
›Nein, aber das bedeutet nichts. Du bist nicht krank?‹
›Nein‹, erwiderte sie ungeduldig. ›Hat Georg sonst noch etwas gesagt?‹
›Das Übliche. Drohungen. Was wollte er von dir?‹
›Dasselbe. Ich glaube nicht, daß er noch einmal kommt.‹
›Wozu ist er überhaupt gekommen?‹
Helen lächelte. Es war ein merkwürdiges Lächeln. ›Er glaubt, ich gehöre ihm. Ich müsse tun, was er wolle. Er war immer so. Schon in der Kindheit. Brüder sind oft so. Er denkt, er handle aus Familienrücksichten. Ich hasse ihn.‹
›Deshalb?‹
›Ich hasse ihn. Das ist genug. Und ich habe es ihm gesagt. Aber es gibt Krieg. Er weiß es.‹
Wir schwiegen. Der Lärm der Autos am Quai des Grands-Augustins schien lauter zu werden. Hinter der Conciergerie stach die Nadel der Sainte-Chapelle in den klaren Himmel. Man hörte die Schreie der Zeitungsrufer. Sie übertönten die Motoren wie Möwenschreie das Rauschen des Meeres.
›Ich werde dich nicht schützen können‹, sagte ich.
›Das weiß ich.‹
›Man wird dich internieren.‹
›Und dich?‹
Ich zuckte die Achseln. ›Mich wahrscheinlich auch. Es ist möglich, daß man uns trennt.‹
Sie nickte.
›Die Gefängnisse in Frankreich sind keine Sanatorien.‹
›Die in Deutschland auch nicht.‹
›In Deutschland würde man dich nicht einsperren.‹
Helen machte eine rasche Bewegung. ›Ich bleibe hier! Du hast deine Pflicht getan und mich gewarnt. Denk nicht mehr darüber nach. Ich bleibe. Es hat nichts mit dir zu tun. Ich gehe nicht zurück.
Ich sah sie an.
›Zum Teufel mit der Sicherheit!‹ sagte sie. ›Und zum Teufel mit der Vorsicht! Ich hatte sie lange genug.‹

Ich legte den Arm um ihre Schultern. ›Das sagt man leicht, Helen –‹

Sie stieß mich von sich. ›Dann geh du!‹ schrie sie plötzlich. ›Geh und du hast keine Verantwortung! Laß mich allein! Geh! Ich komme auch allein durch.‹

Sie blickte mich an, als wäre ich Georg. ›Sei keine Henne! Was weißt du denn? Ersticke mich nicht mit deiner Sorge und deiner Angst vor Verantwortung! Ich bin nicht deinetwegen weggegangen. Begreife das doch! Nicht deinetwegen! Meinetwegen!‹

›Ich begreife es.‹

Sie kam zu mir zurück. ›Du mußt es glauben‹, sagte sie sanft. ›Auch wenn es nicht so aussieht! Ich wollte weg! Daß du kamst, war ein Zufall. Versteh das doch! Sicherheit ist nicht immer alles.‹

›Das ist wahr‹, erwiderte ich. ›Aber man will sie, wenn man jemand liebt. Für den anderen.‹

›Es gibt keine Sicherheit. Es gibt keine‹, wiederholte sie. ›Sage nichts. Ich weiß es! Besser als du! Ich habe alles dieses überdacht. Gott, wie lange ich es überdacht habe! Laß uns nicht mehr darüber sprechen, Liebster. Da draußen steht der Abend und wartet auf uns. Es werden nicht mehr viele sein in Paris.‹

›Kannst du nicht in die Schweiz gehen, wenn du nicht zurückwillst?‹

›Georg behauptet, die Nazis würden die Schweiz überrennen wie Belgien im ersten Kriege.‹

›Georg weiß nicht alles.‹

›Laß uns noch hierbleiben. Vielleicht hat er überhaupt gelogen. Woher soll er so genau vorauswissen, was passieren wird? Es hat schon einmal so ausgesehen, als ob es zum Krieg kommen würde. Dann kam München. Warum soll nicht ein zweites München kommen?‹

Ich wußte nicht, ob sie glaubte, was sie sagte, oder mich nur ablenken wollte. Man glaubt so leicht, wenn man hofft; ich tat es an diesem Abend. Wie konnte Frankreich in einen Krieg gehen? Es war nicht gerüstet. Es mußte nachgeben. Warum sollte es für Polen kämpfen? Es hatte nicht für die Tschechoslowakei gekämpft.

Zehn Tage später waren die Grenzen gesperrt. Der Krieg hatte begonnen.«

»Wurden Sie sofort verhaftet, Herr Schwarz?« fragte ich.

»Wir hatten noch eine Woche. Wir durften die Stadt nicht verlassen. Es war eine sonderbare Ironie: fünf Jahre lang wurde ich ausgewiesen – jetzt auf einmal wollte man mich nicht loslassen. Wo waren Sie?«

»In Paris«, sagte ich.
»Wurden Sie auch im Velodrome eingesperrt?«
»Natürlich.«
»Ich erinnere mich nicht an Ihr Gesicht.«
»Im Velodrome waren Scharen von Emigranten, Herr Schwarz.«
»Erinnern Sie sich an die letzten Tage vor dem Kriege, als Paris verdunkelt wurde?«
»Daran natürlich! Es war, als würde die Welt verdunkelt.«
»Die kleinen blauen Lichter, die erlaubt waren«, sagte Schwarz. »Sie glommen an den Ecken in der Nacht, als wären sie beleuchtete Gläser von Tuberkulosekranken. Die Stadt wurde nicht nur dunkel; sie wurde krank in dieser kalten blauen Dunkelheit, in der man fröstelte, obschon es Sommer war. Ich verkaufte in diesen Tagen eine der Zeichnungen, die ich vom toten Schwarz geerbt hatte. Ich wollte, daß wir mehr bares Geld bei uns hätten. Es war eine schlechte Zeit, zu verkaufen. Der Händler, zu dem ich ging, bot sehr wenig. Ich lehnte ab und verlangte die Zeichnung zurück. Schließlich verkaufte ich sie an einen reichen Filmemigranten, der Besitz für sicherer hielt als Geld. Die letzte Zeichnung hinterlegte ich beim Besitzer des Hotels. Dann kam die Polizei. Sie kam am Nachmittag, um mich zu holen. Es waren zwei Leute. Sie sagten mir, ich solle mich von Helen verabschieden. Sie stand vor mir, blaß, mit sprühenden Augen. ›Es ist nicht möglich‹, sagte sie.
›Doch‹, erwiderte ich. ›Es ist möglich. Sie werden dich später auch holen. Es ist besser, wenn wir unsere Pässe nicht wegwerfen, sondern sie behalten. Auch du deinen.‹
›Es ist wirklich besser‹, sagte einer der Polizisten in gutem Deutsch.
›Danke‹, erwiderte ich. ›Kann ich mich allein verabschieden?‹
Der Polizist sah nach der Tür. ›Wenn ich weglaufen wollte, hätte ich es seit Tagen tun können‹, sagte ich.
Er nickte. Ich ging mit Helen in ihr Zimmer. ›Es ist anders, wenn es passiert, als wenn man vorher darüber redet, wie?‹ sagte ich und nahm sie in die Arme.
Sie machte sich los. ›Wie kann ich dich erreichen?‹
Wir sprachen das Übliche. Wir hatten zwei Adressen: das Hotel und einen Franzosen. Der Polizist klopfte an die Tür. Ich öffnete sie. ›Nehmen Sie eine Decke mit‹, sagte er. ›Es ist nur für ein bis zwei Tage. Nehmen Sie trotzdem eine Decke mit und etwas zu essen.‹
›Ich habe keine Decke.‹
›Ich bringe dir eine‹, sagte Helen. Sie packte rasch zusammen, was zu essen da war. ›Ist es nur für ein bis zwei Tage?‹ fragte sie.

›Höchstens‹, erklärte der Polizist. ›Feststellung der Personalien und so etwas. C'est la guerre, Madame.‹
Wir sollten das noch oft hören.«
Schwarz holte eine Zigarre aus der Tasche und zündete sie an. »Sie kennen das ja selbst – das Warten auf der Polizeistation, die Ankunft anderer Emigranten, die aufgestöbert wurden, als wären sie gefährliche Nazis, die Fahrt im vergitterten Wagen zur Präfektur und das endlose Warten in der Präfektur. Waren Sie auch in der Salle Lepine?«
Ich nickte. Die Salle Lepine war ein großer Raum in der Präfektur, der gewöhnlich für Lehrfilme für die Polizei benutzt wurde. Er enthielt ein paar hundert Sitze und eine Filmleinwand. »Ich war zwei Tage da«, erwiderte ich. »Nachts wurden wir in einen großen Kohlenkeller geführt, in dem Bänke standen zum Schlafen. Wir sahen morgens aus wie die Schornsteinfeger.«
»Wir saßen tagelang in den Stuhlreihen«, sagte Schwarz. »Wir waren schmutzig und sahen bald wirklich aus wie die Verbrecher, für die wir gehalten wurden. Georg nahm hier eine späte, unbeabsichtigte Rache; er hatte unsere Adresse damals in der Präfektur erfahren. Jemand hatte dort für ihn nachgeforscht. Georg hatte kein Hehl daraus gemacht, daß er zur Partei gehöre – jetzt wurde ich dafür viermal am Tage verhört, als Nazispion über meine freundschaftlichen Beziehungen zu Georg und zur nationalsozialistischen Partei. Ich lachte zuerst; es war zu absurd. Doch dann merkte ich, daß auch das Absurde gefährlich werden kann. Daß es in Deutschland so war, hatte die Existenz der Partei dort bewiesen – aber jetzt schien auch Frankreich, das Land der Vernunft, unter dem gemeinsamen Impakt von Bürokratie und Krieg nicht mehr sicher zu sein. Georg hatte, ohne es zu wissen, eine Zeitbombe zurückgelassen; im Krieg als Spion angesehen zu werden, ist kein Spaß.
Jeden Tag kamen neue Schübe von geängstigten Menschen herein. Noch war seit der Kriegserklärung kein Mensch an der Front getötet worden – es war la drôle de guerre, wie die Witzbolde diese Zeit bezeichneten –, aber schon hing über allem die gespenstische Atmosphäre des verminderten Respekts vor dem Leben und der Individualität, die der Krieg mit sich bringt wie die Pest. Menschen waren nicht mehr Menschen – sie wurden klassifiziert nach militärischen Grundsätzen in Soldaten, Taugliche, Untaugliche und Feinde.
Ich saß erschöpft am dritten Tag in der Salle Lepine. Ein Teil von uns war abgeholt worden. Die übrigen unterhielten sich flüsternd,

schliefen oder aßen; wir waren bereits reduziert auf ein Minimum an Existenz. Das störte nicht; verglichen mit einem deutschen Konzentrationslager war es ein komfortables Dasein. Wir erhielten höchstens Tritte oder Püffe, wenn wir nicht schnell genug beim Austreten waren; Macht ist Macht, und ein Polizist ist ein Polizist in jedem Lande der Welt.
Ich war sehr müde von den Verhören. Auf dem Podium, unter der Leinwand, saßen in einer Reihe, in Uniform, mit gespreizten Beinen und Waffen, unsere Wächter. Der halbdunkle Saal, die schmutzige, leere Filmleinwand, und wir unten – das schien ein trostloses Symbol des Lebens zu sein, in dem man nur Gefangener oder Wächter war und in dem es höchstens von einem selbst abhing, was für einen Film man auf der leeren Leinwand sehen wollte – einen Lehrfilm, eine Komödie oder eine Tragödie. Zum Schluß war doch immer nur wieder die leere Leinwand da, das hungrige Herz und die stupide Macht, die handelte, als wäre sie ewig und wäre das Recht, während längst alle Leinwände wieder leer waren. Es würde immer so sein, dachte ich, nichts würde sich ändern, und irgendwann würde man verschwinden, ohne daß jemand es merkte. Es war eine der Stunden, die Sie kennen – wenn die Hoffnung verlöscht.«
Ich nickte. »Die Stunde der stillen Selbstmorde. Man wehrt sich nicht mehr und tut fast zufällig und gedankenlos den letzten Schritt.«
»Die Tür öffnete sich«, fuhr Schwarz fort, »und mit dem gelben Licht vom Korridor kam Helen herein. Sie trug einen Korb und ein paar Decken und einen Leopardenmantel über dem Arm. Ich erkannte sie an der Art, wie sie den Kopf hielt und ging. Sie stand einen Augenblick; dann schritt sie suchend die Reihen ab. Sie kam dicht an mir vorbei und sah mich nicht. Es war fast wie damals im Dom von Osnabrück. ›Helen!‹ sagte ich.
Sie drehte sich um. Ich stand auf. Sie sah mich an. ›Was haben sie mit euch gemacht?‹ fragte sie zornig.
›Nichts Besonderes. Wir schlafen in einem Kohlenkeller, deshalb sehen wir so aus. Wie kommst du hierher?‹
›Ich bin verhaftet worden‹, erwiderte sie beinahe stolz. ›Ebenso wie du. Und viel früher als alle anderen Frauen. Ich hoffte, dich hier zu finden.‹
›Warum hat man dich verhaftet?‹
›Warum dich?‹
›Man hält mich für einen Spion.‹
›Mich auch. Mein gültiger Paß war die Ursache.‹
›Woher weißt du das?‹
›Man hat mich soeben vernommen und es mir gesagt. Ich bin kein

echter Emigrant. Die weiblichen Emigranten sind noch frei. Ein kleiner Mann mit pomadisiertem Haar, der nach Escargots riecht, hat mich aufgeklärt. Ist das der, der auch dich verhört?‹
›Ich weiß es nicht. Hier riecht alles nach Escargots. Gott sei Dank, daß du Decken mitgebracht hast.‹
›Ich habe mitgebracht, was ich konnte.‹ Helen öffnete den Korb. Zwei Flaschen klirrten. ›Cognac‹, sagte sie. ›Kein Wein. Ich habe von allem die Essenz mitgebracht. Bekommt ihr hier zu essen?‹
›Das übliche. Wir können uns Butterbrote holen lassen.‹
Helen beugte sich zu mir und sah mich an. ›Ihr seht aus wie eine Versammlung von Negern. Könnt Ihr Euch nicht waschen?‹
›Bis jetzt nicht. Nicht aus Bosheit. Nachlässigkeit.‹
Sie holte den Cognac heraus. ›Die Korken sind bereits gezogen‹, sagte sie. ›Eine letzte Freundlichkeit des Hotelbesitzers. Er meinte, hier gäbe es keine Korkenzieher. Trink!‹
Ich nahm einen mächtigen Schluck und gab ihr die Flasche zurück. ›Ich habe sogar ein Glas‹, sagte sie. ›Wir wollen die Zivilisation aufrecht erhalten, solange wir können.‹
Sie füllte das Glas und trank. ›Du riechst nach Sommer und Freiheit‹, sagte ich. ›Wie ist es draußen?‹
›Wie im Frieden. Die Cafés sind voll. Der Himmel ist blau.‹ Sie blickte auf die Reihe der Polizisten auf dem Podium und lachte. ›Es sieht hier aus wie in einer Schießbude. Als könnte man auf die Figuren da oben feuern, und wenn sie umkippten, bekäme man eine Flasche Wein als Preis oder einen Aschenbecher.‹
›Hier haben die Figuren die Gewehre.‹
Helen holte eine Pastete aus dem Korb. ›Vom Wirt‹, sagte sie. ›Mit vielen Grüßen und dem Spruch: La guerre, merde! Es ist eine Geflügelpastete. Ich habe auch Gabeln und ein Messer. Noch einmal: Es lebe die Zivilisation!‹
Ich war plötzlich heiter. Helen war da, nichts war verloren. Der Krieg hatte noch nicht begonnen, und vielleicht stimmte es, daß man uns bald freilassen würde.
Am nächsten Abend wußten wir, daß man uns trennen würde. Ich würde ins Sammellager in Colombes gebracht werden, Helen ins Gefängnis ›La petite Roquette‹. Es hätte uns nichts genützt, wenn man uns geglaubt hätte, daß wir verheiratet waren. Auch Ehepaare wurden getrennt.
Wir saßen die Nacht durch im Keller. Ein barmherziger Wächter erlaubt es uns. Jemand hatte ein paar Kerzen mitgebracht. Ein Teil von uns war schon abtransportiert worden; wir waren noch ungefähr hundert Menschen. Auch spanische Emigranten waren dabei.

Man hatte sie ebenfalls verhaftet. Der Eifer, mit dem die Antifaschisten in einem antifaschistischen Lande eingefangen wurden, war nicht ohne Ironie; man hätte glauben können, man wäre in Deutschland.

›Warum trennen sie uns?‹ fragte Helen.

›Ich weiß es nicht. Aus Stupidität; nicht aus Grausamkeit.‹

›Wenn Männer und Frauen im selben Lager wären, gäbe es nichts als Eifersucht und Krach‹, belehrte mich ein kleiner, alter Spanier. ›Deshalb werden Sie getrennt. C'est la guerre!‹

Helen schlief in ihrem Leopardenmantel neben mir. Es waren ein paar bequeme, gepolsterte Bänke da, aber sie wurden für vier oder fünf alte Frauen freigemacht, die für diese Nacht auch hier untergebracht worden waren. Eine von ihnen bot Helen die Stunden von drei bis fünf zum Schlafen an; sie lehnte ab. ›Ich kann später noch genug allein schlafen‹, sagte sie.

Es war eine seltsame Nacht. Die Stimmen verstummten allmählich. Das Weinen der alten Frauen hörte auf; nur manchmal, wenn sie erwachten, schluchzten sie und fielen dann wieder zurück in den Schlaf wie in schwarze Wolle, die sie erstickte. Die Kerzen verlöschten allmählich. Helen schlief an meiner Schulter. Sie legte im Schlaf die Arme um mich, und wenn sie erwachte, flüsterte sie mir Worte zu, die manchmal die eines Kindes und dann die einer Geliebten waren – Worte, die man am Tage nicht sagt und die man in einem geordneten Leben auch nachts selten sagt; – es waren Worte der Not und des Abschieds, Worte des Körpers, der sich nicht trennen will, Worte der Haut, des Blutes und der Klage, der ältesten Klage der Welt: daß man nicht beieinander bleiben kann, daß einer immer der erste ist, der gehen muß, und daß der Tod jede Sekunde an unserer Hand zerrt, nicht stehenzubleiben, wenn wir doch müde sind und wenigstens eine Stunde die Illusion der Ewigkeit haben möchten. Später glitt sie langsam an meiner Brust entlang auf meine Knie. Ich hielt ihren Kopf in meinen Händen und sah sie atmen im Licht der letzten Kerze. Ich hörte Männer aufstehen und zwischen den Kohlenhaufen tappen, um vorsichtig zu urinieren. Das schwache Licht flackerte, und Schatten huschten übergroß umher, als wären wir in einem Geisterdschungel, und Helen wäre der flüchtige Leopard, den die Zauberer mit ihren Beschwörungen suchten. Dann erlosch das letzte Licht, und nur noch die stickige, schnarchende Dunkelheit war da. Ich fühlte Helen unter meinen Händen atmen. Einmal fuhr sie mit einem kleinen, hohen Schrei auf. ›Ich bin da‹, flüsterte ich. ›Erschrecke nicht. Alles ist wie vorher.‹

Sie legte sich zurück und küßte meine Hände. ›Ja, du bist da‹, murmelte sie. ›Du mußt immer dableiben.‹

›Ich bleibe immer da‹, flüsterte ich. ›Und wenn wir auch für kurze Zeit getrennt werden, ich werde dich immer wiederfinden.‹

›Du wirst kommen?‹ murmelte sie, schon wieder im Schlaf.

›Ich werde immer kommen. Immer! Wo du auch sein magst, ich werde dich finden. So wie ich dich das letztemal gefunden habe.‹

›Gut‹, seufzte sie und drehte das Gesicht so, daß es in meinen Händen wie in einer Schale ruhte. Ich saß und schlief nicht. Ab und zu fühlte ich ihre Lippen an meinen Fingern, und einmal glaubte ich, Tränen zu spüren; aber ich sagte nichts. Ich liebte sie sehr und glaubte, ich hätte sie nie mehr geliebt, auch wenn ich sie besaß, als in dieser schmutzigen Nacht mit den Geräuschen des Schnarchens und dem sonderbar zischenden Laut, den Urin macht, wenn er auf Kohlen fällt. Ich war sehr still, und mein Selbst war ausgelöscht von Liebe. Dann kam der Morgen, das fahle frühe Grau, das jede Farbe stiehlt und das Skelett unter der Haut sichtbar macht, und mir war plötzlich, als läge Helen im Sterben und ich müßte sie wecken und halten. Sie erwachte und öffnete ein Auge. ›Glaubst du, daß wir heißen Kaffee und Croissants bekommen können?‹ fragte sie.

›Ich werde versuchen, einen Wärter zu bestechen‹, sagte ich sehr glücklich.

Helen öffnete das zweite Auge und betrachtete mich.

›Was ist passiert?‹ fragte sie. ›Du siehst aus, als hätten wir das große Los gewonnen. Werden wir freigelassen?‹

›Nein‹, erwiderte ich. ›Ich habe nur mich selbst freigelassen.‹

Sie bewegte schläfrig den Kopf in meinen Händen.

›Kannst du dich selbst nicht einmal eine Zeitlang in Ruhe lassen?‹

›Ja‹, sagte ich. ›Ich werde es sogar müssen. Für lange Zeit sogar, fürchte ich. Ich werde nicht mehr viel Gelegenheit haben, selbst Entscheidungen zu treffen. Wenn man es so ansieht, ist das auch ein Trost.‹

›Alles ist ein Trost‹, erwiderte Helen und gähnte. ›Solange wir leben, ist alles ein Trost, weißt du das noch nicht? Glaubst du, daß sie uns als Spione erschießen werden?‹

›Nein. Sie werden uns einsperren.‹

›Sperren sie auch die Emigranten ein, die sie nicht für Spione halten?‹

›Ja. Sie werden alle einsperren, die sie finden. Die Männer haben sie ja schon geholt.‹

Helen richtete sich halb auf. ›Wo ist dann der Unterschied?‹

›Vielleicht kommen die andern leichter frei.‹

›Das weiß man noch nicht. Vielleicht wird man uns besser behandeln, gerade weil man glaubt, wir wären Spione.‹
›Das ist Unsinn, Helen.‹
Sie schüttelte den Kopf. ›Das ist kein Unsinn. Das ist Erfahrung. Weißt du noch nicht, daß Unschuld in unserem Jahrhundert ein Verbrechen ist, das immer am schwersten bestraft wird? Mußt du in zwei Ländern eingesperrt werden, um das zu begreifen? Ach, du Gerechtigkeitsträumer! Ist noch Cognac da?‹
›Cognac und Pastete.‹
›Gib mir beides‹, sagte Helen. ›Es ist ein ungewöhnliches Frühstück; aber ich fürchte, wir haben noch ein abenteuerliches Leben vor uns!‹
›Gut, daß du es so auffaßt‹, erwiderte ich und gab ihr den Cognac. ›Es ist die einzige Art, es aufzufassen. Oder willst du an Verbitterung und Leberversäuerung sterben? Wenn du den Begriff der Gerechtigkeit ausschaltest, ist es gar nicht so schwer, es als Abenteuer zu betrachten, findest du nicht?‹
Der herrliche Geruch des alten Cognacs und der guten Pastete umwehte Helen wie ein Gruß goldenen Daseins. Sie aß mit großem Genuß. ›Ich wußte nicht, daß es so einfach für dich sein würde‹, sagte ich.
›Mach dir um mich keine Sorgen‹, erwiderte sie und suchte in ihrem Korb nach weißem Brot. ›Ich komme schon durch. Frauen ist die Gerechtigkeit nicht ganz so wichtig wie euch.‹
›Was ist euch wichtig?‹
›Dies.‹ Sie zeigte auf das Brot und die Flasche und die Pastete. ›Iß, mein Geliebter! Wir werden uns schon durchschlagen. Und in zehn Jahren wird es ein großes Abenteuer sein, und wir werden abends unseren Gästen so oft davon erzählen, daß es jeden langweilen wird. Futtere, Mann mit dem falschen Namen! Was wir jetzt essen, brauchen wir nachher nicht zu schleppen.‹

Ich will Ihnen nicht alle Einzelheiten erzählen«, sagte Schwarz. »Sie kennen ja den Weg der Emigranten. Ich blieb nur ein paar Tage im Stadion Colombes. Helen kam in das ›Petite Roquette‹. Am letzten Tag erschien der Wirt unseres Hotels im Stadion. Ich sah ihn nur von weitem; es war uns nicht erlaubt, mit Besuchern zu sprechen. Der Wirt hinterließ einen kleinen Kuchen und eine große Flasche Cognac. Im Kuchen fand ich einen Zettel: ›Madame ist gesund und guter Laune. Nicht in Gefahr. Erwartet irgendwann Transport in ein Frauenlager, das in den Pyrenäen eingerichtet wird. Briefe über Hotel. Madame est formidable!‹ Eingefaltet war ein sehr kleiner Zettel mit Helens Handschrift: ›Sorge dich nicht. Keine Gefahr mehr. Es bleibt ein Abenteuer. Auf bald. Liebe.‹

Sie hatte es fertiggebracht, die nachlässige Blockade zu durchbrechen. Ich konnte mir nicht vorstellen, wie. Später erzählte sie mir, daß sie erklärt habe, Dokumente holen zu müssen, die ihr fehlten. Man hatte sie mit einem Polizisten zum Hotel geschickt. Sie hatte dem Wirt den Zettel zugesteckt und ihm zugeflüstert, wie er ihn mir schicken solle. Der Polizist, der für Liebe Verständnis zeigte, hatte das übersehen. Sie hatte keine Dokumente zurückgebracht, dafür aber Parfüm, Cognac und einen Korb mit Essen. Sie liebte zu essen. Wie sie dabei schlank blieb, ist mir immer unerklärlich geblieben. Wenn ich in der Zeit, als wir noch frei waren, aufwachte und sie nicht neben mir fand, brauchte ich nur dahin zu gehen, wo wir unsere Speisen aufhoben – sie hockte dort im Mondschein und nagte mit selbstvergessenem Lächeln an einem Schinkenknochen oder stopfte sich voll mit dem Dessert vom Abend vorher, das sie aufgehoben hatte. Dazu trank sie Wein aus der Flasche. Sie war wie eine Katze, die nachts hungrig wird. Sie erzählte mir, daß sie, als sie verhaftet wurde, den Polizisten warten lassen konnte, bis die Pastete, die der Wirt des Hotels gerade im Ofen hatte, fertig gebacken war. Es war ihre Lieblingspastete, und sie wollte sie mitnehmen. Der Polizist kapitulierte knurrend, da sie sich glatt weigerte, vorher zu gehen. Die Flics scheuten davor zurück, jemand mit Gewalt in den Polizeiwagen zu schleppen. Helen vergaß nicht einmal, ein Paket Papierservietten mitzunehmen.

Am folgenden Tag wurden wir verladen nach den Pyrenäen. Die trostlose und erregende Odyssee von Angst, Komik, Flucht, Bürokratie, Verzweiflung und Liebe begann.«

XII

»Es mag sein, daß unsere Zeit einmal die der Ironie genannt wird«, sagte Schwarz. »Natürlich nicht die der geistvollen des achtzehnten Jahrhunderts, sondern die der unfreiwilligen und allenfalls bösartigen oder dummen unseres plumpen Zeitalters des Fortschritts in der Technik und des Rückschritts in der Kultur. Hitler schreit es nicht nur in die Welt hinaus, sondern er glaubt es auch selbst, daß er ein Apostel des Friedens sei und daß die andern ihm den Krieg aufgezwungen haben. Mit ihm glauben das fünfzig Millionen Deutsche. Daß nur sie allein durch viele Jahre gerüstet haben, während keine andere Nation auf den Krieg vorbereitet war, ändert nichts an ihrer

Auffassung. So war es auch nicht verwunderlich, daß wir, die den deutschen Lagern entkommen waren, nun in französischen landeten. Man konnte nicht einmal viel dagegen sagen – eine Nation, die um ihr Leben kämpft, hat Wichtigeres zu tun, als jedem Emigranten volle Gerechtigkeit zu erweisen. Wir wurden nicht gefoltert, nicht vergast und nicht erschossen, nur eingesperrt; was mehr konnten wir verlangen?«

»Wann haben Sie Ihre Frau wiedergetroffen?« fragte ich.

»Es dauerte lange. Waren Sie in Le Vernet?«

»Nein; aber ich weiß, daß es eines der schlimmsten französischen Lager war.«

Schwarz lächelte ironisch. »Das ist eine Sache von Graden. Kennen Sie die Geschichte von den Krebsen, die in einen Kessel mit kaltem Wasser geworfen wurden, um darin gekocht zu werden? Als das Wasser fünfzig Grad heiß war, schrien sie, es sei nicht zum Aushalten, und jammerten nach der schönen Zeit, als es nur vierzig Grad warm war; – als es sechzig war, jammerten sie nach der guten Zeit, als es nur fünfzig war, dann, bei siebzig, nach der von sechzig – und so fort. – Le Vernet war tausendmal besser als das beste deutsche Konzentrationslager; ebenso wie ein Konzentrationslager ohne Gaskammern besser ist als eines mit Giftgasanlagen – so kann man die Krebsparabel in unsere Zeit übertragen.«

Ich nickte. »Was geschah mit Ihnen?«

»Es wurde bald kalt. Wir hatten natürlich nicht genug Decken und keine Kohlen. Die übliche Schlamperei; aber Kummer ist schwerer zu ertragen, wenn man friert. Ich will Sie nicht langweilen mit der Schilderung des Winters im Lager. Ironie ist da billig. Hätten Helen und ich zugegeben, wir wären Nazis, so wäre es uns besser ergangen – wir wären in Speziallager gebracht worden. Während wir hungerten und froren und Diarrhöe hatten, sah ich in den Zeitungen Photos der internierten deutschen Gefangenen, die keine Emigranten waren; sie hatten Messer und Gabeln, Stühle und Tische, Betten, Decken, ja sogar einen eigenen Eßraum. Die Zeitungen waren stolz darauf, wie anständig man die Feinde behandelte. Mit uns brauchte man nicht so vorsichtig zu sein; wir waren nicht gefährlich.

Ich lebte mich ein. Ich schaltete den Begriff Gerechtigkeit aus, so wie Helen es mir geraten hatte. Abend für Abend, nach der Arbeit, saß ich in meinem Teil der Baracke. Ich hatte etwas Stroh, einen Meter breit und zwei Meter lang, als meinen Platz zugewiesen bekommen und trainierte mich, diese Zeit als einen Übergang zu betrachten, der nichts mit meinem Selbst zu tun hatte. Dinge ge-

schahen, und ich hatte wie ein geschicktes Tier darauf zu reagieren. Kummer konnte ebenso töten wie Dysenterie, und Gerechtigkeit war ein Luxus für ruhige Zeiten.«
»Glaubten Sie das wirklich?« fragte ich.
»Nein«, erwiderte Schwarz. »Ich mußte es mir von Stunde zu Stunde neu einhämmern. Es war die kleine Ungerechtigkeit, über die man sich am schwierigsten hinwegtäuschen konnte. Nicht die große. Man mußte sich immer wieder über die kleine, alltägliche, die um das kleinere Stück Brot, die schwerere Arbeit, hinwegsetzen, um in der Erbitterung darüber nicht die große zu verlieren.«
»Sie lebten also wie ein geschicktes Tier?«
»Ich lebte so, bis der erste Brief von Helen kam«, sagte Schwarz. »Er kam nach zwei Monaten über die Adresse unseres Hoteliers in Paris. Das war so, als ob in einem stickigen dunklen Raum ein Fenster aufgerissen wird. Das Leben ist zwar auf der anderen Seite, aber es ist wieder da. Die Briefe kamen unregelmäßig; manchmal keine für Wochen. Es war sonderbar, wie sie das Bild Helens veränderten und bestätigten. Sie schrieb, daß es ihr gut gehe, daß sie endlich in ein Lager eingewiesen sei und in der Küche und später in der Kantine beschäftigt wäre. Sie brachte es fertig, mir zweimal ein Paket mit Lebensmitteln zu schicken, wie und durch welche Tricks und Bestechungen, weiß ich nicht. Gleichzeitig begann aus den Briefen ein anderes Gesicht mich anzusehen. Wieviel davon der Abwesenheit, meinen eigenen Wünschen und der Fälschung durch die Phantasie zuzuschreiben war, weiß ich nicht. Sie wissen, wie alles sich vergrößert, fast ins Unwirkliche, wenn man gefangen ist und nichts hat als ein paar Briefe. Ein unbeabsichtigter Satz, der nichts bedeutet, wenn er unter anderen Umständen geschrieben wird, kann zum Blitz werden, der einem das Dasein zerstört; und ebenso kann ein zweiter einem für Wochen Wärme geben, obschon er ebenso unbeabsichtigt war wie der erste. Man grübelt über Dinge für Monate, die der andere schon vergessen hatte, als er den Brief zuklebte. Irgendwann kam auch eine Photographie; Helen stand vor ihrer Baracke mit einer anderen Frau und einem Mann. Sie schrieb, es seien Franzosen, die zur Lageraufsicht gehörten.«
Schwarz blickte auf. »Wie ich das Gesicht des Mannes studiert habe! Ich lieh mir ein Vergrößerungsglas von einem Uhrmacher aus. Ich verstand nicht, warum Helen das Bild geschickt hatte. Sie selbst hatte sich wahrscheinlich nichts dabei gedacht. Oder doch? Ich weiß es nicht. Kennen Sie so etwas?«
»Jeder kennt es«, erwiderte ich. »Gefangenen-Psychose ist kein Einzelfall.«

Der Besitzer der Kneipe kam mit der Rechnung. Wir waren die letzten Gäste. »Können wir anderswo noch sitzen?« fragte Schwarz. Der Besitzer nannte uns ein Lokal. »Es sind auch Frauen da«, sagte er. »Schöne, dicke. Nicht teuer.«
»Gibt es nichts anderes?«
»Ich weiß nichts anderes um diese Zeit.« Der Mann zog seine Jacke an. »Wenn Sie wollen, begleite ich Sie. Ich bin jetzt frei. Die Frauen sind schlau dort. Ich könnte aufpassen, daß Sie nicht betrogen werden.«
»Kann man auch ohne Frauen da sitzen?«
»Ohne Frauen?« Der Besitzer sah uns verständnislos an. Dann ging ein rasches Grinsen über sein Gesicht. »Ohne Frauen, ich verstehe! Natürlich, meine Herren, natürlich. Aber es sind nur Frauen da.«
Er sah uns nach, als wir auf die Straße traten. Es war jetzt herrlicher, sehr früher Morgen. Die Sonne war noch nicht aufgegangen, aber der Salzgeruch war stärker geworden. Katzen strichen durch die Straßen, und aus einigen Fenstern kam schon der Geruch von Kaffee, vermischt mit dem Geruch des Schlafes. Alle Lichter waren jetzt verlöscht. Ein Karren rumpelte unsichtbar, einige Gassen entfernt, Fischerboote blühten wie gelbe und rote Wasserrosen auf dem unruhigen Tejo, und unten lag, bleich und still jetzt und ohne künstliches Licht, das Schiff, die Arche, die letzte Hoffnung, und wir stiegen weiter hinab zu ihr.
Das Bordell war eine ziemlich trostlose Bude. Ein paar schlampige und fette Frauen spielten Karten und rauchten. Sie machten einen lustlosen Versuch und ließen uns dann in Ruhe. Ich sah auf die Uhr. Schwarz bemerkte es. »Es dauert nicht mehr lange«, sagte er. »Und die Konsulate öffnen nicht vor neun.«
Ich wußte das ebenso wie er. Aber er wußte nicht, daß Zuhören und Erzählen nicht dasselbe sind.
»Ein Jahr scheint eine endlose Zeit zu sein«, sagte Schwarz. »Und dann plötzlich erscheint es nicht mehr lang. Ich versuchte, im Januar zu fliehen, als wir auf Außenarbeit geschickt wurden. Ich wurde nach zwei Tagen gefunden, von dem berüchtigten Leutnant C. mit der Reitpeitsche ins Gesicht geschlagen und für drei Wochen in Einzelhaft bei Wasser und Brot gesteckt. Bei einem zweiten Versuch wurde ich sofort erwischt. Dann gab ich es auf; es war ohnehin fast unmöglich, ohne Lebensmittelkarten und Ausweise durchzukommen. Jeder Gendarm konnte einen schnappen. Und bis zu Helens Lager war es ein weiter Weg.
Das änderte sich, als der Krieg im Mai wirklich begann und vier Wochen später endete. Wir waren in der unbesetzten Zone, aber

es hieß, daß eine Kommission der Armee oder sogar der Gestapo das Lager kontrollieren würde. Sie kennen die Panik, die dann ausbrach?«

»Ja«, sagte ich. »Die Panik, die Selbstmorde, die Petitionen, uns vorher freizulassen, und die Schlamperei der Bürokratie, die es oft fast verhinderte. Nicht immer. Es gab Lager, in denen der Kommandant vernünftig war und auf eigene Verantwortung die Emigranten laufen ließ. Manche von ihnen wurden dann allerdings später trotzdem in Marseille und an der Grenze gefaßt.«

»In Marseille! Da hatten Helen und ich bereits das Gift«, erwiderte Schwarz. »Die kleinen Kapseln. Sie gaben einem die fatalistische Ruhe. Ein Apotheker in meinem Lager verkaufte sie mir. Zwei Kapseln. Ich weiß nicht, was es genau war, aber ich glaubte ihm, daß man schnell und fast schmerzlos stürbe, wenn man sie schluckte. Er behauptete, das Gift reiche für zwei Personen. Er verkaufte es mir, weil er fürchtete, er würde es selbst nehmen, gegen Morgen, in der Stunde der Verzweiflung, bevor es hell wird.

Wir waren aufgereiht wie Tauben zum Abschießen. Die Niederlage war zu überraschend gekommen. Niemand hatte sie so schnell erwartet. Wir wußten noch nicht, daß England keinen Frieden schließen würde. Wir sahen nur, daß alles verloren war« – Schwarz machte eine müde Bewegung – »und auch jetzt wissen wir ja noch nicht, ob nicht alles verloren ist. Wir sind bis zur Küste abgedrängt worden. Vor uns ist nur noch das Meer.«

Das Meer, dachte ich. Und Schiffe, die es immer noch überqueren.

In der Tür erschien der Besitzer der letzten Kneipe, in der wir gesessen hatten. Er grüßte uns spöttisch mit einer Art militärischem Salut. Dann flüsterte er den dicken Huren etwas zu. Eine von ihnen, eine Frau mit mächtigem Busen kam zu uns heran. »Wie macht ihr das eigentlich?« fragte sie.

»Was?«

»Es muß doch scheußlich wehtun.«

»Was?« fragte Schwarz zerstreut.

»Die Liebe der Matrosen auf hoher See«, schrie der Patron von der Tür her und schien vor Lachen alle seine Zähne ausspucken zu wollen.

»Der schlichte Denker da drüben hat Sie belogen«, sagte ich zu der Frau, die einen gesunden Geruch nach Olivenöl, Knoblauch, Zwiebeln, Schweiß und Leben mitgebracht hatte. »Wir sind keine Homosexuellen. Wir waren beide im abessinischen Krieg und sind von den Eingeborenen kastriert worden.«

»Ihr seid Italiener?«

»Wir waren es«, erwiderte ich. »Wenn man kastriert ist, gehört man keiner Nation mehr an. Man ist Kosmopolit.«
Sie dachte eine Zeitlang darüber nach. »Tu es comique«, sagte sie dann ernsthaft und ging mit wiegendem Riesenhintern zurück zur Tür, wo sie sofort handgreiflich vom Patron gewürdigt wurde.
»Es ist sonderbar mit der Hoffnungslosigkeit«, sagte Schwarz. »Wie zähe hängt doch das in uns, was nicht einmal mehr Ich sagt, sondern nur noch Lebenwollen, am Da-Sein, dem Nur-Da-Sein! Man gerät da manchmal in das, was die Schiffer bei einem Taifun beschreiben: in eine völlige Windstille, mitten im Kern des Wirbels. Man gibt auf – man ist wie ein Käfer, der sich tot stellt –, aber man ist nicht tot. Man hat nur jede andere Anstrengung als das bloße Überleben aufgegeben, um zu überleben. Man ist wache, konzentrierte, äußerste Passivität. Man hat nichts mehr zu verschwenden. Windstille, während der Taifun wie eine runde Mauer darum herum tobt. Es gibt plötzlich keine Angst mehr; keine Verzweiflung – auch sie wären ein Luxus, den man sich nicht mehr erlauben kann. Die Anstrengung, die man an sie verschwenden müßte, würde der Essenz des Überlebens entnommen werden müssen und sie schwächen – deshalb wird sie ausgeschaltet. Man ist nichts mehr als Auge und gelöste, ganz passive Bereitschaft. Eine merkwürdige, gelassene Klarheit kommt über einen. Ich hatte manchmal in diesen Tagen das Gefühl, daß es ähnlich dem eines indischen Yogis sein müsse, der auch alles, was mit dem bewußten Ich zu tun hat, wegläßt, um –«
Schwarz stockte. »Gott zu suchen?« fragte ich mit halbem Spott.
Schwarz schüttelte den Kopf. »Gott zu finden. Man sucht ihn immer. Aber man sucht ihn so, als ob man schwimmen möchte und dazu mit vielen Kleidern, Rüstung und Gepäck ins Wasser springt. Man muß nackt sein. So nackt wie in der Nacht, als ich die sichere Fremde verließ, um in die gefährliche Heimat zurückzukehren, und den Rhein überquerte wie einen Strom des Schicksals, ein schmales, vom Mond beschienenes bißchen Leben.
Ich dachte manchmal im Lager an diese Nacht. Es schwächte mich nicht, daran zu denken – es stärkte mich. Ich hatte getan, was mein Leben gefordert hatte, ich war nicht gescheitert, ich hatte ein zweites, vom Himmel gefallenes Leben mit Helen gehabt – und was an Verzweiflung gekommen war und noch manchmal durch meinen Schlaf geisterte, war nur deshalb da, weil das andere dagewesen war: Paris, Helen und das unfaßbare Gefühl, nicht allein zu sein. Irgendwo lebte Helen, vielleicht lebte sie mit einem anderen Mann, aber sie lebte. Wie entsetzlich viel das sein kann, in einer

Zeit wie der unseren, wo ein Mensch weniger ist als eine Ameise unter einem Stiefel!«

Schwarz schwieg. »Fanden Sie Gott?« fragte ich. Es war eine rohe Frage, aber sie war mir plötzlich so wichtig, daß ich sie trotzdem stellte.

»Ein Gesicht im Spiegel«, erwiderte Schwarz.

»Wessen Gesicht?«

»Es ist immer dasselbe. Kennen Sie denn Ihr eigenes? Das von Ihrer Geburt?«

Ich sah ihn betroffen an. Er hatte denselben Ausdruck vorher schon einmal gebraucht. »Ein Gesicht im Spiegel«, wiederholte er. »Und das Gesicht, das Ihnen über die Schulter schaut und dahinter wieder das andere – aber dann auf einmal sind Sie der Spiegel mit seinen endlosen Wiederholungen. Nein, ich habe ihn nicht gefunden. Was sollten wir auch mit ihm anfangen, wenn wir ihn gefunden hätten? Wir müßten keine Menschen mehr sein, um es zu können. Suchen – das ist etwas anderes.«

Er lächelte. »Ich hatte aber dann nicht einmal Zeit und Kraft mehr übrig dafür. Ich war zu weit unten. Ich dachte nur noch an das, was ich liebte. Ich lebte davon. Nicht mehr an Gott. Nicht mehr an Gerechtigkeit. Ein Kreis hatte sich geschlossen. Es war die Situation am Flusse. Sie wiederholte sich. Und wieder kam es nur auf mich an. Man kann selbst fast nichts tun, wenn dieser Zustand eintritt. Es ist auch nicht nötig; Überlegung würde nur verwirren. Die Dinge tun sich von sich selbst. Man ist aus der lächerlichen Isoliertheit des Menschen heimgekehrt in das anonyme Gesetz des Geschehens, und alles, was man zu tun hat, ist, bereit zu sein, zu gehen, wenn die unsichtbare Hand einem sanft die Schulter anstößt. Man braucht nur zu folgen; solange man nicht fragt, ist man geschützt. Sie denken wahrscheinlich, ich rede mystischen Unsinn.«

Ich schüttelte den Kopf. »Ich kenne es auch. Es gibt das ebenso in Augenblicken großer Gefahr. Ich habe Leute gekannt, die es im Krieg erlebt haben. Sie verließen plötzlich, ohne Grund, aber auch ohne Zögern einen Unterstand, der eine Minute später zum Massengrab wurde. Sie wußten nicht warum; der Unterstand war nach den Regeln der Vernunft hundertmal sicherer als das ungeschützte Grabenstück, das sie betraten.«

»Ich tat das Unmögliche«, sagte Schwarz. »Es schien, als wäre es das Natürlichste von der Welt. Ich packte meine paar Sachen ein und ging eines Morgens aus dem Lager auf die Landstraße. Ich versuchte nicht das Übliche: nachts zu entweichen. Ich ging im vollen Licht des klaren Morgens auf das große Eingangstor zu, erklärte der Wache, ich sei entlassen, griff in die Tasche, gab den beiden Wächtern etwas Geld und sagte ihnen, dafür eins auf mein Wohl trinken. Es schien so ausgeschlossen, daß jemand so frech sein könne, ohne Erlaubnis öffentlich das Lager zu verlassen, daß die beiden Bauernjungen in Uniform in der Überraschung nicht daran dachten, nach meinem Entlassungsschein zu fragen.

Ich ging langsam die weiße Straße entlang. Ich lief nicht, obschon nach zwanzig Schritten das Lagertor sich hinter mir in das Gebiß eines Drachens zu verwandeln schien, der mir nachschlich und nach mir schnappte. Ruhig steckte ich den Paß des toten Schwarz ein, den ich flüchtig vor den Augen der Wache hin- und hergewedelt hatte, und ging weiter. Es roch nach Rosmarin und Thymian. Es war der Geruch der Freiheit.

Nach einer Weile tat ich, als hätte ich an einem Schuh etwas zu binden. Ich beugte mich nieder und blickte dabei zurück. Die Straße war leer. Ich ging rascher.

Ich besaß keines der zahlreichen Papiere, die um diese Zeit verlangt wurden. Ich sprach einigermaßen französisch und verließ mich darauf, vielleicht für einen Franzosen mit Dialekt gehalten zu werden. Das ganze Land war ja damals immer noch auf der Wanderschaft. Die Orte waren voll mit Flüchtlingen aus den okkupierten Gebieten, und auf den Straßen wimmelte es von Fahrzeugen aller Art, von Karren mit Betten und Hausrat und von flüchtigen Soldaten.

Ich kam zu einem kleinen Wirtshaus, das einen Garten mit ein paar Tischen hatte und dahinter einen Nutzgarten mit Gemüse und Obstbäumen. Die Wirtsstube war mit Fliesen belegt und roch nach verschüttetem Wein, frischem Brot und Kaffee.

Ein Mädchen mit bloßen Füßen bediente mich. Sie breitete ein Tischtuch aus und stellte Kanne, Tasse, Teller, Honig und Brot auf. Es war ein Luxus ohnegleichen; ich hatte das seit Paris nicht mehr gesehen.

Draußen, hinter der staubigen Hecke, schob sich die zerbrochene Welt vorbei – hier, im Sonnenschatten der Bäume, hielt sich ein zitternder Fleck Friede, mit Bienengesumm und dem goldenen Licht des späten Sommers. Mir war, als könnte ich ihn auf Vorrat trinken, wie ein Kamel Wasser für die Reise durch die Wüste. Ich schloß die Augen und fühlte das Licht und trank.«

XIII

»Am Bahnhof stand ein Gendarm. Ich kehrte um. Obschon ich nicht glaubte, daß mein Verschwinden schon bekanntgeworden sei, beschloß ich, lieber die Bahn fürs erste zu meiden. So wenig es auch immer auf uns ankommt, solange wir im Lager sind, so wertvoll werden wir plötzlich, wenn wir entkommen. Während ein Stück Brot zu schade für uns ist, solange wir da sind, ist nichts zu teuer, um uns wieder einzufangen, und ganze Kompanien werden dazu mobilgemacht. Ich fand einen Lastwagen, der mich ein Stück mitnahm. Der Fahrer schimpfte auf den Krieg, die Deutschen, die französische Regierung, die amerikanische Regierung und Gott; aber er teilte mit mir sein Mittagessen, bevor er mich absetzte. Ich ging eine Stunde auf der Landstraße weiter, bis ich zur nächsten Bahnstation kam. Da ich gelernt hatte, daß man sich nicht verstecken soll, wenn man nicht verdächtig werden will, verlangte ich eine Fahrkarte erster Klasse zum nächsten Ort. Der Beamte zögerte. Ich erwartete, daß er nach Papieren fragen wolle und kam ihm zuvor, indem ich ihn anschnauzte. Er wurde verblüfft und unsicher und gab mir die Karte. Ich ging in ein Café und wartete dort bis zur Abfahrt des Zuges, der mit einer Stunde Verspätung tatsächlich ankam.

Es gelang mir, in drei Tagen zu Helens Lager zu kommen. Einen Gendarmen, der mich stellte, schrie ich auf deutsch an, während ich ihm den Paß von Schwarz unter die Nase hielt. Er fuhr erschreckt zurück und war froh, daß ich ihn in Ruhe ließ. Österreich gehörte zu Deutschland, und ein österreichischer Paß wirkte bereits wie eine Visitenkarte der Gestapo. Es war sonderbar, zu was allem das Dokument des toten Schwarz fähig war. Zu vielem mehr als ein Mensch – dieses bedruckte Stück Papier!

Man mußte einen Berg hinaufgehen, zwischen Ginster, Heide, Rosmarin und Wald hindurch, um zu Helens Lager zu gelangen. Ich kam nachmittags an. Das Lager war mit Draht eingezäunt, aber es wirkte nicht so trübsinnig wie Le Vernet, wahrscheinlich weil es ein Frauenlager war. Die Frauen hatten sich fast alle bunte Kopftücher und eine Art von Turbanen gemacht, und sie trugen farbige Kleider; das wirkte fast sorglos. Ich konnte es vom Walde her sehen.

Es machte mich plötzlich mutlos. Ich hatte äußerste Trostlosigkeit erwartet, in die ich wie ein Don Quichote und ein St. Georg einbrechen würde; jetzt aber schien man mich hier überhaupt nicht zu brauchen. Das Lager wirkte, als genüge es sich selbst. Wenn Helen hier war, würde sie mich längst vergessen haben.

Ich blieb versteckt, um auszukundschaften, was ich tun sollte. In der Dämmerung kam eine Frau nahe an die Einzäunung. Andere kamen hinzu. Bald standen viele da. Sie standen still und sprachen kaum miteinander. Sie blickten mit Augen, die nichts sahen, durch den Draht. Das, was sie sehen wollten war nicht da – Freiheit. Der Himmel wurde violett, die Schatten krochen vom Tal herauf, und man sah hie und da abgeschirmte Lichter. Die Frauen wurden zu Schatten, die ihre Farben verloren hatten und sogar ihre Körperlichkeit. Bleiche, formlose Gesichter schwebten in einer unregelmäßigen Reihe über den flachen, schwarzen Silhouetten hinter dem Draht. Dann lichteten sich die Reihen; eine nach der andern gingen sie zurück. Die Stunde der Verzweiflung war vorbei. Ich hörte später, daß man sie im Lager so nannte.

Nur noch eine Frau stand an der Einzäunung. Ich näherte mich ihr vorsichtig. ›Erschrecken Sie nicht‹, sagte ich französisch.

›Erschrecken?‹ fragte sie nach einer Weile. ›Wovor?‹

›Ich möchte Sie um etwas bitten.‹

›Du brauchst nicht zu bitten, du Schwein‹, erwiderte sie. ›Gibt es denn nichts anderes in euren dämlichen Knochen?‹

Ich starrte sie an. ›Was meinen Sie?‹

›Stell dich nicht dümmer als du bist! Geh zum Teufel und platze an deinen verdammten Gelüsten! Habt ihr denn keine Frauen im Dorf? Müßt ihr hier herumstehen, ihr jammervollen Hunde?‹

Ich begriff, was sie meinte. ›Sie irren sich‹, sagte ich. ›Ich muß eine Frau sprechen, die hier im Lager ist.‹

›Das müßt ihr alle! Warum eine? Warum nicht zwei? Oder alle?‹

›Hören Sie zu!‹ sagte ich. ›Meine Frau ist hier. Ich muß meine Frau sprechen!‹

›Sie auch?‹ Die Frau lachte. Sie schien nicht zornig zu sein, nur müde. ›Ein neuer Trick! Jede Woche fällt euch was anderes ein!‹

›Ich bin hier zum erstenmal!‹

›Dafür bist du schon ganz munter. Geh zum Teufel!‹

›Hören Sie doch zu‹, sagte ich auf deutsch. ›Ich möchte, daß Sie einer Frau im Lager Nachricht geben, daß ich hier bin. Ich bin Deutscher. Ich war selbst eingesperrt! In Le Vernet!‹

›Sieh einer an‹, sagte die Frau ruhig. ›Deutsch kann er auch. Verfluchter Elsässer! Die Syphilis soll dich fressen, du Lump! Dich und deine verdammten Kollegen, die hier abends antreten! Jedem einzelnen von euch soll der Krebs wegfressen, was ihr uns da hinhaltet! Habt ihr denn überhaupt kein Gefühl, ihr Ferkel? Wißt ihr nicht, was ihr tut? Laßt uns in Ruhe! Laßt uns in Ruhe!‹ sagte sie laut und hart. ›Ihr habt uns eingesperrt, ist das nicht genug? Laßt uns in Ruhe!‹ schrie sie.

Ich hörte andere kommen und sprang zurück. Die Nacht über blieb ich im Walde. Ich wußte nicht wohin. Ich lag zwischen den Stämmen und sah das Licht ganz erlöschen und dann den Mond heraufkommen über die Landschaft, blaß und wie weißes Gold und schon mit Nebeln und Dunst und der Kühle des Herbstes. Am Morgen ging ich zurück nach unten. Ich fand jemand, der meinen Anzug gegen einen blauen Monteur-Overall tauschte.
Ich ging zurück zum Lager. Bei der Wache erklärte ich, ich müsse nach dem elektrischen Licht sehen. Mein Französisch war gut genug, so daß man mich einließ, ohne weiter zu fragen. Wer wollte auch schon freiwillig in ein Internierungslager?
Ich durchstreifte vorsichtig die Lagerstraßen. Die Frauen lebten wie in großen Kisten, die durch Vorhänge abgeteilt waren. Es gab einen unteren und einen oberen Stock in den Baracken. In der Mitte war ein Gang, und zu beiden Seiten hingen Vorhänge. Viele waren offen und man konnte sehen, wie die Gelasse eingerichtet waren. Nur das Nötigste war da in den meisten; aber manche hatten trotzdem mit einem Tuch, ein paar Postkarten, einer Photographie eine persönliche Note bekommen, so armselig sie auch war. Ich strich durch die halbdunklen Baracken, und die Frauen hörten auf zu arbeiten und sahen mich an. ›Nachrichten?‹ fragte mich eine.
›Ja – für jemand, der Helen heißt. Helen Baumann.‹
Die Frau dachte nach. Eine zweite kam hinzu. ›Ist das nicht das Naziluder, das in der Kantine arbeitet?‹ fragte sie. ›Die, die mit dem Arzt rumhurt?‹
›Sie ist keine Nazi‹, sagte ich.
›Die in der Kantine auch nicht‹, erwiderte die erste Frau. ›Ich glaube, sie heißt Helen.‹
›Sind hier Nazis?‹ fragte ich.
›Natürlich. Hier ist alles durcheinander. Wo sind die Deutschen jetzt?‹
›Ich habe keine gesehen.‹
›Es soll eine Militärkommission kommen. Haben Sie etwas davon gehört?‹
›Nein.‹
›Sie soll kommen, um die Nazis aus den Lagern zu befreien. Aber die Gestapo soll auch kommen. Wissen Sie davon was?‹
›Nein.‹
›Die Deutschen sollen sich nicht um die unokkupierte Zone kümmern.‹
›Das sähe ihnen ähnlich.‹
›Sie wissen nichts davon?‹
›Gerüchte, sonst nichts.‹

›Von wem ist die Nachricht für Helen Baumann?‹
Ich zögerte. ›Von ihrem Mann. Er ist frei.‹
Die zweite Frau lachte. ›Der wird staunen!‹
›Kann man in die Kantine gehen?‹ fragte ich.
›Warum nicht? Sind Sie kein Franzose?‹
›Elsässer.‹
›Haben Sie Angst?‹ fragte die zweite Frau. ›Warum? Haben Sie was zu verbergen?‹
›Gibt es heute noch jemand, der nichts zu verbergen hat?‹
›Das können Sie ruhig noch einmal sagen‹, erwiderte die erste Frau. Die zweite sagte nichts. Sie musterte mich, als wäre ich ein Spion. Ihr Maiglöckchen-Parfüm umstand sie wie eine Wolke.
›Danke‹, sagte ich. ›Wo ist die Kantine?‹
Die erste Frau beschrieb mir den Weg. Ich ging durch das Halbdunkel der Baracke, als hätte ich Spießruten zu laufen. Zu beiden Seiten tauchten Gesichter und forschende Augen auf. Ich fühlte mich, als wäre ich in einen Amazonenstaat geraten. Dann kam die Straße wieder, die Sonne und der müde Geruch der Gefangenschaft, der über jedem Lager steht wie eine graue Lasur.
Ich war wie blind. Ich hatte nie an Helens Treue oder Untreue gedacht. Es war zu sehr am Rande gewesen, zu unbedeutend; – zu viel war geschehen, und nur am Leben zu bleiben war so wichtig gewesen, daß das andere dagegen kaum existiert hatte. Selbst wenn es mich gequält hätte in Le Vernet, dann wäre es abstrakt gewesen, ein Gedanke, eine Vorstellung, von mir selbst erfunden und ausgelöscht und wieder aufgenommen.
Jetzt aber stand ich zwischen ihren Gefährtinnen. Ich hatte sie am Abend vorher an der Einzäunung gesehen, und nun sah ich sie wieder, hungrige Frauen, die seit vielen Monaten allein waren und die trotz der Gefangenschaft Frauen waren und es gerade deswegen stärker fühlten. Was sonst war ihnen geblieben?
Ich ging zur Baracke mit der Kantine. Eine blasse Frau mit roten Haaren stand da zwischen anderen, die Lebensmittel kauften. ›Was wollen denn Sie?‹ fragte sie. Ich schloß die Augen und machte eine Bewegung mit dem Kopf. Dann trat ich beiseite. Sie überblickte rasch ihre Kunden. ›In fünf Minuten‹, flüsterte sie. ›Gut oder schlecht?‹
Ich begriff, daß sie meinte, ob ich gute oder schlechte Nachrichten bringe. Ich zog die Schultern hoch. ›Gut‹, sagte ich dann und ging hinaus.
Nach einer Weile kam die Frau und winkte mir. ›Man muß vorsichtig sein‹, erklärte sie. ›Für wen haben Sie Nachrichten?‹

›Helen Baumann. Ist sie hier?‹
›Warum?‹
Ich schwieg. Ich sah die Sommersprossen über der Nase und die unruhigen Augen. ›Arbeitet sie in der Kantine?‹ fragte ich.
›Was wollen Sie?‹ fragte die Frau zurück. ›Auskunft? Ein Monteur? Für wen?‹
›Für ihren Mann.‹
›Das letztemal‹, sagte die Frau bitter, ›fragte jemand dasselbe für eine andere Frau. Sie wurde drei Tage später abgeholt. Wir hatten verabredet, sie solle uns Nachricht geben, wenn es gut gegangen sei. Wir haben nie Nachricht bekommen, Sie falscher Monteur!‹
›Ich bin ihr Mann‹, sagte ich.
›Und ich bin Greta Garbo‹, sagte die Frau.
›Weshalb sonst sollte ich Sie fragen?‹
›Nach Helen Baumann‹, sagte die Frau, ›ist oft gefragt worden. Von merkwürdigen Leuten. Wollen Sie die Wahrheit? Helen Baumann ist tot. Sie ist vor zwei Wochen gestorben und beerdigt worden. Das ist die Wahrheit. Ich dachte, Sie brächten Nachrichten von draußen.‹
›Sie ist tot?‹
›Tot. Und nun lassen Sie mich in Ruhe.‹
›Sie ist nicht tot‹, sagte ich. ›In den Baracken weiß man das besser.‹
›In den Baracken wird viel Unsinn geredet.‹
Ich sah die rothaarige Frau an. ›Wollen Sie ihr einen Brief geben? Ich gehe – aber ich möchte einen Brief hinterlassen.‹
›Wozu?‹
›Wozu nicht? Ein Brief bedeutet nichts. Er tötet nicht und liefert nicht aus.‹
›Nein?‹ sagte die Frau. ›Seit wann leben Sie?‹
›Das weiß ich nicht. Ich habe es auch nur stückweise getan und wurde oft unterbrochen. Können Sie mir ein Stück Papier und einen Bleistift verkaufen?‹
›Da ist beides‹, sagte die Frau und zeigte auf einen kleinen Tisch. ›Wozu wollen Sie an eine Tote schreiben?‹
›Weil das heute oft geschieht.‹
Ich schrieb auf einen Zettel: ›Helen, ich bin hier. Draußen. Heute abend. Am Drahtzaun. Ich warte.‹
Ich klebte den Brief nicht zu. ›Wollen Sie ihn ihr geben?‹ fragte ich die Frau.
›Es gibt heute viele Verrückte‹, antwortete sie.
›Ja oder nein?‹

Sie las den Brief, den ich ihr hinhielt. ›Ja oder nein?‹ wiederholte ich.
›Nein‹, sagte sie.
Ich legte den Brief auf den Tisch. ›Zerstören sie ihn wenigstens nicht‹, sagte ich.
Sie erwiderte nichts. ›Ich komme zurück und bringe Sie um, wenn Sie verhindern, daß dieser Brief in die Hände meiner Frau kommt‹, sagte ich.
›Sonst noch was?‹ fragte die Frau und starrte mich mit ihren flachen, grünen Augen in dem verbrauchten Gesicht an.
Ich schüttelte den Kopf und ging zur Tür. ›Sie ist nicht hier?‹ fragte ich und drehte mich noch einmal um.
Die Frau starrte mich an und antwortete nicht. ›Ich bin noch zehn Minuten im Lager‹, sagte ich. ›Ich komme noch einmal wieder, um zu fragen.‹
Ich ging durch die Lagergasse. Ich glaubte der Frau nicht; ich wollte einige Zeit warten und dann in die Kantine zurückgehen, um Helen zu suchen. Aber plötzlich fühlte ich, wie mich der Mantel unsichtbarer Protektion verließ – ich war auf einmal riesenhaft groß und wehrlos und mußte mich verstecken.
Ich trat aufs Geratewohl in eine Tür. ›Was wollen Sie?‹ fragte mich eine Frau.
›Ich soll die elektrische Leitung nachsehen. Ist hier etwas kaputt?‹ sagte jemand neben mir, der ich war.
›Hier ist nichts kaputt. Aber hier war nie etwas heil.‹
Ich sah, daß die Frau einen weißen Kittel trug. ›Ist dies das Hospital?‹ fragte ich.
›Dies ist die Krankenbaracke. Sind Sie hierher bestellt worden?‹
›Meine Firma hat mich von unten geschickt. Die Leitungen sollen nachgesehen werden.‹
›Sehen Sie nach, was Sie wollen‹, sagte die Frau.
Ein Mann in Uniform kam vorbei. ›Was gibt's?‹
Die Frau im weißen Kittel erklärte es ihm. Ich sah den Mann an. Mir kam vor, daß ich ihn von irgendwoher kannte. ›Elektrizität?‹ sagte er. ›Medizin und Vitamine wären verdammt wichtiger!‹
Er schleuderte seine Kappe auf den Tisch und ging hinaus.
›Hier ist alles in Ordnung‹, sagte ich zu der Frau in Weiß. ›Wer war das?‹
›Der Arzt, wer sonst? Die andern kümmern sich doch um nichts!‹
›Haben Sie viele Kranke?‹
›Genug.‹
›Und Tote?‹

Sie sah mich an. ›Wozu wollen Sie das wissen?‹
›Nur so‹, erwiderte ich. ›Warum ist hier jeder so mißtrauisch?‹
›Nur so‹, wiederholte die Frau. ›Bloß aus Kaprize, Sie ahnungsloser Engel mit einer Heimat und einem Paß! Nein, wir hatten keine Toten seit vier Wochen. Aber vorher hatten wir genug.‹
Vor vier Wochen hatte ich noch einen Brief von Helen gehabt. Sie mußte also noch da sein. ›Danke‹, sagte ich.
›Was ist da zu danken?‹ fragte die Frau bitter. ›Danken Sie lieber Gott, daß Ihre Eltern Ihnen ein Vaterland gegeben haben, das Sie lieben können, auch wenn es unglücklich ist und in seinem Unglück noch Unglücklichere einsperrt und für Raubtiere zur Verfügung hält, um sie töten zu können – dieselben Raubtiere, die Ihr Land unglücklich gemacht haben! Und nun machen Sie weiter Licht‹, fügte sie hinzu. ›Es wäre besser, wenn in manchen Köpfen mehr Licht gemacht würde!‹
›War schon eine deutsche Kommission hier?‹ fragte ich rasch.
›Weshalb wollen Sie denn das wissen?‹
›Ich habe gehört, daß man darauf wartet.‹
›Macht es Ihnen Spaß, das zu wissen?‹
›Nein. Ich muß jemand warnen.‹
›Wen?‹ sagte die Frau und richtete sich auf.
›Helen Baumann‹, erwiderte ich.
Die Frau sah mich an. ›Wovor?‹ fragte sie dann.
›Kennen Sie sie?‹
›Warum?‹
Wieder war da die Mauer des Mißtrauens, die ich erst später verstand. ›Ich bin ihr Mann‹, sagte ich.
›Können Sie das beweisen?‹
›Nein. Ich habe andere Papiere als sie. Aber vielleicht genügt es, wenn ich Ihnen sage, daß ich kein Franzose bin.‹
Ich holte den Paß des toten Schwarz hervor. ›Ein Nazipaß‹, sagte die Frau. ›Das habe ich mir gedacht. Wozu machen Sie das?‹
Ich verlor die Geduld. ›Um meine Frau wiederzusehen. Sie ist hier. Sie hat es mir selbst geschrieben.‹
›Haben Sie den Brief?‹
›Nein. Ich habe ihn vernichtet, als ich floh. Wozu die Geheimnistuerei hier?‹
›Das möchte ich auch wissen‹, sagte die Frau. ›Aber von Ihnen.‹
Der Arzt kam zurück. ›Sind Sie hier nötig?‹ fragte er die Frau.
›Nein.‹
›Dann kommen Sie mit. Sind Sie fertig?‹ fragte er mich.
›Noch nicht. Ich komme morgen noch einmal wieder.‹

Ich ging zurück zur Kantine. Die rothaarige Frau stand mit zwei anderen an einem Tisch und verkaufte ihnen Unterzeug. Ich wartete und fühlte wieder, daß mein Glück auslief; ich mußte fort, wenn ich noch aus dem Lager herauswollte. Die Wachen würden abgelöst werden, und einer neuen hätte ich alles noch einmal erklären müssen. Helen sah ich nicht. Die Frau vermied meinen Blick. Sie zog die Verhandlungen in die Länge. Dann kamen noch einige dazu, und ich sah einen Offizier vor dem Fenster vorbeigehen. Ich verließ die Kantine.

Die alten Wachen waren noch am Ausgang. Sie erinnerten sich und ließen mich passieren. Ich ging und hatte dasselbe Gefühl wie in Le Vernet: daß sie mir nachkommen würden, um mich zu fangen. Der Schweiß brach mir aus.

Ein alter Lastwagen kam die Straße herauf. Ich konnte nirgendwohin ausweichen und ging am Rande der Straße weiter, den Blick auf dem Boden. Der Wagen passierte mich und hielt dicht hinter mir. Ich widerstand der Versuchung zu laufen. Der Wagen konnte rasch drehen, und dann hatte ich keine Chance. Ich hörte rasche Tritte hinter mir. Jemand rief: ›He, Monteur!‹

Ich drehte mich um. Ein älterer Mann in Uniform kam heran. ›Verstehen Sie was von Motoren?‹

›Nein. Ich bin Elektriker.‹

›Vielleicht ist es auch die elektrische Zündung. Schauen Sie doch mal unsern Motor nach.‹

›Ja, sehen Sie einmal nach‹, sagte der zweite Fahrer. Ich blickte auf. Es war Helen. Sie stand hinter dem Soldaten und starrte mich an und hielt den Finger auf den Mund. Sie trug Hosen und einen Sweater und war sehr dünn.

›Sehen Sie einmal nach‹, wiederholte sie und ließ mich an sich vorbeigehen. ›Vorsicht!‹ murmelte sie. ›Tu so, als verständest du etwas! Nichts ist kaputt.‹

Der Soldat schlenderte hinter uns her. ›Wo kommst du her?‹ flüsterte sie.

Ich öffnete die knarrende Motorhaube. ›Geflohen. Wie kann ich dich treffen?‹

Sie beugte sich mit mir über den Motor. ›Ich kaufe für die Kantine ein. Übermorgen. Sei im Dorf! Im ersten Café links. Um neun Uhr morgens.‹

›Und vorher?‹

›Dauert's lange?‹ fragte der Soldat.

Helen holte ein Paket Zigaretten aus ihrer Hosentasche und hielt es ihm hin. ›Nur ein paar Minuten. Nichts Wichtiges.‹

Der Soldat zündete seine Zigarette an und setzte sich an den Straßenrand. ›Wo?‹ fragte ich Helen, über den Motor gebeugt. ›Im Wald? An der Umzäunung? Ich war gestern da. Heute abend?‹
Sie zögerte einen Augenblick. ›Gut. Heute abend. Ich kann nicht vor zehn Uhr.‹
›Warum nicht?‹
›Dann sind die andern weg. Also um zehn. Und sonst übermorgen früh. Sei vorsichtig.‹
›Wie sind die Gendarmen hier?‹
Der Soldat kam heran. ›Nicht so schlimm‹, sagte Helen auf französisch. ›Sofort fertig.‹
›Es ist ein alter Wagen‹, erklärte ich.
Der Soldat lachte. ›Die neuen haben die boches. Und die Minister. Fertig?‹
›Fertig‹, sagte Helen.
›Gut, daß wir Sie getroffen haben‹, erklärte der Soldat. ›Ich verstehe von Autos nur, daß sie Benzin brauchen.‹
Er kletterte auf den Wagen. Helen folgte ihm. Sie schaltete ein. Wahrscheinlich hatte sie nur die Zündung abgestellt gehabt. Der Motor lief. ›Danke‹ sagte sie und lehnte sich aus dem Sitz zu mir herunter. Ihre Lippen formten unhörbare Worte. ›Sie sind ein erstklassiger Fachmann‹, sagte sie dann und fuhr an.
Ich stand ein paar Sekunden in dem blauen Ölrauch. Ich empfand fast nichts, so wie man raschen Wechsel von großer Hitze und Kälte als dasselbe empfindet. Dann, langsam, während ich mechanisch weiterging, begann ich zu denken, und mit dem Denken kam die Unruhe und die Erinnerung an das, was ich gehört hatte, und die leise, zitternde, bohrende Qual des Zweifels.
Ich lag im Walde und wartete. Die Klagemauer, wie Helen die Frauen nannte, die still und blind in den Abend sahen, lichtete sich. Bald waren die meisten fort, zurückgehuscht. Es wurde dunkel. Ich starrte auf die Pfeiler der Einzäunung. Sie wurden zu Schatten, und dann erschien zwischen ihnen ein neuer dunkler Schatten.
›Wo bist du?‹ flüsterte Helen.
›Hier!‹
Ich tastete mich zu ihr hinüber. ›Kannst du heraus?‹ fragte ich.
›Später. Wenn alle weg sind. Warte.‹
Ich schlich zurück in das Gehölz, gerade weit genug, um nicht gesehen zu werden, wenn jemand eine Taschenlampe auf den Wald richten würde. Ich lag auf dem Boden und roch den starken Geruch des toten Laubes. Ein schwacher Wind kam auf, und um mich raschelte es, als kröchen tausend Spione auf mich zu. Meine Augen

gewöhnten sich mehr und mehr an die Dunkelheit, und ich sah jetzt Helens Schatten und darüber ungewiß ihr bleiches Gesicht, dessen Züge ich nicht erkennen konnte. Sie hing wie eine schwarze Pflanze mit einer weißen Blüte im Stacheldraht, und dann wieder schien sie eine dunkle namenlose Figur aus dunklen Zeiten zu sein, und gerade daß ich ihr Gesicht nicht erkennen konnte, machte es zu allen Gesichtern aller Leidenden der Welt. Ein Stück weiter weg erkannte ich eine zweite Frau, die ebenso wie Helen stand, und dann eine dritte und eine vierte weiter weg – sie standen wie ein Fries von Karyatiden, die einen Himmel von Trauer und Hoffnung trugen.
Es war fast unerträglich, und ich blickte fort. Als ich wieder hinsah, waren die anderen drei lautlos verschwunden, und ich sah, daß Helen sich bückte und am Stacheldraht zerrte. ›Halt ihn auseinander‹, sagte sie.
Ich trat auf den unteren Draht und hob die nächsten an.
›Warte‹, flüsterte Helen.
›Wo sind die anderen?‹ fragte ich.
›Zurück. Eine ist eine Nazi. Ich konnte deshalb nicht früher durch. Sie hätte mich verraten. Die, die weinte.‹
Helen zog ihre Bluse und ihren Rock aus und reichte sie mir durch den Draht. ›Sie dürfen keine Risse bekommen‹, sagte sie. ›Ich habe keine anderen mehr.‹
Es war wie bei armen Familien, bei denen es weniger wichtig ist, daß Kinder sich die Knie zerschlagen, als daß sie die Strümpfe zerreißen, da die Wunden heilen, aber man Strümpfe neu kaufen muß.
Ich fühlte die Kleider in meinen Händen. Helen beugte sich nieder und kroch vorsichtig durch den Draht. Sie erhielt einen Riß an der Schulter. Wie eine sehr dünne, schwarze Schlange stieg das Blut aus der Haut. Sie erhob sich. ›Können wir fliehen?‹ fragte ich.
›Wohin?‹
Ich wußte keine Antwort. Wohin? ›Nach Spanien‹, sagte ich. ›Nach Portugal. Nach Afrika.‹
›Komm‹, sagte Helen. ›Komm und laß uns nicht darüber sprechen. Niemand kann von hier fliehen ohne Papiere. Deshalb passen sie ja nicht einmal genau auf.‹
Sie ging mir voran in den Wald. Sie war fast nackt und geheimnisvoll und sehr schön. Es war nur eine Ahnung von Helen, meiner Frau aus den letzten Monaten, übriggeblieben; gerade genug, um sie süß und schmerzlich zu erkennen unter dem Hauch der Vergangenheit, in dem die Haut sich fröstelnd und voll Erwartung zusammenzog. Dafür aber war jemand da, fast ohne Namen noch, herabgestiegen aus dem Karyatidenfries, umgeben von neun Monaten

einer Fremde, die mehr war als zwanzig Jahre in einem normalen Dasein.«

XIV

Der Besitzer der Kneipe, in der wir vorher gewesen waren, kam zu uns heran. »Sie ist ausgezeichnet, die Dicke«, erklärte er würdig. »Französin. Ein raffinierter Satan, sehr zu empfehlen, meine Herren! Unsere Frauen sind feurig, aber zu schnell.« Er schnalzte. »Ich verabschiede mich jetzt. Nichts besser, als sich das Blut von einer Französin reinigen zu lassen. Sie verstehen das Leben. Man braucht bei ihnen auch weniger zu lügen als bei unseren Frauen. Gute Heimkehr, meine Herren! Nehmen Sie nicht Lolita oder Juana. Beide sind nichts wert, und Lolita stiehlt gern dann, wenn man nicht aufpassen kann.«
Er ging. Als er die Tür öffnete, sprang der Morgen herein, und man hörte den Lärm der Frühe. »Wir müssen wohl auch gehen«, sagte ich.
»Ich bin bald fertig mit meiner Erzählung«, erwiderte Schwarz, »und wir haben noch etwas Wein.« Er bestellte Wein und Kaffee für die drei Frauen, um Ruhe zu haben.
»Es war eine Nacht, in der wir wenig sprachen«, fuhr er fort. »Ich hatte meine Jacke ausgebreitet, und als es kühler wurde, deckten wir uns mit Helens Rock und Bluse und meinem Sweater zu. Helen schlief ein und wachte wieder auf; einmal hatte ich, im Halbschlaf, das Gefühl, daß sie weinte, und dann war sie wieder von einer ungestümen Zärtlichkeit und voll von Liebkosungen, die ich von ihr nicht kannte. Ich fragte sie nichts und erzählte ihr auch nicht, was ich im Lager gehört hatte. Ich liebte sie sehr und war doch in einer unerklärlichen, kühlen Weise entfernt von ihr. In die Zärtlichkeit mischte sich eine Trauer, die die Zärtlichkeit noch verstärkte; es war, als lägen wir dicht am Jenseits angeschmiegt, viel zu weit, um je noch zurückzukommen oder je irgendwo anzukommen, nur noch Flug, Beieinandersein und Verzweiflung, das war es, Verzweiflung, lautlose, jenseitige Verzweiflung, in die unsere glücklichen Tränen tropften, ungeweinte Schattentränen eines Wissens, das das Vergehen kennt, aber keine Ankunft und keine Rückkehr mehr.
›Können wir nicht fliehen?‹ fragte ich noch einmal, bevor Helen wieder zurück durch den Stacheldraht schlüpfte.
Sie antwortete nicht, bevor sie auf der anderen Seite war. ›Ich kann nicht‹, flüsterte sie dann. ›Ich kann nicht. Andere würden dafür

bestraft. Komm wieder! Komm morgen abend wieder. Kannst du morgen abend wiederkommen?‹
›Wenn ich nicht vorher erwischt werde.‹
Sie starrte mich an. ›Was ist aus unserm Leben geworden?‹ sagte sie dann. ›Was haben wir getan, daß so etwas aus unserm Leben geworden ist?‹
Ich gab ihr ihre Bluse und ihren Rock. ›Sind das deine besten Sachen?‹ fragte ich.
Sie nickte.
›Ich danke dir, daß du sie angezogen hast‹, sagte ich. ›Ich bin sicher, daß ich morgen abend wieder hier sein kann. Ich werde mich im Wald verstecken.‹
›Du mußt essen. Hast du etwas?‹
›Ich habe etwas. Und dann gibt es vielleicht Beeren im Wald. Und Pilze oder Nüsse.‹
›Kannst du es aushalten bis morgen abend? Ich bringe dann etwas mit.‹
›Natürlich. Es ist ja schon fast Morgen.‹
›Iß keine Pilze. Du kennst sie nicht. Ich bringe genug zu essen mit.‹
Sie zog ihren Rock an. Er war weit und hellblau, mit weißen Blumen, und sie warf ihn um sich herum und knöpfte ihn zu, als gürte sie sich zu einem Gefecht. ›Ich liebe dich‹, sagte sie verzweifelt. ›Ich liebe dich viel mehr, als du jemals wissen kannst. Vergiß das nicht! Nie!‹

Sie sagte es fast jedesmal, bevor sie sich von mir trennte. Es war die Zeit, als wir das Freiwild aller waren, sowohl der französischen Gendarmen, die aus einem wildgewordenen Ordnungssinn nach uns fahndeten, als auch der Gestapo, die in die Lager einzudringen versuchte, obschon es hieß, daß ein Abkommen mit der Regierung Pétain bestehe, das dies untersagte. Man wußte nie, wer einen schnappen würde, und jeder Abschied am Morgen war immer der letzte.
Helen brachte mir Brot und Obst und manchmal ein Stück Wurst oder Käse. Ich traute mich nicht hinunter in das nächste Städtchen, um dort zu wohnen. Ich richtete mich im Walde ein und lebte in dem Rest eines alten, zerstörten Klosters, das ich ein Stück entfernt entdeckte. Tagsüber schlief ich dort, oder ich las, was Helen mir brachte, und beobachtete die Straße von einem Gebüsch aus, in dem ich nicht gesehen werden konnte. Helen brachte mir auch die Nachrichten und die Gerüchte: daß die Deutschen näher und näher rückten und sich nicht um ihre Verträge kümmerten.

Es war trotzdem ein fast panisches Leben. Die Furcht kam ab und zu bitter wie Magensaft hoch; aber die Gewohnheit, nur der Stunde zu leben, siegte immer wieder. Wir hatten gutes Wetter, und der Himmel war nachts voll mit Sternen. Helen hatte eine Zeltplane besorgt, auf der wir unter trockenem Laub in dem zerstörten Klostergang lagen und auf die Geräusche der Nacht horchten. ›Wie kommt es, daß du so fortkannst?‹ fragte ich sie einmal. ›Und so oft?‹

›Ich habe eine Vertrauensstelle und etwas Protektion‹, erwiderte sie nach einer Weile. ›Du hast ja gesehen – ich bin auch manchmal im Dorf.‹

›Kannst du deshalb das Essen für mich bekommen?‹

›Ich bekomme es von der Kantine. Wir dürfen dort etwas kaufen, wenn wir Geld haben und solange es etwas gibt.‹

›Hast du keine Angst, daß jemand dich hier sehen könnte oder dich verraten würde?‹

Sie lächelte. ›Nur für dich. Nicht für mich. Was kann mir passieren? Ich bin ja schon im Gefängnis.‹

Am nächsten Abend kam sie nicht. Die Klagemauer löste sich auf, ich schlich heran, die Baracken lagen schwarz im schwachen Licht, ich wartete, aber sie kam nicht. Ich hörte die Nacht durch die Frauen, die zur Toilettenbaracke wanderten, ich hörte Seufzen und Stöhnen, und plötzlich sah ich die abgeschirmten Lichter von Automobilen auf der Straße. Tagsüber blieb ich im Walde. Ich war unruhig; irgend etwas mußte passiert sein. Eine Zeitlang dachte ich an das, was ich im Lager gehört hatte, und in einer sonderbar umgekehrten Weise wurde es mir zum Trost. Alles war besser, als daß Helen krank, abtransportiert oder tot war. Diese drei Möglichkeiten lagen so dicht beieinander, daß alle dasselbe bedeuteten. Und unser Leben war so ausweglos, daß es jetzt nur auf eines ankam: sich nicht zu verlieren, und irgendwann zu versuchen, aus dem Wirbel in eine stille Bucht zu flüchten. Vielleicht konnten wir dann noch einmal alles vergessen.

Man kann es nicht«, sagte Schwarz. »Nicht mit aller Liebe, allem Mitleid, aller Güte, aller Zärtlichkeit. Ich wußte das, und es war mir gleich, ich lag im Walde und starrte auf die schwebenden Leichen der bunten Blätter, die sich von den Zweigen lösten, und dachte nur: Laß sie leben! Laß sie leben, Gott, und ich will sie nie nach etwas fragen. Das Leben eines Menschen ist so viel größer als die Verstrickungen, in die er gerät, laß sie leben, nur leben, und wenn es ohne mich sein muß, so laß sie leben ohne mich, aber laß sie leben!

Helen kam auch nicht in der folgenden Nacht. Dafür sah ich abends wieder zwei Automobile. Sie kamen die Straße zum Lager hinauf. Ich schlich in weitem Bogen herum und erkannte Uniformen. Ich konnte nicht sehen, ob es SS- oder Wehrmachts-Uniformen waren, aber es mußten deutsche sein. Ich verbrachte eine entsetzliche Nacht. Die Wagen waren gegen neun Uhr gekommen und fuhren erst nach ein Uhr wieder ab. Die Tatsache, daß sie nachts gekommen waren, ließ es fast zur Gewißheit werden, daß es Gestapo war. Als sie abfuhren, konnte ich nicht erkennen, ob Leute aus dem Lager mitgenommen wurden. Ich irrte – ich irrte im buchstäblichen Sinne des Wortes – auf der Straße und um das Lager herum bis zum Morgen. Dann wollte ich noch einmal versuchen, als Monteur in das Lager zu gelangen, aber ich sah, daß die Wachen verdoppelt waren und daß ein Zivilist mit Listen dabeisaß.
Der Tag schien kein Ende zu nehmen. Als ich zum hundertsten Male an den Stacheldrähten vorbeistrich, sah ich plötzlich, etwa zwanzig Schritte davon entfernt, auf meiner Seite, ein Paket, das in eine Zeitung gewickelt war. Es enthielt ein Stück Brot und zwei Äpfel und einen Zettel ohne Unterschrift: ›heute abend‹. Helen mußte es hinübergeworfen haben, als ich nicht da war. Ich aß das Brot auf den Knien, so schwach war mir plötzlich. Dann ging ich zu meinem Versteck und schlief. Nachmittags wachte ich auf. Es war ein sehr klarer Tag, gefüllt mit goldenem Licht wie mit Wein. Das Laub hatte sich jede Nacht stärker gefärbt. Jetzt standen die Buchen und eine Linde in der warmen Nachmittagssonne, die auf meine Lichtung fiel, so gelb und rot da, als habe ein unsichtbarer Maler während meines Schlafes sie in Fackeln verwandelt, die in einem völlig stillen Licht bewegungslos leuchteten. Nicht ein Blatt rührte sich.«
Schwarz unterbrach sich. »Bitte werden Sie nicht ungeduldig, wenn ich scheinbar unnötige Naturschilderungen mache. Die Natur war so wichtig in all dieser Zeit für uns, wie sie es für Tiere ist. Sie war auch das, was uns nie zurückwies. Wir brauchten keinen Paß und keinen Arierausweis für sie. Sie gab und nahm, aber sie war unpersönlich, und das war wie eine Medizin. An diesem Nachmittag regte ich mich lange nicht; ich fürchtete, ich könne überfließen wie eine Schale, randvoll mit Wasser. Dann sah ich plötzlich, in der vollkommenen Stille, ohne einen Hauch von Wind, Hunderte von Blättern von den Bäumen niederschweben, als hätten sie einem geheimnisvollen Kommando gehorcht. Sie glitten gelassen durch die klare Luft, und einige fielen auf mich nieder. In diesem Augenblick erkannte ich die Freiheit des Todes und ihren ungeheuren Trost. Ich

wußte, ohne einen Entschluß zu fassen, daß ich die Gnade hatte, mein Leben beenden zu können, wenn Helen stürbe, daß ich nicht allein zurückzubleiben brauchte, und daß diese Gnade der Ausgleich ist, der dem Menschen gegeben ist für das Übermaß an Liebe, dessen er fähig ist und das über das Maß der Kreatur hinausgeht; – ich erkannte es, ohne zu denken, und während ich es erkannte, war es, in einem fernen Sinne, schon nicht mehr ganz notwendig, zu sterben.

Helen stand nicht in der Reihe der Klagemauer. Sie kam erst, als die andern fort waren. Sie trug ein Paar kurze Hosen und eine Bluse und reichte mir eine Flasche Wein und ein Paket durch den Draht. In dem ungewohnten Anzug erschien sie sehr jung. ›Der Kork ist gezogen‹, sagte sie. ›Hier ist auch ein Trinkbecher.‹
Sie schlüpfte leicht durch die Stacheldrähte. ›Du mußt fast verhungert sein. Ich habe in der Kantine etwas bekommen, was ich seit Paris nicht mehr gesehen habe.‹
›Eau de Cologne‹, sagte ich. Sie roch danach, frisch in der frischen Nacht.
Sie schüttelte den Kopf. Ich sah, daß ihr Haar geschnitten war; es war kürzer als vorher. ›Was ist nur passiert?‹ fragte ich, plötzlich ärgerlich. ›Ich habe geglaubt, man hätte dich abgeholt oder du wärest im Sterben, und du kommst wieder, als hättest du einen Schönheitssalon besucht. Hast du auch die Nägel manikürt bekommen?‹
›Ich habe es selbst getan.‹ Sie hob die Hände und lachte. ›Laß uns den Wein trinken!‹
›Was ist passiert? War die Gestapo da?‹
›Nein. Eine Kommission der Armee. Aber es waren zwei Gestapo-Beamte dabei.‹
›Haben sie jemand mitgenommen?
›Nein‹, erwiderte sie. ›Gib mir zu trinken.‹
Ich sah, daß sie sehr erregt war. Ihre Hände waren heiß, und ihre Haut war so trocken, als müßte sie knistern.
›Sie waren da‹, sagte sie. ›Sie kamen, um eine Liste der Nazis im Lager zu machen. Sie sollen nach Deutschland zurückgeschickt werden.‹
›Habt ihr viele?‹
›Genug. Wir haben nicht geglaubt, daß es so viele wären. Manche haben es nie zugegeben. Eine war dabei, die ich kannte – sie trat plötzlich vor und erklärte, sie gehöre zur Partei, sie habe sich wertvolle Nachrichten verschafft, sie wolle zurück ins Vaterland, man

habe sie hier abscheulich behandelt, man solle sie gleich mitnehmen. Ich kannte sie gut. Zu gut. Sie weiß –‹

Helen trank rasch und gab mir den Becher. ›Was weiß sie?‹ fragte ich.

›Ich kann es nicht mehr genau sagen. Es gab so viele Nächte, wenn man redete und redete. Sie weiß, wer ich bin –‹ Sie hob den Kopf. ›Ich gehe nie zurück, nie! Ich bringe mich um, wenn sie mich holen wollen.‹

›Du wirst dich nicht umbringen, und sie werden dich nicht holen. Warum? Georg ist Gott weiß wo; er erfährt nicht alles. Und wozu sollte die Frau das verraten wollen? Was kann es ihr helfen?‹

›Versprich, daß du mich nicht zurückholen läßt.‹

›Ich verspreche es dir‹, sagte ich. Sie war zu erregt, als daß ich etwas anderes hätte tun können, als in meiner Ohnmacht Allmacht zu versprechen.

›Ich liebe dich‹, sagte sie mit ihrer heiseren, erregten Stimme. ›Ich liebe dich und was immer auch passieren mag, das mußt du immer glauben!‹

›Ich glaube es‹, erwiderte ich und glaubte es und glaubte es nicht.

Sie lehnte sich erschöpft zurück. ›Wir wollen fliehen‹, sagte ich. ›Heute nacht noch.‹

›Wohin? Hast du deinen Paß?‹

›Ja. Jemand, der im Büro arbeitete, wo die Papiere der Internierten verwahrt wurden, hat ihn mir gegeben. Wer hat deinen?‹

Sie antwortete nicht. Sie starrte eine Weile vor sich hin.

›Eine jüdische Familie ist hier‹, sagte sie dann. ›Mann, Frau und Kind. Vor wenigen Tagen gekommen. Das Kind ist krank. Sie traten mit vor. Sie wollen nach Deutschland zurück. Der Hauptmann fragte sie, ob sie nicht Juden wären. Sie wären Deutsche, sagte der Mann. Sie wollten zurück. Der Hauptmann wollte ihnen etwas sagen, aber die beiden Gestapoleute standen dabei. ›Sie wollen wirklich zurück?‹ fragte er noch einmal. ›Schreiben Sie sie auf, Hauptmann‹, sagte einer der Gestapoleute und lachte. ›Wenn sie soviel Sehnsucht nach der Heimat haben, wollen wir ihnen den Gefallen tun.‹ Sie wurden aufgeschrieben. Es ist nicht mit ihnen zu reden. Sie sagen, sie könnten nicht mehr weiter. Das Kind sei schwer krank. Die andern Juden hier würden ohnehin auch bald abgeholt; da sei es besser, sich vorher zu melden. Wir säßen in der Falle. Es sei besser, freiwillig zu gehen. Sie sind wie taube Maulesel. Du mußt mit ihnen reden.‹

›Ich? Was kann ich ihnen sagen?‹

›Du bist dagewesen. Du warst drüben in einem Lager. Du bist zurückgegangen. Und wieder geflohen.‹

›Wo soll ich es ihnen sagen?‹
›Hier. Ich hole den Mann. Ich weiß, wo er ist. Sofort. Ich habe es ihm gesagt. Man kann ihn noch retten.‹

Nach einer Viertelstunde brachte sie einen schmächtigen Mann, der sich weigerte, durch den Stacheldraht zu kriechen. Er stand auf der Lagerseite und ich auf der anderen, und er hörte mir zu. Ein wenig später kam die Frau. Sie war sehr blaß und sprach kein Wort. Man hatte die beiden und ihr Kind vor etwa zehn Tagen aufgegriffen. Sie waren getrennt in verschiedenen Lagern gewesen und dann geflohen, und der Mann hatte die Frau durch ein Wunder wiedergefunden. Sie hatten überall auf den Straßensteinen und an den Häuserecken ihre Namen hinterlassen.«
Schwarz sah mich an. »Sie kennen die Via Dolorosa?«
»Wer kennt sie nicht! Sie reicht von Belgien bis in die Pyrenäen.«
Die Via Dolorosa war zu Beginn des Krieges entstanden. Nach dem Einbruch der deutschen Truppen in Belgien und dem Durchbruch der Maginotlinie hatte die große Flucht eingesetzt, zuerst mit Automobilen, beladen mit Hausrat und Betten, dann mit jeder Art von Vehikeln, mit Fahrrädern, mit Pferdekarren, mit Karren, die von Menschen gezogen wurden, mit Kinderwagen, und schließlich in endlosen Reihen zu Fuß, dem Süden zu, verfolgt von Stuka-Bombern, durch den Hochsommer Frankreichs. Auch die Flucht der Emigranten, dem Süden zu, begann. Damals entstanden die Straßenzeitungen. An den Mauern der Straßen, an Häusern in Dörfern, an den Ecken der Kreuzungen wurden die Namen und Hilferufe von Menschen, die sich suchten, von ihnen angeschrieben, mit Kohle, mit Kreide, mit Farbe. Die Emigranten, die bereits seit Jahren flüchteten und sich vor der Polizei versteckten, hatten außerdem eine Kette von Stützpunkten, die von Nizza bis Neapel und von Paris bis Zürich reichte. Es waren Leute, die dort wohnten und Nachrichten vermittelten, Adressen austauschten, Rat gaben und bei denen man auch ein paar Nächte unterkommen konnte. Durch ihre Hilfe hatte der Mann, von dem Schwarz sprach, seine Frau und sein Kind wiedergefunden, etwas, was sonst schwieriger gewesen wäre, als die sprichwörtliche Stecknadel in einem Heuhaufen zu finden.
» ›Wenn wir bleiben wollen, werden wir wieder getrennt‹, erklärte der Mann mir«, sagte Schwarz. » ›Dies ist ein Frauenlager. Wir sind zusammen eingeliefert worden, aber nur für ein paar Tage. Man hat mir schon mitgeteilt, daß ich anderswohin käme, in eines der Männerlager. Wir könnten es nicht ertragen.‹ Er hatte alles überlegt; es sei besser so. Fliehen könnten sie nicht; das hätten

sie versucht. Sie wären fast dabei verhungert. Jetzt sei das Kind krank, die Frau erschöpft – und er selbst habe keine Kraft mehr. Es sei besser, freiwillig zu gehen; wir andern seien nur noch wie Vieh in den Hallen eines Schlachthofes. Man würde uns nach Bedarf und Laune holen. ›Weshalb hat man uns nicht gehen lassen, als es noch Zeit war?‹ sagte er zum Schluß, ein sanfter, schmaler Mann mit einem schmalen Gesicht und einem kleinen, dunklen Schnurrbart.

Niemand hätte eine Antwort darauf gewußt. Man wollte uns zwar nicht haben, aber man wollte uns auch nicht gehen lassen – das war im Zusammenbruch einer Nation ein geringfügiges Paradox, dem wenig Aufmerksamkeit geschenkt wurde von denen, die es hätten ändern können.

Am folgenden Nachmittag kamen zwei Lastwagen die Straße herauf. Im gleichen Augenblick sah ich, wie der Stacheldraht lebendig wurde. Etwa ein Dutzend Frauen halfen einander beim Hindurchkriechen. Sie schwärmten in den Wald. Ich hielt mich versteckt, bis ich Helen bemerkte. ›Wir sind gewarnt worden von der Präfektur‹, sagte sie. ›Die Deutschen sind da, die abzuholen, die zurück wollen. Man weiß nicht, was sonst noch passiert; deshalb ist uns erlaubt worden, uns im Walde zu verstecken, bis sie weg sind.‹

Es war das erstemal, daß ich sie am Tage sah, abgesehen von dem Augenblick auf der Straße. Ihre langen Beine und ihr Gesicht waren braun; aber sie war sehr dünn. Die Augen waren zu groß und zu glänzend, und das Gesicht war zu schmal. ›Du gibst mir dein Essen und hungerst selbst‹, sagte ich.

›Ich habe genug zu essen‹, erwiderte sie. ›Dafür ist gesorgt. Hier –‹ sie steckte die Hand in die Tasche – ›da ist sogar ein Stück Schokolade. Gestern konnten wir Paté de foie gras und Sardinen in Büchsen kaufen. Aber kein Brot.‹

›Geht der Mann, mit dem ich gesprochen habe?‹ fragte ich.

›Ja –‹

Helens Gesicht zuckte plötzlich. ›Ich gehe nie zurück‹, sagte sie dann. ›Nie! Du hast es mir versprochen! Ich will nicht, daß sie mich fangen!‹

›Sie werden dich nicht fangen.‹

Die Wagen fuhren nach einer Stunde wieder ab. Die Frauen sangen. Verweht klang es herüber: Deutschland, Deutschland über alles.

In dieser Nacht gab ich Helen einen Teil des Giftes, das ich in Le Vernet bekommen hatte.

Einen Tag später wußte sie, daß Georg erfahren hatte, wo sie war.
›Wer hat es dir gesagt?‹ fragte ich.
›Jemand, der es weiß.‹
›Wer?‹
›Der Arzt des Lagers.‹
›Woher weiß er es?‹
›Von der Kommandantur. Dort ist angefragt worden.‹
›Hat der Arzt gesagt, was du tun sollst?‹
›Er kann mich ein paar Tage in der Krankenbaracke verstecken. Nicht lange.‹
›Dann mußt du aus dem Lager heraus. Von wem kam gestern die Warnung, daß die von euch, die gefährdet seien, sich im Wald verstecken sollten?‹
›Vom Präfekten.‹
›Gut‹, sagte ich. ›Sieh zu, daß du deinen Paß und einen Entlassungsschein von hier bekommst. Vielleicht kann der Arzt dir helfen. Wenn nicht, dann fliehen wir. Mach fertig, was du mitnehmen willst. Sage niemand etwas. Niemandem! Ich werde versuchen, mit dem Präfekten zu sprechen. Er scheint ein Mensch zu sein.‹
›Tu es nicht! Sei vorsichtig! Um Gottes willen, sei vorsichtig!‹
Ich reinigte meinen Monteuranzug, so gut es ging, und verließ morgens den Wald. Ich mußte damit rechnen, deutschen Patrouillen oder französischen Gendarmen in die Hände zu laufen; aber damit mußte ich von jetzt an immer rechnen,
Es gelang mir, vor den Präfekten zu kommen. Ich bluffte einen Gendarmen und einen Schreiber, indem ich als deutscher Techniker auftrat, der Auskunft haben wollte über die Errichtung einer elektrischen Leitung für militärische Zwecke. Wenn man das Unvermutete tut, kommt man manchmal durch, das hatte ich gelernt. Als Flüchtling hätte mich der Gendarm sofort festgenommen. Diese Sorte Menschen reagiert am besten auf Anschreien.
Dem Präfekten sagte ich die Wahrheit. Er wollte mich zuerst hinauswerfen. Dann amüsierte ihn meine Frechheit. Er gab mir eine Zigarette und sagte, ich solle mich zum Teufel scheren, er wolle nichts gesehen und gehört haben. Zehn Minuten später erklärte er mir, er könne nichts tun, die Deutschen hätten wahrscheinlich Listen, und sie würden ihn verantwortlich machen, wenn jemand fehle. Er wolle nicht in einem deutschen Konzentrationslager verkommen.
›Herr Präfekt‹, sagte ich, ›ich weiß, daß Sie Gefangene geschützt haben. Ich weiß auch, daß Sie Ihren Befehlen folgen müssen. Aber Sie und ich wissen ebenso, daß Frankreich im Chaos der Niederlage

steht, daß Befehle von heute die Schande von morgen sein können, und daß, wenn Konfusion in sinnlose Grausamkeit ausartet, Entschuldigungen dafür selbst später schwer zu finden sind. Wozu sollen Sie, gegen Ihren Willen, unschuldige Menschen in einem Stacheldrahtkäfig bereithalten für Krematorien und Folterlager? Es mag sein, daß in der Zeit, als Frankreich sich noch verteidigte, ein Schein von Recht bestand, Ausländer in Internierungslager zu sperren, ganz gleich, ob sie für oder gegen die Angreifer waren. Aber der Krieg ist längst zu Ende; vor wenigen Tagen haben die Sieger die Ihren zurückgeholt; – was Sie jetzt noch im Lager haben, sind Opfer, die jeden Tag vor Angst vergehen, daß man sie zum Tode abholen wird. Ich sollte Sie für alle diese Opfer bitten – ich bitte Sie nur um eines davon. Wenn Sie Listen fürchten, dann tragen Sie meine Frau als geflüchtet ein – tragen Sie sie meinetwegen als gestorben ein, als Selbstmörderin, wenn Sie wollen, dann kann Sie keine Verantwortung treffen!‹

Er sah mich lange an. ›Kommen Sie morgen wieder‹, sagte er dann.

Ich blieb stehen. ›Ich weiß nicht, in wessen Händen ich morgen sein werde‹, sagte ich. ›Tun Sie es heute.‹

›Kommen Sie in zwei Stunden wieder.‹

›Ich werde vor Ihrer Tür warten‹, sagte ich. ›Das ist der sicherste Platz, den ich kenne.‹

Er lächelte plötzlich. ›Quelle affaire d'amour‹, sagte er. ›Sie sind verheiratet, und Sie müssen leben, als wären Sie unverheiratet. Gewöhnlich geschieht das Gegenteil.‹

Ich atmete auf. Eine Stunde später rief er mich herein.

›Ich habe mit der Lagerleitung telephoniert‹, sagte er. ›Es ist richtig, daß nach Ihrer Frau gefragt worden ist. Wir werden Ihren Vorschlag befolgen und sie sterben lassen. Dann haben Sie Ruhe. Wir auch.‹

Ich nickte. Eine sonderbare, kühle Angst beschlich mich plötzlich, ein Rest von Aberglauben, das Schicksal nicht zu beschwören. Aber war ich nicht selbst längst gestorben und lebte mit den Papieren eines Toten?

›Bis morgen wird alles erledigt sein‹, sagte der Präfekt.

›Tun Sie es heute‹, erwiderte ich. ›Ich habe einmal zwei Jahre in einem Lager gesessen, weil ich einen Tag zu spät geflohen bin.‹

Ich war auf einmal völlig erschöpft. Er mußte es gesehen haben. Ich war grau und kurz vor einer Ohnmacht. Er schickte nach einem Cognac. ›Kaffee‹, sagte ich und fiel auf einen Stuhl. In violetten und grauen Schatten kreiste das Zimmer. Ich darf nicht fallen, dachte ich, als das Rauschen in den Ohren begann. Helen ist frei, wir müssen weg von hier!

In das Rauschen und Flattern mischten sich ein Gesicht und eine Stimme, die schrie, unverständlich zuerst, und dann laut. Ich versuchte ihr zu folgen, ihr und dem Gesicht, und dann hörte ich sie: ›Meinen Sie denn, das ist für mich ein Spaß, merde alors? Was zum Satan ist all das? Ich bin kein Gefangenenwärter, ich bin ein anständiger Mensch, zum Teufel mit allem und allen..., sie sollen alle gehen – alle!‹

Ich verlor die Stimme wieder, und ich weiß nicht, ob sie wirklich so geschrien hat oder ob sie nur so laut in meinen Ohren war. Der Kaffee kam, ich wankte hinaus und hockte mich auf eine Bank. Nach einiger Zeit kam jemand und sagte, ich solle noch kurze Zeit warten. – Ich wäre ohnehin nicht gegangen.

Dann kam der Präfekt und erklärte mir, alles sei in Ordnung. Mir schien, daß mein Schwächeanfall ebensoviel genützt hatte wie alle meine Worte. ›Geht es Ihnen besser?‹ fragte der Beamte. ›Sie brauchen doch nicht eine solche Angst vor mir zu haben. Ich bin nur ein kleiner französischer Provinz-Präfekt.‹

›Das ist mehr als Gott‹, erwiderte ich glücklich. ›Gott hat mir nur eine sehr allgemeine Aufenthaltserlaubnis auf Erden gegeben, mit der ich nichts anfangen kann. Was ich wirklich brauche, ist eine Aufenthaltserlaubnis für diesen Bezirk hier, und niemand anders kann mir die geben als Sie, Herr Präfekt.‹

Er lachte. ›Aber wenn Sie gesucht werden, sind Sie hier doch am gefährdetsten.‹

›Wenn ich gesucht werde, bin ich in Marseille gefährdeter als hier. Man wird mich dort vermuten, aber nicht hier. Geben Sie uns eine Erlaubnis für eine Woche. Wir werden in dieser Zeit den Zug durchs Rote Meer antreten können.‹

›Das Rote Meer?‹

›Das ist ein Ausdruck unter Flüchtlingen. Wir leben wie die Juden beim Auszug aus Ägypten. Hinter uns die deutsche Armee und die Gestapo, zu beiden Seiten das Meer der französischen und spanischen Polizei, und vor uns das Gelobte Land Portugal mit dem Hafen von Lissabon zum noch gelobteren Lande Amerika.‹

›Haben Sie denn amerikanische Visa?‹

›Wir werden sie bekommen.‹

›Sie scheinen an Wunder zu glauben.‹

›Ich habe keine andere Wahl. Und ist nicht heute eines passiert?‹ «

Schwarz lächelte mich an. »Es ist sonderbar, wie berechnend man im Elend werden kann. Ich wußte genau, warum ich den letzten Satz gesagt und warum ich dem Präfekten vorher durch den Vergleich mit Gott geschmeichelt hatte. Ich mußte eine kurze Aufenthaltserlaubnis herausholen. Wenn man völlig auf andere Menschen angewiesen ist, wird man zu einem genau kalkulierenden Psychologen, selbst wenn man vor Anstrengung kaum noch atmen kann, und vielleicht gerade deshalb. Eines hat nichts mit dem andern zu tun, und beide funktionieren gesondert, ohne daß eines das andere beeinträchtigt, die Angst ist echt, der Schmerz ist echt, und so ist die Berechnung. Alle haben dasselbe Ziel: Rettung.«

Schwarz war merklich ruhiger geworden. »Ich bin bald fertig«, sagte er. »Wir bekamen tatsächlich Aufenthaltserlaubnis für eine Woche. Ich stand am Tor des Lagers, um Helen abzuholen. Es war später Nachmittag. Ein dünner Regen stäubte herunter. Der Arzt war bei ihr. Ich sah sie einen Augenblick mit ihm sprechen, bevor sie mich erblickte. Sie sprach lebhaft, und ihr Gesicht war bewegter, als ich es gewohnt war; mir war, als ob ich von der Straße her in ein Zimmer schaute, ohne daß jemand es vermutete. Dann erblickte sie mich.

›Ihre Frau ist sehr krank‹, sagte der Arzt zu mir.

›Das ist wahr‹, erwiderte Helen lachend. ›Ich werde in ein Krankenhaus entlassen und dort sterben. Genau wie es abgemacht ist.‹

›Dies ist kein Witz!‹ erklärte der Arzt feindselig. ›Ihre Frau gehört wirklich in ein Krankenhaus.‹

›Warum ist sie dann nicht schon längst da?‹ fragte ich.

›Was soll das alles?‹ sagte Helen. ›Ich bin nicht krank, und ich gehe nicht in ein Krankenhaus.‹

›Können Sie sie in ein Krankenhaus bringen‹, fragte ich den Arzt, ›so, daß sie dort sicher ist?‹

›Nein‹, erwiderte er nach einer Pause.

Helen lachte wieder. ›Natürlich nicht. Welch ein dummes Gespräch. Adieu, Jean.‹

Sie ging voraus, die Straße entlang. Ich wollte den Arzt fragen, was sie hätte; aber ich konnte es nicht. Er starrte mich an, dann drehte er sich rasch um und ging zum Lager zurück. Ich folgte Helen.

›Hast du deinen Paß?‹ fragte ich.

Sie nickte. ›Gib mir deine Tasche‹, sagte ich.

›Es ist nicht viel darin.‹

›Gib sie mir trotzdem.‹

›Ich habe das Abendkleid noch, das du mir in Paris gekauft hast.‹

Wir gingen die Straße hinunter. ›Du bist krank?‹ fragte ich.

›Wenn ich wirklich krank wäre, könnte ich doch nicht gehen. Ich müßte Fieber haben. Ich bin nicht krank. Er lügt. Er wollte, ich sollte bleiben. Sieh mich an. Sehe ich krank aus?‹

Sie blieb stehen.
›Ja‹, sagte ich.
›Sei nicht traurig‹, erwiderte sie.
›Ich bin nicht traurig.‹
Ich wußte jetzt, daß sie krank war; und ich wußte, daß sie es mir nie gestehen würde. ›Würde es dir helfen, wenn du in einem Krankenhause wärest?‹
›Nein!‹ sagte sie. ›Nicht im geringsten! Du mußt mir das glauben. Wenn ich krank wäre und ein Hospital könnte mir helfen, würde ich sofort versuchen, hineinzukommen. Glaube mir das!‹
›Ich glaube es dir.‹
Was hätte ich sonst tun sollen? Ich war plötzlich entsetzlich mutlos.
›Vielleicht wärest du lieber im Lager geblieben‹, sagte ich schließlich.
›Ich hätte mich getötet, wenn du nicht gekommen wärest.‹
Wir gingen weiter. Der Regen wurde stärker. Er war wie ein grauer Schleier aus sehr feinen Tropfen, der um uns herumwehte. ›Wir wollen sehen, daß wir bald nach Marseille kommen‹, sagte ich. ›Und von dort nach Lissabon und dann nach Amerika.‹
Es gibt dort gute Ärzte, dachte ich. Und Krankenhäuser, in denen man nicht verhaftet wird. Ich werde vielleicht auch arbeiten dürfen.
›Wir werden Europa vergessen wie einen bösen Traum‹, sagte ich.
Helen antwortete nicht.«

XV

»Die Odyssee begann«, sagte Schwarz. »Die Wanderung durch die Wüste. Der Zug durch das Rote Meer. Sie kennen ihn sicher auch.«
Ich nickte. »Bordeaux. Das Abtasten der Grenzübergänge. Die Pyrenäen. Der langsame Sturm auf Marseille. Der Sturm auf die trägen Herzen und die Flucht vor den Barbaren. Dazwischen der Irrsinn der wildgewordenen Bürokratie. Keine Aufenthaltserlaubnis – aber auch keine Ausreiseerlaubnis. Und wenn man sie schließlich erhielt, war inzwischen das spanische Durchreisevisum abgelaufen, das man wiederum nur bekam, wenn man ein Einreisevisum für Portugal besaß, das oft noch von einem anderen abhängig war, was hieß, daß alles wieder von vorn zu beginnen hatte – das Warten vor den Konsulaten, diesen Vororten des Himmels und der Hölle! Ein circulus vitiosus des Wahnsinns!«
»Wir kamen vorerst in eine Windstille«, sagte Schwarz. »Helen

brach am Abend zusammen. Ich hatte ein Zimmer in einem abgelegenen Gasthof gefunden. Wir waren zum erstenmal wieder legal; – wir hatten zum erstenmal seit vielen Monaten wieder ein Zimmer für uns allein – das war es, was den Weinkrampf bei ihr hervorrief. Wir saßen nachher schweigend in dem kleinen Garten des Gasthofs. Es war schon sehr kühl, aber wir wollten noch nicht schlafengehen. Wir tranken eine Flasche Wein und blickten auf die Straße, die zum Lager führte und die man vom Garten aus sehen konnte. Eine tiefe Dankbarkeit saß mir fast schmerzhaft im Nacken. Alles war an diesem Abend ausgelöscht durch sie, sogar die Furcht, daß Helen krank sei. Sie sah nach ihrem Weinkrampf gelöst und sehr ruhig aus, wie eine Landschaft nach einem Regen, und so schön, wie man manchmal Gesichter auf alten Kameen sieht. Sie werden das verstehen«, sagte Schwarz. »In einem Dasein, wie wir es führen, hat Krankheit eine andere Bedeutung als sonst. Krankheit heißt bei uns, nicht mehr fliehen zu können.«

»Ich weiß«, erwiderte ich bitter.

»Am andern Abend sahen wir die abgeblendeten Lichter eines Wagens die Straße zum Lager emporkriechen. Helen wurde unruhig. Wir hatten uns den Tag über kaum aus unserm Zimmer gerührt. Wieder ein Bett zu haben und einen eigenen Raum, war ein solches Erlebnis, daß man es nicht genug genießen konnte. Wir spürten auch beide, wie müde und erschöpft wir waren, und ich hätte mich gern für Wochen nicht aus dem Gasthof gerührt. Aber Helen wollte plötzlich fort. Sie wollte die Straße zum Lager nicht mehr sehen. Sie fürchtete, die Gestapo würde sie weiter suchen.

Wir packten unsere paar Sachen. Es war vernünftig, weiterzuwandern, solange wir noch eine Aufenthaltserlaubnis für unseren Bezirk hatten; wenn wir anderswo geschnappt würden, konnte man uns höchstens hierher zurückweisen, aber uns nicht gleich festnehmen, hofften wir.

Ich wollte nach Bordeaux; auf dem Wege aber hörten wir, daß es längst zu spät dafür sei. Ein kleiner Citroen-Zweisitzer nahm uns mit, und der Fahrer riet uns, zu versuchen, irgendwoanders unterzukommen. Es sei da ein kleines Schloß in der Nähe seines Zieles; er wisse, daß es leerstände, vielleicht könnten wir da für die Nacht kampieren.

Wir hatten kaum eine Wahl. Am späten Nachmittag setzte uns der Fahrer ab. Vor uns im grauen Licht lag das Schlößchen, eigentlich eher ein Landhaus, dessen Fenster dunkel waren und keine Gardinen zeigten. Ich ging die Freitreppe hinauf und versuchte die Tür. Sie war offen und zeigte Spuren, daß sie gewaltsam geöffnet worden war.

Meine Schritte hallten in der dämmerigen Halle. Ich rief und bekam ein gebrochenes Echo als Antwort. Die Räume waren vollkommen leer. Alles, was weggenommen werden konnte, war weggenommen worden. Geblieben aber waren die Räume des achtzehnten Jahrhunderts, die getäfelten Wände, die edlen Maße der Fenster, die Decken und die graziösen Treppen.
Wir gingen langsam hindurch. Niemand antwortete auf unsere Rufe. Ich suchte nach elektrischen Schaltern. Es waren keine da. Das Schlößchen hatte noch keine Elektrizität; es war geblieben, wie es erbaut war. Ein kleines Speisezimmer war da in Gold und Weiß – ein Schlafzimmer in hellem Grün und Gold. Nicht ein einziges Möbel; die Besitzer mußten es ausgeräumt haben, um zu flüchten.
In einem Mansardenzimmer fanden wir endlich eine Truhe. Sie enthielt ein paar Masken, bunte, billige Kostüme, die von einem Fest stammen mußten, und ein paar Pakete Kerzen. Besser aber war eine eiserne Bettstelle mit einer Matratze. Wir suchten weiter und entdeckten etwas Brot in der Küche, ein paar Büchsen Sardinen, ein Büschel Knoblauch, ein halbgeleertes Glas Honig und im Keller ein paar Pfund Kartoffeln, ein paar Flaschen Wein und einen Stapel Holz. Es war ein Feenland!
Das Haus hatte fast überall Kamine. Wir verhängten das Fenster eines Zimmers, das wahrscheinlich ein Schlafzimmer gewesen war, mit einigen der Kostüme, die wir gefunden hatten. Ich ging noch einmal um das Haus und entdeckte einen Obst- und Gemüsegarten. Äpfel und Birnen hingen noch an den Bäumen. Ich sammelte sie und brachte sie herein.
Als es so dunkel war, daß man keinen Rauch mehr aufsteigen sehen konnte, machte ich ein Feuer im Kamin an, und wir begannen zu essen. Es war eine gespenstische und verzauberte Stimmung. Der Schein des Feuers flackerte über die herrlichen Boiserien, und unsere Schatten schwankten dazwischen wie Geister aus einer glücklichen Welt.
Es wurde warm, und Helen wechselte ihre Kleider, um die andern zu trocknen. Sie holte ihr Abendkleid aus Paris hervor und zog es an. Ich öffnete eine Flasche Wein. Wir hatten keine Gläser und tranken aus der Flasche. Helen zog sich später noch einmal um. Sie holte aus der Truhe einen Domino und eine Halbmaske und lief damit durch das dunkle Treppenhaus. Sie rief von oben und von unten und huschte umher, ihre Stimme hallte von überall wider, ich sah sie nicht mehr, ich hörte nur ihre Füße, bis sie plötzlich hinter mir im Dunkel stand und ich ihren Atem in meinem Nacken spürte.
›Ich dachte, ich hätte dich verloren‹, sagte ich und hielt sie fest.

›Du verlierst mich nie‹, flüsterte sie durch ihre schmale Maske. ›Und weißt du, warum nicht? Weil du mich nie festhalten wolltest wie ein Bauer seinen Acker. Der glänzendste Mann ist langweilig dagegen.‹

›Ich bin bestimmt kein glänzender Mann‹, sagte ich überrascht.

Wir standen auf dem Treppenabsatz. Durch die ein wenig geöffnete Tür des Schlafzimmers fiel ein Streifen des flackernden Kaminlichtes auf die Bronzeornamente des Geländers und Helens Schultern und Mund.

›Du weißt nicht, was du bist‹, murmelte sie und sah mich mit glitzernden Augen an, die, wie die einer Schlange, durch die Maske kein Weiß zeigten, sondern nur starr und glänzend waren. ›Aber du solltest wissen, wie trostlos all diese Don Juans sind! Wie Kleider, die man einmal trägt. Aber du – du bist das Herz.‹

Vielleicht waren es die Kostüme, die wir trugen, die es uns leichter machten, solche Worte zu gebrauchen. Ich hatte ebenso wie sie einen Domino angezogen, etwas gegen meinen Willen, aber meine übrigen Sachen waren, wie die ihren, noch naß vom Tage und trockneten neben dem Kamin. Die ungewohnten Kleider in der geisterhaften Umgebung der belle époque veränderten uns und öffneten unsere Lippen zu andern Worten als sonst. Treue und Untreue verloren ihre bürgerliche Schwere und ihre Einseitigkeit; das eine konnte das andere sein, es gab nicht nur das eine oder das andere, sondern viele Schattierungen, und die Namen verloren ihre Bedeutung.

›Wir sind Tote‹, flüsterte Helen. ›Beide. Wir haben keine Gesetze mehr. Du bist tot, mit einem toten Paß, und ich bin heute im Krankenhaus gestorben. Sieh unsere Kleider an! Wie bunte und goldene Fledermäuse huschen wir in einem gestorbenen Jahrhundert umher. Man nannte es das schöne Jahrhundert, und das war es auch mit seinen Menuetten, seiner Grazie und seinem Rokokohimmel – aber an seinem Ende stand die Guillotine, so wie sie immer überall steht, nach jedem Fest im kühlen Morgen, blitzend und unerbittlich. Wo wird unsere stehen, Liebster?‹

›Laß das, Helen‹, sagte ich.

›Sie wird nirgendwo stehen‹, flüsterte sie. ›Wo ist für Tote eine Guillotine? Sie kann uns nicht mehr zerschneiden, man kann das Licht nicht zerschneiden und nicht den Schatten, aber hat man nicht unsere Arme zerbrechen wollen, immer wieder? Halte mich, hier in dieser Verzauberung und dem goldenen Dunkel, und vielleicht wird etwas davon in uns bleiben und die arme Stunde unseres letzten Atems erleuchten.‹

›Sprich nicht so, Helen‹, sagte ich und fühlte einen leichten Schauder.
›Erinnere dich immer so an mich wie jetzt‹, flüsterte sie, ohne auf mich zu hören. ›Wer weiß, was aus uns noch wird –‹
›Wir werden nach Amerika gehen, und der Krieg wird einmal zu Ende sein‹, sagte ich.
›Ich klage nicht‹, erwiderte sie dicht an meinem Gesicht. ›Wie könnten wir klagen? Was wäre sonst aus uns geworden? Ein mittelmäßiges, langweiliges Paar, das in Osnabrück ein mittelmäßiges, langweiliges Leben geführt hätte mit mittelmäßigen Gefühlen und einer Urlaubsreise im Jahr –‹
Ich mußte lachen. ›So kann man es auch auffassen.‹
Sie war sehr heiter an diesem Abend und feierte ihn wie ein Fest. Mit einer Kerze und goldenen Pantöffelchen, die sie in Paris gekauft und über alles hinweg gerettet hatte, lief sie in den Keller und brachte eine neue Flasche Wein herauf. Ich stand oben an der Treppe und sah sie durch das Dunkel heraufsteigen, das beleuchtete, zu mir gehobene Gesicht vor den vielfältigen Schatten. Ich war glücklich, wenn man Glück einen Spiegel nennen kann, der ein geliebtes Gesicht spiegelt, rein und vollkommen vor vielen Schatten.
Das Feuer erlosch langsam. Sie schlief unter den bunten Sachen ein. Es war eine seltsame Nacht. Erst spät hörte ich das Dröhnen von Flugzeugen, unter dem die Rokokospiegel leise klirrten.

Wir blieben vier Tage allein. Dann mußte ich ins nächste Dorf, um einzukaufen. Ich hörte dort, daß von Bordeaux zwei Schiffe abgehen sollten. ›Sind die Deutschen noch nicht da?‹ fragte ich.
›Sie sind da, und sie sind nicht da‹, antwortete man mir. ›Es kommt darauf an, wer Sie sind.‹
Ich besprach es mit Helen. Sie war zu meinem Erstaunen ziemlich gleichgültig. ›Schiffe, Helen!‹ sagte ich aufgeregt. ›Fort von hier! Nach Afrika. Nach Lissabon. Irgendwohin. Von da kann man weiter.‹
›Warum bleiben wir nicht hier?‹ erwiderte sie. ›Im Garten gibt es Obst und Gemüse. Ich kann es kochen, solange wir Holz haben. Brot bekommen wir im Dorf. Haben wir noch Geld?‹
›Wir haben noch etwas. Und ich habe noch eine Zeichnung. Ich kann sie in Bordeaux verkaufen, damit wir Reisegeld haben.‹
›Wer kauft jetzt Zeichnungen?‹
›Leute, die ihr Geld anlegen wollen.‹
Sie lachte. ›Dann verkaufe sie und laß uns hierbleiben.‹
›Ich wollte, wir könnten es!‹

Sie hatte sich in das Haus verliebt. Auf der einen Seite lag ein kleiner Park, dahinter der Obst- und Gemüsegarten. Sogar ein Teich und eine Sonnenuhr waren da. Helen liebte das Haus, und das Haus schien sie zu lieben. Es war ein Rahmen, der zu ihr paßte, und wir waren zum erstenmal nicht in Hotels oder Baracken. Das Leben in den Maskenkostümen und der Atmosphäre von heiterer Vergangenheit gab auch mir eine verzauberte Hoffnung – manchmal sogar einen Glauben an ein Leben nach dem Tode –, als hätten wir bereits eine erste Bühnenprobe dafür hinter uns. Es wäre auch mir recht gewesen, wenn wir einige hundert Jahre so hätten leben können.

Trotzdem aber dachte ich weiter an die Schiffe in Bordeaux. Es schien mir unwahrscheinlich, daß sie auslaufen könnten, wenn die Stadt schon teilweise besetzt war – aber dies war die Zeit des Zwielichtkrieges. Frankreich hatte einen Waffenstillstand, aber noch keinen Frieden, es hatte angeblich eine Okkupationszone und eine freie Zone, aber es hatte keine Macht, Abmachungen zu verteidigen, und außerdem war da die deutsche Armee und die Gestapo, und beide arbeiteten nicht immer Hand in Hand.

›Ich muß es herausfinden‹, sagte ich. ›Du bleibst hier, und ich versuche, nach Bordeaux zu kommen.‹

Helen schüttelte den Kopf. ›Ich bleibe nicht allein hier. Ich gehe mit dir.‹

Ich verstand sie. Es gab keine abgetrennten gefährlichen und ungefährlichen Gebiete mehr. Man konnte lebendig aus einem feindlichen Hauptquartier entkommen und auf einer entlegenen Insel von Gestapoagenten gefaßt werden; alle Maßstäbe von früher hatten sich verschoben.

Wir kamen auf die zufällige Weise hin, die Sie wahrscheinlich kennen«, sagte Schwarz. »Wenn man hinterher darüber nachdenkt, begreift man nicht, wie sie möglich war. Zu Fuß, in einem Lastwagen – einmal ritten wir sogar eine Strecke auf zwei breiten, gutmütigen Ackerpferden, die ein Knecht zum Verkauf fortbrachte.

Es waren bereits Truppen in Bordeaux. Die Stadt war nicht besetzt, aber es waren Truppen da. Der Schock war stark; man erwartete, jede Minute festgenommen zu werden. Helen trug ein unauffälliges Kostüm; es war außer dem Abendkleid, einem Paar Hosen und zwei Sweatern ungefähr alles, was sie an Garderobe besaß. Ich hatte den Monteuranzug. Einen zweiten Anzug hatte ich im Rucksack.

Wir ließen die Sachen in einer Kneipe. Es war überall auffällig, Gepäck zu haben, obschon auch zahlreiche Franzosen mit Koffern unterwegs waren. ›Wir werden zu einem Reisebüro gehen und

nach den Schiffen fragen‹, sagte ich. Wir kannten niemand in der Stadt.
Es existierte tatsächlich noch ein Büro. In den Fenstern hingen alte Plakate: ›Verbringt den Herbst in Lissabon‹ – ›Algier, der Perle Afrikas‹ – ›Ferien in Florida‹ – ›Sonniges Granada‹. Die meisten waren ausgebleicht, aber die von Lissabon und Granada leuchteten noch prachtvoll farbig.
Wir brauchten nicht zu warten, bis wir zum Schalter kamen. Ein vierzehnjähriger Experte informierte uns. Es stimme nicht mit den Schiffen. Gerüchte dieser Art hätten seit Wochen umhergeschwirrt. Tatsache sei, daß lange vor der Besetzung ein englisches Schiff dagewesen sei, um Polen und Emigranten abzuholen, die sich zur polnischen Legion gemeldet hatten, einer Truppe von Freiwilligen, die in England zusammengestellt wurde. Zur Zeit ginge kein Schiff.
Ich fragte, was alle die Leute im Raum dann wollten.
›Die meisten dasselbe wie Sie‹, erwiderte der Experte.
›Und Sie?‹ fragte ich.
›Ich habe aufgegeben wegzukommen‹, sagte er. ›Ich mache daraus meinen Broterwerb. Ich bin Dolmetscher, Ratgeber, Fachmann in Visa-Angelegenheiten, Experte in Unterkünften –‹
Ich wunderte mich nicht. Not macht frühreif, und Jugend kennt keine Trübung des Blickes durch Sentimentalität und Vorurteile. Wir gingen in ein Café, und der Experte gab mir einen Überblick über die Lage. Es war möglich, daß die Truppen abziehen würden; aber Bordeaux war für Aufenthaltserlaubnisse trotzdem schwierig; für Visa ganz schlecht. Bayonne wurde für spanische Visa als gut im Augenblick befunden, aber es war überfüllt. Am besten schien Marseille zu sein; aber das war ein langer Weg. Wir haben ihn alle gemacht, später. Sie auch?« fragte Schwarz.
»Ja«, sagte ich. »Den Kreuzweg.«
Schwarz nickte. »Ich versuchte natürlich das amerikanische Konsulat auf dem Wege. Aber Helen hatte einen gültigen deutschen Paß aus der Nazizeit; wie konnten wir da beweisen, daß wir in Todesgefahr waren? Die Juden, die ohne Papiere voll Angst vor den Türen lagen, schienen in größerer Gefahr zu sein. Unsere Pässe wurden Zeugen gegen uns, sogar der des toten Schwarz.
Wir beschlossen, zu unserem Schlößchen zurückzukehren. Zweimal hielten uns Gendarmen an; beide Male machte ich mir die Depression zunutze – ich schnauzte die Gendarmen an, hielt ihnen die Pässe unter die Nase und berief mich als Österreich-Deutscher auf die Militärverwaltung. Helen lachte, sie fand das alles komisch. Ich war das erstemal auf die Idee gekommen, als ich in der Kneipe

unser Gepäck zurückverlangt hatte. Der Wirt hatte erklärt, nie Gepäck von uns erhalten zu haben. ›Wenn Sie wollen, können Sie ja die Polizei rufen‹, sagte er und blinzelte mich lächelnd an. ›Aber das wollen Sie doch wohl nicht!‹

›Das brauche ich nicht‹, erwiderte ich. ›Geben Sie die Sachen her!‹

Der Wirt nickte dem Schankburschen zu. ›Henri, der Herr möchte gehen.‹

Henri kam mit aufgekrempelten Ärmeln heran. ›Ich würde mir das überlegen, Henri‹, sagte ich zu ihm. ›Oder brennen Sie darauf, zu sehen, wie ein deutsches Konzentrationslager von innen aussieht?‹

›Ta gueule‹, erwiderte Henri und hob die Arme nach mir.

›Schießen Sie, Sergeant!‹ sagte ich scharf und sah an seinem Kopf vorbei.

Henri fiel darauf herein. Er sah sich um, und da er die Arme noch halb erhoben hatte, trat ich ihm mit aller Kraft in seine Geschlechtsteile. Er brüllte auf und ging zu Boden. Der Wirt griff nach einer Flasche und kam um die Theke herum.

Ich nahm eine Flasche Dubonnet, die auf dem Zinkbelag stand, schlug sie gegen eine Ecke und hielt den zackigen Rest in der Hand. Der Wirt blieb stehen. Hinter mir splitterte eine zweite Flasche. Ich sah mich nicht um; ich konnte den Wirt nicht aus den Augen lassen.

›Ich bin's‹, sagte Helen und schrie den Wirt an: ›Salaud! Gib die Sachen heraus oder du hast kein Gesicht mehr!‹

Sie kam um mich herum, ihre zerbrochene Flasche in der Hand, und ging gebückt auf den Wirt los. Ich hielt sie mit der freien Hand fest. Sie mußte eine Pernodflasche erwischt haben, denn alles roch plötzlich nach Anis. Ein Strom von Hafenflüchen ergoß sich über den Wirt. Helen zerrte, halb geduckt, an meiner Hand, um loszukommen. Der Wirt trat rasch hinter die Theke zurück.

›Was geht hier vor?‹ fragte jemand von der Tür her auf deutsch.

Der Wirt begann zu grinsen. Helen wandte sich um. Der deutsche Unteroffizier, den ich vorher für Henri erfunden hatte, stand jetzt wirklich da.

›Ist er verletzt?‹ fragte der Unteroffizier.

›Das Schwein da?‹ Helen zeigte auf Henri, der noch immer die Fäuste zwischen die Beine preßte und, die Knie angezogen, auf dem Boden hockte. ›Das ist kein Blut! Das ist Dubonnet!‹

›Sind Sie Deutsche?‹ fragte der Unteroffizier.

›Ja‹, erwiderte ich. ›Und wir sind bestohlen worden.‹

›Haben Sie Papiere?‹

Der Wirt grinste; er schien etwas Deutsch zu verstehen.

›Natürlich‹, fauchte Helen. ›Und ich bitte Sie, uns zu unserem Recht zu verhelfen!‹ Sie hielt ihren Paß hoch.
›Ich bin die Schwester des Obersturmbannführers Jürgens. Hier –‹, sie zeigte auf das Datum des Passes. ›Wir wohnen im Schloß –‹ sie nannte einen Namen, den ich nie gehört hatte – ›und sind auf einen Tag nach Bordeaux gefahren. Unsere Sachen haben wir hiergelassen, bei diesem Dieb. Jetzt behauptet er, er hätte sie nie bekommen. Helfen Sie uns, bitte!‹
Sie fuhr wieder auf den Wirt los. ›Ist das wahr?‹ fragte der Unteroffizier ihn.
›Natürlich ist es wahr! Die deutsche Frau lügt nicht!‹ zitierte Helen einen der idiotischen Aussprüche des Regimes.
›Und wer sind Sie?‹ fragte mich der Unteroffizier.
›Der Chauffeur‹, erklärte ich und zupfte an meinem Monteuranzug.
›Also los!‹ schrie der Unteroffizier den Wirt an.
Der Mann hinter der Theke hatte aufgehört zu grinsen.
›Sollen wir Ihnen die Bude schließen?‹ fragte der Unteroffizier.
Helen übersetzte mit großem Genuß und fügte noch eine Anzahl ›salauds‹ und ›sales étrangers‹ hinzu. Das letzte entzückte mich besonders; einen Franzosen in seinem eigenen Land einen dreckigen Ausländer zu nennen, konnte nur von jemand voll genossen werden, der dasselbe oft genug selbst genannt worden war.
›Henri!‹ bellte der Wirt. ›Wo hast du die Sachen gelassen? Ich weiß von nichts‹, erklärte er dem Unteroffizier, ›der Bursche muß das getan haben.‹
›Er lügt‹, übersetzte Helen. ›Er schiebt die Schuld auf den Gorilla dort. Raus mit den Sachen‹, sagte sie zum Wirt. ›Sofort! Oder wir holen die Gestapo!‹
Der Wirt gab Henri einen Tritt. Er schlich davon. ›Entschuldigen Sie‹, sagte der Wirt zum Unteroffizier. ›Ein Mißverständnis. Ein Gläschen?‹
›Cognac‹, erwiderte Helen. ›Den besten.‹
Der Wirt stellte ein Glas auf den Schanktisch. Helen starrte ihn an. Er fügte zwei Gläser hinzu. ›Sie sind eine tapfere Frau‹, sagte der Unteroffizier.
›Die deutsche Frau fürchtet sich vor nichts‹, zitierte Helen die Nazi-Ideologie und legte die zerbrochene Pernodflasche weg.
›Was für einen Wagen fahren Sie?‹ fragte mich der Unteroffizier.
Ich sah ihm fest in seine harmlosen grauen Augen. ›Mercedes, den Wagen des Führers, selbstverständlich!‹
Er nickte. ›Es ist schön hier, was? Nicht so wie zu Hause, aber doch schön, finden Sie nicht?‹

›Sehr schön. Nicht wie zu Hause, das ist klar.‹
Wir tranken. Der Cognac war hervorragend. Henri kam mit unseren Sachen und legte sie auf einen Stuhl. Ich kontrollierte den Rucksack. Es war alles da.
›In Ordnung‹, sagte ich zu dem Unteroffizier.
›Es war Schuld des Burschen‹, erklärte der Wirt. ›Du bist entlassen, Henri! Scher dich raus!‹
›Danke, Unteroffizier‹, sagte Helen. ›Sie sind ein deutscher Mann und ein Kavalier.‹
Der Unteroffizier salutierte. Er war unter fünfundzwanzig Jahre alt. ›Da wäre noch die Rechnung für den Dubonnet und die Flasche Pernod, die zerbrochen worden sind‹, sagte der Wirt, der wieder Mut gefaßt hatte.
Helen übersetzte. ›Kein Kavalier‹, fügte sie hinzu. ›Es war Notwehr.‹
Der Unteroffizier nahm die nächste Flasche von der Theke. ›Erlauben Sie‹, meinte er galant. ›Schließlich sind wir nicht umsonst die Sieger!‹
›Madame trinkt keinen Cointreau‹, erklärte ich. ›Nehmen Sie den Cognac, Unteroffizier, auch wenn er schon angebrochen ist.‹
Der Unteroffizier präsentierte Helen mit der Flasche. Ich steckte sie in den Rucksack. Wir verabschiedeten uns vor der Tür. Ich hatte Sorge, daß der Soldat uns bis zu unserm Mercedes begleiten wolle; aber Helen machte das ausgezeichnet. ›So was kann bei uns nicht passieren‹, sagte der junge Mann stolz beim Abschied. ›Bei uns herrscht Ordnung.‹
Ich sah ihm nach. Ordnung, dachte ich. Mit Foltern, Genickschüssen und Massenmord! Gib mir lieber hunderttausend kleine Betrüger wie diesen Wirt!
›Wie fühlst du dich‹, fragte Helen.
›Gut. Ich wußte nicht, daß du so fluchen kannst.‹
Sie lachte. ›Ich habe es im Lager gelernt. Wie das befreit! Ein Jahr Internierung ist plötzlich von meinen Schultern geglitten! Aber wo hast du gelernt, mit zerbrochenen Flaschen zu kämpfen und Leute zu Eunuchen zu treten?‹
›Im Kampf um die Menschenrechte‹, erwiderte ich. ›Wir leben im Zeitalter der Paradoxe. Zur Erhaltung des Friedens führen wir Krieg.‹
Es war fast so. Man war gezwungen, zu lügen und zu betrügen, um sich zu verteidigen und am Leben zu bleiben. In den nächsten Wochen stahl ich den Bauern Obst von den Bäumen und Milch aus den Kellern. Es war eine glückliche Zeit. Sie war gefährlich, lächer-

lich, manchmal trostlos und oft komisch – aber sie war nie bitter. Ich habe Ihnen soeben den Zwischenfall mit dem Wirt erzählt; ähnliche Situationen gab es bald mehr. Sie kennen das wahrscheinlich auch?«

Ich nickte. »Wenn man sie so auffassen konnte, waren sie oft komisch.«

»Ich lernte es«, erwiderte Schwarz. »Durch Helen. Sie war ein Mensch, in dem sich keine Vergangenheit mehr sammelte. Das, was ich nur manchmal gefühlt hatte, wurde in ihr strahlende Wirklichkeit. Die Vergangenheit brach bei ihr jeden Tag ab wie das Eis hinter dem Reiter über den Bodensee. Dafür drängte sich alles in die Gegenwart. Das, was sich bei anderen über ein Leben verteilt, konzentrierte sich bei ihr auf den Augenblick; aber es war keine starre Konzentration. Sie war völlig gelöst, heiter wie Mozart und unerbittlich wie der Tod. Die Begriffe Moral und Verantwortung, in ihrem dumpfen Sinne, existierten nicht mehr; höhere, fast ätherische Gesetze traten an ihre Stelle. Sie hatte keine Zeit mehr für etwas anderes. Wie ein Feuerwerk sprühte sie, aber ohne Asche. Sie wollte nicht gerettet werden; ich glaubte das damals noch nicht. Sie wußte, daß sie nicht zu retten war. Da ich aber darauf bestand, ließ sie es zu – und ich, Narr, schleppte sie den Kreuzweg entlang, alle zwölf Stationen, von Bordeaux nach Bayonne und dann den endlosen Weg nach Marseille und zurück bis hierher.

Als wir zu dem Schlößchen zurückkamen, war es besetzt. Wir sahen Uniformen, Soldaten, die hölzerne Werktische heranschleppten, und ein paar Offiziere, die in Fliegerbreeches und glänzenden, hohen Stiefeln wie fremdartige Pfauen umherstolzierten.

Wir beobachteten sie vom Park aus, hinter einer Buche und einer marmornen Göttin versteckt. Es war ein seidener später Nachmittag. ›Haben wir noch etwas drüben?‹ fragte ich.

›Die Äpfel an den Bäumen, die Luft, den goldenen Oktober und unsere Träume‹, sagte Helen.

›Die haben wir überall hinterlassen‹, erwiderte ich. ›Wie fliegende Spinnweben im Herbst.‹

Der Offizier auf der Terrasse gab ein paar scharfe Kommandos. ›Die Stimme des zwanzigsten Jahrhunderts‹, sagte Helen. ›Laß uns gehen. Wo schlafen wir heute nacht?‹

›Wir werden irgendwo im Heu schlafen‹, sagte ich. ›Vielleicht auch in einem Bett. Auf jeden Fall aber zusammen.‹ «

XVI

»Erinnern Sie sich an den Platz vor dem Konsulat in Bayonne?« fragte Schwarz. »An die Viererreihen der Flüchtlinge, die sich dann lösten und in Panik den Eingang blockierten und verzweifelt stöhnten und weinten und um Platz kämpften?«
»Ich erinnere mich daran, daß es Platzzettel gab«, erwiderte ich. »Sie gaben einem das Recht, draußen zu stehen. Trotzdem blockierte die Menge den Eingang. Wenn die Fenster geöffnet wurden, stieg das Stöhnen zum Schreien und Heulen an. Die Pässe mußten aus den Fenstern heruntergeworfen werden. Dieser Wald von ausgestreckten Händen!«
Die hübschere der beiden Frauen, die in der Kneipe noch auf waren, schlenderte heran und gähnte. »Ihr seid komisch«, sagte sie. »Redet und redet! Wir aber müssen jetzt schlafen. Wenn ihr noch anderswo sitzen wollt – alle Kneipen der Stadt sind wieder in Betrieb.« Sie öffnete die Tür. Weiß und kreischend brach der Morgen herein. Die Sonne schien. Sie schloß die Tür wieder. Ich sah auf die Uhr. »Das Schiff geht nicht heute nachmittag«, erklärte Schwarz. »Es fährt erst morgen abend.«
Ich glaubte ihm nicht. Er sah es. »Gehen wir irgendwohin«, sagte er.
Der Lärm draußen nach der stillen Kneipe war im ersten Augenblick fast unerträglich. Schwarz blieb stehen. »Da rennt es und schreit es!« Er starrte auf eine Horde von Kindern, die in Körben Fische vorbeischleppten. »Immer weiter! Als ob niemand fehle!«
Wir gingen zum Hafen hinunter. Das Wasser war bewegt, der Wind war kühl und stark, die Sonne hart und ohne Wärme; Segel knatterten, und jeder war intensiv mit dem Morgen, der Arbeit und sich beschäftigt. Wir glitten durch all diese Geschäftigkeit wie ein paar welke Blätter. »Glauben Sie mir immer noch nicht, daß das Schiff erst morgen fährt?« fragte Schwarz.
Er sah sehr müde und verfallen aus in dem unbarmherzigen Licht. »Ich kann es nicht«, erwiderte ich. »Sie haben mir früher gesagt, es ginge heute. Lassen Sie uns nachfragen. Es ist zu wichtig für mich.«
»So wichtig war es auch für mich. Dann, auf einmal ist es nicht mehr wichtig.«
Ich antwortete nicht. Wir gingen weiter. Plötzlich war ich rasend ungeduldig geworden. Das schwappende, flatternde Leben rief. Die Nacht war vorbei. Wozu noch die Schattenbeschwörung?
Wir blieben vor einem Geschäft stehen, das mit Prospekten behängt

war. Im Fenster lag ein weißes Schild, das anzeigte, daß die Abfahrt des Schiffes auf den nächsten Tag verschoben sei.
»Ich bin bald am Ende«, sagte Schwarz.
Ich hatte einen Tag gewonnen. Trotz des Schildes versuchte ich die Tür. Sie war noch geschlossen. Etwa zehn Leute beobachteten mich. Sie kamen von verschiedenen Seiten ein paar Schritte näher, als ich auf die Klinke drückte. Es waren Emigranten. Als sie sahen, daß die Tür noch verschlossen war, wendeten sie sich ab und taten wieder so, als betrachteten sie die Schaufenster.
»Sie sehen, daß Sie noch etwas Zeit haben«, sagte Schwarz und schlug vor, am Hafen Kaffee zu trinken.
Er trank hastig den heißen Kaffee und hielt seine Hände um die Tasse, als fröre ihn. »Wie spät ist es?« fragte er.
»Halb acht.«
»Eine Stunde«, murmelte er. »In einer Stunde kommen sie.« Er blickte auf. »Ich will Ihnen keine Jeremiade erzählen. Hört es sich so an?«
»Nein.«
»Wie hört es sich an?«
Ich zögerte. »Wie die Geschichte einer Liebe.«
Sein Gesicht entspannte sich plötzlich. »Danke«, sagte er. Er sammelte sich. »In Biarritz begann das Verhängnis. Ich hatte gehört, von St. Jean de Luz solle ein kleines Boot abgehen. Es war nicht wahr. Als ich in die Pension zurückkehrte, sah ich Helen mit entstelltem Gesicht am Boden liegen. »Ein Krampf«, flüsterte sie. »Er geht gleich vorbei. Laß mich!«
»Ich hole sofort einen Arzt!«
»Keinen Arzt,« keuchte sie. »Nicht nötig. Es ist gleich vorbei. Geh! Komm in fünf Minuten wieder. Laß mich allein! Tu, was ich sage! Keinen Arzt! So geh doch!« schrie sie. »Ich weiß, was ich sage. Komm in zehn Minuten wieder. Dann kannst du –«
Sie winkte, ich solle gehen. Sie konnte nicht mehr sprechen; aber ihre Augen waren so voll von einem entsetzlichen, unverständlichen Flehen, daß ich hinausging. Ich stand draußen und starrte auf die Straße. Dann fragte ich nach einem Arzt. Man sagte mir, ein Doktor Dubois wohne nur ein paar Straßen weiter. Ich lief hin. Er zog sich an und kam mit mir.
Als wir zurückkamen, lag Helen auf dem Bett. Ihr Gesicht war feucht von Schweiß; aber sie war ruhiger. ›Du hast einen Arzt geholt‹, sagte sie so abweisend, als wäre ich ihr schlimmster Feind.
Doktor Dubois tänzelte heran. ›Ich bin nicht krank‹, sagte sie.
›Madame‹, erwiderte Dubois lächelnd, ›wollen Sie es nicht lieber einem Arzt überlassen, das festzustellen?‹

Er öffnete seine Tasche und holte Instrumente hervor. ›Laß uns allein‹, sagte Helen zu mir.
Ich verließ verwirrt das Zimmer. Mir fiel ein, was der Arzt im Lager gesagt hatte. Ich ging auf der Straße hin und her und starrte auf das Michelin-Schild der Garage gegenüber. Der fette Mann aus Gummischläuchen auf dem Schild wurde zu einem finsteren Symbol aus Eingeweiden und kriechenden weißen Würmern. Ich hörte das Hämmern aus der Garage, als hämmere jemand an einem blechernen Sarge, und ich wußte plötzlich, daß die Drohung schon lange hinter uns gestanden hatte, ein fahler Hintergrund, auf dem unser Leben schärfere Konturen angenommen hatte, wie ein Wald in der Sonne vor einer Gewitterwand.
Irgendwann kam Dubois zurück. Er hatte einen kleinen Spitzbart und war wahrscheinlich ein Badearzt, der für Husten und Katzenjammer leichte Sachen verschrieb. Als ich ihn herantänzeln sah, verzweifelte ich. Dies war die stille Saison in Biarritz; er mußte wohl dankbar sein für alles, was sich ihm bot. ›Ihre Frau Gemahlin –‹ sagte er.
Ich starrte ihn an. ›Was?‹ sagte ich. ›Sagen Sie, zum Teufel, die Wahrheit oder sagen Sie nichts.‹
Ein schmales, sehr schönes Lächeln veränderte ihn für einen Moment völlig. ›Dies‹, sagte er, zog einen Rezeptblock hervor und schrieb etwas Unleserliches auf. ›Hier! Besorgen Sie sich dies in der Apotheke. Lassen Sie sich das Rezept zurückgeben, wenn Sie es abgeholt haben. Sie können es immer wieder benützen. Ich habe es darauf vermerkt.‹
Ich nahm den weißen Zettel. ›Was ist es?‹ fragte ich.
›Nichts, was Sie ändern können‹, erwiderte er. ›Vergessen Sie das nicht! Nichts, was Sie noch ändern können.‹
›Was ist es? Ich will die Wahrheit wissen, keine Geheimnisse!‹
Er antwortete nicht darauf. ›Wenn Sie es brauchen, gehen Sie zu einer Apotheke‹, sagte er. ›Man wird es Ihnen geben.‹
›Was ist es?‹
›Ein starkes Beruhigungsmittel. Man bekommt es nur auf ärztliche Verschreibung.‹
Ich nahm es. ›Was bin ich Ihnen schuldig?‹
›Nichts.‹
Er tänzelte vondannen. An der Ecke der Straße drehte er sich um. ›Holen Sie es, und lassen Sie es irgendwo liegen, wo Ihre Frau es finden kann! Reden Sie nicht mit ihr darüber. Sie weiß alles. Sie ist bewundernswert.‹

›Helen‹, sagte ich zu ihr. ›Was bedeutet dies alles? Du bist krank. Warum willst du nicht mit mir darüber sprechen?‹

›Quäle mich nicht‹, erwiderte sie sehr matt. ›Laß mich so leben, wie ich es will.‹

›Willst du nicht mit mir darüber sprechen?‹

Sie schüttelte den Kopf. ›Es ist nichts zu sprechen.‹

›Ich kann dir nicht helfen?‹

›Nein, Liebster‹, erwiderte sie. ›Diesmal kannst du mir nicht helfen. Wenn du es könntest, würde ich es dir sagen.‹

›Ich habe noch den letzten Degas. Ich kann ihn hier verkaufen. Es gibt reiche Leute in Biarritz. Wir bekommen genug Geld dafür, um dich in ein Krankenhaus zu bringen.‹

›Damit man mich einsperrt? Es würde auch nichts nützen. Glaube es mir!‹

›Ist es so schlimm?‹

Sie sah mich so gehetzt und trostlos an, daß ich nicht weiter fragte. Ich beschloß, später zu Dubois zu gehen und ihn noch einmal zu fragen.«

Schwarz schwieg. »Hatte sie Krebs?« fragte ich.

Er nickte. »Ich hätte es längst ahnen sollen. Sie war in der Schweiz gewesen, und man hatte ihr damals gesagt, daß man sie noch einmal operieren könne, aber es würde nichts nützen. Sie war bereits vorher operiert worden; das war die Narbe, die ich gesehen hatte. Der Professor hatte ihr dann die Wahrheit gesagt. Sie konnte wählen zwischen ein paar mehr nutzlosen Operationen und einem kurzen Stück Leben ohne Krankenhaus. Er hatte ihr auch erklärt, daß man nicht bestimmt sagen könne, ob das Hospital ihr Leben verlängern würde. Sie hatte sich gegen die Operationen entschieden.«

»Sie wollte es Ihnen nicht sagen?«

»Nein. Sie haßte die Krankheit. Sie versuchte, sie zu ignorieren. Sie fühlte sich beschmutzt, als ob Würmer in ihr herumkröchen. Sie hatte das Gefühl, daß die Krankheit ein qualliges Tier sei, das in ihr lebte und wüchse. Sie glaubte, ich würde mich vor ihr ekeln, wenn ich es wüßte. Vielleicht hoffte sie auch immer noch, sie könne die Krankheit ersticken, indem sie keine Kenntnis davon nähme.«

»Haben Sie mit ihr nie darüber gesprochen?«

»Kaum«, sagte Schwarz. »Sie hat mit Dubois gesprochen, und ich habe Dubois später gezwungen, es mir zu berichten. Von ihm bekam ich dann die Mittel. Er erklärte mir, daß die Schmerzen zunehmen würden; aber es könne auch sein, daß alles rasch und barmherzig ende. Mit Helen sprach ich nicht. Sie wollte nicht. Sie drohte mir,

sie werde sich töten, wenn ich ihr keine Ruhe ließe. Ich tat dann so, als glaube ich ihr – als seien es Krämpfe harmloser Natur.
Wir mußten fort aus Biarritz. Wir betrogen uns gegenseitig. Helen beobachtete mich und ich sie, aber bald gewann der Betrug eine seltsame Macht. Er vernichtete zunächst das, was ich am meisten fürchtete: den Begriff der Zeit. Die Einteilung in Wochen und Monaten zerfiel, und die Furcht vor der Kürze der Zeit, die wir noch hatten, wurde dadurch durchsichtig wie Glas. Die Angst verdeckte nicht mehr; sie schützte eher unsere Tage. Alles, was stören konnte, prallte an ihr ab; es kam nicht mehr hinein. Ich hatte meine Verzweiflungsanfälle, wenn Helen schlief. Dann starrte ich auf ihr Gesicht, das leise atmete, und auf meine gesunden Hände und begriff die entsetzliche Verlassenheit, die unsere Haut uns auferlegt, die Trennung, die nie zu überbrücken ist. Nichts von meinem gesunden Blut konnte das geliebte kranke Blut retten. Das ist nicht zu verstehen, und der Tod ist nicht zu verstehen.
Der Augenblick wurde alles. Morgen lag in endloser Ferne. Wenn Helen erwachte, begann der Tag, und wenn sie schlief, und ich fühlte sie neben mir, begann das Oszillieren von Hoffnung und Trostlosigkeit, von Plänen, die auf Traummauern gebaut waren, von pragmatischen Wundern und einer Philosophie des Noch-Habens und Augenschließens, die im frühen Licht erlosch und im Nebel ertrank.
Es wurde kalt. Ich trug den Degas bei mir, der das Fahrgeld nach Amerika darstellte, und hätte ihn gern jetzt verkauft; aber in den kleinen Städten und Dörfern gab es niemand, der etwas dafür bezahlen wollte. An manchen Plätzen arbeiteten wir. Ich lernte Feldarbeit. Ich hackte und grub; ich wollte etwas tun. Wir waren nicht die einzigen. Ich sah Professoren Holz sägen und Opernsänger Rüben hacken. Die Bauern waren, wie Bauern sind; sie nützten die Gelegenheit aus, billige Arbeiter zu finden. Manche zahlten etwas; andere gaben Essen und erlaubten einem, nachts irgendwo zu schlafen. Und manche jagten die Bittenden fort. So wanderten und fuhren wir auf Marseille zu. Waren Sie in Marseille?«
»Wer war nicht da?« sagte ich. »Es war der Jagdplatz der Gendarmen und der Gestapo. Sie fingen die Emigranten vor den Konsulaten ab wie Hasen.«
»Sie fingen uns auch beinahe«, erwiderte Schwarz. »Dabei tat der Präfekt im Service étrangers von Marseille alles, um Emigranten zu retten. Ich war immer noch besessen davon, ein amerikanisches Visum zu bekommen. Es schien mir, als könne es selbst den Krebs zum Stillstand bringen. Sie wissen, daß kein Visum erteilt wurde,

wenn nicht nachgewiesen werden konnte, daß man sehr gefährdet sei, oder wenn man nicht in Amerika auf eine Liste bekannter Künstler, Wissenschaftler oder Intellektueller gesetzt wurde. Als ob wir nicht alle gefährdet gewesen wären – und als ob Mensch nicht Mensch wäre! Ist der Unterschied zwischen wertvollen und gewöhnlichen Menschen nicht eine ferne Parallele zu den Übermenschen und den Untermenschen?«
»Sie können nicht alle nehmen«, erwiderte ich.
»Nein?« fragte Schwarz. Ich antwortete nicht. Was war da zu antworten? Ja und Nein waren dasselbe.
»Warum dann nicht die Verlassensten?« fragte Schwarz. »Die ohne Namen und ohne Verdienst?«
Ich antwortete wieder nicht. Schwarz hatte zwei amerikanische Visa – was wollte er? Wußte er denn nicht, daß Amerika jedem ein Visum gab, für den jemand drüben bürgte, daß er dem Staat nicht zur Last fallen würde?
Er sagte es im nächsten Augenblick. »Ich kenne niemand drüben; aber jemand gab mir eine Adresse in New York. Ich schrieb hin; ich schrieb auch noch an andere. Ich schilderte unsere Lage. Dann sagte mir ein Bekannter, daß ich es falsch gemacht habe; Kranke würden nicht in die Vereinigten Staaten eingelassen. Unheilbar Kranke schon gar nicht. Ich müsse Helen als gesund ausgeben. Helen hatte einen Teil der Unterhaltung mit angehört. Es war nicht zu vermeiden; niemand sprach über etwas anderes in diesem verstörten Bienenschwarm Marseille.
Wir saßen an diesem Abend in einem Restaurant in der Nähe der Cannebière. Der Wind fegte durch die Straßen. Ich war nicht entmutigt. Ich hoffte, einen menschlichen Arzt zu finden, der Helen ein Gesundheitsattest geben würde. Wir spielten immer noch dasselbe Spiel: daß wir einander glaubten, daß ich nichts wüßte. Ich hatte an den Präfekten ihres Lagers geschrieben, uns zu bestätigen, daß wir gefährdet seien. Wir hatten ein kleines Zimmer gefunden; ich hatte eine Aufenthaltserlaubnis für eine Woche bekommen und arbeitete nachts schwarz in einem Restaurant als Tellerwäscher; wir hatten etwas Geld, und ein Apotheker hatte mir auf das Rezept von Dubois zehn Ampullen Morphium gegeben, – wir besaßen also für den Augenblick alles, was wir brauchten.
Wir saßen am Fenster des Restaurants und sahen auf die Straße. Wir konnten uns diesen Luxus erlauben, weil wir uns eine Woche lang nicht verstecken mußten. Plötzlich erschrak Helen und griff nach meiner Hand. Sie starrte in die wehende Dunkelheit. ›Georg!‹ flüsterte sie.

›Wo?‹
›In dem offenen Auto dort. Ich habe ihn erkannt. Er ist gerade vorbeigefahren.‹
›Hast du ihn bestimmt erkannt?‹
Sie nickte.
Es schien mir fast unmöglich. Ich versuchte, bei mehreren vorbeifahrenden Wagen die Leute, die darin saßen, zu sehen. Es gelang mir nicht; aber das beruhigte mich nicht.
›Warum sollte er gerade in Marseille sein‹, sagte ich und wußte sofort, daß er, wenn er irgendwo sein würde, natürlich in Marseille wäre – dem letzten Fluchtort der Emigranten aus Frankreich.
›Wir müssen fort von hier‹, sagte ich.
›Wohin?‹
›Nach Spanien.‹
›Ist Spanien nicht noch gefährlicher?‹
Es bestanden Gerüchte, daß die Gestapo in Spanien wie zu Hause sei und daß Emigranten verhaftet und ausgeliefert worden seien; aber es gab zahllose Gerüchte in dieser Zeit, und man konnte nicht alle glauben.
Ich versuchte wieder den alten Weg: das spanische Durchreisevisum, das nur gegeben wurde, wenn ein portugiesisches Visum da war; und dies wieder war abhängig von einem Visum für ein anderes Land. Dazu kam dann noch die rätselhafteste aller bürokratischen Schikanen: das Ausreisevisum aus Frankreich.
Eines Abends hatten wir Glück. Ein Amerikaner sprach uns an. Er war etwas betrunken und suchte jemand, mit dem er englisch sprechen konnte. Nach einigen Minuten saß er an unserm Tisch und traktierte uns mit Getränken. Er war ungefähr fünfundzwanzig Jahre alt und wartete auf ein Schiff, um nach Amerika zurückzukehren. ›Warum kommen Sie nicht mit?‹ fragte er.
Ich schwieg einen Augenblick. Die naive Frage schien das Tischtuch zwischen uns zu zerreißen. Da saß ein Mensch von einem anderen Planeten. Das, was für ihn so selbstverständlich war wie Sprechen, war für uns so unerreichbar wie das Siebengestirn. ›Wir haben keine Visa‹, sagte ich schließlich.
›Lassen Sie sich doch morgen welche geben. Unser Konsulat ist hier in Marseille. Sehr nette Leute da.‹
Ich kannte die netten Leute. Es waren Halbgötter; um nur ihre Sekretäre zu sehen, wartete man Stunden auf der Straße. Später wurde erlaubt, im Keller zu warten, da öfter Emigranten auf der Straße von Gestapobeamten abgefangen worden waren.
›Ich gehe mit Ihnen morgen hin‹, sagte der Amerikaner.

›Gut‹, erwiderte ich und glaubte ihm nicht.
›Darauf wollen wir trinken.‹
Wir tranken. Ich sah das frische, ahnungslose Gesicht vor mir und konnte es kaum ertragen. Helen war fast durchsichtig an diesem Abend, als der Amerikaner uns von Broadways Lichtermeer erzählte. Fabelgeschichten in einer finsteren Stadt. Ich sah Helens Gesicht, als die Namen von Schauspielern aufklangen, von Stücken, von Lokalen, von dem ganzen holden Aufruhr einer Stadt, die nie einen Krieg gekannt hatte; ich war elend und trotzdem froh, daß sie zuhörte, denn bisher hatte sie allem, was Amerika hieß, eine sonderbar schweigende Passivität entgegengesetzt. Im Zigarettenrauch der Kneipe gewann ihr Gesicht mehr und mehr Leben, sie lachte und versprach, mit dem jungen Mann in ein bestimmtes Stück zu gehen, das er besonders liebte, wir tranken und wußten, daß am Morgen alles vergessen sein würde.
Es war nicht vergessen. Um zehn Uhr erschien der Amerikaner, um uns abzuholen. Ich hatte einen Katzenjammer, und Helen weigerte sich, mitzugehen. Es regnete; wir kamen zu dem dichtgedrängten Klumpen der Emigranten. Es war wie ein Traum; wir durchschritten ihn, er teilte sich vor uns wie das Rote Meer vor den israelitischen Emigranten des Pharao. Der grüne Paß des Amerikaners war der Goldene Schlüssel des Märchens, der jedes Tor öffnete.
Das Unbegreifliche geschah. Nonchalant erklärte der junge Mann, als er hörte, worum es sich handle, daß er für uns bürgen wolle. Es klang mir widersinnig; er war so jung. Mir schien, er müsse für so etwas älter sein als ich. Wir blieben ungefähr eine Stunde im Konsulat. Ich hatte Wochen vorher schon niedergeschrieben, warum wir gefährdet seien. Ich hatte mit Mühe durch Zweite und Dritte über die Schweiz eine Bestätigung bekommen, daß ich in einem Lager in Deutschland gewesen sei, und eine andere, daß Georg nach Helen und mir suche, um uns zurückzubringen. Mir wurde gesagt, in einer Woche wiederzukommen. Draußen schüttelte mir der junge Amerikaner die Hand. ›Nett, daß wir uns getroffen haben. Hier –‹ er kramte eine Visitenkarte hervor, ›rufen Sie mich an, wenn Sie drüben sind.‹
Er winkte mir zu und wollte weggehen. ›Und wenn etwas passiert? Wenn ich Sie noch brauche?‹ fragte ich.
›Was soll noch passieren? Alles ist in Ordnung.‹ Er lachte. ›Mein Vater ist ziemlich bekannt. Ich habe gehört, daß morgen ein Boot nach Oran geht; das möchte ich nehmen, bevor ich zurückfahre. Wer weiß, wann ich wieder herkomme. Besser, noch anzusehen, was man kann.‹

Er verschwand. Ein halbes Dutzend Emigranten umringte mich und wollten seinen Namen und seine Adresse wissen; sie ahnten, was geschehen war, und wollten dasselbe für sich. Als ich ihnen sagte, ich wüßte nicht, wo er in Marseille wohne, beschimpften sie mich. Ich wußte es tatsächlich nicht. Ich zeigte ihnen die Karte mit der amerikanischen Adresse. Sie schrieben sie auf. Ich sagte ihnen, es sei nutzlos, der Mann wolle nach Oran. Sie erklärten, dann würden sie am Dampfer auf ihn warten. Ich kam in zwiespältiger Stimmung nach Hause. Vielleicht hatte ich alles verdorben, weil ich die Karte gezeigt hatte; aber ich war im Augenblick entschlußlos gewesen, und je weiter ich ging, umso aussichtsloser erschien mir ohnehin alles.

Ich sagte es Helen. Sie lächelte. Sie war sehr sanft an diesem Abend. In dem kleinen Zimmer, das wir besaßen und das wir von einem Untermieter untergemietet hatten – Sie kennen ja die Adressen, die von Mund zu Mund weitergegeben werden –, sang ein unermüdlicher, grüner Kanarienvogel, für dessen Pflege wir uns verpflichtet hatten. Eine fremde Katze kam wieder und wieder von den umliegenden Dächern und hockte im Fenster, die gelben Augen starr auf den Vogel gerichtet, der in seinem Drahtbauer von der Decke hing. Es war kalt, aber Helen wollte die Fenster offen haben. Ich wußte, daß sie Schmerzen hatte; es war eines der Zeichen.

Das Haus wurde erst spät ruhig. ›Erinnerst du dich noch an das kleine Schloß?‹ fragte Helen.

›Ich erinnere mich daran, als ob jemand es mir erzählt hätte‹, erwiderte ich. ›Als ob nicht ich, sondern ein anderer dagewesen sei.‹

Sie sah mich an. ›Vielleicht stimmt das. Jeder hat mehrere Personen in sich‹, sagte sie dann. ›Ganz verschiedene. Und manchmal werden sie selbständig und regieren eine Zeitlang, und man ist ein anderer Mensch, einer, den man vorher nie gekannt hat. Aber man kommt zurück! Kommt man nicht?‹ fragte sie drängend.

›Ich hatte nie mehrere Personen in mir‹, erklärte ich. ›Ich bin immer monoton derselbe.‹

Sie schüttelte heftig den Kopf. ›Wie du dich irrst! Du wirst erst später merken, wie du dich irrst.‹

›Wie meinst du das?‹

›Vergiß es. Sieh die Katze im Fenster! Und den ahnungslos singenden Vogel! Wie das Opfer jubiliert!‹

›Sie wird ihn nie bekommen. Er ist sicher in seinem Käfig.‹

Helen brach in Lachen aus. ›Sicher in seinem Käfig‹, wiederholte sie. ›Wer will in einem Käfig sicher sein?‹

Gegen Morgen wachten wir auf. Die Concierge schimpfte und schrie. Ich öffnete die Tür, angezogen und fertig zur Flucht, aber ich sah keine Polizei. ›Das Blut!‹ schrie die Frau. ›Konnte sie das nicht anderswo machen? Die Schweinerei! Und jetzt kommt die Polizei! Das kommt davon, wenn man menschenfreundlich ist! Man wird ausgenutzt! Und die Miete ist sie schuldig seit fünf Wochen!‹

Auf dem engen Korridor drängten sich im grauen Licht die Bewohner der andern Zimmer und starrten in den Raum nebenan. Eine Frau von ungefähr sechzig Jahren hatte dort Selbstmord begangen. Sie hatte sich die linke Pulsader aufgeschnitten. Das Blut war am Bett heruntergelaufen. ›Holt den Doktor‹, sagte Lachmann, ein Emigrant aus Frankfurt, der in Marseille mit Rosenkränzen und Heiligenbildern handelte.

›Doktor!‹ zeterte die Concierge. ›Die ist seit Stunden tot, sehen Sie das nicht? Das passiert, wenn man euch aufnimmt! Jetzt kommt die Polizei! Soll sie euch alle verhaften! Und das Bett – wer macht das sauber?‹

›Wir können es saubermachen‹, sagte Lachmann. ›Lassen Sie die Polizei aus dem Spiele!‹

›Und die Miete? Wo bleibt die?‹

›Wir können dafür sammeln‹, erwiderte eine alte Frau in einem roten Kimono. ›Wo sollen wir denn sonst hin? Seien Sie barmherzig!‹

›Ich bin barmherzig gewesen! Man wird nur ausgenutzt, das ist alles. Was hat sie denn für Sachen gehabt? Nichts!‹

Die Concierge suchte. Das nackte Licht der einzigen Birne im Zimmer war gelb und fahl. Unter dem Bett stand ein Koffer aus billigstem Vulkanfiber. Die Concierge kniete an der Schmalseite des eisernen Bettes nieder, an der kein Blut heruntergelaufen war, und zerrte den Koffer hervor. Ihr dicker Hintern, der in einem gestreiften Hauskleid steckte, wirkte wie der eines riesigen obszönen Insektes, das sein Opfer auffressen will. Sie öffnete den Koffer. Nichts! Ein paar Lumpen! Durchgelaufene Schuhe.‹

›Da!‹ sagte die alte Frau. Sie hieß Lucie Löwe und verkaufte schwarz Ausschuß-Strümpfe und kittete zerbrochenes Porzellan.

Die Concierge öffnete ein Schächtelchen. Auf rosa Watte gebettet, enthielt es eine kleine Kette und einen Ring mit einem kleinen Stein.

›Gold?‹ fragte die dicke Frau. ›Sicher nur vergoldet!‹

›Gold‹, sagte Lachmann.

›Wenn es Gold wäre, hätte sie ihn verkauft‹, erklärte die Concierge, ›bevor sie das da getan hätte.‹

›Man tut das da nicht immer nur aus Hunger‹, erwiderte Lachmann ruhig. ›Das ist Gold. Und der kleine Stein ist ein Rubin. Wert mindestens sieben- bis achthundert Francs.‹
›Unsinn!‹
›Wenn Sie wollen, kann ich ihn für Sie verkaufen.‹
›Und mich dabei reinlegen, was? Nein, mein Lieber, nicht mich!‹

Sie mußte die Polizei rufen. Das war nicht zu vermeiden. Die Emigranten, die im Hause wohnten, verschwanden in dieser Zeit. Die meisten gingen auf ihre Tour – zu den Konsulaten oder um etwas zu verkaufen oder Arbeit zu finden –, die andern in die nächste Kirche, um dort auf Nachrichten von einem von ihnen zu warten, der an der Straßenecke als Beobachtungsposten zurückgelassen wurde. Kirchen waren sicher.
Es wurde gerade eine Messe zelebriert. In den Seitengängen hockten Frauen wie dunkle, kleine Hügel in schwarzen Kleidern vor den Beichstühlen. Die Kerzen brannten ohne Regung, eine Orgel brauste, und das Licht schimmerte auf dem goldenen Kelch, den der Priester hob und in dem das Blut Christi war, der die Welt damit erlöst hatte. Zu was hatte es geführt? Zu blutigen Kreuzzügen, religiösem Fanatismus, den Foltern der Inquisition, Hexenverbrennungen und Ketzermorden – alles im Namen der Nächstenliebe.
›Wollen wir nicht zum Bahnhof gehen?‹ fragte ich Helen. ›Es ist wärmer im Wartesaal als hier in der Kirche.‹
›Warte noch einen Augenblick.‹
Sie ging zu einer Bank unter der Kanzel und kniete dort nieder. Ich weiß nicht, ob sie betete und zu wem, ich dachte nur plötzlich an den Tag, als ich im Dom von Osnabrück auf sie wartete. Damals hatte ich einen Menschen wiedergefunden, den ich nicht gekannt hatte und der mir von Tag zu Tag fremder und vertrauter geworden war. Jetzt war es wieder so, aber sie entglitt mir, ich fühlte das, in einen Bezirk, der keine Namen mehr kannte, nur Dunkelheit und vielleicht unbekannte Gesetze der Dunkelheit – sie wollte es nicht und sie kam zurück, aber sie gehörte nicht mehr so zu mir, wie ich es glauben wollte, sie hatte vielleicht nie so zu mir gehört; wer gehört schon zu wem, und was ist das: Zusammengehören, dieses bürgerliche Wort hoffnungsloser Illusion? Aber immer wieder, wenn sie zurückkehrte, wie sie es nannte, für eine Stunde, für einen Blick, für eine Nacht, kam ich mir vor wie ein Buchhalter, der nicht rechnen soll, sondern ohne Frage hinnehmen, was eine Schweifende, Unglückliche, Geliebte, Verdammte ihm ist! Ich weiß, es gibt andere Namen dafür, billige, rasche und abfällige – aber die mögen für

andere Verhältnisse sein und für Menschen, die glauben, daß ihre egoistischen Gesetze Votivtafeln Gottes sind. Einsamkeit sucht Gefährten und fragt nicht, wer es ist. Wer das nicht weiß, war nie einsam, sondern nur allein.
›Worum hast du gebetet?‹ fragte ich und bereute es sofort.
Sie sah mich mit einem sonderbaren Blick an. ›Um das Visum nach Amerika‹, erwiderte sie dann, und ich wußte, daß sie log. Eine Sekunde dachte ich, daß sie um das Gegenteil gebetet hätte; denn immer wieder fühlte ich den passiven Widerstand, den sie der Reise entgegensetzte. ›Amerika?‹ hatte sie einmal nachts gesagt, ›was willst du da? Wozu so weit weglaufen? In Amerika wird es wieder ein anderes Amerika sein, wohin du mußt, und dann wieder eine neue Fremde, siehst du das nicht?‹ Sie wollte nichts Neues mehr. Sie glaubte an nichts mehr. Der Tod, der in ihr fraß, wollte nicht mehr weglaufen. Er regierte sie wie ein Vivisektor, der beobachtet, was geschieht, wenn man ein Organ und noch eines und eine Zelle und noch eine verändert und zerstört. Die Krankheit spielte ein grauenhaftes Maskenspiel mit ihr, so wie wir ein harmloses im Schloß mit Kostümen gespielt hatten, und manchmal sah mich mit flackernden Augen aus einem schmalen Schädel ein Mensch an, der mich haßte, manchmal einer, der trostlos ergeben war, manchmal ein entsetzlich tapferer Spieler, manchmal eine Frau, die nichts als Hunger und Verzweiflung war, aber dann immer wieder ein Mensch, der nur mich noch hatte, um aus dem Dunkel zurückzukehren, und der dankbar dafür war in seinem angstvollen und furchtlosen Schauder vor dem Erlöschen.
Der Spion kam und meldete, daß die Polizei fort sei.
›Wir hätten ins Museum gehen sollen‹, erklärte Lachmann, ›da ist geheizt.‹
›Gibt es eins hier?‹ fragte eine bucklige junge Frau, deren Mann von den Gendarmen gefaßt worden war und die seit sechs Wochen auf ihn wartete.
›Natürlich.‹
Ich mußte an den toten Schwarz denken. ›Wollen wir hingehen?‹ fragte ich Helen.
›Nicht jetzt. Laß uns zurückgehen.‹
Ich wollte nicht, daß sie die Tote noch einmal sähe; aber sie ließ sich nicht abhalten. Als wir zurückkamen, hatte sich die Concierge beruhigt. Vielleicht hatte sie auch die Kette und den Ring schätzen lassen. ›Die arme Frau‹, sagte sie. ›Jetzt hat sie nicht einmal einen Namen.‹
›Hatte sie gar keine Papiere?‹

›Sie hatte ein Sauf-conduit. Das haben die andern genommen, bevor die Polizei kam, und Streichhölzer gezogen, wer es bekommen sollte. Die Kleine mit den roten Haaren hat es gewonnen.‹
›Ach so, natürlich; die hat ja gar keine Papiere. Es war der Toten sicher recht.‹
›Wollen Sie sie sehen?‹
›Nein‹, sagte ich.
›Ja‹, sagte Helen.
Ich ging mit ihr. Die Tote war völlig ausgeblutet. Als wir heraufkamen, waren zwei Emigrantinnen dabei, sie zu waschen. Sie drehten sie gerade um wie ein weißes Brett. Die Haare hingen zu Boden.
›Raus!‹ zischte eine mir zu.
Ich ging. Helen blieb. Nach einiger Zeit kam ich zurück, um sie zu holen. Sie stand allein in der schmalen Kammer am Fußende des Bettes und starrte auf das weiße, eingefallene Gesicht, in dem ein Auge nicht ganz geschlossen war. ›Komm jetzt‹, sagte ich.
›So sieht man dann aus‹, flüsterte sie. ›Wo wird sie begraben?‹
›Ich weiß es nicht. Da wo die Armen begraben werden. Wenn es etwas kostet, wird die Concierge schon dafür sammeln.‹
Helen erwiderte nichts. Die kalte Luft wehte durch das offene Fenster. ›Wann wird sie begraben?‹ fragte sie.
›Morgen oder übermorgen. Vielleicht wird sie auch abgeholt zu einer Obduktion.‹
›Warum? Glaubt man nicht, daß sie sich getötet hat?‹
›Das wird man schon glauben.‹
Die Concierge kam herauf. ›Sie wird morgen abgeholt für eine Klinik zur Autopsie. Die jungen Ärzte lernen operieren an solchen Leichen. Ihr kann's ja gleich sein, und es kostet so nichts. Wollen Sie eine Tasse Kaffee?‹
›Nein‹, sagte Helen.
›Ich brauche eine‹, erwiderte die Concierge. ›Sonderbar, wie es einen aufregt, was? Dabei müssen wir doch alle sterben.‹
›Ja‹, sagte Helen. ›Aber keiner will es glauben.‹

Nachts erwachte ich. Sie saß im Bett und schien zu horchen. ›Riechst du es auch?‹ fragte sie.
›Was?‹
›Die Tote. Man riecht sie. Schließ das Fenster.‹
›Man riecht nichts, Helen. Das geht nicht so schnell.‹
›Man riecht es.‹
›Es sind vielleicht die Zweige.‹ Die Emigranten hatten gesammelt und ein paar Lorbeerzweige und eine Kerze zu der Toten hineingestellt.

›Wozu haben sie die Zweige hineingestellt? Sie wird morgen zerstückelt, und dann werfen sie die Stücke in einen Eimer und verkaufen sie als Abfallfleisch für Tiere.‹

›Sie verkaufen sie nicht. Sie lassen die autopsierte Leiche verbrennen oder begraben‹, erklärte ich und legte den Arm um Helen. Sie wich aus. ›Ich will nicht zerstückelt werden‹, sagte sie.

›Warum solltest du denn zerstückelt werden?‹

›Versprich mir das‹, sagte sie, ohne mich zu hören.

›Das kann ich dir leicht versprechen.‹

›Schließ das Fenster. Ich rieche es wieder.‹

Ich stand auf und schloß das Fenster. Draußen stand ein heller Mond, und die Katze hockte neben dem Fenster. Sie fauchte und sprang weg, als der Flügel des Fensters sie streifte. ›Was war das?‹ fragte Helen hinter mir.

›Die Katze.‹

›Sie spürt es auch, siehst du?‹

Ich drehte mich um. ›Sie sitzt hier jede Nacht und wartet, daß der Kanarienvogel aus seinem Käfig herauskommen soll. Schlaf weiter, Helen. Du hast geträumt. Man riecht wirklich nichts vom andern Zimmer her.‹

›Dann bin ich es, die riecht?‹

Ich starrte sie an. ›Niemand riecht hier, Helen, du hast geträumt.‹

›Wenn sie es nicht ist, muß ich es sein. Laß das Lügen!‹ erwiderte sie plötzlich scharf.

›Mein Gott, Helen, niemand riecht! Wenn es nach irgend etwas riechen könnte, dann nach Knoblauch aus dem Restaurant unten. Hier!‹ Ich nahm eine kleine Flasche Eau de Cologne – etwas, mit dem ich damals gerade schwarzhandelte – und spritzte ein paar Tropfen umher. ›So, jetzt ist die Luft frisch.‹

Sie saß noch immer aufrecht im Bett. ›Du gibst es also zu‹, sagte sie. ›Sonst hättest du das Eau de Cologne nicht gebraucht.‹

›Da ist nichts zuzugeben. Ich habe es nur getan, um dich zu beruhigen.‹

›Ich weiß, daß du es glaubst‹, erwiderte sie. ›Du glaubst, ich rieche. So wie die nebenan. Lüg nicht! Ich sehe es an deinen Blicken, ich sehe es schon lange! Meinst du, ich spürte nicht, wie du mich ansiehst, wenn du glaubst, ich sähe es nicht! Ich weiß, daß du dich vor mir ekelst, ich weiß es, ich sehe es, ich fühle es jeden Tag. Ich weiß, was du glaubst! Du glaubst nicht an das, was die Ärzte sagen! Du glaubst an etwas anderes, und du denkst, du kannst es riechen, und du ekelst dich vor mir! Warum bist du nicht ehrlich und sagst es?‹

Ich stand eine Weile sehr still. Wenn sie noch mehr zu sagen hatte, sollte sie es sagen. Aber sie schwieg. Ich spürte, wie sie zitterte. Sie saß im Bett, ein undeutlicher, blasser, vorgeneigter Bogen, aufgestützt auf die Arme, mit Augen, die zu groß in den Höhlen lagen, und dem stark geschminkten Mund – sie schminkte ihn seit Tagen auch vor dem Schlafengehen – und starrte mich an – wie ein verwundetes Tier, das mich anspringen wollte.
Es dauerte lange, bis sie sich beruhigte. Schließlich klopfte ich bei Baum im ersten Stock an die Tür und kaufte eine Taschenflasche Cognac von ihm. Wir saßen auf dem Bett und tranken sie und warteten auf den Morgen. Die Männer, die die Leiche abholten, kamen früh. Sie trampelten mit schweren Schuhen die Treppen herauf. Ihre Bahre stieß an die Mauern des schmalen Korridors. Man hörte ihre Witze dumpf durch die dünne Wand. Eine Stunde später kamen die neuen Mieter.«

XVII

»Ich handelte einige Tage mit Küchenutensilien, Reiben aus Blech, Messern, Gemüseschneidern und kleinen Sachen, für die man keinen verdächtigen Koffer brauchte. Zweimal kam ich früher als sonst in unser Zimmer zurück und fand Helen nicht vor. Ich wartete und wurde unruhig; aber die Concierge erklärte mir, daß niemand sie geholt habe. Sie sei vor einigen Stunden fortgegangen. Das passiere öfter.
Sie kam spät abends zurück. Ihr Gesicht war verschlossen. Sie sah mich nicht an. Ich wußte nicht, was zu tun, aber sie nicht zu fragen, wäre noch sonderbarer gewesen, als sie zu fragen. ›Wo warst du, Helen?‹ fragte ich deshalb doch.
›Spazieren‹, erwiderte sie.
›Bei dem Wetter?‹
›Ja, bei dem Wetter. Kontrolliere mich nicht!‹
›Ich kontrolliere dich nicht.‹, sagte ich. ›Ich hatte nur Sorge, daß die Polizei dich gefaßt hätte.‹
Sie lachte hart. ›Die Polizei faßt mich nicht mehr.‹
›Ich wollte, ich könnte das glauben.‹
Sie starrte mich an. ›Wenn du weiter fragst, gehe ich wieder. Ich kann nicht ertragen, immer beobachtet zu werden, verstehst du das nicht? Die Häuser draußen beobachten mich nicht! Ich bin ihnen gleichgültig. Ich bin den Menschen gleichgültig, die an mir vorbeigehen. Sie fragen mich nicht und beobachten mich nicht!‹

Es wurde mir klar, was sie meinte. Draußen wußte niemand von ihrer Krankheit. Dort war sie kein Patient; sie war eine Frau. Und sie wollte eine Frau bleiben. Sie wollte leben; aber ein Patient zu sein, hieß für sie, langsam zu sterben.
Nachts weinte sie im Schlaf. Am Morgen hatte sie alles vergessen. Es war das Zwielicht, das sie nicht ertragen konnte. Es legte sich wie ein vergiftetes Spinnennetz auf ihr geängstigtes Herz. Ich sah, daß sie mehr und mehr Betäubungsmittel brauchte. Ich fragte Lewisohn, der früher Arzt gewesen war und jetzt mit Horoskopen handelte. Er sagte mir, daß es längst zu spät sei für irgend etwas anderes. Es war dasselbe, was Dubois gesagt hatte.
Von nun an kam sie öfter spät nach Hause. Sie fürchtete sich davor, daß ich sie fragen würde. Ich tat es nicht. Einmal kam ein Strauß Rosen an, als ich allein da war. Ich ging fort, und als ich zurückkam, war er verschwunden. Sie begann zu trinken. Ein paar Leute hielten es für nötig, mir mitzuteilen, daß sie sie in Bars gesehen hätten, nicht allein. Ich klammerte mich an das amerikanische Konsulat. Ich hatte nun die Erlaubnis erhalten, im Vorraum zu warten; aber die Tage vergingen und nichts ereignete sich.

Dann fing man mich. Zwanzig Meter vom Konsulat entfernt, riegelte Polizei plötzlich die Zugänge ab. Ich versuchte, das Konsulat zu erreichen, aber das machte mich verdächtig. Wer im Konsulat war, war gerettet. Ich sah Lachmann in der Tür verschwinden, riß mich los, brach durch und fiel über den vorgesetzten Fuß eines Gendarmen. ›Den Burschen auf alle Fälle!‹ sagte ein lächelnder Mann in Zivil. ›Er hat's merkwürdig eilig.‹ Unsere Papiere wurden kontrolliert. Sechs von uns wurden festgehalten. Die Polizei zog sich zurück. Eine Anzahl Zivilisten umgab uns plötzlich. Wir wurden abgedrängt, in einen geschlossenen Lastwagen verladen und zu einem Hause in der Vorstadt gebracht, das ziemlich einsam in einem Garten lag. Das klingt wie ein schlechter Film«, sagte Schwarz. »Aber waren nicht die letzten neun Jahre alle ein kitschiger, blutiger Film?«
»War es die Gestapo?« fragte ich.
Schwarz nickte. »Es scheint mir heute wie ein Wunder, daß sie mich nicht vorher gefaßt hatten. Ich wußte, daß Georg nicht aufhören würde, uns zu suchen. Der lächelnde junge Mann erklärte mir das, als man mir meine Papiere abnahm. Unglücklicherweise war Helens Paß auch dabei; ich hatte ihn zum Konsulat mitgenommen. ›Endlich haben wir eines unserer Fischlein‹, sagte der junge Mann. ›Da wird das andere auch bald kommen.‹ Er lächelte und

schlug mir mit einer Hand voll mit Ringen ins Gesicht. ›Meinen Sie nicht auch, Schwarz?‹
Ich wischte mir das Blut ab, das die Ringe aus meiner Lippe springen ließen. Es waren noch zwei andere Männer in Zivil im Zimmer. ›Oder wollen Sie uns die Adresse nicht lieber selbst mitteilen?‹ fragte der lächelnde junge Mann.
›Ich weiß sie nicht‹, erwiderte ich. ›Ich suche meine Frau selbst. Wir haben uns vor einer Woche gezankt, und sie ist weggelaufen.‹
›Gezankt? Wie häßlich!‹ Der junge Mann schlug mir wieder ins Gesicht. ›Da, zur Strafe!‹
›Sollen wir ihn wippen, Chef?‹ fragte einer der Bullen, die hinter mir standen.
Der junge Mann mit dem mädchenhaften Gesicht lächelte. ›Erklären Sie ihm, was Wippen ist, Möller.‹
Möller erklärte mir, daß man einen Telephondraht um meine Geschlechtsteile binden und mich dann schwingen lassen würde. ›Kannten Sie das schon? Sie waren doch schon mal im Lager‹, fragte der junge Mann.
Ich kannte es noch nicht. ›Meine Erfindung‹, sagte er. ›Wir können es aber zuerst einfacher machen. Wir können Ihnen Ihre Kostbarkeiten einfach so fest abbinden, daß kein Tropfen Blut mehr durchkommt. Was meinen Sie, wie Sie nach einer Stunde schreien werden! Und damit Sie dann hübsch ruhig sind, stecken wir Ihnen Ihr Mündchen voll Sägespäne.‹
Er hatte merkwürdig gläserne, hellblaue Augen. ›Wir haben viele hübsche Einfälle‹, fuhr er fort. ›Wissen Sie, was man alles mit etwas Feuer machen kann?‹
Die beiden Bullen lachten.
›Mit einem dünnen glühenden Draht‹, sagte der lächelnde junge Mann. ›Langsam in die Ohren eingeführt oder durch die Nasenlöcher herauf, kann man allerhand machen, schwarzer Schwarz! Das Schöne ist, daß Sie uns nun so ganz unbeschränkt zur Verfügung stehen für unsere Experimente.‹
Er trat mir hart auf die Füße. Ich roch sein Parfüm, als er so dicht vor mir stand. Ich rührte mich nicht. Ich wußte, daß es zwecklos war, Widerstand zu leisten, und noch zweckloser, den tapferen Mann zu markieren. Es würde meinen Peinigern die größte Freude gemacht haben, das zu brechen. So ließ ich mich beim nächsten Schlag, der mit einem Spazierstock erfolgte, stönend umsinken. Gelächter war die Folge. ›Machen Sie ihn munter, Möller‹, sagte der junge Mann mit zärtlicher Stimme.
Möller zog an seiner Zigarette, beugte sich zu mir herunter und

hielt sie mir ans Augenlid. Der Schmerz war so, als hätte er Feuer ins Auge geschüttet. Die drei lachten. ›Steh auf, mein Kerlchen‹, sagte der Lächler.
Ich taumelte hoch. Ein Schlag von ihm traf mich, als ich kaum stand. ›Dies sind nur Übungen zum Aufwärmen‹, erklärte er. ›Wir haben ja Zeit, ein ganzes Leben lang – Ihr ganzes Leben lang, Schwarz. Beim nächsten Simulieren haben wir eine zauberhafte Überraschung für Sie. Sie werden mit allen vieren in die Luft fliegen.‹
›Ich simuliere nicht‹, erwiderte ich. ›Ich bin schwer herzkrank. Es mag sein, daß ich beim nächsten Mal nicht wieder aufstehen werde, was immer Sie auch tun.‹
Der Lächler drehte sich zu den Bullen. ›Herzkrank ist unser Bübchen, soll man das glauben?‹
Er gab mir einen neuen Schlag, aber ich spürte, daß ich Eindruck gemacht hatte. Tot konnte er mich Georg nicht übergeben. ›Ist Ihnen die Adresse noch nicht eingefallen?‹ fragte er. ›Es ist einfacher, sie jetzt zu sagen, als später, wenn Sie keine Zähne mehr haben.‹
›Ich weiß sie nicht. Ich wollte, ich wüßte sie.‹
›Unser Kerlchen ist heroisch. Wie hübsch! Schade, daß keiner außer uns es je sehen wird.‹
Er trat mich, bis er müde wurde. Ich lag auf der Erde und versuchte, mein Gesicht und meine Geschlechtsteile zu schützen. ›So‹, sagte er schließlich, ›jetzt sperren wir unser Bübchen in den Keller. Dann werden wir zu Abend essen, und nachher geht es dann richtig los. Eine schöne Nachtsitzung!‹
All dieses kannte ich. Es gehörte mit Schiller und Goethe zur Kultur des faustischen Menschen, und ich hatte es im Lager in Deutschland durchgemacht. Aber ich hatte mein Gift bei mir; man hatte mich nur oberflächlich untersucht und es nicht gefunden. Ich besaß auch noch, lose in den Überschlag meiner Hose eingenäht, eine Rasierklinge, die in ein Stückchen Kork eingesetzt war; auch sie war nicht entdeckt worden.
Ich lag im Dunkeln. Es ist sonderbar, daß die Verzweiflung in solchen Situationen im Anfang nicht so sehr ihre Ursache in dem hat, was einen erwartet, sondern darin, daß man so dumm war, sich fangen zu lassen.
Lachmann hatte gesehen, wie ich geschnappt wurde. Er wußte zwar nicht, daß es die Gestapo war, da französische Polizei beteiligt zu sein schien – aber wenn ich spätestens in einem Tag nicht zurück war, würde Helen versuchen, mich über die Polizei zu erreichen

und wahrscheinlich erfahren, wer mich in Gewahrsam hatte. Dann würde sie kommen. Die Frage war, ob der Lächler darauf warten wollte. Ich nahm an, daß er Georg eiligst informieren würde. Wenn Georg in Marseille war, würde er mich abends noch vernehmen.
Er war in Marseille. Helen hatte richtig gesehen. Er kam und nahm mich vor. Ich will darüber nicht reden. Ich wurde mit Wasser übergossen, wenn ich ohnmächtig wurde. Dann wurde ich in den Keller zurückgeschleppt. Nur das Gift, das ich besaß, ließ mich das, was passierte, überstehen. Georg hatte zum Glück keine Geduld für die subtilen Folterungen, die mir der Lächler versprochen hatte; aber er war in seiner Weise auch nicht schlecht.
Er kam noch einmal nachts«, sagte Schwarz. »Er setzte sich breitbeinig auf einen Schemel vor mich – das Symbol der absoluten Macht, das wir glaubten im neunzehnten Jahrhundert längst überwunden zu haben und das trotzdem zum Wahrzeichen des zwanzigsten geworden ist – vielleicht gerade deshalb. Ich sah an diesem Tage zwei Manifestationen des Bösen – den Lächler und Georg, den absolut Bösen und den brutal Bösen. Von beiden war der Lächler der schlimmere, wenn man noch Unterschiede machen will – er quälte aus Lust, der andere, um seinen Willen durchzusetzen. Ich hatte inzwischen einen Plan erdacht. Ich mußte auf irgendeine Weise aus dem Hause heraus; ich tat deshalb, als Georg vor mir saß, als wäre ich völlig gebrochen. Ich wäre bereit, alles zu sagen, erklärte ich, wenn er mich schone. Er hatte das satte, verächtliche Grinsen eines Mannes, der nie in einer ähnlichen Situation gewesen ist und deshalb glaubt, er würde sie wie ein Held aus dem Lesebuch bestehen. Dieser Typ besteht sie nie.«
»Ich weiß«, sagte ich. »Ich habe einen Gestapo-Offizier heulen hören, als er sich den Daumen quetschte, während er jemand mit einer Stahlkette erschlug. Der, der erschlagen wurde, war still.«
»Georg gab mir einen Tritt«, sagte Schwarz. » ›So, Bedingungen stellen willst du auch noch, was?‹ fragte er.
›Ich stelle keine Bedingungen‹, erwiderte ich. ›Aber wenn Sie Helen nach Deutschland zurückbringen, wird sie wieder weglaufen oder sich das Leben nehmen.‹
›Blödsinn!‹ schnaubte Georg.
›Helen ist das Leben ziemlich gleichgültig‹, sagte ich. ›Sie weiß, daß sie Krebs hat und unheilbar ist.‹
Er starrte mich an. ›Das lügst du Aas! Sie hat ein Frauenleiden, keinen Krebs!‹
›Sie hat Krebs. Als sie das erstemal in Zürich operiert wurde, hat man es erkannt. Es war schon damals zu spät. Man hat es ihr gesagt.‹

›Wer?‹

›Der Mann, der sie operiert hat. Sie wollte es wissen.‹

›So ein Schwein!‹ brüllte Georg. ›Aber ich werde auch das Luder fassen! Wir werden in einem Jahr die Schweiz deutsch gemacht haben! So ein Unmensch!‹

›Ich wollte, daß Helen zurückginge‹, sagte ich. ›Sie hat sich geweigert. Aber ich glaube, daß sie es täte, wenn ich ihr sagen würde, daß wir uns trennen müßten.‹

›Lächerlich!‹

›Ich könnte es so scheußlich machen, daß sie mich für ihr Leben hassen würde,‹ sagte ich.

Ich sah, wie Georgs Gedanken arbeiteten. Ich hatte mich auf meine Hände gestützt und beobachtete ihn. Eine Stelle zwischen meinen Brauen schmerzte, so sehr versuchte ich, ihm meinen Willen aufzudrängen.

›Wie?‹ erwiderte er schließlich.

›Sie fürchtet sich, daß man ihre Krankheit kennt und sich vor ihr ekelt. Wenn ich ihr das sagen würde, wäre sie für immer fertig mit mir.‹

Georg überlegte. Ich konnte jedem seiner Gedanken folgen. Er sah, daß dieser Vorschlag der günstigste für ihn war. Selbst wenn er Helens Adresse aus mir herausfolterte, würde sie ihn nur noch mehr hassen; wenn ich mich dagegen wie ein Schuft gegen sie benähme, würde sie mich hassen, und er würde als der Retter auftreten können mit: ›Habe ich es dir nicht immer gesagt?‹

›Wo wohnt sie?‹ fragte er.

Ich nannte eine falsche Adresse. ›Das Haus hat ein halbes Dutzend Ausgänge‹, sagte ich, ›durch Keller und verbundene Straßen. Sie kann leicht fliehen, wenn Polizei käme. Sie wird nicht fliehen, wenn ich allein komme.‹

›Oder ich‹, erklärte Georg.

›Sie würde glauben, Sie hätten mich getötet. Sie hat Gift.‹

›Quatsch!‹

Ich wartete. ›Und was willst du dafür?‹ fragte Georg.

›Daß Sie mich laufen lassen.‹

Er lächelte eine Sekunde. Es war, als zeige ein Tier die Zähne. Ich wußte sofort, daß er mich nie loslassen würde. ›Gut‹, sagte er dann. ›Du kommst mit mir. Damit du keine Tricks machst. Du wirst es ihr sagen, während ich dabeistehe.‹

Ich nickte. ›Los!‹ Er stand auf. ›Wasch dich an dem Hahn da.‹

›Ich nehme ihn mit‹, sagte er zu einem der Bullen, der in einem

Zimmer mit Geweihen sich herumlümmelte. Der Bulle salutierte und öffnete die Tür zu Georgs Wagen. ›Hier, neben mich‹, sagte Georg. ›Kennst du den Weg?‹

›Nicht von hier. Von der Cannebière aus.‹

Wir fuhren in die windige und kalte Nacht. Ich hatte gehofft, mich irgendwo, wenn das Auto langsamer fahren oder halten mußte, aus dem Wagen fallen zu lassen; aber Georg hatte meine Tür abgeschlossen. Rufen hätte auch nichts genützt; niemand kam einem Menschen, der aus einem deutschen Wagen rief, zu Hilfe, und bevor ich aus einer Limousine mit geschlossenen Fenstern zweimal hätte rufen können, wäre ich von Georg bewußtlos geschlagen worden.

›Mensch, hoffe, daß du die Wahrheit gesagt hast‹, knurrte er. ›Sonst lasse ich dich abhäuten und in Pfeffer legen.‹

Ich hockte zusammengesunken auf meinem Sitz und ließ mich vornüberfallen, als der Wagen einmal überraschend vor einem unbeleuchteten Karren bremste. ›Markiere keine Ohnmacht, Feigling!‹ schnauzte Georg.

›Mir ist schwach‹, sagte ich und richtete mich langsam hoch.

›Jammerlappen!‹

Ich hatte die Fäden meines Hosenaufschlags aufgerissen. Beim zweiten Bremsen konnte ich die Rasierklinge greifen; beim dritten, bei dem ich den Kopf gegen die Windschutzscheibe stieß, konnte ich sie im Dunkeln des Wagens in die Hand bekommen.«

Schwarz blickte auf. Ein feiner Schweiß bedeckte seine Stirn. »Er hätte mich nie losgelassen«, sagte er. »Glauben Sie das nicht auch?«

»Natürlich nicht.«

»An einer Kurve rief ich, so scharf und laut ich konnte: ›Achtung! Links!‹

Der unerwartete Schrei wirkte, bevor Georg denken konnte. Sein Kopf flog automatisch nach links, er bremste und griff das Steuer fester. Ich warf mich gegen ihn. Die Klinge, die im Kork steckte, war nicht groß; aber ich traf ihn an der Halsseite und riß sie daran entlang über die Luftröhre. Er ließ das Steuerrad los und fuhr sich nach der Kehle. Dann sackte er nach der linken Seite gegen die Tür und stieß mit dem Arm auf die Klinke, die sich löste. Der Wagen schleuderte und fuhr in einen Klumpen Gebüsch. Die Tür flog auf und Georg fiel hinaus. Er blutete stark und röchelte.

Ich kletterte ihm nach und horchte. Eine sausende Stille umgab mich, in der der Motor zu brüllen schien. Ich stellte ihn ab, und die Stille war jetzt wie Wind, der rauschte. Es war das Blut in meinen Ohren. Ich beobachtete Georg und suchte nach der Klinge mit dem Korkstreifen. Sie schimmerte auf dem Trittbrett des Wagens. Ich nahm sie und wartete. Ich wußte nicht, ob Georg nicht plötzlich aufspringen würde; dann sah ich, wie er ein paarmal mit den Füßen stieß und still wurde. Ich warf die Klinge weg, nahm sie dann aber wieder auf und steckte sie in den Boden. Ich stellte das Licht ab und horchte. Es war still. Ich hatte vorher nichts weiter überlegt; jetzt mußte ich rasch handeln. Jede Stunde, die ich später entdeckt wurde, zählte.

Ich zog Georg aus und packte alle seine Sachen zusammen. Dann zerrte ich den Körper in das Gebüsch. Es würde eine Zeitlang dauern, bis man ihn entdeckte, und dann noch eine Zeitlang, bis man herausfinden konnte, wer er war. Vielleicht hatte ich Glück, und man verbuchte ihn einfach als ermordeten Unbekannten. Ich probierte den Wagen. Er war noch in Ordnung. Ich fuhr ihn zurück auf die Straße. Ich erbrach mich. Im Wagen fand ich eine Taschenlampe. Es war Blut auf dem Sitz und an der Tür. Beide waren aus Leder und leicht zu reinigen. An einem Graben benutzte ich Georgs Hemd dazu. Ich spülte auch das Trittbrett ab. Immer wieder leuchtete ich den Wagen ab und wischte, bis er sauber war. Dann wusch ich mich selbst und stieg wieder ein. Mir ekelte davor, auf Georgs Platz zu sitzen; ich hatte das Gefühl, er würde aus dem Dunkel mir in den Nacken springen. Ich fuhr los.

Ich ließ den Wagen ein Stück vom Haus entfernt in einer Seitengasse stehen. Es regnete jetzt. Ich ging über die Straße und atmete tief. Allmählich merkte ich, wie mich mein Körper schmerzte. Ich blieb vor einem Geschäft stehen, in dem Fische lagen, und sah einen Spiegel, der seitlich angebracht war. In dem dunklen Silber der unbeleuchteten Scheibe konnte ich nicht viel sehen; aber mein Gesicht war verschwollen und blutig, soviel ich sah. Ich atmete die feuchte Luft tief ein. Es schien mir unmöglich, daß ich nachmittags hiergewesen war, so lang war die Zeit dazwischen gewesen.

Es gelang mir, ungesehen an der Concierge vorbeizukommen. Sie schlief bereits und murmelte nur etwas. Es war für sie nichts Außergewöhnliches, daß ich spät zurückkam. Rasch ging ich die Treppe hinauf.

Helen war nicht da. Ich starrte auf das Bett und den Schrank. Der Kanarienvogel, geweckt durch das Licht, fing an zu singen. Die Katze erschien vor dem Fenster mit glühenden Augen und starrte herein wie eine verdammte Seele. Ich wartete eine Zeitlang. Dann schlich ich zu Lachmann hinüber und klopfte leise.

Er war sofort wach. Flüchtlinge haben einen leichten Schlaf. ›Sind Sie – ‹, sagte er, sah mich an und schwieg.

›Haben Sie meiner Frau etwas gesagt?‹ fragte ich.
Er schüttelte den Kopf. ›Sie war nicht da. Und bis vor einer Stunde war sie nicht zurück.‹
›Gott sei Dank.‹
Er blickte mich an, als hätte ich den Verstand verloren.
›Gott sei Dank‹, wiederholte ich. ›Dann hat man sie wahrscheinlich nicht gefaßt. Sie ist nur einfach ausgegangen.‹
›Nur einfach ausgegangen‹, wiederholte Lachmann. ›Was ist mit Ihnen passiert?‹ fragte er dann.
›Man hat mich vernommen. Ich bin entkommen.‹
›Die Polizei?‹
›Die Gestapo. Es ist vorbei. Schlafen Sie weiter.‹
›Weiß die Gestapo, wo Sie sind?‹
›Dann wäre ich nicht hier. Vor morgen früh bin ich weg von hier.‹
›Eine Sekunde!‹ Lachmann kramte einige Heiligenbilder und Rosenkränze hervor. ›Hier, nehmen Sie das mit. Es wirkt manchmal Wunder. Hirsch ist damit über die Grenze geschmuggelt worden. Das Volk in den Pyrenäen ist sehr fromm. Es sind Sachen, die vom Papst selbst gesegnet worden sind.‹
›Wirklich?‹
Er lächelte ein wunderschönes Lächeln. ›Wenn sie uns retten, sind sie sogar von Gott selbst gesegnet worden. Auf Wiedersehn, Schwarz.‹
Ich ging zurück und begann, unsere Sachen zu packen. Ich fühlte mich sehr leer, aber angespannt wie eine Trommel mit nichts darin. In Helens Schublade entdeckte ich ein Päckchen Briefe. Ich sah, daß sie Poste restante Marseille geschickt worden waren. Ich dachte nichts und legte sie in ihren Koffer. Ich fand auch das Abendkleid aus Paris und legte es dazu. Dann setzte ich mich an das Waschbassin und steckte meine Hand hinein. Die verbrannten Nägel schmerzten. Ich atmete auch mit Schmerzen, wenn ich Luft holte. Ich sah auf die nassen Dächer und dachte nichts.

Endlich hörte ich Helens Schritte. Sie stand wie ein zerstörter, schöner Geist in der Tür. ›Was machst du hier?‹ Sie wußte von nichts. ›Was ist mit dir?‹
›Wir müssen fort, Helen‹, sagte ich. ›Sofort.‹
›Georg?‹
Ich nickte. Ich hatte beschlossen, ihr so wenig wie möglich zu sagen.
›Was ist mit dir passiert?‹ fragte sie erschrocken und kam näher.
›Sie haben mich verhaftet. Ich bin entkommen. Sie werden mich suchen.‹

›Wir müssen weg?‹
›Sofort.‹
›Wohin?‹
›Nach Spanien.‹
›Wie?‹
›So weit wir können, mit einem Auto. Kannst du dich fertigmachen?‹
›Ja.‹
Sie wankte. ›Hast du Schmerzen?‹
Sie nickte. Was steht dort in der Tür, dachte ich. Was ist das? Sie war mir fremd. ›Hast du noch Ampullen?‹ fragte ich.
›Wenige.‹
›Wir werden wieder welche bekommen.‹
›Geh einen Augenblick hinaus‹, sagte sie.
Ich stand auf dem Korridor. Türen öffneten sich um einen Spalt. Gesichter mit Lemurenaugen zeigten sich. Gesichter von Zwergpolyphemen mit nur einem Auge und schiefen Mündern. Lachmann huschte in grauen, langen Unterhosen wie eine Heuschrecke die Treppe herauf und drückte mir eine halbe Flasche Cognac in die Hand. ›Sie werden ihn brauchen können‹, flüsterte er. ›V.S.O.P.!‹
Ich trank sofort einen großen Schluck.
›Ich habe Geld‹, sagte ich. ›Hier! Geben Sie mir noch eine ganze Flasche.‹
Ich hatte Georgs Brieftasche an mich genommen und darin viel Geld gefunden. Nur eine Sekunde hatte ich den Gedanken gehabt, es wegzuwerfen. Ich hatte auch seinen Paß bei ihm gefunden, zusammen mit Helens und meinem. Er hatte alle drei in seiner Tasche gehabt.
Georgs Kleider hatte ich in ein Bündel geknotet und, mit einem Stein darin, in den Hafen geworfen. Den Paß hatte ich beim Schein der Taschenlampe genau betrachtet, und dann war ich zu Gregorius gefahren und hatte ihn geweckt. Ich hatte ihn gebeten, Georgs Photo mit meinem zu ersetzen. Er hatte sich zuerst entsetzt geweigert. Einen Emigrantenpaß zu fälschen war sein Handwerk, und er fand sich darin gerechter als Gott, den er verantwortlich für den Schlamassel hielt – aber den Paß eines hohen Gestapobeamten hatte er noch nie gesehen. Ich erklärte ihm, daß es nicht nötig sei, sein Werk, wie ein Künstler, mit seiner Unterschrift zu versehen. Ich sei später dafür verantwortlich, und niemand werde von ihm etwas wissen.
›Und wenn man Sie foltert?‹
Ich zeigte ihm meine Hand und deutete auf mein Gesicht. ›Ich fahre

in einer Stunde‹, sagte ich. ›Mit diesem Gesicht komme ich als Emigrant keine zehn Kilometer weit. Ich muß aber über die Grenze. Dies ist meine einzige Chance. Hier ist mein Paß. Photographieren Sie das Paßphoto und wechseln Sie die Kopie mit dem Photo in dem Gestapo-Paß aus. Was kostet es? Ich habe Geld.‹ Gregorius hatte zugestimmt.

Lachmann brachte die zweite Flasche Cognac. Ich bezahlte ihn und ging in das Zimmer zurück. Helen stand am Nachttisch. Die Schublade, in der die Briefe gelegen hatten, war offen. Sie schob sie zu und kam dicht an mich heran. ›Hat Georg das getan?‹ fragte sie.

›Es war ein Konsortium‹, erwiderte ich.

›Er soll verflucht sein!‹ Sie trat an das Fenster. Die Katze sprang weg. Sie öffnete die Läden. ›Er soll verflucht sein!‹ wiederholte sie mit so leidenschaftlicher Stimme und solcher Überzeugung, als bespräche sie ihn in einem mystischen Ritual. ›Er soll verflucht sein für sein Leben, für immer –‹

Ich nahm ihre geballten Fäuste und zog sie vom Fenster weg. ›Wir müssen fort von hier.‹

Wir gingen die Treppen hinunter. Blicke folgten uns von allen Türen. Ein grauer Arm winkte. ›Schwarz! Nehmen Sie keinen Rucksack. Die Gendarmen sind scharf auf Rucksäcke. Ich habe einen billigen Kunstlederkoffer, sehr chic –‹

›Danke‹, erwiderte ich. ›Ich brauche jetzt keinen Koffer mehr. Ich brauche Glück.‹

›Wir halten die Daumen.‹

Helen war vorangegangen. Ich hörte, wie eine nasse Hure ihr vor der Tür gerade riet, zu Hause zu bleiben; der Regen habe das Geschäft verdorben. Gut, dachte ich; die Straßen konnten gar nicht leer genug für mich sein. Helen stutzte, als sie den Wagen sah. ›Gestohlen‹, sagte ich. ›Wir müssen so weit wie möglich damit kommen. Steig ein.‹

Es war noch dunkel. Der Regen floß in Strömen an der Windschutzscheibe herunter. Wenn noch Blut auf dem Trittbrett war, wurde es jetzt heruntergewaschen. Ich hielt ein Stück vom Hause entfernt, wo Gregorius wohnte. ›Stell dich hier unter‹, sagte ich zu Helen und zeigte auf das gläserne Vordach eines Geschäftes, das Sachen für Angler zeigte.

›Kann ich nicht sitzenbleiben?‹

›Nein. Wenn jemand kommt, tu so, als ob du auf Kunden wartest. Ich bin gleich zurück.‹

Gregorius war fertig. Seine Angst hatte jetzt dem Stolz des Künstlers Platz gemacht. ›Die Schwierigkeit war die Uniform‹, sagte er. ›Sie haben ja einen Zivilanzug an. Sehen Sie. Ich habe ihm einfach den Kopf abgeschnitten.‹

Er hatte Georgs Photo gelöst, Kopf und Hals ausgeschnitten, die Uniform auf mein Photo gelegt und die Montage photographiert. ›Obersturmbannführer Schwarz‹, sagte er stolz. Er hatte die Kopie bereits getrocknet und eingefügt. ›Der Stempel ist leidlich geglückt. Wenn man ihn genau untersucht, sind Sie ohnehin verloren – sogar wenn er echt wäre. Hier ist Ihr alter Paß unbeschädigt zurück.‹

Er gab mir beide Pässe und die Reste von Georgs Photographie. Ich zerriß das Photo, während ich die Treppe hinunterging, in kleine Teile und zerstreute sie draußen in das Wasser, das durch die Gosse schoß.

Helen wartete. Ich hatte den Wagen vorher kontrolliert; der Tank war voll. Wenn es gut ging, konnte ich mit dem Benzin über die Grenze kommen. Mein Glück hielt an – in der Schublade am Schaltbrett lag ein Carnet zum Grenzübertritt, das schon zweimal benutzt worden war. Ich beschloß, die Grenze nicht da zu überfahren, wo der Wagen schon einmal gewesen war. Ich fand auch eine Michelinkarte, ein Paar Handschuhe und einen Europa-Atlas für Automobile.

Der Wagen fuhr durch den Regen. Wir hatten noch einige Stunden bis zum Hellwerden und fuhren in die Richtung Perpignan. Bis es hell war, wollte ich auf der Hauptstraße bleiben. ›Soll ich fahren?‹ fragte Helen nach einiger Zeit. ›Deine Hände!‹

›Kannst du es? Du hast nicht geschlafen.‹

›Du auch nicht.‹

Ich sah sie an. Sie sah frisch und ruhig aus. Ich begriff es nicht. ›Willst du einen Schluck Cognac?‹

›Nein. Ich werde fahren, bis wir Kaffee bekommen können.‹

›Lachmann hat mir noch eine Flasche Cognac gegeben.‹

Ich holte sie aus dem Mantel. Helen schüttelte den Kopf. Sie hatte die Spritze.

›Später‹, sagte sie mit sehr sanfter Stimme. ›Versuche zu schlafen. Wir wollen abwechselnd fahren.‹

Helen fuhr besser als ich. Nach einer Weile begann sie zu singen, monotone, kleine Lieder. Ich war sehr gespannt gewesen; jetzt begannen das Summen des Wagens und der halblaute Singsang mich einzuschläfern. Ich wußte, daß ich schlafen mußte, aber ich fuhr immer wieder auf. Die Landschaft flog grau vorbei, und wir brauchten die Scheinwerfer, ohne uns um Verdunklungsvorschriften zu kümmern.

›Hast du ihn getötet?‹ fragte Helen plötzlich.

›Ja.‹

›Mußtest du es?‹
›Ja.‹
Wir fuhren weiter. Ich starrte auf die Straße und dachte an vieles, und dann war ich weggesackt wie ein Stein. Als ich wieder aufwachte, hatte der Regen aufgehört. Es war Morgen, der Wagen summte, Helen saß am Steuer, und ich hatte das Gefühl, ich hätte alles geträumt. ›Es ist nicht wahr, was ich gesagt habe‹, sagte ich.
›Ich weiß‹, erwiderte sie.
›Es war ein anderer‹, sagte ich.
›Ich weiß.‹
Sie sah mich nicht an.«

XVIII

»Ich wollte am letzten größeren Ort vor der Grenze ein spanisches Visum für Helen bekommen. Die Menge vor dem Konsulat war erdrückend. Ich mußte riskieren, daß der Wagen schon gesucht würde; eine andere Möglichkeit gab es nicht. Georgs Paß enthielt ein Visum.
Ich fuhr den Wagen langsam heran. Die Menge bewegte sich erst, als sie die deutsche Nummer erkannte. Sie teilte sich vor uns. Eine Anzahl Emigranten flüchtete. Der Wagen drängte sich durch eine Allee von Haß gegen den Eingang. Ein Gendarm salutierte. Das war mir lange nicht passiert. Ich grüßte nachlässig und ging in das Konsulat. Der Gendarm machte mir Platz. Man muß ein Mörder sein, dachte ich bitter, um geehrt zu werden.
Ich bekam das Visum sofort, als ich meinen Paß vorlegte. Der Vizekonsul sah mein Gesicht. Meine Hände konnte er nicht sehen. Ich hatte die Handschuhe aus dem Wagen angezogen. ›Rest von Krieg und Nahkampf‹, sagte ich. Er nickte verständnisvoll. ›Wir hatten auch unsere Jahre des Kampfes. Heil Hitler! Ein großer Mann, wie unser Caudillo.‹
Ich kam heraus. Um den Wagen hatte sich ein leerer Raum gebildet. Hinten im Wagen saß ein verängstigter Junge von ungefähr zwölf Jahren. Er drückte sich in die Ecke und war nichts als Augen und an den Mund gepreßte Hände. ›Wir müssen ihn mitnehmen‹, sagte Helen.
›Warum?‹
›Er hat ein Papier, das in zwei Tagen abläuft. Wenn man ihn faßt, schickt man ihn nach Deutschland.‹

Ich spürte jetzt den Schweiß unter meinem Hemd auf dem Rücken. Helen sah mich an. Sie war sehr ruhig.

›Wir haben ein Leben genommen‹, sagte sie auf englisch. ›Wir sollten eines retten.‹

›Hast du ein Papier?‹ fragte ich den Jungen.

Er hielt mir schweigend eine Aufenthaltserlaubnis entgegen. Ich nahm sie und ging in das Konsulat zurück. Es war mir sehr schwer, zurückzugehen; der Wagen draußen schien aus hundert Lautsprechern sein Geheimnis hinauszuschreien. Ich sagte dem Sekretär nachlässig, daß ich ganz vergessen hätte, daß ich noch ein Visum brauche – dienstlich, für eine Rekognition jenseits der Grenze. Er stutzte, als er das Papier sah, lächelte dann, schloß ein Auge und gab mir das Visum.

Ich stieg in den Wagen. Die Stimmung war noch feindseliger geworden. Wahrscheinlich dachte man, ich wollte den Jungen in ein Lager entführen.

Ich verließ die Stadt und hoffte, mein Glück würde halten. Das Steuerrad des Wagens wurde jede Stunde heißer in meiner Hand. Ich fürchtete, daß ich ihn bald verlassen müßte, aber ich hatte keine Idee, was dann geschehen würde. Helen konnte nicht in diesem Wetter auf Schleichpfaden das Gebirge überqueren; sie war zu schwach, und der Verlust des Wagens hätte auch den geisterhaften Schutz durch unsere Feinde gebrochen. Keiner von uns hatte eine Ausreiseerlaubnis aus Frankreich. Zu Fuß war das anders als in einem teuren Wagen.

Wir fuhren weiter. Es war ein sonderbarer Tag. Das Diesseits und das Jenseits schienen abgefallen zu sein in zwei Abgründe, und wir fuhren auf einem schmalen Grat in einer hohen, wolkenverhangenen Landschaft wie in der Kabine einer Seilbahn. Das nächste, womit ich es vergleichen könnte, wäre eines der alten chinesischen Tuschbilder, in denen Reisende zwischen Gipfeln, Wolken und Wasserfällen eintönig dahinziehen. Der Junge kauerte auf dem Rücksitz des Wagens und bewegte sich kaum. Er hatte nichts gelernt in seinem Leben, als allem zu mißtrauen. An etwas anderes erinnerte er sich nicht. Als die Kulturträger des Dritten Reiches seinem Großvater den Schädel einschlugen, war er drei Jahre alt gewesen – als man seinen Vater aufhing, sieben, und neun, als man seine Mutter vergaste –, ein wahres Kind des zwanzigsten Jahrhunderts. Er war irgendwie aus dem Konzentrationslager entkommen und hatte sich allein seinen Weg über die Grenzen gemacht. Hätte man ihn aufgegriffen, wäre er als Deserteur ins KZ zurückgeschickt und gehängt worden. Jetzt wollte er nach Lissabon; ein Onkel sollte dort Uhrmacher sein, hatte ihm seine Mutter gesagt am Abend vor der Vergasung, als sie ihn segnete und ihm die letzten Ratschläge gab.

Es ging alles gut. Niemand fragte an der französischen Grenze nach einer Ausreiseerlaubnis. Ich zeigte nur flüchtig meinen Paß vor und machte die Eintragungen für den Wagen. Die Gendarmen salutierten, der Schlagbaum ging hoch, und wir verließen Frankreich. Einige Minuten später bewunderten die spanischen Zollbeamten den Wagen und wollten wissen, wieviel Kilometer er mache. Ich gab irgendeine Auskunft, und sie begannen, von dem letzten großen Namen eines ihrer Wagen, Hispano-Suiza, zu schwärmen. Ich erklärte, ich hätte einen gehabt und beschrieb den fliegenden Kranich des Kühlerabzeichens. Sie waren entzückt. Ich fragte, wo ich tanken könne. Sie erklärten, für Freunde Spaniens sei ein spezieller Fond an Benzin vorhanden. Ich hatte keine Pesetas. Sie wechselten meine Francs um. Mit herzlicher Formalität nahmen wir Abschied.
Ich lehnte mich zurück. Der Grat und die Wolken verschwanden. Ein fremdes Land lag vor uns; ein Land, das nicht mehr wie Europa aussah. Wir waren noch nicht entkommen, aber zwischen Frankreich und diesem Land lag ein Abgrund. Ich sah die Straßen, die Esel, die Leute, die Trachten, die harte, steinige Landschaft – wir waren in Afrika. Dies war der wirkliche Westen, jenseits der Pyrenäen, das fühlte ich. Dann sah ich, daß Helen weinte.
›Nun bist du da, wohin du wolltest‹, flüsterte sie.
Ich wußte nicht, was sie meinte. Ich war noch zu voll von Unglauben, daß alles so leicht gegangen war. Ich dachte an die Höflichkeit, die Grüße, das Lächeln – zum erstenmal seit Jahren hatte ich das wieder getroffen, und ich hatte töten müssen, um wie ein Mensch behandelt zu werden. ›Weshalb weinst du?‹ fragte ich. ›Wir sind noch nicht gerettet. Spanien ist voll von Gestapoleuten. Wir müssen so rasch wie möglich hindurch.‹
Wir schliefen in einem kleinen Ort. Ich hatte eigentlich den Wagen irgendwo stehenlassen und mit der Bahn weiterfahren wollen. Ich tat es nicht. Spanien war unsicher; ich wollte es so rasch wie möglich wieder verlassen. Der Wagen wurde in einer unerklärlichen Weise so etwas wie eine finstere Maskotte; seine technische Vollkommenheit verdrängte auch den Schauder, den ich vor ihm hatte. Ich brauchte ihn zu sehr; ich dachte nicht mehr an Georg. Er hatte zu lange als Drohung über meinem Leben gehangen; jetzt war er fort, und ich empfand fast nur das. Ich dachte an den Lächler; er lebte noch und konnte telephonisch versuchen, uns verhaften zu

lassen. Auf Mord lieferte jedes Land aus. Daß es Notwehr gewesen war, hatte ich dort zu beweisen, wo es geschehen war.

Ich erreichte die portugiesische Grenze spät in der folgenden Nacht. Visa hatte ich ohne Schwierigkeit unterwegs bekommen. Ich ließ Helen an der Grenze im Wagen mit laufendem Motor. Wenn etwas Verdächtiges geschähe, sollte sie losfahren, auf mich zu, ich würde aufspringen, und wir würden zum portugiesischen Zoll durchbrechen. Viel konnte uns nicht passieren; es war eine kleine Station, und ehe die Beamten in der Dunkelheit schießen und treffen konnten, wären wir entkommen. Was dann in Portugal passieren würde, war eine andere Sache.

Nichts geschah. Im wehenden Dunkel standen die uniformierten Beamten wie Figuren in einem Bilde Goyas. Sie salutierten, und wir fuhren zur portugiesischen Station, wo wir in derselben Weise eingelassen wurden. Gerade als der Wagen angefahren war, kam einer der Beamten hinter uns hergelaufen und rief uns zu, zu halten. Ich überlegte rasch und hielt dann; wäre ich durchgefahren, hätte man den Wagen im nächsten Ort stoppen können. Ich hielt. Wir atmeten kaum.

Der Beamte erreichte den Wagen. ›Ihr Carnet‹, sagte er. ›Sie haben es liegengelassen. Wie wollen Sie sonst zurückkommen über die Grenze?‹

›Danke vielmals!‹

Hinter mir ließ der Junge den Atem aus. Ich selbst hatte einen Moment das Gefühl, ohne Schwerkraft zu sein, so erleichtert war ich. ›Jetzt bist du in Portugal‹, sagte ich zu dem Jungen. Er nahm langsam die Hände vom Mund und lehnte sich zum erstenmal zurück. Die ganze Fahrt hatte er vorgebeugt gesessen.

Dörfer flogen vorüber. Hunde bellten. Ein Schmiedefeuer glühte im frühen Morgen, und ein Schmied beschlug einen Schimmel. Es regnete nicht mehr. Ich wartete auf das Gefühl der Befreiung, auf das ich so lange gewartet hatte; aber es kam nicht. Helen saß still neben mir. Ich wollte mich freuen, aber ich fühlte mich leer.

In Lissabon telephonierte ich zum amerikanischen Konsulat in Marseille. Ich schilderte, was geschehen sei bis zu dem Moment, als Georg erschienen war. Der Mann, mit dem ich telephonierte, meinte, dann wäre ich ja jetzt sicher. Alles, was ich von ihm erreichen konnte, war, daß er versprach, wenn ein Visum angewiesen würde, es an das Konsulat in Lissabon weiterzuleiten.

Der Wagen, der uns so lange geschützt hatte, mußte weggeschafft werden. ›Verkaufe ihn‹, sagte Helen.

›Sollte ich ihn nicht irgendwo ins Meer rollen lassen?‹
›Das ändert nichts‹, erwiderte sie. ›Du brauchst das Geld. Verkaufe ihn.‹
Sie hatte recht. Er war sehr leicht zu verkaufen. Der Käufer erklärte mir, daß er den Zoll zahlen und den Wagen schwarz lackieren lassen werde. Er war ein Händler. Ich verkaufte ihm den Wagen unter Georgs Namen. Eine Woche später sah ich ihn mit einer portugiesischen Nummer. Es gab in Lissabon mehrere ihresgleichen; ich erkannte ihn nur an einer sehr geringen Beule am linken Trittbrett. Den Paß Georgs verbrannte ich.«
Schwarz sah auf seine Uhr. »Der Rest ist schnell erzählt. Ich ging einmal in der Woche zum Konsulat. Wir wohnten einige Zeit im Hotel. Ich hatte noch Geld vom Verkauf des Wagens und benutzte es dafür. Ich wollte, daß Helen jetzt soviel Luxus haben sollte wie möglich. Wir fanden einen Arzt, der ihr half, Mittel zu bekommen. Ich ging sogar mit ihr ins Kasino. In einem Verleihinstitut lieh ich mir dafür einen Smoking. Helen hatte noch ihr Abendkleid aus Paris. Ich kaufte ihr ein Paar goldene Schuhe dazu. Die andern hatte ich in Marseille vergessen. Kennen Sie das Kasino?«
»Leider«, sagte ich. »Ich war gestern abend da. Es war ein Fehler.«
»Ich wollte, daß sie spielte«, sagte Schwarz. »Sie gewann. Die unbegreifliche Strähne hielt immer noch an. Sie warf die Chips achtlos hin, und die Nummern kamen.
Diese letzte Zeit hatte wenig mit Realität zu tun. Es schien, als habe die Zeit im Schloß wieder angefangen. Wir spielten uns etwas vor; aber zum erstenmal hatte ich das Gefühl, daß sie nun ganz mir gehörte, obschon sie mir Tag für Tag mehr an den unerbittlichsten aller Liebhaber entglitt. Sie hatte sich noch nicht ergeben; aber sie kämpfte nicht mehr. Es gab qualvolle Nächte und Nächte, in denen sie weinte; aber dann kamen wieder fast unirdische Augenblicke, wo Süße, Trostlosigkeit, Weisheit und eine Liebe ohne die Schranken des Körpers plötzlich zu einer Intensität wurden, daß ich mich kaum zu rühren wagte, so übermächtig schien sie mir. ›Mein Geliebter‹, sagte sie einmal nachts zu mir, und es war das einzige Mal, daß sie darüber sprach, ›wir werden das Gelobte Land, auf das du wartest, nicht zusammen sehen.‹
Ich hatte sie nachmittags zum Arzt gebracht. Jetzt spürte ich plötzlich wie einen Blitzschlag die ohnmächtige Rebellion, die ein Mensch empfinden kann, der erkennt, daß er nicht halten kann, was er liebt. ›Helen‹, sagte ich mit erstickter Stimme, ›was ist aus uns geworden?‹
Sie schwieg. Dann schüttelte sie den Kopf und lächelte. ›Alles, was wir konnten‹, erwiderte sie. ›Und das ist genug.‹

Dann kam der Tag, an dem man mir auf dem Konsulat sagte, das Unglaubliche sei passiert: es seien zwei Visa angewiesen für uns. Die trunkene Laune einer zufälligen Bekanntschaft hatte bewirkt, was alles Flehen und alle Not nicht hatte erreichen können! Ich lachte. Es war Hysterie. Wenn man lachen kann, ist viel zu lachen in der Welt, heutzutage, glauben Sie nicht?«

»Das Lachen hört irgendwann auf«, sagte ich.

»Das Merkwürdige ist, daß wir oft lachten in den letzten Tagen«, erwiderte Schwarz. »Wir waren in einem Hafen, der von Winden nicht getroffen wurde, so schien es. Die Bitterkeit war ausgelaufen, es gab keine Tränen mehr, und die Trauer war so durchsichtig geworden, daß sie von einer ironisch-wehmütigen Heiterkeit oft nicht zu unterscheiden war. Wir zogen in eine kleine Wohnung. In unbegreiflicher Blindheit verfolgte ich weiter meinen Plan: nach Amerika zu entkommen. Es gingen lange keine Schiffe, bis endlich eines sicher wurde. Ich verkaufte die letzte Degas-Zeichnung und kaufte die Plätze. Ich war glücklich. Ich glaubte, wir wären gerettet. Trotz allem! Trotz der Ärzte. Es mußte noch dieses eine Wunder geben!

Die Abfahrt wurde einige Tage verschoben. Dann ging ich vorgestern noch einmal zum Schiffsbüro. Die Reise war für heute angesetzt. Ich sagte es Helen und ging aus, um noch etwas zu kaufen. Als ich zurückkam, war sie tot. Alle Spiegel im Zimmer waren zerschlagen. Ihr Abendkleid lag zerrissen auf dem Boden. Sie lag daneben; sie lag nicht auf dem Bett.

Ich glaubte zuerst, es sei ein Raubmord. Dann, daß jemand von der Gestapo sie getötet habe; doch der hätte mich gesucht, nicht sie. Erst als ich sah, daß außer den Spiegeln und dem Kleid nichts beschädigt war, begriff ich. Das Gift fiel mir ein, das ich ihr gegeben und von dem sie gesagt hatte, daß sie es verloren habe. Ich stand und starrte und dann suchte ich nach einem Brief. Es war keiner da. Nichts war da. Sie war gegangen ohne ein Wort. Verstehen Sie das?«

»Ja«, sagte ich.

»Sie verstehen es?«

»Ja«, erwiderte ich. »Was hätte sie Ihnen denn noch schreiben sollen?«

»Irgend etwas. Warum. Oder –«

Er schwieg. Er dachte wahrscheinlich an letzte Worte, an eine letzte Liebesbeteuerung, an etwas, was er hätte mitnehmen können in seine Einsamkeit. Er hatte gelernt, viele Schablonenbegriffe abzustreifen, aber anscheinend nicht diesen.

»Sie hätte nie aufhören können zu schreiben, wenn sie einmal angefangen hätte«, sagte ich. »Dadurch, daß sie Ihnen nichts geschrieben hat, hat sie Ihnen mehr gesagt, als sie je in Worten hätte können.«

Er dachte darüber nach. »Haben Sie das Schild im Reisebüro gesehen?« flüsterte er dann. »Um einen Tag verschoben. Sie hätte noch einen Tag länger gelebt, hätte sie es gewußt!«

»Nein.«

»Sie wollte nicht mitkommen. Deshalb hat sie es getan!«

Ich schüttelte den Kopf. »Sie konnte die Schmerzen nicht länger aushalten, Herr Schwarz«, sagte ich behutsam.

»Das glaube ich nicht«, erwiderte er. »Warum hätte sie es sonst gerade am Tag vor der Reise getan? Oder dachte sie, man hätte sie als Kranke nicht in Amerika hineingelassen?«

»Warum wollen Sie einem sterbenden Menschen nicht überlassen, selbst zu bestimmen, wann er es nicht mehr ertragen kann?« erwiderte ich. »Es ist doch das Geringste, was wir tun können!«

Er starrte mich an. »Sie hat bis zum Äußersten ausgehalten«, sagte ich. »Ihretwegen, sehen Sie das nicht? Nur Ihretwegen. Als sie Sie gerettet wußte, hat sie losgelassen.«

»Und wenn ich nicht so blind gewesen wäre? Wenn ich nicht nach Amerika gewollt hätte?«

»Herr Schwarz«, erwiderte ich. »Es hätte die Krankheit nicht aufgehalten.«

Er bewegte seinen Kopf auf eine sonderbare Weise. »Sie ist fort, und plötzlich ist es, als ob sie nie dagewesen wäre«, flüsterte er. »Ich habe sie angesehen, und da war keine Antwort. Was habe ich getan? Habe ich sie getötet, oder habe ich sie glücklich gemacht? Hat sie mich geliebt, oder war ich nur ein Stock, an dem sie ging, wenn es ihr paßte? Ich finde keine Antwort.«

»Müssen Sie eine haben?«

»Nein«, sagte er, plötzlich still. »Verzeihen Sie. Wahrscheinlich nicht.«

»Es gibt keine. Es gibt nie eine andere als die, die Sie sich selbst geben.«

»Ich habe es Ihnen erzählt, weil ich es wissen muß«, flüsterte er. »Was ist es gewesen? Ist es ein leeres, sinnloses Leben gewesen, das Leben eines nutzlosen Menschen, eines Hahnreis, eines Mörders –«

»Das weiß ich nicht«, sagte ich. »Aber wenn Sie wollen, auch das eines Liebenden und, wenn Ihnen etwas daran liegt, das einer Art von Heiligen. Doch was sollen die Namen? Es war da. Ist das nicht genug?«

»Es war da. Aber ist es noch da?«

»Es ist da, solange Sie da sind.«

»Nur wir halten es noch«, flüsterte Schwarz. »Sie und ich. Niemand sonst.« Er starrte mich an. »Vergessen Sie es nicht! Jemand muß es halten! Es soll nicht fort sein! Wir sind nur noch zwei. Bei mir ist es nicht sicher. Es soll nicht sterben. Es soll weiterleben. Bei Ihnen ist es sicher.«

Mich überlief bei aller Skepsis ein sonderbares Gefühl. Was wollte der Mann? Wollte er mir mit seinem Paß auch seine Vergangenheit übergeben? Wollte er sich vielleicht doch das Leben nehmen?

»Warum sollte es in Ihnen sterben?« fragte ich. »Sie werden doch weiterleben, Herr Schwarz.«

»Ich werde mir nicht das Leben nehmen«, erwiderte Schwarz ruhig. »Nicht, seit ich den Lächler gesehen habe und weiß, daß er noch lebt. Aber mein Gedächtnis wird die Erinnerung zu zerstören versuchen. Es wird sie zerkauen, zerkleinern, fälschen, bis sie zum Überleben geeignet und nicht mehr gefährlich ist. Schon in einigen Wochen könnte ich Ihnen das nicht mehr erzählen, was ich Ihnen heute erzählt habe. Deshalb wollte ich, daß Sie mir zuhören! In Ihnen bleibt es unverfälscht, weil es für Sie nicht gefährlich ist. Und irgendwo soll es doch bleiben«, sagte er plötzlich trostlos. »In irgend jemand, so wie es war, wenigstens noch eine kleine Zeit.«

Er zog zwei Pässe aus der Tasche und legte sie vor mich hin.

»Hier ist auch der Paß Helens. Die Fahrscheine haben Sie ja schon. Jetzt haben Sie auch amerikanische Visa. Für zwei.« Er lächelte schattenhaft und schwieg.

Ich starrte auf die Pässe. »Brauchen Sie den Ihren wirklich nicht mehr?« fragte ich mit großer Überwindung.

»Sie können mir Ihren dafür geben«, sagte er. »Ich brauche nur einen für ein, zwei Tage. Für die Grenze.«

Ich sah ihn an.

»Bei der Fremdenlegion fragt man nicht nach Pässen. Sie wissen, daß man dort Emigranten nimmt. Und so lange es noch Leute wie den Lächler gibt, wäre es ein Verbrechen, ein Leben mit Selbstmord zu verschwenden, das man gegen Barbaren seinesgleichen einsetzen kann.«

Ich zog meinen Paß aus der Tasche und gab ihn ihm.

»Danke«, sagte ich. »Danke von Herzen, Herr Schwarz.«

»Da ist auch noch etwas Geld. Ich brauche nur noch wenig.«

Schwarz sah auf die Uhr. »Wollen Sie noch etwas für mich tun? Sie wird in einer halben Stunde abgeholt. Wollen Sie mit mir kommen?«

»Ja.«

Schwarz zahlte die Rechnung. Wir gingen in den schreienden Morgen hinaus.

Draußen lag das Schiff weiß und unruhig im Tejo.

Ich stand in dem Zimmer neben Schwarz. Die zerschlagenen Spiegel hingen noch da. Sie waren jetzt leer. Die Scherben waren weggeräumt. »Hätte ich nicht die letzte Nacht bei ihr bleiben sollen?« fragte Schwarz.

»Sie waren bei ihr.«

Die Frau lag im Sarg wie alle Toten; mit einem unendlich abweisenden Gesicht. Nichts hier ging sie etwas mehr an – weder Schwarz, noch ich, noch sie selbst. Man konnte sich auch nicht mehr vorstellen, wie sie ausgesehen hatte. Was da lag, war eine Statue, von der nur einer noch eine Vorstellung hatte, wie sie war, als sie atmete: Schwarz. Aber Schwarz glaubte, ich habe sie jetzt auch.

»Sie hat noch –« sagte er, »da waren noch –«

Er holte aus einer Schublade einige Briefe. »Ich habe sie nicht gelesen«, sagte er. »Nehmen Sie sie.«

Ich nahm die Briefe und wollte sie in den Sarg legen. Dann besann ich mich – die Tote gehörte jetzt endlich Schwarz allein, glaubte er. Die Briefe von anderen hatten nichts mehr mit ihr zu tun – er wollte sie ihr nicht mitgeben, und er wollte sie auch nicht vernichten, weil sie doch zu ihr gehört hatten. »Ich werde sie nehmen«, sagte ich und steckte sie in die Tasche. »Sie sind ohne jede Bedeutung. Weniger als ein kleiner Geldschein, den man ausgibt, um einen Teller Suppe zu kaufen.«

»Krücken«, erwiderte er. »Ich weiß es. Krücken hat sie es einmal genannt, die sie gebraucht hätte, um weiter mir treu zu bleiben. Verstehen Sie das? Es ist widersinnig –«

»Nein«, sagte ich, und dann sehr vorsichtig, mit allem Mitleid der Welt: »Warum lassen Sie sie nicht endlich in Ruhe? Sie hat Sie geliebt, und sie ist bei Ihnen geblieben, solange sie konnte.«

Er nickte. Er sah plötzlich sehr zerbrechlich aus. »Das wollte ich wissen«, murmelte er.

Es wurde heiß in dem Raum mit dem starken Geruch, den Fliegen, den verlöschten Kerzen, der Sonne draußen und der Toten. Schwarz sah meinen Blick.

»Eine Frau hat mir geholfen«, sagte er. »Es ist schwer, in einem fremden Land. Der Arzt. Die Polizei. Sie wurde weggeholt. Man hat sie gestern abend wieder zurückgeschickt. Sie wurde untersucht. Die Todesursache.«

Er sah mich hilflos an. »Man hat sie – sie ist nicht mehr ganz da –, man hat mir gesagt, ich solle sie nicht aufdecken –«

Die Träger kamen. Der Sarg wurde geschlossen. Schwarz wankte. »Ich fahre mit Ihnen«, sagte ich.

Es war nicht sehr weit. Der Morgen strahlte, und der Wind sauste wie ein Schäferhund hinter einem Zug Lämmerwolken her. Schwarz stand klein und verloren unter dem großen Himmel auf dem Friedhof.
»Wollen Sie in Ihre Wohnung zurück?« fragte ich.
»Nein.«
Er hatte einen Koffer mitgenommen. »Wissen Sie jemand, der die Pässe korrigieren kann?« fragte ich.
»Gregorius. Er ist seit einer Woche hier.«
Wir gingen zu Gregorius. Er erledigte den Paß für Schwarz rasch; es war nicht nötig, sehr genau dabei zu sein. Schwarz hatte den Ausweis eines Anmeldebüros für die Fremdenlegion bei sich; er brauchte nur die Grenze zu überqueren und in der Kaserne meinen Paß wegzuwerfen. Die Legion interessierte sich nicht für die Vergangenheit.
Was ist aus dem Jungen geworden, den Sie mitgenommen haben?« fragte ich.
»Der Onkel haßt ihn; aber der Junge ist glücklich, daß es wenigstens jemand aus seiner Familie ist, der ihn haßt – nicht nur Fremde.«
Ich sah den Mann an, der jetzt meinen Namen trug. »Ich wünsche Ihnen alles Gute«, sagte ich und vermied, ihn Schwarz zu nennen. Mir fiel nichts anderes ein als diese triviale Phrase.
»Ich werde Sie nicht wiedersehen«, erwiderte er. »Und das ist gut so. Ich habe Ihnen zuviel gesagt, um Sie wiedersehen zu wollen.«
Ich war dessen nicht so sicher. Es konnte sein, daß er mich später einmal gerade deswegen hätte wiedersehen wollen. Nach seiner Vorstellung war ich der einzige, der ein unverfälschtes Bild seines Schicksals mit sich nahm. Aber vielleicht hätte er mich auch gerade deswegen gehaßt, weil es dann für ihn so gewesen wäre, als hätte ich ihm seine Frau genommen, diesmal unwiederbringlich und für immer – da er glaubte, seine eigene Erinnerung betrüge ihn und nur meine bliebe klar.
Ich sah ihn die Straße entlanggehen, den Koffer in der Hand, eine armselige Gestalt, das Bild des ewigen Hahnreis und des ewigen großen Liebenden. Aber hatte er den Menschen, den er liebte, nicht tiefer besessen als die Galerie der stupiden Sieger? Und was besitzen wir wirklich? Wozu so viel Lärm um Dinge, die als bestes nur geliehen sind für einige Zeit; und wozu soviel Gerede darüber, ob man sie mehr oder minder besitzt, wenn das trügerische Wort »besitzen« doch nur heißt: die Luft zu umarmen?

Ich hatte eine Paßphotographie meiner Frau bei mir; man hatte ja damals immer Photos für Ausweise nötig. Gregorius machte sich sofort an die Arbeit. Ich wich nicht von seiner Seite. Ich traute mich nicht, die beiden Pässe aus den Augen zu lassen.

Mittags waren sie fertig. Ich stürzte zu dem Loch, in dem wir hausten. Ruth saß am Fenster und beobachtete die Fischerkinder im Hof.

»Verloren?« fragte sie, als ich in der Tür stand.

Ich hielt die Pässe hoch. »Wir fahren morgen! Wir werden andere Namen haben, jeder einen andern, und wir werden in Amerika noch einmal heiraten müssen.«

Ich dachte kaum daran, daß ich jetzt den Paß eines Mannes trug, der vielleicht wegen Mordes gesucht würde. Wir fuhren am nächsten Abend ab und gelangten ohne Schwierigkeiten nach Amerika. Aber die Pässe der beiden Liebenden brachten uns kein Glück: Ruth ließ sich ein halbes Jahr später von mir scheiden. Um das zu legalisieren, mußten wir vorher noch einmal heiraten. Ruth heiratete später den reichen jungen Amerikaner, der Schwarz die Garantie gegeben hatte. Er fand das alles sehr komisch und war Trauzeuge bei unserer zweiten Hochzeit. Eine Woche später wurden wir dann in Mexiko geschieden.

Ich verbrachte den Krieg in Amerika. Sonderbarerweise begann ich mich für Malerei zu interessieren, die ich früher kaum beachtet hatte – als wäre das eine Erbschaft des fernen toten Ur-Schwarz. Ich dachte auch oft an den anderen, der vielleicht noch lebte, und beide vermischten sich zu einem geisterhaften Rauch, den ich manchmal um mich zu spüren glaubte, als habe er Einfluß auf mich, obschon ich doch wußte, daß es Unsinn war. Ich fand schließlich Anstellung in einer Kunsthandlung, und in meinem Zimmer hingen ein paar Drucke nach Zeichnungen von Degas, für die ich eine große Vorliebe bekam.

Ich dachte noch oft an Helen, die ich nur tot gesehen hatte, und eine Zeitlang träumte ich sogar von ihr, als ich allein lebte. Die Briefe, die Schwarz mir gegeben hatte, hatte ich in der ersten Nacht, als das Schiff über den Ozean schlich, ins Meer geworfen, ohne sie zu lesen. Dabei hatte ich in einem einen kleinen Widerstand gespürt, wie von einem kleinen Stein. Ich hatte ihn im Dunkeln aus dem Umschlag herausgefischt und nachher gesehen, daß es ein flaches Stück Bernstein war, in dem eine sehr zierliche Mücke vor Tausenden von Jahren gefangen und versteinert worden war. Ich hatte sie behalten und später mitgenommen – die kleine Mücke in ihrem Todeskampf in dem Käfig aus goldenen Tränen, in dem sie erhalten geblieben war, während die andern ihresgleichen gefressen und erfroren und verschwunden waren.

Nach dem Kriege ging ich nach Europa zurück. Es machte einige Schwierigkeiten, meine Identität zu etablieren – denn zur selben Zeit gab es Hunderte von Herrenmenschen in Deutschland, die die ihre zu verlieren suchten. Den Paß der beiden Schwarz schenkte ich einem Russen, der über die Grenze geflohen war – eine neue Welle von Emigranten hatte begonnen, sich zu formen. Weiß Gott, wo er inzwischen geblieben ist! Von Schwarz habe ich nie wieder etwas gehört. Ich fuhr sogar einmal nach Osnabrück und fragte nach ihm, obschon ich seinen wirklichen Namen vergessen hatte. Aber die Stadt war verwüstet, niemand wußte etwas von ihm, und niemand interessierte sich dafür. Auf dem Wege zurück zum Bahnhof glaubte ich, ihn zu erkennen. Ich lief ihm nach; aber es war ein verheirateter Postsekretär, der mir erzählte, daß er Jansen hieße und drei Kinder habe.

Knaur-Taschenbücher
Das moderne Programm

262	Johannes Mario Simmel	Alle Menschen werden Brüder. *Roman*
263	John O'Hara	Lunch am Samstag. *Novellen*
264	Fritz Zwicky	Entdecken, Erfinden, Forschen *im morphologischen Weltbild* *Mit 34 Abbildungen und Diagrammen*
265	Peter Bamm	Alexander der Große. Ein königliches Leben. *Mit 250 Abbildungen*
267	Walter R. Fuchs	Knaurs Buch der modernen Mathematik *Mit 200 meist farbigen Abbildungen*
269	Charlotte Bühler	Psychologie im Leben unserer Zeit *Mit 116 Abbildungen*
272	Peter Bamm	Adam und der Affe. *Essays*
273	Clay Blair	Die Aufsichtsratssitzung. *Roman*
274	Vance Packard	Die sexuelle Verwirrung
275	Jürgen Thorwald	Das Jahrhundert der Chirurgen
276	Charlotte Bühler	Wenn das Leben gelingen soll. *Psychologische Studien über Lebenserwartungen und Lebensergebnisse*
277	Hans Habe	Das Netz. *Roman*
278	Michael Crichton	»Andromeda«. *Roman*
279	Hans-Joachim Bogen	Knaurs Buch der modernen Biologie *Mit 166 meist farbigen Abb.*
280	Martin Beheim-Schwarzbach	Knaurs Schachbuch
281	Jürgen Thorwald	Das Weltreich der Chirurgen
282	Ernst Augustin	Mamma. *Roman*
284	Ernst von Khuon (Hrsg.)	Waren die Götter Astronauten? *Wissenschaftler diskutieren die Thesen Erich v. Dänikens*
286	John O'Hara	Danke für gar nichts. *Roman*
288	John Galsworthy	Jenseits. *Roman*
289	Stephen W. Meader	Alle Achtung, kleiner Bud *Mit 31 Zeichnungen*
290	Erich von Däniken	Zurück zu den Sternen. Argumente für das Unmögliche. *Mit 74 Abb.*
292	Hellmuth Bögel	Knaurs Mineralienbuch. Das Haus- und Handbuch für Freunde und Sammler von Mineralien *Mit 48 Farbtafeln*
293	MacKinlay Kantor	Schönes Biest. *Roman*
294	Mary McCarthy	Ein Blitz aus heiterem Himmel. *Essays*
295	Walter R. Fuchs	Knaurs Buch der Denkmaschinen *Mit 70 meist farbigen Abbildungen*
296	Desmond Morris	Der Menschen-Zoo
297	Vogt/Wermuth	Knaurs Aquarien- und Terrarienbuch Das Haus- und Handbuch der Vivaristik. *Mit 48 Farbtafeln*

298	Norman Mailer	... am Beispiel einer Bärenjagd *Roman*
300	Reinhard Gehlen	Der Dienst. Erinnerungen 1942–1971 *Mit 26 Abbildungen*
301	Johannes Lehmann	Jesus-Report. Protokoll einer Verfälschung
302	Robert Charroux	Unbekannt – Geheimnisvoll – Phantastisch. Auf den Spuren des Unerklärlichen. *Mit 21 Abbildungen*
303	Bodo W. Jaxtheimer	Knaurs Mal- und Zeichenbuch *Mit 310 meist farbigen Abbildungen*
304	Helen MacInnes	In Salzburg stirbt nur Jedermann *Roman*
305	Gilbert K. Chesterton	Das Paradies der Diebe. *Roman*
306	Ulrich Klever	Knaurs Hundebuch
308	Robert Townsend	Hoch lebe die Organisation. *Aus der Trickkiste eines Erfolgsmanagers*
310	Pearl S. Buck	Wo die Sonne aufgeht. *Roman*
311	Mary Stewart	Wind von den kleinen Inseln. *Roman*
312	Linus Zeitlmayr	Knaurs Pilzbuch. *Mit 70 farbigen Abb.*
313	Walter R. Fuchs	Knaurs Buch vom neuen Lernen *Mit 90 meist farbigen Abb.*
314	David Reuben	Alles, was Sie schon immer über Sex wissen wollten ... *aber bisher nicht zu fragen wagten*
315	James Oliver Curwood	Neewa, das Bärenkind
316	Irving Wallace	Die sieben Minuten. *Roman*
317	Mario Szenessy	Lauter falsche Pässe oder Die Erinnerungen des Roman Skorzeny. *Roman*
318	Prof. Dr. Hans Bürger-Prinz	Ein Psychiater berichtet
319	Hoimar v. Ditfurth	Kinder des Weltalls. *Der Roman unserer Existenz*
320	Elisabeth Flickenschildt	Kind mit roten Haaren. *Ein Leben wie ein Traum*
322	Dmitri Mereschkowski	Leonardo da Vinci *Leben und Werk eines Genies*
323	Gilbert K. Chesterton	Der Mann, der zuviel wußte *Geschichte um einen Gentleman-Detektiv*
324	Fritz Kahn	Knaurs Buch vom menschlichen Körper *Mit 328 Abbildungen, davon 35 farbig*
325	Werner Keller	Und wurden zerstreut unter alle Völker *Die nachbiblische Geschichte des jüdischen Volkes* *Mit 38 Abbildungen*

326	Norman Mailer	Auf dem Mond ein Feuer *Report und Reflexion. Die Landung von Apollo 11 auf dem Mond*
327	Martin Page	Managen wie die Wilden *Ein klug-vergnüglicher Vergleich: die Stammesriten der Primitiven und der Führungsstil in unserer Wirtschaft*
328	Günther Voss	Knaurs Handwerksbuch *Mit zahlreichen Illustrationen*
329	Walter Henkels	Jagd ist Jagd & Schnaps ist Schnaps *Mit 12 Zeichnungen von Reiner Zimnik*
330	Günter Ogger	Friedrich Flick der Große *Der Geheimnisvollste der deutschen Superreichen*
331	Mary McCarthy	Florenz/Venedig *Das Porträt zweier Städte. Mit 13 Fotos*
332	E. V. Cunningham	Der Mann, der nicht mehr töten wollte *Ein psychologischer Thriller*
333	Carroll Righter	Liebe, Ehe und die Sterne *Ein astrologischer Ratgeber*
334	Günther Voss	Knaurs Bastelbuch *Mit zahlreichen farbigen Illustrationen*
335	Joseph Ackner	Knaurs Lexikon der Naturwissenschaften. *Mit 352 meist farb. Fotografien und Zeichnungen sowie 38 Tabellen*
336	Walter Robert Fuchs	Eltern entdecken die neue Mathematik *Mit 122 meist farbigen Abbildungen*
337	Rudolf Pörtner	Die Wikinger-Saga *Mit 35 Abbildungen*
338	Anne Edwards	Süßer Vogel Hoffnung *Eine spannende Kriminal- und Liebesgeschichte*
339	Alvin Toffler	Der Zukunftsschock *Die Zukunft hat schon begonnen*
340/48/53	Paul Frischauer	Knaurs Sittengeschichte der Welt I/II/III *Drei Bände mit zusammen 768 Seiten und 352 Abbildungen*
341	Robert Charroux	Die Meister der Welt *Auf den Spuren unserer außerirdischen Vorfahren. Mit 31 Abbildungen*
343	George Mikes	Grüße aus Jerusalem *Zu Besuch in Israel*
344	Con Berner	Der Karriere-Terror *Vom Preis des Erfolges und warum man ihn (nicht) bezahlen sollte*

Knaur-Taschenbücher
Das moderne Programm

345	Alfred Neumann	Der Teufel. *Roman*
346	Imogen Seger	Knaurs Buch der modernen Soziologie *Mit 134 meist farbigen Abbildungen*
347	Jacques-Yves Cousteau	Haie – Herrliche Räuber der See *Mit 155 meist farbigen Abbildungen*
350	John le Carré	Der wachsame Träumer. *Roman*
351	Dee Brown	Begrabt mein Herz an der Biegung des Flusses
352	Werner Keller	Denn sie entzündeten das Licht *Geschichte der Etrusker*
354	Michael Sullivan	Chinesische Kunst *Die schönsten neuen Funde* *Mit 64 Farbtafeln*
355	Johanna Preetorius	Knaurs Spielbuch
356	Susan Howatch	Die Erben von Penmarric. *Roman*
357	Herman Raucher	Ein Spatz fängt an zu singen. *Roman*
358	Utta Danella	Niemandsland. *Roman*
359	Walter Robert Fuchs	Eltern entdecken die neue Logik *Eltern entdecken die neue Mathematik II. Mit 129 farbigen Abbildungen*
360	Norman Mailer	Gefangen im Sexus *Ein engagierter Beitrag zur Diskussion um die Frauenbewegung*
361	Jacques-Yves Cousteau	Korallen – Bedrohte Welt der Wunder *Mit 89 meist farbigen Abbildungen*
362	Carl Bernstein/ Bob Woodward	Die Watergate-Affäre *Die beiden Pulitzer-Preisträger berichten*
363	Erich Maria Remarque	Schatten im Paradies *Remarques letzter großer und erschütternder Roman*
364	S. Fischer-Fabian	Aphrodite ist an allem schuld *Die humorvolle Geschichte über eine Schlankheitskreuzfahrt*
365	Kurt Pollak	Knaurs Lexikon der modernen Medizin *Ein aktuelles Nachschlagewerk* *Mit zahlreichen Abbildungen*
366	Helmut Swoboda	Knaurs Buch der modernen Statistik *Mit zahlreichen Abbildungen*
367	Abba Eban	Dies ist mein Volk *Ein glänzender Kommentar zur Gesamtheit jüdischer Erfahrungen* *Mit 33 Abbildungen*
368	Victor W. von Hagen	Der Ruf der Neuen Welt *Die einzigartige Geschichte der Deutschen, die halfen, Amerika zu bauen* *Mit 32 Abbildungen*

369	Karl Heinz Hanisch	Sonntagsgärtner unter Glas *Ein eigenes Treibhaus – das Paradies unter Glas* *Mit zahlreichen Abbildungen*
370	Gilbert K. Chesterton	Menschenskind. *Ein humorvoller Roman*
371	Jerzy Kosinski	Chance *Das burleske und groteske Geschehen um einen fernsehbesessenen Gärtner*
372	Walter Henkels	Bacchus muß nicht Trauer tragen *Eine heiter-beschwingte Expedition an die Mosel der Gegenwart*
373	Dmitri Mereschkowski	Napoleon *Das Leben des genialen Feldherrn und Staatsmannes Napoleon. Ein biographischer Roman. Mit 25 Abbildungen*
374	Hans F. Nöhbauer	Von A–Z im Kinderland *Ein unterhaltsames Buch zum Lesen und Vorlesen für Kinder und Erwachsene* *Mit 45 Abbildungen*
375	Bernard Denvir	Impressionismus *Die Geschichte des Impressionismus und seine Bedeutung für die moderne Kunst. Mit 62 Farbtafeln*
376	John Kenneth Galbraith	Wirtschaft, Friede und Gelächter *Ein Kommentar zu brennenden Wirtschaftsproblemen unserer Zeit*
377	Frederick Forsyth	Der Schakal *Das atemberaubende Duell der französischen Polizei mit einem Killer*
378	Michel Tournier	Der Erlkönig *Ein mit psychologischer Meisterschaft geschriebener deutsch-französischer Roman*
379	Simon Wilson	Pop Art. *Ein Überblick über die Entwicklung der Pop Art* *Mit 62 Farbtafeln*
380	C. Northcote Parkinson	Die nerzgefütterte Mausefalle *Essays. Ein Duell des Geistes mit den Themen unserer Zeit*
381	Joachim Rudolph	Knaurs Buch der modernen Chemie *Eine allgemeinverständliche Darstellung. Mit 158 meist farbigen Abbildungen*
382	Monika Schwinn und Bernhard Diehl	Eine Handvoll Menschlichkeit *Das Dokument einer Gefangenschaft in Vietnam*

383	Jürgen Thorwald	Die Patienten. *Menschen wie du und ich sind die Helden dieses großen Tatsachenromans. Mit 14 Abbildungen*
384	Erich von Däniken	Aussaat und Kosmos *Neue Beweise für seine These vom Besuch außerirdischer Intelligenzen Mit 72 Abbildungen*
385	J. M. Nash	Kubismus, Futurismus und Konstruktivismus *Die Kunstbewegungen des frühen 20. Jahrhunderts. 62 Farbtafeln*
386	Sir Rudolf Bing	5000 Abende in der Oper *Die Sir Rudolf Bing Memoiren Mit 34 Abbildungen*
387	Cornelius Ryan	Der letzte Kampf *Ein historisches Ereignis – die letzte Schlacht um Berlin. 32 S. Bildteil*
388	Sol Stein	Der junge Zauberer *Die faszinierende, bedrohliche Geschichte, wie sich Recht in Unrecht verwandeln läßt*
389	Dieter Vogt	Knaurs Anglerbuch *Das Haus- und Handbuch für Sportfischer. 48 Farbtafeln, 45 Zeichnungen*
390	George Mikes	Gedanken sind zollfrei *Eine nachdenklich-heitere Liebeserklärung an die Donauländer*
391	Vance Packard	Die ruhelose Gesellschaft *Ursachen und Folgen der Mobilität*
392	Oliver Hassencamp	Erkenntnisse eines etablierten Herrn *Der »möblierte Herr« von einst kehrt in seine Stadt zurück*
393	Dawn Ades	Dada und Surrealismus *Ein Überblick über zwei bedeutende Kunstrichtungen der Moderne 62 Farbtafeln*
394	E. V. Cunningham	Sally. *Die Geschichte einer jungen Frau im Mittelpunkt eines dramatischen Geschehens*
395	Hoimar v. Ditfurth	Im Anfang war der Wasserstoff *Eine Darstellung des Konstruktionsplanes der Natur Ca. 25 Abbildungen*
396	Ivar Lissner	Mein gefährlicher Weg *Die Lebenserinnerungen des wichtigsten Abwehrmannes von Admiral Canaris*

397	Johannes M. Simmel	Und Jimmy ging zum Regenbogen *Die bewegende Geschichte um Schuld und Sühne*
398	Mario Szenessy	Der Hut im Gras *Ein Hut am Rande des Moskauer Flughafens löst eine Geheimdienstaffäre aus*
399	Desmond Morris	Liebe geht durch die Haut *Der berühmte Forscher untersucht die Rolle des Intimverhaltens*
400	Arthur Koestler	Die Herren Call-Girls *Ein amüsanter Roman über die unermüdlichen Helden der Wissenschaftskongresse*
401	Lorenz Stucki	Lob der schöpferischen Faulheit *Chancen und Gefahren der Freizeitgesellschaft in Europa und den USA*
402	Ernest K. Gann	Lorbeer für die Besiegten *Die Geschichte des Kampfes um die Wüstenfestung Masada*
403	I. Schwarz-Winklhofer und H. Biedermann	Das Buch der Zeichen und Symbole *Aus Technik und Kultur. Mit über 1300 Abbildungen*

Als weitere Bände erscheinen:

404	Erich von Däniken	Meine Welt in Bildern *In diesem Buch führt Däniken entscheidendes Bildmaterial für seine These des Undenkbaren vor. Mit 375 Abb.*
405	Hans Joachim Störig	Knaurs moderne Astronomie *Ein abenteuerlicher Streifzug durch den unermeßlichen Kosmos. Mit 159 meist farbigen Abbildungen*
406	Abba Eban	Mein Land *Das moderne Israel. Ein Zeitdokument ersten Ranges! Mit 49 Abb.*
407	Cousteau-Diolé	Silberschiffe – Tauchen nach versunkenen Schätzen *Abenteuerliche Schatzsuche an der berüchtigten »Silberbank«. Mit 90 meist farbigen Abb.*
408	Werner Keller	Da aber staunte Herodot *Wunderbare und komische, merkwürdige und gruselige Stories des »Vaters der Geschichte«. Mit 24 Illustrationen*
409	Frederick Kohner	Amanda *Die Liebe eines erfolgreichen Schriftstellers zu einem jungen Mädchen*

Knaur-Taschenbücher
Das moderne Programm

410	Elia Kazan	Dieses mörderische Leben *Ein aktuelles Thema unserer Zeit – ein hautnaher Gegenwartsroman*
411	Vicki Baum	Zwischenfall in Lohwinckel *Das zeitlos gültige Porträt einer kleinen Stadt. Ein heiter-nachdenklicher Roman*
412	Herman Wouk	Der Feuersturm *Dieser große epische Roman erzählt die ergreifende Geschichte einer Familie vor dem Hintergrund des Zweiten Weltkrieges. In 2 Bänden*
413	Walter Henkels	. . . aber der Wagen, der rollt *Henkels hat seinem Freund Walter Scheel mit dieser Anekdoten-Sammlung augenzwinkernd ein Denkmal gesetzt Mit 18 Zeichnungen*
414	Gottfried Reinhardt	Der Liebhaber – Max Reinhardt *Leben und Werk eines großen Menschen und Künstlers. Mit 66 Fotos*
415	Jürgen vom Scheidt	Innenwelt-Verschmutzung *Die verborgene Aggression: Symptome, Ursachen, Therapie Mit 90 Abbildungen*
416	John A. Walker	Kunst seit Pop Art *Die wichtigsten Kunstrichtungen der sechziger und frühen siebziger Jahre 64 Farbtafeln*
417	Peter Bamm	Eines Menschen Zeit *Ein großer Schriftsteller – eine große Biographie*
418	Hans Joachim Bogen	Knaurs Buch der Biotechnik *Gezähmt für die Zukunft. Zahlreiche, meist farbige Abbildungen*
419	Frederick Forsyth	Die Akte Odessa *Ein atemberaubender Roman vor dem Hintergrund unserer jüngsten Geschichte*
420	Robert Charroux	Vergessene Welten *Auf den Spuren des Geheimnisvollen Mit 53 Abbildungen*
421	Hans Biedermann	Handlexikon der magischen Künste *Von der Alchemie bis zur Zauberei Mit 90 Abbildungen*
422	John Kenneth Galbraith	Wirtschaft fur Staat und Gesellschaft *Eine grandiose Analyse unseres Wirtschaftssystems*
423	Alastair Mackintosh	Symbolismus und Jugendstil in der modernen Kunst. *64 Farbtafeln*